Proxima B

Giorgio Pulvirenti

Marco Negrone

Indice

Proxima B. Ore 12 circa.

Sembrava una giornata come le altre. Nessuna nuvola in un cielo colorato di rosa, nessun rumore interrompeva il silenzio di un canneto le cui cime si muovevano leggermente al flebile vento che le accarezzava. Tra le piante di quel canneto si faceva avanti un uomo, sulla trentina. Indossava un'uniforme grigia con alcuni dettagli blu e uno stemma sulle spalline che riportava il nome della *"New Nasa Corporate"*. Imbracciava un'arma, un fucile d'assalto, e man mano che si inoltrava tra la fittissima vegetazione la sua espressione sembrava farsi sempre più cupa e concentrata, come se si aspettasse qualcosa di pericoloso e oscuro pronto a ghermirlo. I suoi passi si fecero ulteriormente più lenti fino a quando non si arrestarono di colpo. Il silenzio avvolgeva tutto. Anche la foresta di canne sembrava essersi fermata. D'un tratto, l'uomo iniziò ad alzare il fucile molto lentamente, come se stesse per prendere la mira. Il suo sguardo era impassibile, concentrato come non mai, e il suo dito scivolò lentamente sul grilletto pronto a sparare, ma qualcosa si mosse molto velocemente emettendo un suono poderoso, un ruggito incredibile. Si appostò proprio dietro di lui pronto ad attaccarlo…

Capitolo 1 - *Per il bene di tutti!*

Missoula, Montana.

Un gruppo di operai era intento a svolgere il proprio lavoro all'interno di un'area nella zona nuova della città di Missoula dove stava per essere eretto l'ennesimo palazzo a quattordici piani. Particolari gru munite di lunghi bracci meccanici tracciavano i contorni dell'edificio sotto gli ordini di architetti e ingegneri della *"Garcia Enterprise"*. Dirigevano tutto da terra attraverso dei sofisticati computer. Altri operai si trovavano all'interno della struttura impegnati a collocare vari tubolari o altri materiali. Da diversi anni era in corso un grande piano di ampliamento delle zone residenziali di Missoula. Questo aveva portato il territorio urbano a richiedere sempre più spazio alle poche aree rurali rimaste.

Erano circa le dieci del mattino di un venerdì come gli altri. Philippe, il capo cantiere, distolse per un attimo lo sguardo dalla sua squadra di operai per rispondere al telefono. La conversazione durò pochi secondi, giusto il tempo di dare una veloce ma convincente conferma sull'avanzamento dei lavori.

Trascorsa all'incirca mezz'ora. Un'elegante berlina nera automatizzata avanzò all'interno dell'area di lavoro attirando l'attenzione di tutti i presenti, compreso Philippe.

«Signor Garcia, buongiorno!» esordì Philippe accostandosi all'auto dalla quale scese un uomo in giacca e cravatta dall'aria distinta.

«Caro Philippe, un piano ogni otto ore e rientriamo nella tabella di marcia… Ottimo!»

David Garcia aveva appena compiuto quarant'anni. Era un affermato ingegnere edile tra i più ricercati del Montana. Dopo la laurea conseguita presso l'Università di Billings, aveva girato l'intero paese spostandosi da una città all'altra. Da qualche anno, però, aveva fatto ritorno a Missoula per continuare ad espandere la società edile di cui era proprietario, riuscendo ad ottenere la maggior parte degli appalti per la costruzione di edifici a basso impatto ambientale. Poteva sembrare un paradosso ma David non amava particolarmente la vita in città. Per questa ragione aveva deciso di abitare nel ranch poco fuori Missoula appartenuto ai suoi nonni. Era lì che amava rifugiarsi quando non era troppo occupato in riunioni o in viaggi d'affari, godendosi pace e tranquillità che condivideva assieme a suo figlio Leo e a sua moglie Gaia. David si riteneva un uomo fortunato. Il suo lavoro gli aveva permesso di mantenere in piedi quel piccolo angolo di paradiso dove conservava la maggior parte dei ricordi d'infanzia trascorsa assieme ai nonni. Erano stati proprio loro a trasmettergli importanti valori della vita, insegnandogli a rispettare ogni singolo essere vivente. Per anni, David aveva intrapreso la battaglia contro il disboscamento della sua terra, ma da singolo cittadino poteva fare ben poco. Era grazie al suo ruolo di ingegnere che poteva agire nel concreto, applicando i suoi principi. Ed erano gli stessi che David desiderava trasmettere anche a suo figlio Leo. Il ragazzino però era pur sempre nato in un'epoca decisamente moderna, dove le cose ritenute "fondamentali" erano altre, non di certo la cura della terra o l'allevamento degli animali.

David avanzò all'interno dell'area di lavoro. Si fermò ad ammirare l'edificio ormai quasi completo.

«Signore, mancano solo gli ultimi quattro piani! Pensiamo di completare tutto entro lunedì!» comunicò Philippe.

Philippe era uno degli elementi fondamentali della *"Garcia Enterprise"*, il braccio destro di David.

«Perfetto! Comunico ai nostri acquirenti che rientreremo nei tempi previsti!» disse con aria soddisfatta David.

«Attendo una tua chiamata per il sopralluogo definitivo!» concluse l'ingegnere.

Philippe si limitò ad annuire. I due uomini si salutarono e David risalì sulla berlina per completare il giro dei vari cantieri.

L'auto sulla quale viaggiava David percorreva una lunga strada di campagna. Ai lati, risaltavano alla vista diversi ranch che si distaccavano completamente dal resto degli edifici del centro città. David non perdeva occasione per poter godere di quel panorama, divenuto ormai cosa rara.

L'auto oltrepassò la cancellata in ferro battuto imboccando un lungo viale sterrato che conduceva dritto al ranch dei Garcia. La berlina si fermò al centro dello spiazzo di fronte l'abitazione in legno e mattoni.

«Grazie Albert, ci vediamo lunedì!» disse l'ingegnere congedando il pilota automatico.

La voce automatizzata di un uomo venne fuori dagli altoparlanti rispondendo al saluto del proprietario. David scese dall'auto, la quale prese nuovamente a percorrere il vialetto nel senso opposto.

Dopo pochi secondi di contemplazione, David salì le scale che lo separavano dalla porta d'ingresso di casa sua quando notò rotolare per terra, nello stesso punto dove si trovava lui pochi istanti prima, una pallina da tennis. Dal retro della casa sbucò un pastore tedesco che non perse tempo a recuperare la pallina ma che, notando la presenza del padrone, iniziò ad abbaiare in segno di gioia.

«Ehi, Roth! Vieni qui, bello!» esclamò David dopo aver appoggiato per terra la sua ventiquattrore. Allargò le braccia per accogliere il saluto del suo fedele amico a quattrozampe.

Nello stesso momento, sempre dal retro, David vide spuntare Leo.

«Papà!» urlò di gioia il ragazzino come se non vedesse il padre da molto tempo. Iniziò a correre verso David esclamando: «Finalmente sei tornato! Fino a lunedì insieme!»

«Certo figliolo!» assicurò il padre con aria serena. «La mamma è in casa?»

«Sì! Sta facendo il bucato!»

«Andiamo dentro allora!»

Padre e figlio entrarono in casa seguiti dal fedele Roth.

Gaia e David si erano conosciuti quando entrambi avevano ventidue anni, durante la festa di compleanno di un amico in comune. Si erano subito trovati. Da quella sera non si erano più separati. La scelta di avere un solo figlio era stata dettata da un'antica tradizione della famiglia di David e che Gaia aveva accettato senza alcun problema.

La famiglia Garcia si ritrovò seduta al tavolo della cucina in tipico stile country pronta per gustare una torta salata che Gaia aveva amorevolmente preparato quella mattina. Prima, però, bisognava recitare la preghiera.

«Quindi, riuscirete a consegnare il palazzo entro la fine del mese?» domandò la moglie a David.

«Sì, tesoro. Philippe mi ha assicurato che lunedì completeranno la planimetria. Quindi dovremmo rientraci abbondantemente.»

La donna si limitò ad abbozzare un sorriso.

«E tu, ometto? Hai pulito le gabbie dei conigli come mi avevi promesso?» domandò David al figlio.

«Sicuro, papà! Dopo pranzo vedrai!»

David fece un tenero cenno di approvazione nei confronti di Leo, riprendendo a mangiare.

Terminato il pranzo, Leo si trovava già in piedi impaziente di mostrare al padre il risultato del suo lavoro.

«Forza papà!»

Davanti la porta d'ingresso, Leo non stava più nella pelle. David stava per raggiungerlo quando Gaia lo richiamò.

«Tesoro, questa mattina è arrivata una lettera per te! L'ho messa sul tavolino dell'ingresso!»

«Sarà il solito avviso dell'IRS» commentò l'uomo giunto ormai sulla soglia d'ingresso.

Leo si trovava già fuori mentre David si fermò dinanzi il mobile dove sopra era poggiata una busta di lettera con due sigilli che catturò la sua attenzione. L'uomo la prese in mano e incominciò a osservarla con attenzione. Sul lato superiore destro era affisso il logo della *"New Nasa Corporate"* mentre in basso era riportata una frase: *"A David Garcia. Per il bene di tutti!"*. David rilesse quella frase ancora una volta. Per un attimo pensò che si trattasse di uno scherzo. Decise di aprire la busta quando la voce di Leo lo richiamò.

«Allora, papà! Vieni o no?»

David osservò il ragazzino con la busta ancora in mano.

«Va' avanti, figliolo! Ti raggiungo tra un minuto...»

Leo, con espressione delusa sparì dalla vista del padre. David, ancora fermo dinanzi la porta d'ingresso, aprì la busta svelandone il contenuto. Si trattava di un invito ufficiale da parte del Governo degli Stati Uniti d'America e della New Nasa Corporate a presentarsi alla sede di Washington.

New York.

Un uomo era appena uscito da un pub dopo aver trascorso un'intera serata tra whisky e scotch. Michael Stateman, ex caporale dell'esercito americano, sulla cinquantina e ottimo pilota d'aerei ormai in congedo, capelli brizzolati, fisico atletico forgiato da ore passate in palestra, non perdeva occasione, quando rimaneva da solo a casa, per bere e rimuginare sul suo matrimonio distrutto a causa del carattere impetuoso. Il lungo cappotto scuro e il suo classico cappello riparavano Michael dal freddo della notte ormai giunta mentre a piedi stava dirigendosi verso casa. La luce dei lampioni illuminava il marciapiede che l'ex caporale stava percorrendo. All'improvviso venne fermato da un uomo vestito con abito grigio e cappotto nero che spuntò da dietro un angolo.

«Signore!» esordì con fermezza il misterioso individuo. Michael si girò di scatto notando la presenza dell'uomo ma non disse nulla.

«Michael Stateman, giusto?»

Michael fece solo un cenno sbrigativo con la testa. L'uomo in abito grigio gli passò una busta chiusa con due sigilli, uno della New Nasa Corporate e l'altro del governo americano.

«Questa è per lei» comunicò l'uomo. «Buonanotte.» Quindi risalì sulla parte posteriore della sua berlina nera e proprio come era comparso se ne andò, lasciando

Michael perplesso ma allo stesso tempo curioso di sapere cosa si trovasse all'interno di quella busta. Dopo aver riflettuto qualche secondo, la infilò all'interno della tasca del suo cappotto e riprese a camminare verso casa.

Rientrato nel suo appartamento a dir poco squallido e in disordine, Michael sfilò il cappello e tolse il cappotto, gettando le chiavi d'ingresso su una ciotola posta sopra un piccolo mobiletto. Quella sera sembrava più pensieroso del solito, e questo non faceva altro che alimentare la sua voglia di whisky. Si ricordò della busta che aveva ricevuto poco prima dall'uomo misterioso in abito scuro e si diresse verso il cappotto per prenderla. Una volta in mano la guardò più attentamente rispetto a quanto fatto fuori dal pub e decise di aprirla. Estraendo il foglio dalla busta iniziò a leggere e si rese conto che all'interno si trovava un invito a presentarsi a Washington, presso la sede della "New Nasa Corporate", ma il motivo non era specificato. Alla fine del foglio, però, una scritta lo colpì: *"A Michael Stateman, per il bene di tutti!"*. Michael prese il foglio e lo posò sul tavolino vicino alle sigarette e al bicchiere mezzo vuoto di whisky notando che dalla busta si intravedevano anche dei biglietti aerei con data di partenza a tre giorni da lì. Perplesso e sprezzante rimise tutto all'interno busta che lasciò cadere per terra e si sdraiò sul divano cercando di prendere sonno. Si mise a guardare il soffitto che sembrava si muovesse a destra e a sinistra, ma capì che era solo l'effetto di un bicchiere di troppo, forse anche due. La sua mente iniziò a riempirsi di ricordi, frammenti di un passato felice che ormai lo aveva abbandonato da tempo. Le immagini delle passeggiate in riva al lago, mano nella mano con sua moglie, riempirono la sua testa come se stessero proiettando un film in bianco e nero. Lei, bellissima con occhi castani e capelli color miele, lo guardava sorridendo come se quel momento dovesse durare in eterno. Il suo profumo come di fiori del deserto riempiva l'aria e i polmoni dell'uomo che a sua volta era completamente perso nel suo sguardo. Pian piano l'alcool in eccesso entrò sempre più in circolo e gli occhi di Michael andarono via via chiudendosi. Le immagini nella sua mente diventarono sbiadite, lasciando il posto ad un buio profondo e ad un cuore pieno di rimpianti.

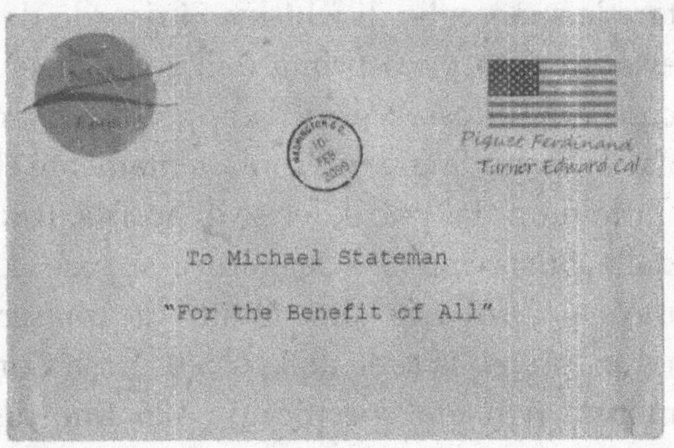

Si fece mattina dopo che la notte era passata in un battito di ciglia.

«Che ora è?» esclamò l'uomo intontito dai fumi dell'alcool della sera prima.

«Oh cazzo! È tardissimo!» convenne. In fretta e furia si alzò dal letto cercando di mettersi in sesto per un colloquio di lavoro che doveva tenere quella mattina. Non ebbe nemmeno il tempo di farsi una doccia. Il caffè però non poteva mancare. Ne versò un po' in una tazza dalla caffettiera in cucina e lo bevve come se fosse acqua.

Arrivato al punto di incontro, la hall di un hotel a cinque stelle sulla 147 Avenue di New York, con mezz'ora di ritardo, l'ex caporale incontrò il signor Gale, un ricco uomo d'affari che voleva ingaggiarlo come pilota di un suo drone personale.

«Salve...» iniziò a dire impacciatamente Michael quasi balbettando quando si ritrovò dinanzi l'uomo seduto su una delle comodissime ed eleganti poltrone di ecopelle.

«Mi scusi per il ritardo ma il traffico è terribile a Manhattan...» aggiunse cercando di giustificarsi. Gale lo guardò per un paio di secondi per poi conferirgli la sua sentenza.

«Mi dispiace signor Stateman, io non tollero certe cose. E quello che tollero meno è senza dubbio il ritardo! Come crede che sia diventato quello che sono, eh? Arrivando in ritardo? Ha perso il suo treno! Addio!» comunicò.

Insieme ai suoi due collaboratori, Gale si alzò e si diresse verso l'uscita dell'edificio, lasciando Michael da solo infuriato con sé stesso.

San Diego, California.

«Apri la 2.»

La voce di una donna, ovattata dalla mascherina che portava alla bocca, risuonò all'interno della sala di 60 metri quadrati. Cinque neon attaccati al soffitto, una piantana a sette lampade che illuminava il corpo di una paziente distesa su un lettino, una fila di monitor che faceva da contorno alle pareti lisce che attorniavano l'ambiente, uno speciale macchinario con delle braccia meccaniche che si muovevano lungo il corpo disteso sul lettino sotto la direzione di un'equipe di chirurghi posizionata all'interno di uno stanzino, tutti intenti a manovrare delle piccole leve di una tastiera. Ci si trovava all'interno di una delle sale operatorie del "San Diego Health Sulpizio Cardiovascular Center", uno degli ospedali più all'avanguardia di tutta la California. La dottoressa Amelia Fisher, primario del reparto di chirurgia, assieme alla sua squadra stava eseguendo l'ennesimo intervento cardiochirurgico in robotica.

«Allarga ancora. Jenny, allarga ancora.»

Jenny Andrew, vice di Amelia, iniziò a ruotare delle rotelle della tastiera, facendo muovere dei bracci del macchinario.

Amelia era considerata uno dei chirurghi più bravi di tutto lo Stato, a dispetto dei suoi trentotto anni. Laureata con il massimo dei voti alla "UCSF School of Medicine" di San Francisco, era cresciuta con il sogno di diventare cardiochirurgo. Il suo percorso era stato caratterizzato da numerose difficoltà, come la prematura morte dei genitori e il fatto di essere figlia unica, ma grazie alla sua determinazione Amelia era riuscita a raggiungere i suoi obiettivi.

«Perfetto. Possiamo chiudere.»

Quella frase sanciva sempre la fine dell'intervento, anche questa volta andato a buon fine. Amelia sfilò la mascherina, lasciando al resto dell'equipe il compito di ultimare i dettagli.

«Io per oggi ho finito. Ci vediamo fuori» comunicò Amelia.

Una volta fuori dalla sala operatoria, il medico si apprestò a dare notizie dell'esito dell'intervento ai familiari della paziente operata.

«Dottoressa, com'è andata?» domandò con aria ansiosa la madre della ragazza operata.

Amelia, poggiando una mano sulla spalla della donna, la rassicurò.

«Sua figlia sta bene. L'intervento è perfettamente riuscito.»

La donna scoppiò a piangere dalla gioia, segno anche della tensione accumulata durante le ore dell'intervento. Non smetteva di ringraziare Amelia la quale era ormai abituata a scene di quel tipo.

«Ho fatto solo il mio dovere. Adesso deve solo stare accanto a sua figlia e vedrà che tutto andrà bene.»

Dopo un ultimo saluto alla donna, Amelia si congedò. Stava percorrendo il lungo corridoio per raggiungere il suo studio quando un giovane medico la fermò.

«Allora? Com'è andata?» le domandò Thomas fermandola.

Thomas era un collega, oltre che amico di Amelia.

«Più complicato del previsto, ma alla fine è andata» rispose Amelia abbozzando un sorriso.

«Beh, con te non c'erano dubbi!» commentò il giovane. «Allora stasera ti passo a prendere alle otto?»

Amelia fece un'espressione sorpresa.

«La festa di Manuel! Non dirmi che te ne sei dimenticata?» esclamò Thomas.

«Ecco... veramente... Sono un po' stanca. Preferirei rimanere a casa...»

Thomas le scoccò un'occhiata inquisitoria.

«Non me la sento proprio. Sono stati giorni abbastanza pesanti. Di' a Manuel che mi dispiace...» si giustificò la donna.

«D'accordo. Ma sappi che non la prenderà bene...» concluse Thomas con tono deluso. Si voltò e lasciò Amelia in mezzo al corridoio.

Entrata nel suo ufficio, Amelia sfilò il camice bianco collocandolo all'interno di un armadietto color avana. Dopo aver effettuato un rapidissimo controllo della casella di posta elettronica, la donna prese alcuni fogli sopra la scrivania e li infilò dentro una carpetta di pelle. Spento il computer, prese la giacchetta e la borsa dall'appendiabiti e lasciò l'ufficio. Corridoio, ascensore e si ritrovò al piano terra dove, dopo un rapido saluto alle due addette alla reception, Amelia si fermò dinanzi ad un macchinario metallico a forma di paletto posto poco prima dell'uscita principale. Estrasse il tesserino digitale e lo appoggiò sopra lo speciale sensore. Il bip proveniente dal piccolo altoparlante sopra la sua testa annunciava che un altro giorno di lavoro era appena giunto al termine.

Amelia era un tipo abbastanza introverso. Tra le poche persone con le quali riusciva ad aprirsi si annoveravano Thomas e Jenny. Era da diverso tempo che entrambi cercavano, invano, di trovare l'uomo giusto per l'amica, invitandola a numerose feste o alle loro serate mondane. Amelia si trovava bene con loro, forse meno con tutto ciò che li circondava.

Amelia abitava in un attico all'ultimo piano di uno dei palazzi più importanti di San Francisco assieme a Lilly, la sua adorabile cagnolina. Si trattava di una casa in perfetto stile hi-tech, non troppo grande ma abbastanza da assicurarle lo spazio di cui aveva bisogno.

Amelia parcheggiò l'auto elettrica all'interno del suo box nei sotterranei dell'edificio. Imboccò la rampa di scale che conduceva nella hall.

«Buongiorno dottoressa Fisher!» la salutò Charlie, il portiere del palazzo. Si trattava di un androide ad intelligenza artificiale.

«Ciao Charlie» rispose lei avvicinandosi all'elegante tavolo di vetro.

«Solita giornata stressante?» domandò l'androide.

«Già… Non vedo l'ora di buttarmi a letto…» commentò la donna lanciando un'occhiata all'ascensore.

«Aspetti…» disse Charlie. «Qualche fa è arrivata questa per lei.»

L'umanoide porse ad Amelia una busta di lettera. Lei iniziò a guardarla con aria sorpresa.

«Come mai non l'hanno lasciata nella mia cassettina delle lettere?»

«Non saprei, dottoressa. Posso solo dirle che a consegnarla è stato un uomo vestito completamente di nero» riferì Charlie.

Amelia continuava a guardare la lettera con estrema curiosità.

«D'accordo. Grazie mille, Charlie!» concluse lasciando l'androide al suo lavoro.

Una volta dentro l'appartamento, Amelia poggiò borsa e giacchetta sul divano.

«Lilly! Sono tornata!» esclamò.

Di colpo, Lilly le corse incontro dalla cucina abbaiando gioiosamente. Dopo aver riservato delle carezze affettuose alla sua amica a quattro zampe, Amelia fissò ancora una volta la busta di lettera che aveva poggiato sopra al tavolino del salotto. La voglia di scoprire cosa contenesse era tanta, ma di più lo era quella di mettersi in abiti comodi.

Per il resto del pomeriggio Amelia si dedicò a portare avanti del lavoro al computer rimastole in sospeso, dimenticandosi totalmente della lettera.

L'ora di cena era ormai passata da un pezzo. Amelia, esausta nella mente e nel corpo, si diresse verso la camera da letto con in mano lo smartphone per leggere le ultime notizie prima di addormentarsi. Prima di entrare nella stanza il suo sguardo ricadde sulla busta da lettera. Si avvicinò al tavolino del salotto e la prese in mano. Capovolgendola, notò che questa era chiusa da due sigilli con il logo del governo degli Stati Uniti e quello della "New Nasa Corporate". Una scritta in basso fu la cosa che catturò maggiormente la sua attenzione: *"Ad Amelia Fisher. Per il bene di tutti!"*. Non perse tempo e l'aprì. Sfilò il foglio piegato a fisarmonica ed iniziò a leggerne il contenuto. Era stata invitata a presentarsi a Washington alla sede della New Nasa Corporate per prendere parte ad una speciale conferenza.

Springfield, Missouri.

Sala 3 della Northwest Missouri State University. Una cinquantina di studenti ascoltava in doveroso silenzio una donna che indicava con una bacchetta degli schemi proiettati su un grande schermo alle sue spalle. La professoressa Abigail Sanders stava per ultimare la lezione di chimica avanzata del giorno. Quarantacinque anni, ricci capelli castano scuro, occhi vispi posti dietro un paio di occhiali spessi che la facevano somigliare ad una giovane nerd. Aveva ottenuto la cattedra di chimica da cinque anni e teneva quattro lezioni a settimana. Durante il pomeriggio, Abigail ricopriva il ruolo di direttrice e responsabile del laboratorio di ingegneria di biochimica di Springfield. Era stata lei stessa a finanziare parte dei lavori di rinnovo avvenuti dieci anni prima. Abigail amava la chimica in modo incondizionato. Sin da piccola era stata attirata da tutto ciò che poteva trasformarsi. Questa passione le era stata tramandata da suo padre Carl Sanders, anche lui chimico affermato da anni in pensione. Abigail aveva completato gli studi con il massimo dei voti, rendendo fiero suo padre. A causa del suo lavoro e dei numerosi viaggi che doveva affrontare ogni anno, Abigail non riusciva a dedicare molto tempo alla sua famiglia. Suo marito Sam, un onesto meccanico di autovetture elettriche impiegato alla "Ionix & CO", e i suoi tre figli Robert, Cody e la piccola Gwen, rimanevano spesso da soli.

«E così, ancora una volta siamo di fronte ad un'ossidazione parziale! 1.200 gradi!»

Abigail fece una piccola pausa per riprendere fiato.

«Bene, per oggi abbiamo concluso! Entro giovedì voglio trovare nella mia casella di posta elettronica i vostri documenti sulla relazione di oggi! Lunghezza minima 6 pagine! Buona giornata!»

Il leggero mormorio provocato dagli studenti che si alzavano dai rispettivi posti riempì l'intera sala.

Abigail stava sistemando gli ultimi appunti sulla scrivania mentre gli ultimi studenti abbandonavano l'aula quando un uomo in abito scuro entrò con aria apparentemente tranquilla. Si avvicinò ad Abigail intenta scollegare alcuni cavi del suo portatile.

«Professoressa Sanders?» esordì l'uomo sfilando gli occhiali da sole dal viso rivelando un paio di occhi dello stesso colore della sua giacca.

«Sì, salve…» rispose Abigail leggermente sorpresa.

«Devo consegnarle questa.»

Lo sconosciuto uscì dalla tasca una busta di lettera chiusa da due sigilli passandola ad Abigail.

«Chi la manda? E chi è lei?» domandò la donna sempre più perplessa.

«Troverà tutto ciò che le occorre sapere all'interno della busta. Arrivederci.»

Detto questo l'uomo indossò nuovamente gli occhiali scuri e abbandonò l'aula lasciando Abigail ad osservarlo con la busta in mano. Dopo qualche secondo, il suo sguardo ricadde nuovamente sulla busta di lettera. La girò più volte tra le mani. Sulla facciata posteriore spiccavano i due sigilli che poco prima aveva solo intravisto. La facciata anteriore era caratterizzata da due loghi grandi come un francobollo che rappresentavano il governo degli Stati Uniti d'America e la "New Nasa Corporate". Osservando attentamente quei due simboli gli occhi di Abigail si allargarono in preda allo stupore. In basso c'era una scritta: *Ad Abigail Sanders. Per il bene di tutti!*.

Chicago, Illinois.

Jerry era un ragazzo come tanti. Venticinque anni e una passione sfrenata per la biologia. Appena laureato era entrato a far parte del team di ricerca dell'istituto di biologia di Chicago per poter proseguire con i suoi studi di specialistica. Aveva studiato per quello e sua madre ne era felice e orgogliosa. Jerry viveva con lei in un appartamento nella periferia est della città. Per ora gli andava bene così, ma a breve aveva intenzione di andare a vivere da solo. Non faceva mai tardi a lavoro e anche quella mattina stava per fare il suo ingresso all'interno dell'istituto di biologia, pronto e carico per affrontare un l'ennesima giornata di ricerche.

Dopo aver rivolto un rapido saluto agli addetti ai lavori, partendo dal portinaio per finire ad alcuni colleghi, Jerry entrò nel laboratorio dove trovò Bob, un suo collega e amico.

«Com'è che sei già qui?» gli domandò Jerry.

«Sai com'è… Essere single ha anche i suoi vantaggi…»

I due scherzarono un po' prima di iniziare con il loro lavoro. Di lì a poco, Jerry notò parte di una busta marroncina uscire da sotto una pila di fogli di ricerche bianchi.

«E questa? Cos'è?» chiese con aria incuriosita il ragazzo.

«Ah, già! Sta lì da stamattina! L'ha lasciata un uomo elegante che chiedeva di te. Dovevo dirtelo ma l'ho dimenticato, scusami» rispose Bob dandosi una spinta con le ruote della poltrona sulla quale era seduto.

Jerry non perse tempo ad aprire la busta e ad estrarre il foglio. Diede una rapida lettura al suo contenuto ma lo riposò immediatamente all'interno della busta non notando fra l'altro la presenza di due biglietti aerei al suo interno.

La sera stessa, dopo aver finito di lavorare, tornato a casa e cenato, Jerry si mise seduto sul divano del salotto e aprì la busta. Sfilò il foglio e iniziò a leggere con molta più attenzione di quanto ne avesse messo la mattina al lavoro. Il foglio conteneva un invito a prendere parte ad una speciale conferenza che si sarebbe tenuta a Washington organizzata dal governo degli Stati Uniti d'America e dalla "New Nasa Corporate". La lettera indicava che all'interno della busta erano presenti anche due biglietti aerei che Jerry avrebbe utilizzato per raggiungere la capitale americana.

Il giorno seguente il giovane biologo aveva la mente piena di pensieri. Alcuni riguardavano la lettera che aveva ricevuto il giorno prima, ma quelli più persistenti erano per la sua collega di lavoro, Isabel. Già, Isabel… Jerry ne era cotto fin dai tempi del college. Avevano frequentavano lo stesso corso di biologia, e da quando i loro sguardi si erano incrociati lui ne era stato subito rapito. Lei, pelle chiara, occhi di ghiaccio e capelli di fuoco, lui mingherlino e impacciato come solo un secchione sa essere ma abbastanza buffo da scaturire un senso di protezione nei confronti della ragazza tanto che, tra i due, era nata una bellissima amicizia. Jerry, seduto sul letto appena sveglio, iniziò a pensare a Isabel, o meglio a come dichiararsi. Scena che si ripeteva puntualmente quasi ogni mattina. Come ogni giorno, però, la paura di non essere ricambiato era forte quanto l'amore che provava per lei. Quindi rassegnato si preparò per recarsi all'istituto.

Giunto sul posto di lavoro, entrò nell'edificio e come sempre salutò Tim, un uomo sulla sessantina addetto alla reception.

«Salve Tim! Come va?» disse Jerry rivolgendosi all'uomo che stava dietro ad una lastra di vetro. Vedendolo ma non sentendolo da dietro il vetro ricambiare, il ragazzo sorrise e prese l'ascensore. Non appena le porte stavano per chiudersi una mano le bloccò. Era Isabel.

«Ehi, ciao! Ieri eri sparito! Sai… Devo dirti una cosa!» esclamò la ragazza piena di eccitazione mandando su di giri Jerry che non sapeva cosa aspettarsi.

«Ehm… già… ieri avevo un impegno e sono dovuto scappare, sai com'è…» rispose Jerry imbarazzato.

«Di cosa volevi parlarmi?» continuò.

«C'è una persona che mi intriga molto ma non lo sa ancora…» esclamò Isabel a bassa voce.

Nel frattempo le porte dell'ascensore si aprirono.

«Questo è il nostro piano…» comunicò Jerry con il cuore che gli batteva come un tamburo.

«Comunque, come fai a sapere che a lui non piaci anche tu?» continuò il ragazzo con la fretta di uno che doveva prendere il treno ed era in ritardo. Iniziò a correre verso il suo ufficio quasi come se fosse in preda ad un attacco di ansia, seguito da Isabel che faceva fatica a stargli dietro.

«Ehi, va tutto bene?» gli domandò la ragazza cambiando per un attimo atteggiamento. «Sembra quasi che tu voglia scappare da me…» aggiunse.

«No… perché? Strano io? Ma no…» farfugliò Jerry.

«D'accordo… Comunque, tu forse lo conosci bene…» continuò Isabel riprendendo l'eccitazione di prima mandando ancora di più in agitazione Jerry che quasi saltava per aria per come il cuore gli batteva.

«Mi riferisco a Franz! Non è nel tuo stesso reparto? Potresti metterci una buona parola?»

Sentendo quelle parole pronunciate dall'amica, Jerry si sentì mancare la terra sotto i piedi. Quello che lui sperava tanto in realtà non sarebbe mai accaduto. La ragazza che avrebbe voluto come sua compagna di vita desiderava invece un suo collega, tra l'altro un emerito idiota, distruggendo tutti i sogni che aveva fatto in tutti quegli anni. Il suo cuore sembrava essersi arrestato per un paio di secondi e il giovane biologo rimase attonito con lo sguardo perso nel vuoto.

«Jerry! Jerry! Ci sei? Va tutto bene?» sentì domandarsi dalla ragazza ma la sua voce sembrava lontana e appena udibile, come se fosse a decine di metri di distanza.

Poi rinsavì di colpo.

«Mhmm... sì... Vedrò cosa posso fare... Adesso però devo scappare se no Bob farà saltare in aria l'intero edificio! Ci vediamo!» concluse Jerry alla spiccia.

Isabel rimase immobile ad osservarlo alquanto perplessa.

Phoenix, Arizona.

Era una giornata afosa. Il sole splendeva nel cielo arancio e rendeva incandescente le rocce. Il suolo, e persino l'aria, sembravano poter prendere fuoco da un momento all'altro. Un serpente a sonagli si muoveva in cerca di ombra per proteggersi dalla calura su alcune rocce che circondavano il poligono di tiro dove un plotone di soldati scelti si preparava a sparare. Le sagome di metallo arrugginite stavano lì, incandescenti, in attesa di essere colpite dai proiettili scagliati dalle armi dei giovani soldati piazzati a circa mille metri da esse, sulle colline. Dieci marine, capeggiati e guidati dal loro sergente istruttore capo Lucas Douglas si apprestavano a prendere posizione.

«Tutti a terra! Prendete posizione!» comandò il sergente.

I soldati obbedirono prendendo ognuno il proprio posto. Sdraiandosi e caricando il fucile di precisione, rimasero in attesa dell'ordine di aprire il fuoco. Douglas era abituato al sole cocente dell'Arizona e, dati i suoi trascorsi in quel luogo infernale, se la prese comoda nel dare l'ordine. Lasciò i suoi uomini in attesa per svariati minuti. Sapeva che doveva far capire a quelle che per lui erano mezze cartucce che la vita nell'esercito non era un gioco e che li avrebbe portati a scelte difficili, ad attese snervanti in condizioni difficilissime. Lucas Douglas, un afroamericano di circa sessant'anni, grande di cuore e di spirito, dedito al suo lavoro, oggi era lì, con in mente un solo obiettivo: tirare fuori il meglio da quei sette uomini e quelle tre donne in attesa di un suo ordine. Alcuni di loro iniziavano a spazientirsi, altri ancora erano già sudati, ma non arrivava ancora nessun comando. Sembrava quasi che Douglas lo facesse di proposito. Doveva solo gridare il nome del soldato e questi avrebbe scagliato il colpo, ma ancora nulla. Dopo essersi preso un bicchiere di limonata fresca dal tavolo sotto un parasole lì vicino, il sergente istruttore scoccò una rapida occhiata alla truppa e si fece subito un'idea di chi avrebbe potuto svolgere al meglio il proprio compito in quella giornata di fuoco. Prese il binocolo e guardando le sagome a distanza urlò: «MONTGOMERY!»

Non fece nemmeno in tempo a finire di pronunciare il nome che un rombo causato dallo sparo squarciò l'aria e il silenzio della vallata lasciò il posto allo stridio della pallottola che colpì la sagoma di metallo proprio sulla spalla destra.

«Ben fatto, Montgomery! La prossima volta mira alla testa!» esclamò con la sua pesante voce il sergente rivolgendosi al giovane che a bassa voce tra sé borbottò: «Perché, a cosa avrei mirato?»

Un po' deluso, il giovane Montgomery riprese ad osservare le sagome dal monocolo del fucile.

«PINCHER!» urlò Douglas.

Un altro colpo venne sparato dal suddetto soldato.

Questa volta il colpo mancò completamente il bersaglio, andando a depositarsi tra la ghiaia e ciottoli dietro le sagome di metallo, sotto lo sguardo deluso di Douglas.

«Cazzo, Pincher! Mancato in pieno! Non riusciresti a beccare il culo di un elefante nemmeno se questi ti fosse seduto davanti!» esclamò il sergente strappando qualche sorriso ad alcuni commilitoni tranne al ragazzo che aveva sparato il colpo.

Un po' arrabbiato e deluso, il giovane aspettava altri ordini. Nuovamente, i soldati, in attesa di essere chiamati, si riposizionarono nelle postazioni, sotto il sole cocente. Tra di loro c'era Emily Parker, giovane militare dai capelli castano chiaro e occhi da cerbiatto. Aveva una goccia di sudore che le scorreva dalla fronte fino all'occhio destro, quello non usato per guardare dal monocolo. Cercò di asciugarsela, ma non appena Douglas la sorprese leggermente distratta urlò il suo nome. Emily perse circa due secondi per rimettersi in posizione e tirare il colpo. Il proiettile colpì la testa del manichino facendo scintillare il metallo e lasciando di sasso non solo i commilitoni ma anche lo stesso Douglas.

«Ottimo lavoro, Parker! Ottimo lavoro!»

Di lì a poco l'esercitazione finì e ogni soldato ruppe i ranghi andando a rinfrescarsi un po'.

«Andate pure a rinfrescarvi, ve lo meritate! Ottimo lavoro, ragazzi! Tranne a voi, Pincher e Sully! La vostra mira fa cacare...» disse con tono scherzoso il sergente da sotto il tendone parasole.

«Parker, posso parlarti?» domandò Douglas alla ragazza.

Emily si avvicinò temendo un rimprovero da parte dell'uomo.

«Signore, mi scuso per essermi...» cercò subito di giustificarsi ma venne interrotta all'istante dal proprio superiore.

«Sta' tranquilla, Parker. Hai fatto un ottimo lavoro!» disse Douglas con un sorriso convinto.

«Beh, grazie signore...» si limitò a dire la giovane.

«Questa mattina è arrivata nel mio ufficio una lettera da parte del governo e della Nasa. Volevano che raccomandassi qualcuno dei miei per un progetto...» comunicò l'uomo.

Seguì qualche secondo di pausa in cui Douglas cercò negli occhi della ragazza una possibile reazione.

«Ho pensato a te. Che ne dici?»

Emily fu colta alla sprovvista dalla notizia del sergente e prese alcuni secondi per pensare.

«Signore... Io... Sono confusa... Non so nemmeno di cosa si tratti...» disse la giovane marine con aria titubante.

«Tutto ti sarà più chiaro a Washington. Sei troppo in gamba per invecchiare in questo buco di merda... Troverai la lettera d'invito e i biglietti aerei nella tua camera.»

«Signore... Non so cosa dire...» balbettò ancora una volta il soldato.

«Non dire nulla. Onora il tuo paese! *Per il bene di tutti!*» concluse Douglas.

Con sguardo colmo d'ammirazione entrambi fecero il saluto militare ed Emily tornò al suo alloggio.

Arrivata lì, prese la busta con le mani tremolanti per l'eccitazione, sfogliò la lettera e i biglietti. Era pronta a partire per Washington.

Capitolo 2 - Una nuova speranza

Jerry era occupato a preparare il suo piccolo bagaglio.

Indeciso su cosa portare a causa dell'agitazione, mescolata alla curiosità che l'aveva colto quella stessa mattina, continuava a gettare sul letto magliette e pantaloncini alla rinfusa.

«Questa no... Questa è troppo appariscente... Ah! Questa va bene!» esclamò il ragazzo mentre selezionava le camicie da portare con sé.

Scelse un paio di pantaloni, dell'intimo e riempita la piccola borsa la mise vicino alla porta di casa. Prese i suoi effetti personali, chiavi, portafoglio e un dispositivo a forma di carta di credito sottile e trasparente che fungeva da smartphone. Diede un'ultima occhiata per vedere sé stesse dimenticando qualcosa.

«Mamma! Sto per andare!» urlò Jerry.

La madre del ragazzo uscì dalla sua camera ancora in vestaglia.

«Il mio ometto che va a Washington! Sono orgogliosa di te! Fagli vedere chi sei!» disse la signora Vandcamp. «Vieni qui, fatti abbracciare!» aggiunse la donna stringendo a sé il figlio.

«Mamma, sto via solamente qualche giorno... Non vado mica sulla Luna!» disse Jerry con un sorriso.

Le diede un tenero bacio sulla guancia, prese il bagaglio e si diresse verso il taxi sotto lo sguardo commosso della donna.

A New York, Michael era appena salito a bordo del volo che lo avrebbe portato in pochi minuti a Washington. L'aereo si presentava dalla forma allungata con ali relativamente piccole e con due grossi motori elettrici pronti a dargli una spinta supersonica. Sulla fiancata spiccava il motto della compagnia *"The world in less than an hour"*. Preso il suo posto sul velivolo argentato dagli interni bianchi e avana, sedutosi sul sontuoso sedile in materiali sintetici ma non per questo di bassa qualità, Michael rifletté tra sé.

«Chi diavolo me l'ha fatto fare?» disse a bassa voce attirando l'attenzione del passeggero seduto accanto a lui.

«Prima volta su un Jet Line?» gli chiese José, un uomo di origine ispaniche sulla cinquantina e leggermente in sovrappeso.

Michael si girò lentamente verso di lui.

«No! Non è la prima volta!» rispose svogliato.

«Piacere, io sono José! Spero di fare un buon viaggio in vostra compagnia!»

Michael che lo fissò per un paio di secondi.

«José, eh... Io sono Michael. Stammi bene a sentire. Non dormo da qualcosa come un paio di notti, e come se non bastasse al bar dell'aeroporto avevano terminato il whisky. Mi trovo su un dannato aereo che non avrei voluto prendere vicino ad un uomo che non ho mai visto e che già non sopporto... Sì, sarà proprio un bel viaggio...»

Detto questo l'ex marine si girò verso il finestrino chiudendosi in sé stesso, ignorando il povero José che si girò dall'altra parte esclamando: «Che modi!»

Washington D.C.

Qualche ora più tardi, Jerry scese dal taxi preso all'aeroporto di Dulles. Si trovava ad un centinaio di metri dalla sede della New Nasa Corporate. L'edificio appariva bellissimo. Sembrava un cristallo per come brillasse, merito delle ampie vetrate. Jerry, dopo aver perso qualche secondo ad ammirarlo, si incamminò verso l'entrata. Lì, sopraggiunse Emily in tenuta civile. Cappottino nero e un paio di pantaloni blu scuro. Entrambi arrivarono vicino l'entrata e col solito imbarazzo di chi dovesse passare per primo alla fine Jerry si fece da parte.

«Prego! Prima le signore!» disse il giovane biologo con un sorriso cordiale.

«Oh, un cavaliere! Pensavo fossero estinti...» commentò Emily con sarcasmo.

I due, dopo essersi scambiati un sorriso e un rapido sguardo d'approvazione, entrarono nella struttura prendendo direzioni diverse.

Jerry diede un'ultima occhiata ad Emily, quindi estrasse lo smartphone per vedere se fossero arrivate delle e-mail dal lavoro. Compì alcuni passi senza guardare dove stesse andando e anche se procedeva piano si scontrò con un uomo a cui fece cadere un trolley e alcuni effetti personali dalle mani.

«Oh, mi scusi... Sono desolato! Non l'ho fatto di proposito... Ero distratto...» farfugliò velocemente Jerry cercando di raccogliere gli oggetti dell'uomo.

«E ci credo! Guarda dove vai, ragazzo! Potresti farti male o far male alla gente!» esclamò Michael bruscamente nei confronti del giovane biologo. Notò subito quanto questi fosse impacciato nel raccogliere gli oggetti, specialmente la lettera della Nasa anch'essa caduta per terra.

«Dammi qua, ragazzo! Sei qui anche tu per quella stupida pagliacciata?» gli chiese Michael.

«E lei come fa a saperlo?» rispose prontamente Jerry.

«Per come hai guardato quella lettera!» disse l'ex pilota ma una voce proveniente da alcune lastre di vetro utilizzate come altoparlanti facendole vibrare con induzione sonora lo interruppe.

«Si invitano i cortesi ospiti a recarsi al padiglione tre! La conferenza inizierà fra quindici minuti! Grazie!» comunicò la voce femminile dal suono quasi metallico.

«Hai sentito? Dobbiamo andare! Prendi posto e… buona fortuna!» concluse Michael ad un gelato Jerry che rimase sul posto un attimo prima di rinvenire e dirigersi anch'egli al padiglione.

Arrivato all'ingresso del padiglione, David trovò due steward che gli domandarono la lettera di invito. L'ingegnere del Montana infilò la mano nella tasca del cappotto, prese la lettera e la consegnò ad uno di loro.

«Prego. Lei è al posto 1367. Ci arriverà dirigendosi da quella parte» gli indicò l'addetto dopo aver scansionato la lettera.

«Ottimo, sembra di essere ad un concerto! Ma quanta gente!» esclamò guardandosi intorno.

Centinaia di persone prendevano posto in quello che sembrava un teatro antico a forma di semi cerchio con tanti anelli rivolti verso il palco dominato da un maxischermo.

Nello stesso momento, dietro le quinte, quando tutti tra il pubblico erano intenti a prendere posto, due uomini bevevano quello che sembra essere un ottimo liquore costoso.

«Provate questo, Matthew! Le assicuro che è lo scotch migliore che lei abbia mai assaggiato…»

Ferdinand Piquet, presidente degli Stati Uniti d'America, passò un bicchiere contenente due dita di scotch al generale Matthew Ross. Matthew raccolse il bicchiere e buttò giù un piccolo sorso, facendo intuire, tramite un'espressione facciale di aver gradito molto il liquore offertogli dal Presidente.

«Cosa le prende, Matthew? Tutte quelle guerre e adesso basta una conferenza per toglierle le parole? Su vecchio mio, stia sereno! Andrà tutto bene!» esclamò il Presidente dando una serie di piccole pacche sulla spalla a Matthew.

«Signore, è il momento! Tutti hanno preso posto! Si può iniziare!» annunciò uno dei tanti addetti ai lavori con in mano un tablet.

«Sì, arrivo!» assicurò Piquet. «Matthew, questa è l'alba di una nuova era. Facciamo sì che inizi nel migliore dei modi» continuò a bassa voce, quasi fosse un sussurro vicino a Matthew. Quindi si diresse dietro al palco lasciando il generale al suo drink.

Tutti i presenti erano seduti ai loro posti. Le luci in sala si abbassarono e si accese l'occhio di bue al centro del palco.

«Signore e signori, il Presidente degli Stati Uniti d'America Ferdinand Piquet!» annunciò lo speaker.

Sul palco il Presidente prese posto dietro il microfono.

«Buongiorno a tutti e benvenuti!» esclamò spezzando il silenzio che si era creato.

Tutti i presenti risposero con un applauso quasi automatico.

«Intanto è mio dovere ringraziarvi per aver accettato il nostro invito! È giusto che sappiate che nella nostra sede europea di Copenaghen e nella sede asiatica di Shangai sta avendo luogo lo stesso incontro dove affronteremo un grave problema che ci affligge da molto tempo!»

Mentre il Presidente pronunciava queste parole tra il pubblico gli sguardi si facevano sempre più perplessi, ma nello stesso tempo pieni di curiosità.

«Come ben sapete, da qualche anno il nostro pianeta è entrato nella zona che noi abbiamo definito "ROSSA", vale a dire che la vita dell'intero ecosistema è in serio pericolo! Ma prima che vi allarmiate troppo o che vi scomponiate eccessivamente, cedo la parola a colui che vi illustrerà la soluzione che abbiamo pensato! Signore e signori, il tenente generale Matthew Ross!» concluse Piquet dirigendosi dietro le quinte.

«Sono suoi...» aggiunse rivolgendosi a Matthew e dando l'ultima pacca sulla spalla si defilò, uscendo definitivamente di scena.

Matthew prese posto dietro al pulpito. Fatto un bel respiro inumidì le labbra secche e prese a parlare.

«Buongiorno a tutti! Come avete sentito dalle parole del Presidente sono qui per presentarvi il problema, ma anche la soluzione! Ovviamente riconoscete tutti questo pianeta alle mie spalle...» esclamò Matthew indicando dietro di lui il maxischermo in cui apparvero le immagini della Terra.

«Ebbene, questa era la Terra circa cinquant'anni fa! Come potete osservare, i poli erano ancora leggermente ricoperti da ghiaccio, i deserti erano estesi un terzo di quanto lo siano adesso e le specie animali contavano il quindici per cento in più rispetto a quelle di oggi!»

Matthew fece un breve pausa durante la quale sul grande schermo alle sue spalle scorrevano altre immagini.

«Un altro grave problema, sottovalutato da molti, è quello che riguarda il sovrappopolamento, nonostante le severe leggi imposte da molti Stati del mondo! Sul nostro pianeta adesso vivono circa dodici miliardi di esseri umani. Di questo passo, in breve tempo, non ci saranno più le risorse sufficienti!»

Matthew pronunciava quelle parole cercando di captare qualche sguardo tra i presenti in sala mentre dietro di lui continuavano a scorrere immagini del pianeta Terra ormai dilaniato da fame, carestie, eventi climatici fuori controllo e inquinamento.

«La realtà è questa! Se continueremo così, la razza umana si estinguerà per mano propria! E porterà nel baratro con sé migliaia di specie animali e vegetali!» aggiunse il generale.

Dopo qualche secondo, si spostò verso il lato destro del palco tra il brusio generale.

«Ma il destino, Dio, o che dir si voglia, scegliete voi a chi attribuire questa cosa, ha deciso di concederci una seconda possibilità!»

Le espressioni dei presenti si fecero ancora più curiose. Il generale continuò.

«Quattro anni fa i nostri telescopi hanno individuato questo!»

Sul maxischermo comparve l'immagine di un nuovo pianeta molto simile alla Terra.

«Questo è Proxima B! Un esopianeta che dista poco più quattro anni luce da noi! Orbita intorno ad una nana rossa ed è l'unico pianeta conosciuto fin ora in grado di poter ospitare la vita umana!» annunciò Matthew.

Le immagini sul maxischermo alle sue spalle cambiarono ancora una volta.

«Ciò che ci ha colpito è stato il fatto che quella stella non doveva vedersi da lì! Per come erano puntati i nostri telescopi, non doveva vedersi nessun esopianeta... Ci siamo chiesti a lungo il motivo, ma niente, non riuscivamo a capire perché si trovasse proprio lì! Ma poi abbiamo capito...»

Matthew prese una pausa e questa volta fu lui a cambiare immagine sullo schermo.

«Eccolo lì, signori! Un wormhole!»

Tra il pubblico si iniziarono ad accavallare le voci.

«Non solo ci ha permesso di individuare il pianeta, ma accorcerebbe pure il tragitto di un eventuale viaggio! Da quattro anni luce a cinque anni e sei mesi terrestri, secondo i nostri calcoli!»

Matthew tornò al centro del palco.

«Adesso veniamo al vero motivo per il quale vi trovate qui. Tutti voi siete stati selezionati perché valutati e ritenuti i migliori nei rispettivi campi. Chimici, ingegneri, biologi, medici, militari, fisici, appartenenti al gruppo di persone indispensabili per ogni società umana che si rispetti! Avrete una settimana di tempo per decidere se vorrete intraprendere questo viaggio di sola andata per colonizzare e terraformare questo nuovo pianeta! Sappiamo che molti di voi hanno famiglie con figli e possiamo comprendere benissimo che sarà una scelta difficile quella che dovrete affrontare, ma dovete sapere anche che, una volta giunti su Proxima B, su questa seconda occasione, passerà poco tempo prima che anche i vostri cari vi possano raggiungere con un secondo viaggio e ricominciare una seconda vita tutti insieme! Questa è l'ultima occasione che abbiamo!»

Matthew parlava come uno che avesse già affrontato una missione di quel tipo. In realtà, aveva passato gli ultimi quattro anni a studiare ogni cosa, ogni particolare su Proxima B.

«Bene! Se ci sono domande...» riprese Matthew.

Tra il pubblico iniziarono a muoversi dei microfonisti. David alzò la mano insieme ad altri in attesa di ricevere il microfono.

«Ehm... sì! Lei! Mi dica!» disse Matthew riferendosi ad un chimico nel settore corrispondente.

«Jeff Bishop! Chimico! Questo pianeta che conformazione possiede? E che temperatura troveremo quando arriveremo lì?» chiese il chimico con la sua voce che usciva dagli altoparlanti della sala.

«Si tratta di un pianeta propriamente roccioso! Altrimenti non avremmo potuto pensare di poter impiantare lì la colonia! L'idea sarebbe quella di atterrare nella zona intermedia, precisamente nei pressi dell'equatore, dove le temperature dovrebbero essere molto simili a quelle della Terra!» rispose Matthew.

Continuò a cercare qualche altro tra i presenti che volesse porgergli domande.

«Lei! In seconda fila!» disse.

Questa volta la domanda arrivava da un fisico.

«Bill Gray! Fisico! Che tipo di atmosfera troveremo su Proxima B?» chiese l'uomo sulla quarantina.

«Dai dati che sono emersi in base ai nostri rilevamenti effettuati abbiamo ipotizzato che l'atmosfera di Proxima B sia composta da ossigeno e azoto, quindi molto simile a quella terrestre!»

Le mani tra le poltrone si alzarono nuovamente, quasi all'unisono, e il generale scelse ancora una volta a chi doveva andare il microfono.

«La ragazza in seconda fila! Sì!» esclamò Matthew indicando con la mano sinistra Emily.

«Emily Parker! Marine! Quanti saremo a partire?» domandò l'affascinante soldato.

«La prima missione, ovvero quella che ci permetterà di impiantare la prima colonia, conterà cinquecento persone tra uomini e donne per ognuna delle tre navi madre! Ognuna di esse annovererà a bordo i migliori selezionati nei rispettivi campi! Sarà un onore per me condividere il viaggio con essi!»

All'improvviso, da dietro le quinte si fece avanti uno degli addetti ai lavori che si avvicinò a Matthew comunicandogli qualcosa all'orecchio. Dopo qualche istante, Matthew riprese a parlare.

«Purtroppo il tempo a mia disposizione è terminato! Coloro che decideranno di accettare dovranno riferire la propria decisione prima della scadenza data a una settimana a partire da oggi! Verrete messi al corrente di ulteriori informazioni, verrete formati e addestrati per questa missione! E ricordate: *Per il bene di tutti!* Fate la scelta giusta! Sempre! Grazie a tutti!» si congedò Matthew.

Si diresse verso il dietro del palco lasciando sgomenti la maggior parte dei presenti che dopo alcuni secondi di silenzio iniziarono a mormorare tra loro.

«Ottimo lavoro, Ross!» esclamò il Presidente rivolto a Matthew. Aveva ancora il bicchiere in mano e lo attendeva nel dietro le quinte.

«Grazie, Signore» rispose Matthew ritirandosi nel suo camerino.

Il sole splendeva alto nel cielo di Washington, anche se faceva decisamente freddo. Emily, uscita dalla sede della New Nasa, cercò una panchina che fosse esposta al sole per potersi scaldare un po' e meditare su ciò che aveva sentito alla conferenza. Alzò lo sguardo scrutando le nuvole attraverso enormi grattacieli. Il rumore del traffico, seppur totalmente elettrico, riempiva le strade della città, come il chiacchiericcio della gente. Per un attimo la ragazza chiuse gli occhi provando a isolarsi. Dopo un paio di minuti, sulla strada di fronte la panchina, si fermò un taxi a guida autonoma che lei aveva chiamato poco prima. Emily salì a bordo.

«Aeroporto Internazionale di Washington-Dulles, per favore!» comunicò la giovane allacciandosi la cintura di sicurezza.

«*Aeroporto Internazionale di Washington-Dulles. Arrivo previsto fra ventiquattro minuti*» rispose l'intelligenza artificiale dell'auto che si mise subito in movimento tra il traffico da terra di Washington.

Dal tetto trasparente del mezzo Emily osservò ancora una volta il cielo, dove gli spazi tra i palazzi venivano percorsi da velivoli volanti e droni bus a guida autonoma che formavano il traffico superiore. Riabbassò lo sguardo dando un'occhiata sfuggevole allo smartphone per poi pagare la corsa con lo stesso.

Dopo circa un quarto d'ora l'auto giunse dinanzi l'entrata principale dell'aeroporto di Dulles.

«*Aeroporto Internazionale di Washington-Dulles. Destinazione raggiunta. Grazie. Arrivederci.*»

La voce dell'automa uscì ancora una volta dagli altoparlanti dell'auto e la chiusura delle porte si sbloccò, consentendo alla ragazza di scendere.

A bordo dell'aereo di ritorno per l'Arizona, Emily era un misto tra eccitazione e malinconia. Era stata sempre una persona decisa, ma questa volta non riusciva nemmeno ad avvicinarsi a un'eventuale scelta.

Giunta in caserma, Emily iniziò a sistemare gli effetti personali nel suo armadio. Sarebbe dovuta rimanere a Washington per un altro giorno, ma aveva deciso di far ritorno a Phoenix un giorno prima. Così, dopo aver svuotato la borsa, si sdraiò sul letto a riflettere.

Passarono due minuti e sentì bussare alla porta della camerata.

«Parker, il sergente Douglas ti aspetta nel suo ufficio!» comunicò un soldato.

Nell'ufficio di Douglas, qualche minuto più tardi, due colpi alla porta fecero fermare il sergente da ciò che stava facendo.

«Sì, avanti!»

«Signore, voleva parlarmi?» disse Emily fermandosi sugli attenti davanti l'entrata della stanza.

«Sì, Parker. Entra» rispose con autorità Douglas facendo segno con la mano ad Emily per indicarle la sedia davanti a lui.

«Allora, com'è andata a Washington?» domandò il sergente istruttore con un accenno di sorriso.

«Bene, signore. Lei ne sapeva qualcosa? Mi riferisco al tema della conferenza» indagò Emily un po' sorpresa.

«Giusto quello che c'era da sapere...» replicò Douglas con un mezzo sorriso.

«Sarò sincero con te, Parker. Ho spinto io la tua candidatura per questo progetto...» puntualizzò ancora una volta l'uomo.

«Perché proprio io, signore? Ci sono tanti altri migliori di me, e anche più preparati...» disse Emily con un tono di voce tremolante.

«Parker, ascoltami...»

Douglas fece una breve pausa.

«Questa faccenda non è per la gente preparata. Nessuno può esserlo per una cosa del genere. Qui si tratta di persone giuste. E tu sei la persona giusta» affermò il sergente istruttore guardando fisso negli occhi Emily per un paio di secondi.

«Senti, posso capirlo come ti senti. Sicuramente anche gli altri che erano assieme a te a quella conferenza si sentiranno così, ma fidati, tutto ti sarà più chiaro più avanti» continuò Douglas.

Emily, con uno sguardo deciso ma che all'apparenza appariva quasi rassegnato, rispose.

«D'accordo, signore. Ho deciso. Accetterò di prendere parte alla missione.»

«Ben fatto, soldato! Ottima scelta!» esclamò Douglas lasciandosi andare a una piccola risata liberatoria.

«Ah, dimenticavo... Hai la giornata libera» concluse l'uomo.

«Grazie, signore!» rispose la giovane marine. Chiuse la porta dell'ufficio di Douglas e si diresse verso il suo alloggio.

Springfield, Missouri.

Abigail abitava in una delle tantissime villette a schiera della zona residenziale est di Springfield. Una zona abbastanza tranquilla che la stessa Abigail aveva scelto insieme al marito. La vita della famiglia Sanders si svolgeva quasi interamente all'interno del quartiere. Era lì che si trovava l'Università dove Abigail impartiva lezioni ai suoi studenti, ed era sempre lì che era collocato il laboratorio di ingegneria biochimica del quale era responsabile. La fabbrica dove lavorava suo marito Sam si trovava a pochi isolati dall'Università, mentre la scuola che frequentavano i tre figli della coppia era poco più distante. I quartieri, o meglio zone della città, erano costruiti in modo tale da poter soddisfare tutti i fabbisogni dei cittadini, anche perché non era molto conveniente spostarsi troppo dato l'elevato numero di abitanti e il traffico.

L'aereo sul quale viaggiava Abigail era appena atterrato all'aeroporto di Branson. Erano circa le 14 quando la donna uscì dalle porte scorrevoli degli arrivi. Con sua grande gioia notò che ad attenderla c'era tutta la famiglia.

«Mamma!» esclamarono i bambini alla vista della madre prima di correre ad abbracciarla.

«Bentornata, tesoro» le disse Sam togliendole il bagaglio dalle mani.

Dopo altri affettuosi saluti, la famiglia si diresse al parcheggio esterno per raggiungere la loro auto. Si trattava di uno degli ultimi modelli prodotti dall'azienda dove lavorava Sam, un'autovettura elettrica simile ad un SUV di media grandezza di colore grigio siderale, dotata di qualsiasi comfort.

Durante il viaggio, nessuno chiese ad Abigail del viaggio. Erano solo felici di riaverla con loro.

Quel pomeriggio, Robert e Cody, i due figli più grandi, si trovavano da un amico per studiare mentre la piccola Gwen era stata accompagnata dal padre a lezione di danza classica. Abigail aveva avuto tutto il tempo per rilassarsi e disfare i bagagli.

Poco prima dell'ora di cena, la porta d'ingresso di casa si aprì.

«Tesoro, sono a casa!» esclamò Sam.

Abigail rispose dalla camera da letto finendo di sistemare gli ultimi vestiti all'interno dell'armadio.

«Per stasera ho ordinato le pizze» comunicò Sam dal corridoio avvicinandosi sempre più alla camera da letto.

Abigail chiuse la valigia vuota e si diresse in salotto mentre Sam si cambiava la maglietta. La donna si trovava seduta su uno dei tre divani a penisola quando venne raggiunta dal marito.

«Allora, raccontami tutto di Washington!» propose Sam con tono abbastanza tranquillo.

Abigail mutò per un attimo espressione in viso.

«Tesoro, è tutto ok?» domandò l'uomo dopo qualche secondo notando lo strano silenzio della moglie.

«Siediti, per favore» disse Abigail.

Sam prese posto sul divano di fronte.

«Sono stata selezionata per una missione di colonizzazione» comunicò a bruciapelo.

«Cosa?» reagì Sam.

«Sì. Su un esopianeta che si trova poco fuori il nostro sistema solare...» proseguì Abigail.

Seguì qualche secondo di silenzio che sembrò durare un'eternità.

«Senti, so che potrà sembrarti assurdo ma...»

«Un nuovo pianeta?» la bloccò Sam più incredulo che sorpreso.

«Già... Sono stata scelta in veste di chimico assieme ad altre persone che ricopriranno altri ruoli...»

Sam divenne un pezzo di marmo.

«Sam, è un viaggio di solo andata... capisci?»

«Tutto ciò è pazzesco!» esclamò Sam alzandosi di scatto dal divano.

«Ascolta, io...»

«Hai già deciso di accettare?» la interruppe nuovamente.

«No, ovviamente...» rispose Abigail abbassando lo sguardo, «Aspettavo di parlarne con te e i ragazzi...»

Sam si passò le mani tra i capelli neri, ancora di spalle.

«Non ti ho ancora detto tutto...» riprese Abigail spezzando quel silenzio imbarazzante che si era ricreato e facendo voltare il marito.

«Se la missione avrà successo, le famiglie dei primi colonizzatori potranno raggiungere il pianeta con un secondo viaggio» rivelò Abigail.

Sam la guardò ancora stranito. Quindi si sedette nuovamente.

«Abigail, ti rendi conto di quello che mi stai chiedendo?» domandò.

«Non ti ho chiesto nulla, Sam! Se tu non vorrai, non accetterò. Ma sappi che ne andrà del futuro dei nostri figli! Ricordi quel discorso che abbiamo fatto alla festa di Ben? La Terra è in serio pericolo, ma noi abbiamo una seconda possibilità...»

Lo sguardo di Sam andò a posarsi su una foto sopra il mobile accanto che lo ritraeva assieme alla moglie e ai tre figli.

Missoula, Montana.

David si trovava seduto sul divano del soggiorno con la testa china all'indietro. La sua mente era piena di mille pensieri. Il silenzio venne rotto dall'abbaiare di Roth fuori in giardino. David si alzò, scostò la tenda della finestra notando che si trattava dell'auto di Gaia di ritorno dal lavoro. La porta d'ingresso si aprì e la moglie di David entrò in casa, lasciando fuori il cane che continuava ad abbaiare.

«David, finalmente!» esclamò Gaia con aria stanca poggiando sull'altro divano la borsa e il cappotto.

David si alzò e le andò incontro abbracciandola e stringendola più forte del solito.

«Allora? Com'è andata?» chiese la donna.

David si prese qualche secondo prima di parlare.

«Devo parlarti a proposito della conferenza...»

«È successo qualcosa?» indagò Gaia iniziando a far trapelare un minimo di preoccupazione.

«Nulla di grave, sta' tranquilla» la rassicurò David. «Prima mangia qualcosa. Ne parliamo dopo...»

Una decina di minuti dopo, dopo essersi assicurata che Leo stesse dormendo, Gaia scese in cucina dove trovò David seduto ad aspettarla. Solita preghiera e la donna iniziò la cena a base di legumi.

«Allora, vuoi dirmi che succede?» domandò imboccando il primo cucchiaio di minestra.

David aveva il volto tirato. Prese due lunghi sospiri che insospettirono ulteriormente la moglie, quindi si decise a parlare.

«Gaia, tesoro, te lo dico senza troppi giri di parole...»
David alzò lo sguardò e fissò la moglie.

«Il Governo e la New Nasa hanno una missione da compiere per colonizzare un nuovo pianeta extra solare. Desiderano che io ne prenda parte in veste di ingegnere...»

Gaia ebbe come un lieve sussulto. David abbassò per un attimo lo sguardo non sapendo se e come continuare il discorso.

«Ci hanno spiegato tutto durante la conferenza. Stanno reclutando i migliori piloti, militari, medici, chimici ed ingegneri del mondo, ed io faccio parte di questo gruppo. Ci hanno dato sette giorni per decidere e presentarci nuovamente a Washington...»

David fece una breve pausa.

«Io... io sono convinto che la scelta migliore sia quella di accettare.»

Quelle parole caddero come un macigno per Gaia ma anche per lo stesso David.

«Ma di che stai parlando!» reagì la donna sbattendo con violenza il cucchiaio sul piatto.

«Gaia, ascolta...»

«Ti rendi conto di quello che mi hai appena detto?»

«Ascoltami!» cercò di incalzare David, ma Gaia sembrava non voler sentire ragioni.

«Non hai pensato a me e a Leo? E poi, quanto durerebbe questa missione?»

«É proprio questo il punto! Si tratta di un viaggio di sola andata! Una volta partiti non si torna più indietro...»

Gaia sgranò le pupille, stupita e incredula. David ne approfittò per continuare.

«Ovviamente ho pensato anche a te e a Leo. Se la missione andrà in porto col primo gruppo, le navicelle torneranno indietro per prendere le famiglie dei colonizzatori...»

Per un attimo Gaia cambiò espressione in viso.

«Come sarebbe?»

«É così. Prima della partenza dovremo firmare un contratto con il governo e la New Nasa che ci assicura una nuova vita su Proxima B» concluse David.

La minestra nel piatto di Gaia era ormai fredda. Lei fissava il marito con sguardo smarrito.

«Io... Non so cosa dire...» furono le sole parole che le uscirono.

«Questa missione salverà l'intero genere umano. Io mi sento in dovere di essere parte di questo progetto, sacrificandomi per il prossimo, proprio come mi hanno insegnato i miei genitori e i miei nonni...»

Adesso per Gaia le parole di David avevano un peso diverso.

«Dovremo parlarne a Leo...» commentò lei con voce tirata.

«Lo farò domattina» assicurò l'uomo baciando sulla guancia la moglie che si alzò da tavola con il piatto ancora semi pieno poggiandolo sul lavello.

«Vado a letto. Sono esausta...»

«D'accordo» rispose David.

Quando Gaia lasciò la cucina, David riprese in mano il tablet poggiato sul tavolo. Sullo schermo comparve un documento riportante le informazioni sulla missione.

New York.

Lo schiocco Di alcune stecche da biliardo faceva da sottofondo al leggero brusio accompagnato da musica country che risuonava all'interno di un pub sulla quarantaquattresima. Lì, Michael era cliente fisso. Erano circa le 23 e l'uomo si trovava seduto sul solito consueto sedile di legno davanti al bancone.

«Dammene un altro, Sten!»

Il banconista, un uomo di qualche anno più giovane di Michael, scoccò un'occhiata obliqua al pilota. Quindi prese una bottiglia di whisky e riempì il bicchiere sul bancone.

«Cerchi di recuperare quello che hai perduto in questi ultimi giorni?» commentò Sten quasi con ironia.

Michael fece finta di non sentirlo, buttando giù il whisky tutto d'un fiato.

«A proposito, dove ti sei cacciato negli ultimi giorni?» domandò ancora l'uomo dietro il bancone.

«Non sono affari tuoi!» rispose Michael con la sua solita "gentilezza da alcol".

Sten ormai lo conosceva da troppo tempo per prendersela. Anzi, non curandosene affatto, continuò a rincarare la dose.

«Dai amico, ammettilo! Ti sarai fatto qualche bella biondina delle tue…»

Michael gli lanciò un'occhiata quasi minacciosa e Sten capì che era meglio darci un taglio riprendendo col suo lavoro.

«Ti dispiace se resto qui un altro po'?» chiese di colpo Michael con aria sempre più triste.

Sten lo guardò attentamente.

«Sai che non ti butterei mai fuori, signor Stateman… Sei il mio miglior cliente…»

Michael abbozzò una sorta di sorriso. Sollevò il bicchiere dando segno che desiderava altro whisky.

«In realtà, una bella bionda l'ho incontrata per davvero…» disse, cercando lo sguardo di Sten.

«Ah… E chi era?» domandò il barista.

«Era una dottoressa…»

«Una dottoressa, eh…» continuò il proprietario del pub.

«Già… Sono stato ad una conferenza…»

Sten iniziò a guardare Michael come lo guardava sempre dopo il decimo bicchiere.

«Mi hanno proposto di fare il pilota di un'astronave. Farò parte di una missione per andare su un altro pianeta e salvare la Terra...» confessò Michael attirando l'attenzione dei cinque uomini che stavano giocando al biliardo. Sten posò la pezza e si avvicinò all'ex pilota togliendogli il bicchiere dal bancone.

«E così, tu dovresti salvare la Terra... Ottimo, signor Stateman!»

Nel pronunciare queste parole, Stan fece un sorriso quasi beffardo nei confronti di Michael mentre si scambiava delle occhiate con i giocatori di biliardo che iniziarono ad avvicinarsi al bancone.

«Direi che per stasera abbiamo dato...» concluse il banconista. Tolse il bicchiere davanti a Michael e lo iniziò a lavare.

«E dimmi fratello, quale sarebbe questa missione?»

A parlare era stato uno dei cinque uomini. Si affiancò a Michael poggiandogli una mano sulla spalla.

«E pensare che io mi preoccupavo di morire qui sulla Terra quando questo eroe ci salverà!» rincarò la dose un altro dei compari che adesso circondavano Michael il quale si trovava ancora comodamente seduto sullo sgabello. Sten, intuendo la piega che stava prendendo la situazione, provò a distogliere i cinque.

«Suvvia ragazzi, lasciatelo in pace...» disse, ricevendo una tacita occhiata da parte di uno dei cinque.

«E allora, grand'uomo... Se non riesci a salvare te stesso, come pensi di poter salvare l'intera umanità?»

Michael si girò di scatto colpendo l'uomo in pieno viso con un pugno violentissimo che lo fece quasi cadere dallo sgabello. Prese il via una rissa che coinvolse i cinque uomini contro Michael. Tra calci e pugni, Sten non poteva far altro che assistere a quello spettacolo a dir poco indecoroso mentre il resto dei pochi clienti abbandonò il locale. Michael sembrava essere spacciato essendo da solo a fronteggiare quei cinque energumeni. Invece, atterrò due di loro lanciandogli lo sgabello addosso e lasciandoli tramortiti per terra mentre altri due li stese spaccandogli due bicchieri in piena faccia. Con la coda dell'occhio notò che i quattro che aveva colpito stavano, a fatica, abbandonando il pub mettendosi davanti la porta d'ingresso. Rimaneva l'ultimo, ovvero il primo che aveva colpito. Data ormai la poca lucidità, l'uomo lo prese per il collo facendo sbattere a Michael la testa contro il bancone, stordendolo.

«Ecco la tua missione!» esclamò convinto di aver messo Michael al tappeto. Sputò sopra il corpo dell'ex marine e si avviò verso l'uscita. Dopo solo qualche secondo, Michael si rimise in piedi e afferrò una delle stecche di legno del biliardo. Iniziò ad avanzare alle spalle dell'uomo, bloccandogli il collo con la stecca. Sentendosi attaccato, l'energumeno fece per liberarsi iniziando a sferrare calci all'indietro nei confronti di Michael che quindi fu costretto ad allentare la presa. Quando furono faccia a faccia, Michael spezzò a metà la stecca con il ginocchio, formando delle punte appuntite sulle due estremità. Sembrava indemoniato.

«Coraggio, figlio di puttana! Fatti sotto!» farfugliò con il labbro spaccato puntando la stecca appuntita contro l'uomo di colore. Stava per attaccarlo quando l'uomo lo bloccò.

«NO, FERMO! OK!»

Fece cenno agli altri quattro di abbandonare il locale.

«Andiamo via… Quello è matto…»

I cinque uscirono dal locale lasciando Michael con quel che restava della stecca in mano e Sten che aveva osservato tutto senza dire una parola. Una volta che furono rimasti da soli, Michael gettò i pezzi di legno per terra nel macello generale.

«Sten, io...» farfugliò.

Uscì lo smartphone e pagò, cercando di riparare ai danni che aveva provocato. Sten non disse nulla. Lo osservò con sguardo pietoso uscire dal locale.

San Diego, California.

Amelia si trovava all'interno della familiare sala operatoria assieme alla sua equipe. Era alle prese con l'ennesimo caso di miocardite acuta di un giovane paziente. Purtroppo si trattava di una patologia abbastanza diffusa causata dal virus "Polytected Heartimus" che da quasi dieci anni attanagliava la popolazione mondiale (soprattutto persone in età compresa tra i 20 e i 35 anni). A parer degli scienziati, il ceppo del virus derivava dalle scarse condizioni di igiene in cui viveva buona parte degli abitanti delle città. Fortunatamente era una patologia curabile con un intervento cardiochirurgico.

Quella mattina, però, Amelia stava riscontrando delle difficoltà dovute alla sua scarsa concentrazione.

«Dottoressa, tutto bene?» chiese Sady, il terzo elemento femminile della sua equipe.

«Sì, Sady. Sono solo un po' stanca... Adesso finiamo. Aprimi il quarto braccio...» rispose Amelia.

Jenny continuava a scrutarla. Conoscendo bene Amelia, aveva intuito che qualcosa turbava i pensieri dell'amica.

Dopo circa quindici minuti l'intervento fu portato a termine con successo. Amelia sfilò la mascherina e abbandonò la sala in silenzio sotto lo sguardo dei colleghi. In corridoio, Amelia si sentì chiamare.

«Amelia, aspetta!»

Era Jenny, anche lei appena uscita dalla sala.

«Va tutto bene?» domandò rivolta ad Amelia.

«Sì, perché?» rispose Amelia provando ad apparire più convincente possibile.

Jenny la guardò accigliata. «Ti conosco fin troppo bene per non accorgermi che qualcosa ti frulla in testa...» puntualizzò, «Che ne diresti di prenderci qualcosa fuori questa sera?»

«Stasera?»

«Sì...»

«Bè... Non saprei...» rispose Amelia sempre più titubante.

«Vedrai che ti farà bene uscire un po'» disse Jenny con un sorriso sincero.

«Va bene. Passo a prenderti io alle nove.»

Le due amiche si salutarono e Amelia riprese a percorrere il lungo corridoio per raggiungere la sua stanza.

Quella sera, Amelia e Jenny si ritrovarono all'interno di un elegante ristorante cinese del centro di San Diego. Erano sedute una di fronte all'altra intente a consumare sushi e involtini primavera.

«...e se non corriamo ai ripari al più presto, andrà a finire che sotto i ferri ci ritroveremo più giovani che anziani...» commentò Jenny prima di sorseggiare del vino bianco.

Lanciò l'ennesima occhiata ad una distratta Amelia.

«Mi dicevi della conferenza...» riprese Jenny.

Amelia mutò subito espressione in viso. Prese il bicchiere di vino e ne bevve un sorso.

«Chi era questo fantomatico medico?» indagò ancora Jenny.

«In realtà vi ho mentito...» disse Amelia.

«Che vuol dire "mentito"?» reagì Jenny sorpresa.

Amelia bevve un altro po' di vino prima di riprendere a parlare.

«Non si trattava della conferenza di un medico australiano... È stato il Governo con la New Nasa ad organizzarla...»

Jenny aggrottò le sopracciglia.

«Non ti seguo, Amelia...»

«Per fartela breve, è in programma una missione per portare alcuni di noi su Proxima B, un pianeta abitabile fuori dal nostro sistema solare...»

Per i secondi che seguirono Jenny non disse nulla.

«Stanno reclutando diverse figure professionali, e io sono stata scelta come chirurgo» aggiunse Amelia.

Jenny continuava ad osservarla con sguardo strabiliato.

«Amelia, ma è una notizia fantastica!» esclamò all'improvviso. «Ecco perché quell'aria misteriosa degli ultimi giorni... Ma perché non ce ne hai parlato subito?»

«Bé, in verità ne è a conoscenza solo il signor McKenzie, e adesso pure tu...» confessò Amelia riprendendo a mangiare piccoli bocconi di pesce con lo sguardo sempre un po' perso.

«Non capisco quale sia il tuo problema?» chiese Jenny notando l'atteggiamento dimesso dell'amica.

«Ecco... Io non ho ancora deciso se accettare...» rivelò Amelia. «Ho solamente altri quattro giorni per decidere e presentarmi a Washington...»

Questa volta Jenny fece una pausa più lunga. Le due erano amiche da molto tempo, e Jenny aveva accettato fin dall'inizio il ruolo di secondo.

«Diamine, Amelia! Capitasse a me un'occasione del genere, di certo non me la farei sfuggire...» puntualizzò Jenny quasi con amarezza attirando lo sguardo di Amelia.

«Non è così semplice... Si tratta di cambiare totalmente vita! Dovrò lasciare la Terra, abbandonare...»

Amelia si bloccò. Rivolse nuovamente lo sguardo verso Jenny che la fissava con un sorriso.

«É un'occasione unica, Amelia! Diventerai una delle donne che entrerà nella storia dell'umanità! Non lasceresti troppi legami qui, a parte quello con la sottoscritta e con Thomas...»

Amelia stette un attimo a riflettere. Jenny posò il bicchiere di vino sul tavolo e mise una mano sopra quella dell'amica.

«Ti ho sempre ammirato, Amelia. Per tutto. E non sai quanta invidia stia provando in questo momento nei tuoi confronti... Ma questo sentimento è sopraffatto dall'affetto e dalla stima che mi inducono a dirti di accettare questa missione. Ti hanno scelto perché sei la migliore. È giusto che tu vada!»

Le due amiche si fissarono intensamente negli occhi. Amelia poggiò la sua mano sopra quella di Jenny e si lasciò andare ad un sincero sorriso.

Chicago, Illinois.

Era una serata piuttosto fresca a Chicago per essere marzo inoltrato. Jerry si trovava chiuso in camera sua e non aveva ancora mangiato nonostante l'ora di cena fosse passata da un pezzo. La voce di sua madre risuonava per tutto il corridoio dell'appartamento al settimo piano dell'edificio sulla Albany Ave richiamando il nome del ragazzo.

«Mamma, ti ho detto che non ho fame!» urlò Jerry per l'ennesima volta quasi spazientito.

Il giovane biologo era sdraiato sul suo letto a una piazza e mezzo. Tra le mani rigirava una lettera. Si trattava di una lettera speciale, che aveva scritto quando era tornato dalla conferenza di Washington e che era destinata a

Isabel. Quando e come consegnargliela non lo sapeva ancora. La rilesse per l'ennesima volta, cercando anche il minimo errore, ma in quel momento la sua attenzione era come distorta da altri pensieri, prima fra tutti la missione *"Per il bene di tutti!"* al quale aveva deciso di prendere parte. Non riusciva ancora a credere a quello che gli era stato proposto dal Governo e dalla New Nasa. Non aveva avuto nessun tipo di esitazione al riguardo, e soprattutto, per un giovane biologo come lui, appassionato anche di astronomia, quella missione rappresentava un'occasione unica da non lasciarsi scappare. Rimanevano però due grandi problemi: sua madre e Isabel. Non aveva ancora avuto modo (o meglio il coraggio) di parlare della sua decisione a Francesca: la madre, infatti, credeva che il figlio si fosse recato a Washington per uno stage organizzato dall'Università. Per Jerry, i giorni erano passati in fretta, e forse era arrivato il momento di affrontare l'argomento con la madre. Per quanto riguardava Isabel, l'indomani le avrebbe chiesto di uscire per un caffè dopo il lavoro in modo tale da poterle consegnare la lettera e spiegarle tutto. O almeno era quello che Jerry aveva intenzione di fare. Si fece coraggio ed uscì dalla sua camera. Dopo cena, sua madre era solita accomodarsi sulla poltrona in salotto per guardare una delle sue serie preferite. Percorrendo il piccolo corridoio, Jerry la vide lì seduta, calma e rilassata. Era il momento giusto per dirle tutto.

«Mamma...» esordì con tono sottile.

La donna parve non accorgersi della presenza del ragazzo che avanzò posizionandosi accanto alla poltrona.

«Mamma, devo parlarti...»

«Oh, finalmente sei uscito! La cena è nel forno a microonde...» disse alla spiccia mentre il suo sguardo tornò a concentrarsi sullo schermo della tv.

«Mamma, non sono uscito per mangiare ma per dirti una cosa importante...»

Jerry faceva quasi fatica a parlare ma sapeva che ormai non poteva più tirarsi indietro. La donna, però, continuò a non degnarlo di uno sguardo.

«Ne parliamo dopo la puntata...» farfugliò.

Quelle parole fecero saltare i nervi a Jerry. Non ci vide più. Afferrò il telecomando della tv e la spense. Il silenzio che si creò nel salotto sembrò avere forma fisica. La donna rimase come attonita per qualche secondo. Jerry era ancora fermo in piedi accanto al divano con ancora il telecomando in mano.

«Jerry! Ti ha dato di volta il cervello? Riaccendila subito!» gridò isterica.

«Mamma, devo parlarti!» le disse Jerry provando a farla ragionare, ma la donna si alzò di scatto dalla poltrona.

«Sì, ma ridammi quel telecomando!» replicò allungando la mano.

«MAMMA, ASCOLTAMI! DEVO PARLARTI!»

A quelle parole la donna si bloccò. Madre e figlio si fissarono intensamente negli occhi per qualche secondo. Quindi Jerry poggiò il telecomando sul divano, come pentito di aver alzato la voce.

«Che cosa c'è di così importante, eh?» domandò la donna con aria seccata.

«Devo parlarti riguardo al mio futuro...» disse Jerry tentando di apparire convincente.

La donna prese a guardare il figlio con aria sorpresa.

«So che quello che ti dirò potrà sembrarti assurdo ma...»

Jerry fece una breve pausa.

«Ti ho mentito riguardo al viaggio a Washington. Non dovevo andare ad uno stage dell'università ma ad una conferenza organizzata dal Governo e dalla New Nasa...»

«Ma di cosa stai...»

«Ti prego mamma, non interrompermi» la bloccò deciso Jerry.

«Mi hanno offerto un posto come biologo nella loro missione per andare a colonizzare un nuovo pianeta: Proxima B.»

Gli occhi della donna si spalancarono in preda all'incredulità.

«Questo vuol dire che io dovrò partire e non avrò più la possibilità di ritornare qui sulla Terra...»

Jerry si sentì quasi morire nel pronunciare quelle parole, ma finalmente era riuscito a dire tutto a sua madre.

Dopo qualche istante, la donna cercò un punto d'appoggio per sedersi e continuò nel suo silenzio per altri secondi.

«Tesoro, ma che cosa stai dicendo?» reagì ancora attonita.

«Mamma...» provò a dire Jerry.

«Mi lasceresti qui da sola?» proseguì la donna.

«Mamma, non è come pensi...» intervenne Jerry, «Se tutto andrà come previsto, ci sarà una seconda spedizione per portare i familiari dei colonizzatori. E lì ci sarai pure tu!»

Francesca guardò il figlio dritto negli occhi ma Jerry non seppe come interpretare quello sguardo.

«Sai che ormai qui sulla Terra l'aspettativa di vita non è delle migliori... Siamo in troppi, e devo ritenermi fortunato a non aver contratto qualche sorta di malattia! Ci stanno offrendo la possibilità di cambiare completamente vita, capisci?» insistette Jerry, ma la madre appariva sempre più sconvolta.

«È assurdo! Tutto assurdo... Come faremo a tenerci in contatto? Quanto tempo durerà il viaggio? E poi, come farò a sapere se sei vivo?»

«Mamma, sta' tranquilla. Ci comunicheranno tutto prima di partire» le rispose Jerry con un sorriso rassicurante.

Dopo qualche istante il ragazzo si accostò alla madre e le poggiò le mani sulle guance.

«Mamma, ho sempre fatto tutto ciò che mi hai detto. Questa volta ti chiedo solo di lasciarmi fare quello che sento sia giusto. Devo accettare questa missione. È troppo importante per me...»

La donna alzò lo sguardo e dopo qualche secondo scoppiò in un pianto condito da un abbraccio nei confronti di Jerry.

Capitolo 3 - L'addestramento

28 ottobre 2099. 450 km di altezza dalla Terra. MATER 2. Ore 16.00 circa.

Poco sopra la terza generazione della ISS, la Stazione Spaziale Internazionale, si trovavano tre enormi astronavi in procinto di essere completate. Decine di uomini lavoravano senza sosta al loro interno in quello che sembrava essere un vero e proprio cantiere.

«Avanti, ragazzi! Non abbiamo tutto il giorno!» urlò un giovane caporeparto a due operai che avevano il compito di posizionare delle strane capsule in una sala nella parte inferiore della nave.

«Oh no! Mi sta scivolando...» esclamò uno dei due manovali. Trasportavano la capsula come se fosse un semplice frigorifero. La capsula scivolò e cadde sul pavimento, ma fortunatamente non subì nessun tipo di danno.

Il capo reparto sopraggiunse in un lampo.

«Quante volte vi ho detto di stare attenti nel maneggiare queste capsule, eh? Ringraziate il cielo che non si sia rotta! Forza! Tornate subito a lavoro!»

I due manovali non dissero nulla. Abbassando lo sguardo ripresero subito in mano la capsula e la portarono al luogo designato.

Nello stesso momento, dal corridoio si presentarono delle figure in giacca e cravatta guidate dal capocantiere

Alejandro Fring, un uomo di origini sudamericane, incaricato di dirigere i lavori sul MATER 2.

«Generale, questa è la sala per la criogenesi!» comunicò l'uomo seguito da un uomo in divisa militare, il generale Arthur Stone, e dal suo staff, politici e finanziatori del progetto, in un tour esplorativo della nave spaziale.

«Buongiorno, generale!» dissero all'unisono i tre uomini nella stanza non appena videro comparire Stone insieme a Fring.

«Riposo, ragazzi!» esclamò Stone con tono autoritario.

Con passi lenti ma decisi si avvicinò incuriosito a una delle tante capsule già installate.

«E così, queste sono le capsule criogeniche… Pensavo fossero più grandi…» commentò il generale passando una mano sulla parte superficiale della capsula.

«In effetti, in principio erano più grandi, ma i tecnici sono riusciti a risolvere alcuni problemi riguardanti il contenimento dell'azoto liquido guadagnando metri cubi di spazio sull'intero piano» spiegò Fring con soddisfazione.

«Molto bene. Continuiamo» ordinò Stone.

Insieme al gruppo fece ritorno sul corridoio che portava ad altri reparti della nave, lasciando i tre operai a svolgere il proprio lavoro.

«Era il generale Arthur Stone, vero? Guiderà lui la spedizione su questa nave!» disse emozionato uno degli operai.

«Già… Anche se io avrei preferito Ross. Non mi piace per niente Stone! La sua mentalità da "chi ce l'ha più grosso vince" non mi rassicura per nulla…» incalzò l'altro.

«Sarà pure così, ma ti ricordo che è stato grazie a Stone che il conflitto con l'India di qualche anno fa è girato a nostro favore! È proprio un grande generale!» ribadì il primo manovale simpatizzante di Stone.

«Sarà, ma ti ripeto che io avrei preferito Ross...» puntualizzò ancora l'altro.

«Silenzio, scansa fatiche! A lavoro!» urlò il caporeparto.

Nel frattempo, ad un altro piano della nave, Fring e il piccolo gruppo di uomini raggiunse quello che sembrava un giardino botanico artificiale. Migliaia di alberi e di piante di ogni tipo si estendevano per decine e decine di metri; persino un torrente artificiale scorreva tra la vegetazione, il tutto alimentato da centinaia di lampade sul soffitto che ricreavano perfettamente la luce del sole.

«Questa, signore, noi la chiamiamo *"La Cattedrale"*» affermò il capocantiere sotto lo sguardo attonito di tutti. «Prende il nome dalla forma del tetto. Si estende per l'intero piano. Un milione di metri di foresta! Ci sono migliaia di specie vegetali al suo interno! Sarà il polmone verde della nave!»

«Ci sono anche animali in questa speciale serra?» domandò uno dei membri del gruppo.

«No, non trasporteremo animali vivi su questa nave, ma solo le loro informazioni sotto forma di DNA» rispose con fermezza Fring.

«Come traete l'energia necessaria ad alimentare tutto questo?» domandò incuriosito un soddisfatto generale Stone.

«Per rispondere a questo, signor generale, dobbiamo spostarci in un'altra zona della nave! Prego, seguitemi!»

Fring guidò il gruppo verso la zona più bassa dell'astronave.

Alcuni minuti dopo giunsero nella sala motori dove al centro si trovava una colonna metallica con delle speciali finestrelle dalle quali fuoriusciva della strana luce blu.

«Questa è la sala motori, signori! Da qui proviene l'ottanta percento dell'energia che serve per alimentare la nave. Il resto deriva interamente dal sole e dalle radiazioni cosmiche catturate attraverso speciali pannelli che ricoprono l'esterno del veicolo!» spiegò il capocantiere.

Stone ascoltò le parole incuriosito dalla luce blu proveniente dalla colonna centrale dell'enorme stanza.

«Che cosa avviene qui dentro, signor Fring?» domandò Stone.

«Lì, signore, avviene una reazione nucleare» rispose l'ingegnere destando lo stupore di tutti compreso quello di Stone

«Nucleare? Non è pericoloso tenere un reattore nucleare su una nave spaziale con tutti i rischi che potrebbero derivarne?» indagò Stone.

«Bé, se stessimo parlando di fissione nucleare calda, allora sì, signore, ci sarebbe da preoccuparsi... Ma qui produciamo energia tramite fusione nucleare fredda. Sicura e pulita. Sarà in grado di fornire energia alla nave per cento anni, e forse anche più, secondo i nostri calcoli» rassicurò Fring.

«Già...» disse Stone con lo sguardo fisso sul reattore nucleare.

«I motori che tecnologia utilizzano?» domandò uno dei finanziatori a Fring.

«Ottima domanda, signor Human» puntualizzò l'ingegnere.

Spostandosi di qualche metro, Alejandro si avvicinò a una postazione di controllo e premendo qualche tasto fece comparire degli ologrammi raffiguranti i motori della nave.

«I motori di tutti e tre le astronavi madri sfruttano la tecnologia della spinta al plasma ionizzato, migliaia di volte più efficienti di quelli chimici convenzionali, e non solo! Stiamo parlando di motori totalmente non inquinanti e senza parti in movimento. Porteranno la nave a otto decimi della velocità della luce per poi arrestarla con continue manovre di frenate progressive.

Sarà "LISA" ad aiutare i piloti durante le varie manovre. Come detto signori, il meglio del meglio!» affermò un orgoglioso Fring.

«Chi è LISA?» domandò ancora una volta il finanziatore incuriosito.

«Salve! Sono LISA, l'intelligenza artificiale che assisterà i membri della spedizione durante l'intera missione. Collaborerò con loro per rendere più confortevole e meno stressante il loro viaggio. Mi chiamo così in onore della mia programmatrice Lisa Fletcher, scomparsa prematuramente l'anno scorso. Generale Stone, sarà un piacere servire sotto il suo comando» disse la voce femminile di bordo echeggiando in tutta la sala lasciando di stucco tutti gli uomini, compreso Arthur Stone.

«Come vi ho detto, signori... Il meglio del meglio!» concluse Fring con un sorriso carico di orgoglio e soddisfazione.

21 marzo 2100. Denver, Colorado.

Il *Rocky Mountain National Park* aveva cessato di esistere già da parecchi anni, precisamente dal momento in cui fu scelto per diventare parte integrante del progetto *"Per il bene di tutti!"*. Era proprio tra montagne e boschi che la "New Nasa Corporate", con la collaborazione del governo americano, aveva deciso di costruire la base che sarebbe servita come succursale del quartier generale di Washington. Si trattava di un posto totalmente isolato e sconosciuto a tutti, raggiungibile solo attraverso particolari permessi. Questa speciale area sarebbe servita come luogo di addestramento e preparazione per tutti coloro che avrebbero preso parte al progetto. L'intera struttura comprendeva cinque grandi stabilimenti a forma di cubo destinati ad ospitare medici, chimici, ingegneri, biologi, piloti e soldati. Un edificio più grande e a più piani, che ricordava molto un albergo, fungeva da alloggio per gli ospiti. Infine, un'ultima costruzione più piccola serviva ad ospitare diversi uffici amministrativi ed era collocata all'ingresso del campo. Una speciale recinzione delimitava il perimetro dell'intera area che comprendeva, inoltre, una piccola pista di atterraggio destinata a mezzi aerei di medie dimensioni.

Mezzogiorno era appena scoccato. I mezzi speciali che trasportavano i futuri membri del progetto sarebbero dovuti arrivare a breve. Poco distante dalla cancellata d'ingresso del campo, un uomo in giacca e cravatta aspettava impaziente l'arrivo dei mezzi. Scrutava il lungo viale di fronte attraverso occhiali da sole.

«Signore, stanno arrivando» comunicò un secondo uomo vestito più o meno allo stesso modo. Sulla giacca portava un cartellino con il logo della New Nasa.

«D'accordo, Jimmy. Puoi andare» rispose il primo.

Andrew Powell, cinquantadue anni, era uno degli artefici del progetto *"Per il bene di tutti!"*. Astrofisico di fama mondiale, era stato scelto dai capi del governo e della New Nasa per le sue eccellenti conoscenze e per la sua indole di patriottismo affidandogli l'obiettivo di far "rinascere" l'ente nazionale dopo il periodo buio degli anni passati. Dopo il mezzo successo del 2035 del programma "Aurora" da parte dell'ESA che era riuscita a portare i primi uomini su Marte, ma non a farli impiantare sul pianeta rosso, la NASA non volle restare indietro mettendo in piedi una nuova missione, la missione "Europa", già in cantiere da diverso tempo. In base ai dati che erano emersi dalla sonda "Flyby", lanciata nel 2020, la luna di Giove aveva presentato delle caratteristiche tali da rendere possibile la vita umana. Così, quindici anni dopo, precisamente il 15 giugno del 2050, venti astronauti americani partirono dalla Stazione

Internazionale Spaziale a bordo di un'astronave per raggiungere Europa. La durata prevista del viaggio era di quattro anni. Un anno dopo, quando l'astronave si ritrovò poco dopo Marte, un'improvvisa pioggia di meteoriti la investì, facendo perdere contatto con la Terra. La missione fu un vero fallimento economico, ma soprattutto umano. Era il 2 luglio del 2051.

Per molti anni la NASA fu messa da parte e il controllo dello spazio sopra la Terra passò esclusivamente all'ESA. L'agenzia americana entrò in quello che gli storici definirono "periodo buio", durante il quale però nemmeno l'ESA fece partire nuove missioni nello spazio, forse scoraggiata e intimorita da altri eventuali fallimenti. La NASA, in tutti i casi, continuò a lavorare sottotraccia e a reclutare i migliori astrofisici del mondo per dar vita a una vera e propria rinascita. Cambiando anche nome, il comando principale fu affidato ad Edward Turner, che nel 2081 divenne presidente della "New Nasa Corporate". Turner scelse come braccio destro un giovane astrofisico, Andrew Powell. Quest'ultimo, spinto dalla sua grande ambizione, non perse tempo a mettere in atto un piano di studi che portò all'individuazione di Proxima B nel 2086 e all'organizzazione della nuova missione.

La sagoma dei mezzi automatizzati cominciò ad intravedersi alla fine del lungo viale, sotto lo sguardo attento di Powell. Si trattava di speciali bus elettrici di proprietà del governo. Ogni mezzo conteneva cento persone.

Dopo qualche minuto, tutti i mezzi si fermarono in fila dinanzi l'ingresso principale del campo. Da questi iniziarono a scendere i passeggeri e tra di essi figuravano David, Michael, Amelia, Jerry, Abigail ed Emily.

I nuovi arrivati, millecinquecento tra americani, europei e asiatici, già divisi per categoria, si schierarono di fronte la cancellata. Tutti avevano espressioni spaesate.

«Benvenuti! Mi chiamo Andrew Powell e sono il responsabile del progetto!» esordì Andrew.

«Quello che vedete alle mie spalle è il centro operativo del progetto, il Rocky Space Center! Iniziate a familiarizzare con questo posto perché sarà la vostra casa per i prossimi cinque mesi!» continuò.

Dei mormorii iniziarono a diffondersi tra il gruppo. Andrew attese ancora qualche secondo prima di proseguire.

«Molto bene! Seguitemi! Lo smistamento inizierà tra pochissimo!» Si voltò, dando le spalle al gruppo.

«Ah, dimenticavo! Troverete le vostre cose direttamente nei rispettivi alloggi!» E avanzò verso l'entrata della base.

Il gruppo iniziò a seguire Andrew sotto le indicazioni di vari addetti della base in divisa arancione e grigia ritrovandosi all'interno del campo.

«Non hanno proprio badate a spese...» commentò a bassa voce Jerry mentre ammirava le varie costruzioni attirando l'attenzione di un altro giovane biologo asiatico che camminava accanto a lui.

«Non è molto diverso dalle foto che ci hanno fatto vedere alla base di Tanegashima» fece notare l'asiatico.

«Partite già avvantaggiati voi dell'est, eh? Comunque, io sono Jerry! Piacere di conoscerti!». Tese la mano al collega che ricambiò il saluto, fermandosi per un attimo e inchinandosi velocemente.

«Piacere mio, Jerry! Mi chiamo Korin Tamura!»

«Cavolo! Allora lo fate ancora?» esclamò Jerry questa volta a voce più alta riferendosi all'inchino di Korin. Poco più avanti, Michael riconobbe la voce di Jerry, ricordandosi l'incontro un po' turbolento che ebbe a Washington con il giovane biologo. Il pilota si voltò di scatto. Una volta riconosciuto Jerry, scosse la testa mentre una degli addetti che scortava il gruppo invitò gentilmente Jerry e Korin a riprendere le proprie posizioni e a non agitarsi ulteriormente.

Il gruppo proseguì ancora addentrandosi all'interno del campo. Adesso gli edifici apparivano più grandi proprio come le montagne che li circondavano dalla zona esterna. David si trovava tra le prime file. Dal punto di vista ingegneristico, apprezzò particolarmente il modo con il quale erano stati costruiti gli edifici. Dopo aver percorso trecento metri, il gruppo si fermò di fronte le cinque costruzioni a forma di cubo, precisamente ai piedi di un piccolo palco. Ai lati della piccola struttura erano schierati diversi addetti della base, e più avanti altri vicino a dei tavoli dove era disposto un ingente numero di divise colore grigio topo.

Sotto lo sguardo carico di curiosità di tutti i presenti, Andrew si apprestò a salire sul piccolo palchetto, con un piccolo tablet in mano.

«Bene! Quando sentirete il vostro nome fatevi avanti e dirigetevi verso il signor Carter e gli altri collaboratori che vi consegneranno l'uniforme! Sarà per tutti uguale, ad eccezione di una toppa di riconoscimento di colore diverso in base alla categoria alla quale apparterrete! Gli ingegneri avranno il colore giallo! I biologi il verde! I chimici e i fisici il blu! I medici il rosso e i militari il marrone! Inizieremo dal gruppo degli ingegneri!»

Andrew fece una brevissima pausa, si schiarì la voce con due finti colpi di tosse e riprese.

«James Miller!»

Dal gruppo alla sinistra di Andrew si fece avanti un uomo alto e dal fisico slanciato. Si diresse verso la postazione dove altri collaboratori lo aspettavano per consegnargli la divisa e per indicargli l'alloggio. Dopo qualche minuto fu il turno di David.

«David Garcia!» esclamò Andrew da sopra il palco scorrendo la lista dei nomi sul tablet.

David fece alcuni passi in avanti ricevendo un rapido sguardo d'approvazione da parte di Andrew. Si diresse verso gli addetti e prese in mano la nuova divisa.

«Prego, da questa parte» gli comunicò cordialmente una ragazza in divisa invitandolo a dirigersi verso l'edificio che assomigliava ad un albergo.

Quando lo smistamento degli ingegneri venne concluso, fu la volta dei biologi. Si svolse tutto in modo regolare. Ogni membro ricevette la propria divisa con il cartellino metallico che contraddistingueva la categoria professionale alla quale apparteneva.

«Jerry Vandcamp!»

Quando Andrew pronunciò il nome di Jerry, questi si fece avanti come da prassi. Carico d'emozione, anche lui ricevette l'uniforme.

«Prego, puoi andare da quella parte» gli indicò l'addetta, una ragazza molto carina alla quale Jerry non resistette nel farle l'occhiolino. Jerry, però, ricevette solo una risatina da parte della ragazza.

Tra il gruppo dei biologi fu chiamato anche Korin che come Jerry si avviò verso l'alloggio dopo aver ricevuto la divisa della New Nasa Corporate.

Poi fu il turno dei chimici e dei fisici, gruppo al quale apparteneva Abigail.

«Abigail Sanders!» esclamò Andrew. Abigail al centro dello spiazzo, per poi raggiungere la postazione delle divise.

«Prego, può andare» le disse sempre la ragazza addetta alla consegna delle divise.

«Grazie» rispose Abigail.

Poi toccò alla categoria dei medici tra i quali figurava Amelia. Dopo circa trenta nomi toccò a lei.

«Amelia Fisher!» la chiamò Andrew.

Amelia si fece avanti. Anche lei ricevette l'uniforme con la toppa rossa per poi dirigersi verso l'alloggio della sua categoria.

Infine fu la volta dei militari, categoria alla quale appartenevano sia Michael che Emily. L'uomo venne chiamato per secondo. Anche lui, come da copione, prese l'uniforme con la toppa di color marrone accompagnando i suoi gesti con la perplessità che lo caratterizzava. Tra gli ultimi a essere chiamati ci fu Emily.

«Emily Parker!»

La voce di Andrew cominciò a risentire del tempo trascorso a chiamare tutti i nomi della lista. Emily si fece avanti cercando anche lei di mascherare un po' di emozione. Ricevuta la divisa, anche lei si avviò verso il dormitorio.

Lo smistamento giunse al termine. Adesso ognuno dei mille cinquecento membri aveva ufficialmente un ruolo all'interno del progetto *"Per il bene di tutti!"*.

Vennero concesse due ore di tempo per dare la possibilità ai nuovi arrivati di prendere confidenza con i rispettivi alloggi. Dopo di che sarebbe iniziato una sorta di tour esplorativo del resto degli edifici della base. Ogni stanza era stata progettata per ospitare due persone appartenenti alla stessa categoria e dello stesso sesso. L'edificio degli alloggi contava in totale sei piani. Al primo piano avrebbero alloggiato gli ingegneri, al secondo i biologi, al terzo i chimici, al quarto i fisici, al quinto i medici e all'ultimo i militari. La grande hall d'ingresso contava solo una specie di portineria e un paio di divani con dei tavolini in perfetto stile hi-tech. Per raggiungere i vari piani, i membri potevano usufruire di dieci ascensori ultramoderni e spaziosi. Per ultimo, al piano -1 era stato allestito un immenso salone per la mensa.

Al piano degli ingegneri, David era intento a sistemare le proprie cose nella sua stanza. Aveva già fatto la conoscenza del suo compagno di stanza. Si chiamava Giovanni Rinaldi, un architetto/ingegnere sulla quarantina di origini italiane.

«Mi stavi dicendo che tuo figlio si chiama Leo?» chiese Giovanni mentre finiva di sistemare le ultime cose sul comodino accanto al suo letto.

«Esatto! A volte mi fa davvero arrabbiare... Ho cercato di dargli una buona educazione, ma ti assicuro che non è facile badare ad un ragazzino di quell'età...» rispose sorridendo David. «Tu, che mi dici? Sei sposato? Hai figli?»

«Sono stato sposato due volte, ma in entrambe le occasioni non è andata bene. Per quanto riguarda i figli... purtroppo non ho avuto la tua stessa fortuna...» rispose l'italiana con tono rammaricato.

«Sei del Montana?» domandò a David dopo qualche secondo.

«Oh, sì. Come l'hai capito?»

«Bé, il vostro accento è inconfondibile...» aggiunse Giovanni.

«Tu invece da dove vieni?» chiese David.

«Storia lunga, amico... I miei nonni e i miei genitori erano di origini italiane, e anche io sono nato lì, a Genova. Mi sono trasferito in America quando avevo diciannove anni per frequentare la facoltà d'architettura a Boston. Dopo la laurea, lavorai per un'azienda di Boston per diversi anni, ma poi decisi di ritornare in Italia per avviare una mia impresa di architettura della quale sono ancora il titolare. Poi è arrivata la chiamata della New Nasa Corporate, ed eccomi qui! Pensa che la mia ex moglie mi ha lasciato proprio perché ho accettato di tornare in America per prendere parte a questo progetto...»

Giovanni aveva appena finito di sistemare le sue cose. Si girò verso David che provava a fare ordine nell'armadio.

«David, posso chiederti una cosa?»

«Dimmi pure...» replicò David continuando ad uscire alcuni vestiti dalla valigia.

«Tu che idea ti sei fatto di questa missione?»

David si fermò per un attimo, preso quasi alla sprovvista.

«Bè, non ti nascondo che anche per me non è stata una decisione facile da prendere, soprattutto per la mia famiglia... In tutti i casi, come ti stavo raccontando prima, mi sono sempre impegnato per la tutela del nostro pianeta. Purtroppo, sono solo una goccia in mezzo ad un oceano e questa missione mi sembra il solo modo per salvare la nostra specie da una fine che sembra sempre più vicina...»

Di colpo si sentì bussare alla porta della camera.

«Avanti!» disse Giovanni.

A bussare era stato uno degli addetti.

«Tra dieci minuti tutti sotto!» comunicò l'uomo pelato. Chiuse la porta e andò via.

«Sono uno più brutto dell'altro questi della New Nasa...» commentò Giovanni con tono ironico strappando una risatina a David in cuor suo felice di aver trovato una piacevole compagnia.

Al piano superiore, nella stanza 103, Jerry fu felice di sapere che il suo nuovo compagno di camerata sarebbe stato Korin, il simpatico biologo asiatico conosciuto prima durante lo smistamento.

I due stavano collocando le ultime cose nei rispettivi armadi. Dopo aver scelto i letti da occupare, ripresero una discussione iniziata poco prima.

«E quindi, com'è Chicago?» domandò Korin.

«Credo che non sia poi tanto diversa dalle città del Giappone...» rispose con ironia Jerry. «Palazzi alti dappertutto, strade e spazi aerei invasi da mezzi di tutti i tipi... Insomma, niente che tu credo non abbia già visto! Mi hai detto che sei nato a Osaka, giusto?»

Il giovane asiatico non tardò a rispondere in un inglese non perfetto ma abbastanza comprensibile.

«Sì! Ma come ti stavo dicendo mi sono trasferito in Inghilterra pochi anni fa per proseguire gli studi di biologia a Londra dove ho anche imparato a parlare la tua lingua...»

«Infatti parli abbastanza bene! Complimenti!» gli disse Jerry.

Korin lo ringraziò e gli domandò ancora: «Vivi con i tuoi?»

«Vivo con mia madre. É un tipo iperapprensivo e ho dovuto faticare non poco per farle capire che dovevo venire qui e prendere parte a questa missione... Credo che non accetterà mai questa mia scelta, ma spero un giorno di poterla rivedere su Proxima B!»

«Già... Le madri sono un po' tutte così... E tuo padre?» chiese ancora il biologo di Osaka.

Jerry si bloccò per qualche secondo.

«Oh... è morto quando ero piccolo...»

Jerry pronunciò quelle parole facendo trasparire quel dolore che riaffiorava ogni volta che qualcuno gli chiedeva del padre scomparso.

«Scusami… Io… non lo sapevo…» cercò di giustificarsi Korin.

«Non ti preoccupare. Invece parlami un po' della tua famiglia!» reagì subito Jerry, tornando quello di qualche minuto prima.

«Mio padre e mia madre vivono ancora ad Osaka assieme ai miei nonni. Mio fratello più grande, Jin, vive in Australia dove gestisce una fabbrica di robot domestici mentre mia sorella Akiro, più piccola di me, si è appena trasferita a Tokyo per frequentare l'accademia di disegno artistico. Il suo sogno è quello di pubblicare una graphic novel tutta sua!»

«Sai, mi sarebbe piaciuto molto visitare il Giappone…» confessò Jerry quasi con rammarico.

«Non te ne saresti pentito… Però, guarda il lato positivo della situazione! Saremo i primi a mettere piede su un pianeta tutto nostro! Ma ci pensi!» esclamò Korin pieno di entusiasmo. «Dai, finiamo di prepararci per il tour della base!»

Jerry seguì il consiglio del giovane collega ed entrambi si apprestarono a lasciare la loro camera per iniziare il tour.

Ai piani superiori, all'interno delle rispettive camere, anche Michael, Amelia, Abigail ed Emily fecero la conoscenza dei loro compagni di stanza.

Scontroso e burbero com'era, a Michael spettò il compito più arduo. Si ritrovò a condividere la camera con un certo Brandon Chen, un marine inglese con il quale non perse tempo a mettere le cose in chiaro su chi comandava lì dentro.

Amelia, invece, strinse amicizia con una donna russa, anche lei specializzata in cardiologia. Entrambe condividevano il fatto di essere single e di non avere figli.

Anche Abigail non perse tempo a fare la conoscenza di Gloria, una giovane chimica spagnola fresca di laurea con lode.

Per quanto riguardò Emily, le cose andarono abbastanza bene. Nicole era una soldatessa della *"garde nationale"* francese.

Per compagno ognuno avrebbe avuto un collega di nazionalità diversa. Era proprio questa la prima prova che la New Nasa aveva indetto: favorire l'integrazione fra persone di diversa nazionalità, aspetto che da molti anni era andato perso.

La sveglia indicava le sette e cinquantanove minuti quando Jerry e Korin stavano ancora dormendo profondamente. Un minuto più tardi eccola lì, puntuale. L'aggeggio elettronico iniziò a suonare come un'orchestra sinfonica svegliando prima Jerry e poi il giovane biologo asiatico.

«Dannazione, Jerry! Distruggi quell'affare...» brontolò Korin riferendosi a quel rumore assordante.

«Sono qui da meno di una settimana e odio già questo posto!» esclamò Jerry. Si sollevò sul letto cercando di connettere.

Dieci minuti più tardi tutti i membri della spedizione si ritrovarono alla mensa. Un brusio riempiva la sala. Tutti parlavano tra di loro seduti ai tavoli. Alcuni erano ancora alla ricerca di qualche posto per consumare la colazione e fare quattro chiacchiere con gli altri colleghi. Tra questi c'era Michael. Con il vassoio in mano si apprestava a prendere uno degli ultimi posti disponibili. L'uomo si sedette al tavolo dove si trovavano Jerry, Korin, David,

Abigail e altri due giovani chimici. Prese posto proprio al centro tra Jerry e David.

«Oh no... Ancora tu! Sei una persecuzione, ragazzo!» esclamò Michael con il suo solito tono "cordiale" riconoscendo Jerry. Il giovane, dal canto suo, ricambiò salutandolo gentilmente.

«Dove presti servizio, soldato?» domandò con un sorriso accennato Abigail, stuzzicando la curiosità degli altri vicino.

«Non sono un soldato!» rispose Michael con tono sprezzante continuando a consumare le sue uova con bacon.

«Bè, il simbolo marrone della tua divisa dice tutt'altro...» rispose a tono Abigail consapevole di aver infastidito l'uomo.

«Hai capito male!» rispose Michael scimmiottando la sicurezza di Abigail. «Sono un pilota dell'aeronautica militare statunitense in congedo. A dire la verità non so nemmeno io cosa ci stia a fare qui...» Buttò giù l'ultimo boccone prima di alzarsi e andare via.

«Quel tipo avrà qualche problema con le persone. Non promette bene...» commentò David con il tono calmo che lo contraddistingueva.

Quella stessa mattina i membri del reparto militare raggiunsero il settore di appartenenza per una lezione sugli equipaggiamenti che avrebbero avuto a disposizione per la spedizione. La sala si presentava come una grande aula universitaria con ampie finestre che rendevano l'ambiente molto luminoso. A presenziare la lezione c'era Matthew Ross.

«Il nostro compito sarà il più semplice, ma allo stesso tempo il più complesso! Dovremo fare in modo che queste persone rimangano in vita! Saremo le loro guardie del corpo, la loro polizia, la loro legge! Non sappiamo a cosa andremo incontro laggiù! O cosa potrà accadere durante il viaggio! Ma una cosa è certa! Dovremo essere pronti a tutto!» esclamò Matthew mentre si trovava di fronte a quelli che sarebbero stati i suoi uomini.

«Che razza di sbruffone! Avrà sì e no trent'anni e si crede chissà che...» commentò Michael tra sé a bassissima voce seduto all'ultima fila, quasi in disparte.

«Prego! Portatele pure qui!» ordinò Matthew rivolgendosi a due ragazze che si trovavano dietro di lui con in mano dei borsoni.

«Grazie! Dunque, ieri abbiamo visto alcune delle procedure previste dal regolamento per quanto riguarda l'affrontare eventuali ostilità! Oggi vedremo con che cosa affrontarle!» continuò il generale. Si avvicinò a uno dei borsoni e tirò fuori un'arma che somigliava a una pistola Glock, nera, piccola e leggera.

«Questa sarà il primo tassello della vostra dotazione, una Junker 15! Spara fasci di luce a medio raggio, ottima per un colpo a bruciapelo, ma sconsigliata per i tiri lunghi! Si presenta molto leggera grazie alla sua struttura in carbonio...» spiegò Matthew poggiando la pistola sul bancone vicino al borsone. Quindi tirò fuori una seconda arma più grande.

«Questa, signori, è la Baiman 3! Alta potenza di fuoco! Si presenta come un fucile d'assalto vecchia scuola! Spara potentissimi fasci laser a media-lunga distanza! Il caricatore permette di avere a disposizione cinquanta colpi che riescono a trapassare anche l'acciaio!»

Matthew adagiò il fucile sul tavolo e notò con la coda dell'occhio una mano alzata.

«Sì! Prego, Parker!» disse rivolto ad Emily che si trovava in prima fila sulla destra.

«Signore, ecco... mi chiedevo il perché di tutte queste armi per una semplice missione di colonizzazione! C'è qualcosa che dovremmo sapere, signore?» domandò la ragazza.

«Ottima osservazione, Parker! Queste armi avranno il compito che sceglierete di dargli!» disse Matthew.

Quindi tornò a rivolgersi a tutto il resto dei membri. «Saremo a centinaia e centinaia di miglia da qui, con più di mille persone che avranno lasciato affetti, mogli e figli, con solo il biglietto di andata!» precisò ancora l'uomo. Fece una piccola pausa prima di dirottare il suo sguardo nuovamente su Emily.

«Nessuno di noi può sapere cosa ci accadrà lassù! Sta' a noi farci trovare pronti per affrontare qualsiasi situazione, anche la più strana e pericolosa! Alcuni potranno uscire fuori di testa! Altri ancora litigheranno tra di loro! Ci potranno essere sommosse, rivolte! Dobbiamo essere pronti a tutto! Il nostro compito è tenere in vita queste persone, ricordatelo sempre!»

Detto ciò, Matthew riprese con la spiegazione dell'arsenale.

Contemporaneamente, all'interno dell'edificio accanto, il gruppo dei chimici si apprestava ad effettuare il quinto giorno di formazione presso quello che appariva come un grande hangar super tecnologico.

«Dove credi ci stiano portando questa volta?» domandò un giovane chimico ad Abigail mentre insieme agli altri percorreva un lungo corridoio.

«Non ne ho idea...» rispose la donna con franchezza continuando a guardarsi attorno.

Finito di percorrere il lungo corridoio, sempre guidati da un membro dello staff, i chimici giunsero nei pressi dell'entrata dell'hangar, un capannone situato sul lato dell'edificio. Il tetto era ricoperto da speciali pannelli solari fotovoltaici. Questi, non solo assorbivano l'80% della luce solare, ma all'occorrenza potevano diventare trasparenti, lasciando passare la luce. Sembrava davvero una struttura di cristallo.

«E chi ha detto che la funzionalità non possa andare a braccetto con l'ecologia?» esordì una donna dalla voce squillante. Era Lisa Horn, una donna sulla cinquantina, capelli rosso rame e fisico slanciato, addetta alla formazione del gruppo a cui Abigail era stata assegnata.

«Buongiorno! Sono Lisa Horn! Sono stata assegnata per assistervi durante la vostra formazione e accompagnarvi durante l'intera missione! Spero che insieme potremo fare grandi cose!» disse la donna presentandosi a tutto il gruppo.

Alcuni del gruppo erano ancora incuriositi dalla strana struttura cristallina a nido d'ape che li attorniava.

«Bene, seguitemi! Non siete qui per osservare la struttura! Oggi inizieremo ad approcciare il compito fondamentale di tutta la missione: terraformare Proxima B!» continuò Lisa.

Condusse il gruppo presso una zona dove si trovava una strana macchina bianca e grigia di forma cilindrica con delle feritoie ai lati, alta circa cinque metri e larga uno e mezzo.

«Quella che vedete è una torre di gassificazione!» spiegò Lisa.

«Scusi, lei ci sta dicendo che dovremo... come dire, rendere quel pianeta come il nostro? Cioè, non dovevamo vivere in delle strutture a chiusura stagna o qualcosa del genere?» domandò perplessa una giovanissima ragazza del gruppo.

«Non precisamente, tesoro! Quello che faremo sarà ricreare un ambiente in cui la vita, come dire, possa "vivere"!» rispose Lisa. «Certo», il processo richiederà un po' di tempo, ma è quello che faremo! Per la precisione, in tre step!» affermò ancora la formatrice dalla folta chioma rossa.

La Horn indicò il macchinario cilindrico e riprese il suo discorso.

«Questa che vedete alle mie spalle è solo una riproduzione in scala di una delle trenta torri di gassificazione che verranno installate lungo l'equatore del pianeta…»

La donna venne interrotta da un giovane chimico cileno.

«Che cosa fanno di preciso queste macchine, dottoressa?» domandò Diego Felisao stuzzicando la curiosità degli altri.

«È presto detto, signor Felisao! Semplicemente, riusciranno a ricreare un ambiente ospitale non per noi, ma per le alghe e per le piante, utilizzando elementi presenti nel suolo e sottosuolo del pianeta per dar vita ad un ambiente carico di anidride carbonica! Quindi, "effetto serra"! Successivamente, i nostri colleghi biologi e le loro alghe geneticamente modificate creeranno un ambiente con presenza di ossigeno, ma non siamo qui a parlare di questo! Torniamo al gassificatore… Come potete ben vedere, questo è alto appena cinque metri, ma serve solo per farvi capire il suo reale funzionamento! Quello che dovremmo costruire, e successivamente utilizzare su Proxima B, sarà alto più di trenta metri e sarà completamente alimentato da pannelli fotovoltaici proprio come quelli che vedete sopra le vostre teste!» chiarì Lisa mentre i membri della missione prendevano i loro appunti nei rispettivi dispositivi elettronici.

«Dottoressa Horn, mi scusi, quanto dovrebbe durare l'intero processo?» domandò Abigail tenendo in mano una e-pen pronta per prendere nota.

«All'incirca cinquant'anni!»

Questa fu la risposta di Lisa, secca, lasciando i presenti impietriti.

«Quindi, mi dica se abbiamo capito bene… Dovremo rimanere su quella nave per quanto?» chiese Abigail un po' impaurita da quella che poteva essere la successiva risposta della Horn.

«Oh, no… Noi non rimarremo tutto il tempo sulla nave madre! Inizialmente vivremo in orbita all'interno di essa, e successivamente ci trasferiremo nelle strutture insediate sulla superficie del pianeta. E solo quando avremo ricreato un ambiente favorevole potremo vivere fuori dalle strutture!» parafrasò la dottoressa.

«Se guardate sui vostri display troverete tutti i dati relativi agli strumenti che dovrete utilizzare e su come impostare le torri. Studiateli! E se avete qualche idea per migliorarli, saremo tutti orecchi!» concluse la Horn.

Prima di congedarsi, la donna fece una raccomandazione.

«Spero che abbiate capito che quello che andremo ad affrontare non sarà per nulla semplice! Potremo riuscirci solo se lavoreremo tutti insieme! Non come singoli, ma come specie! È l'ultima chance che abbiamo, miei cari! Adesso andate! È tutta vostra! Studiatela per bene!»

Lisa si ritirò sparendo in una della quattro uscite dell'hangar lasciando i chimici allo studio della torre.

A mezzogiorno della stessa giornata, nel laboratorio di biologia Jerry e Korin sembravano essere in estasi per le cose che stavano vedendo e imparando insieme ai loro altrettanto preparati colleghi. Raggiunsero una parte del laboratorio guidati dal dottor Francesco Preparata, stimato ed eccelso biologo italiano che fino a quel momento aveva condotto la loro formazione, davanti ad una sorta di acquario contenente un liquido blu gorgogliante.

«Questa, ragazzi miei, è *Caeli*!» esclamò Preparata indicando l'acquario metallico a forma di sfera con una finestra in vetro al centro.

«Cosa contiene quel liquido, professore?» domandò Korin meravigliato e completamente preso dalla curiosità come il resto del gruppo.

«Si tratta di una speciale alga blu geneticamente modificata da noi per essere ultra-efficiente!» rispose orgoglioso il dottor Preparata.

«Efficiente in cosa?» chiese Jerry.

«Vedete, ragazzi, questi speciali esemplari sono stati modificati per essere migliaia di volte più veloci nel riprodursi e centinaia di volte più efficaci nel produrre ossigeno rispetto alla specie di partenza. Quello che avete davanti a voi è la fase due, che segue il periodo in cui utilizzeremo le torri di gassificazione...» continuò Preparata.

«Come dovremo adoperarle?» chiese un biologo di origini sudamericane presente in sala.

«Il bello sta proprio qui, ragazzi! Basta liberarla nelle acque allo stato solido presenti nelle zone più temperate per far sì che si propaghi. Nutrendosi dei gas serra sarà in grado di produrre ossigeno in enormi quantità rilasciandolo automaticamente nell'atmosfera. Dopo circa quindici anni le alghe avranno riempito gli oceani di Proxima B emettendo abbastanza ossigeno per poter passare alla fase tre. Avremo la possibilità di piantare alberi e piante sulla superficie. E cosa non da poco, potremo respirare senza l'uso dei respiratori! A quel punto il processo di terra formazione sarà completo!»

«Scusi, professore... Vada per le alghe... Siamo d'accordo anche per piante e alberi... Ma qui si sta sottovalutando un problema che attanaglia il nostro pianeta da più di un secolo! L'estinzione animale! Come faremo con gli esseri viventi animali?» domandò Korin con tono misto tra preoccupazione e curiosità.

«Ottima domanda, signor Tamura! Davvero un'ottima domanda! Seguitemi!» disse Preparata.

Il professore imboccò un piccolo corridoio conducendo il gruppo in un'altra stanza adiacente a quella precedente.

«In merito al problema sollevato dal signor Tamura abbiamo sviluppato quella che noi chiamiamo *La Madre!*» affermò il dottore mettendosi davanti ad una macchina dalle sembianze uniche. Aveva le dimensioni di un'enorme scatola ed un display olografico permetteva di poter interagire con essa.

«Questo gioiellino vi permetterà di poter ricreare embrioni ed esemplari perfettamente sviluppati partendo dal DNA di oltre dieci milioni di specie animali raccolto nell'arco degli ultimi cento anni! Avrete a disposizione decine di queste macchine a bordo delle tre astronavi madri!»

Alle parole di Preparata seguì lo stupore generale.

«Come funziona precisamente?» chiese Jerry sempre più incuriosito.

«Il codice genetico raccolto nel database della macchina permetterà di poter sviluppare cellule staminali che attraverso una... chiamiamola incubatrice, si svilupperanno al suo interno. Questa è solo un modello di base, ma ce ne saranno di più grandi per gli esseri di maggiori dimensioni che avranno poi modo di svilupparsi all'esterno del pianeta! Difatti, questa può essere definita come una specie di stampante di esseri viventi!» rispose Preparata

Jerry non riusciva a credere a quello che stava sentendo e vedendo.

«Possiamo provarla, professore?» chiese Korin sperando di poter vedere la macchina in funzione.

«Certo, figliolo! Ma solo per un semplice esempio...» assicurò Preparata.

L'uomo in camice bianco si voltò verso la macchina e l'accese. Cominciò a smanettare attraverso il display olografico cercando una specie che avrebbe potuto ricreare in poco tempo.

«Mhmm… ecco! Questa dovrebbe andare bene!» comunicò di colpo.

Avviò la macchina e avvisò il gruppo di mantenersi a distanza. Tra qualche minuto, in fondo allo speciale marchingegno sarebbe stato rilasciato un vero e proprio essere vivente.

«IL PROCESSO DI CREAZIONE ESSERE VIVENTE TERMINERÀ TRA CINQUE MINUTI» disse la voce computerizzata della macchina.

«Professore, il tempo di creazione è uguale per tutte le creature o varia da specie a specie?» chiese un altro biologo tedesco.

«Naturalmente varia in base alla specie e alla loro grandezza. Vedete, la macchina deve essere alimentata da sostanze chimiche per pòter sintetizzare tessuti e permettere così di far crescere l'essere vivente…» illustrò Preparata.

«CREAZIONE COMPLETATA! PROCESSO ESEGUITO CON SUCCESSO!»

La voce della macchina annunciò l'esito positivo dell'operazione.

«Ecco, è pronto!» esclamò entusiasta il professore. Aprì lo scomparto posto alla fine del macchinario estraendo quello che appariva come un grosso coleottero.

«Questo è uno "scarabeo titano"» spiegò orgoglioso, e passò l'esemplare d'insetto appena creato a Korin. In un primo momento, il ragazzo sembrò quasi impaurito dal nuovo animale, ma dopo le rassicurazioni dello stesso Preparata prese l'insetto in mano.

«Faremo grandi cose insieme, ragazzi miei! Dobbiamo solo volerlo! Alla vita dovremo solo darle una spinta e lei troverà il modo di andare avanti! Basta solo volerlo, ricordatelo!» concluse Preparata. Riprese l'animale sotto la sua custodia e congedò i ragazzi con tutte le informazioni del caso e le istruzioni della macchina che avrebbero dovuto studiare.

Le lezioni per gli ingegneri di solito erano in programma le prime ore della mattina. Quel giorno, David e gli altri avrebbero iniziato a studiare i nuovi strumenti di lavoro da utilizzare su Proxima B per la costruzione degli edifici. Solita colazione alla mensa comune (erano i primi di solito ad arrivare), quattro chiacchiere con gli altri ospiti del complesso e David, insieme al suo gruppo, si ritrovò all'interno del primo edificio. Anche per gli ingegneri era previsto l'uso di un dispositivo simile ad un palmare dove poter prendere appunti e poter leggere e studiare le informazioni che gli venivano passate dai loro istruttori. Tra di essi, primeggiava Dinkar Kanak, uno delle figure più importanti al mondo in campo di ingegneria edile. Kanak era un uomo sulla sessantina di origine indiane. Sul viso sottile come il resto del corpo portava un paio di occhialini neri. Il più delle volte camminava trascinandosi la gamba sinistra a causa di un problema alle ossa con cui conviveva da molti anni, ma questo non gli faceva perdere il senso dell'umorismo. Kanak era un tipo all'apparenza buffo, ma allo stesso tempo rappresentava una fonte di conoscenza. Powell lo aveva voluto fortemente all'interno del progetto, tanto da renderlo uno degli ingegneri dell'intero complesso del *Rocky Mountain National Park*. Kanak era anche proprietario dell'azienda che produceva speciali stampanti 3D in grado di realizzare costruzioni in pochissimo tempo utilizzando materiali ad impatto zero.

I venticinque ingegneri, tra cui David e Giovanni, si trovavano seduti nella grande sala del primo edificio.

Kanak spuntò dalla porta principale seguito dai suoi assistenti in divisa.

«Signori, buongiorno!» esordì l'ingegnere con un tipico accento francese.

Il gruppo rispose al saluto mentre Kanak prese posto dietro la scrivania al centro della stanza.

«Dunque... Come accennatovi ieri, questa mattina vedremo nel dettaglio com'è composta la nostra "meraviglia" e come utilizzarla al meglio! Prego!»

Kanak invitò i due assistenti a uscire da dietro un tendone uno strano macchinario poggiato sopra un tavolo mobile. Appena i due uomini sfilarono la copertura, la speciale stampante 3D si mostrò in tutto il suo splendore.

«Eccola qui! La nostra *Engineer X*"!» disse l'ingegnere indiano presentando entusiasta la propria creazione agli allievi.

David e Giovanni, come molti altri, rimasero incuriositi alla vista di quello strano macchinario nonostante la maggior parte di loro avesse già avuto a che fare con simili strumenti.

«Iniziate a prenderci confidenza perché sarà la sola cosa con la quale passerete la maggior parte del vostro tempo su Proxima B, anche se questa è solo una riduzione in scala dei modelli che poi utilizzerete sul pianeta...» spiegò Kanak.

«Il funzionamento, però, è identico, come la materia prima che utilizzeremo! Adesso davanti a voi appariranno dei modelli ancora più rimpiccioliti della *"Engineer X"!*»

Mentre Kanak pronunciava quelle parole, dai banchi di ognuno degli ingegneri apparì un modello in scala 1:50 della speciale stampante.

«Molto bene, signori! Il compito di oggi è molto semplice! Dovrete riuscire ad assemblare e quindi a dar vita ad un edificio in scala 1:100 simile a quello che realizzerete su Proxima B!»

David osservava con particolare interesse la speciale stampante.

«Scusi professore, per quanto riguarda il materiale che dovremo utilizzare?» chiese uno degli ingegneri.

«Ottima domanda, signor Leonard! Stavo proprio arrivando a questo...» comunicò Kanak catturando l'attenzione di tutti i presenti che adesso avevano gli occhi puntati su di lui.

«La particolarità di questa speciale macchina sta nel fatto che, a differenza di quelle che molti di voi hanno già utilizzato, lavora esclusivamente con materiali di scarto e di rifiuto!»

Partì subito un leggero brusio tra le file dei presenti. In un primo momento Kanak non se ne curò più di tanto. Si voltò e premette un pulsante da un telecomando. Dopo qualche secondo, dietro di lui apparì un grande schermo olografico che mostrò da una parte la composizione interna del macchinario e dall'altra un elenco di materiali.

«Questo schema, che potete trovare anche nei vostri dispositivi personali, spiega in modo chiaro il funzionamento della stampante! Come potete vedere, tutti i nostri scarti, lattine, plastica, vetro, vengono immessi in questo particolare imbuto...»

Mentre Kanak spiegava, i suoi assistenti mostravano nella pratica l'esecuzione del processo.

«Una volta dentro, l'insieme dei materiali viene raccolto in questo speciale serbatoio dove avverrà un processo di alterazione molecolare in grado di compattare il tutto dando vita a nuovo tipo di materiale composto di ultima generazione: il *"clix"*!»

La stampante accanto a Kanak faceva fuoriuscire interi filamenti di clix da dei tubi che particolari bracci meccanici andavano a collocare per comporre il modello da costruire.

«Pazzesco!» osservò David.

All'improvviso Giovanni alzò la mano.

«Signor Rinaldi, prego!» disse Kanak.

«Signore, mi chiedevo che tipi di modelli di case e edifici dovremmo realizzare su Proxima B...»

«Ottima osservazione! Cedo la parola al mio assistente, il signor Ward!»

L'assistente di Kanak prese parola.

«Abbiamo pensato noi a caricare all'interno del software della stampante quindici diversi modelli di case e dieci modelli di edifici! Durante gli ultimi anni abbiamo monitorato il vostro operato e abbiamo creato un mix delle vostre migliori costruzioni con lo scopo di dar vita alla cosiddetta "città ideale"!» illustrò l'assistente.

Contemporaneamente, con il telecomando faceva scorrere le immagini sullo schermo olografico alle sue spalle. Apparì quindi la rappresentazione di un modello di abitazione di Proxima B.

«Ecco un prototipo di abitazione...» spiegò ancora una volta Ward. Si trattava di un'abitazione ad un piano di circa ottanta metri quadrati con il tetto spiovente e un piccolo giardino intorno.

«Ottanta metri quadrati su un solo piano. Cucina, salotto, bagno e stanza da letto» illustrò l'assistente di Kanak.

«E non è finita! Ogni abitante avrà il dovere di curare un giardino adiacente alla propria abitazione che conterà piante specifiche. Sul retro dovrà prendersi cura di un piccolo orto con prodotti per l'autosostentamento e che eventualmente serviranno per la comunità!» concluse Ward.

Gli ingegneri erano senza parole. David, dal canto suo, ardeva dalla voglia di porgere una domanda. Quindi sollevò il braccio.

«Prego, signor Garcia!» disse Kanak annuendo verso David.

«Signore, mi domandavo come funzionerà il sistema di rifornimento idrico…»

«Tocca a te, Alan!» disse l'istruttore indicando il suo secondo assistente a farsi avanti.

«Doteremo ogni abitazione di uno speciale macchinario per la purificazione dell'acqua in modo tale da richiederne sempre meno all'intera comunità! Il tutto sarà monitorato da speciali strumenti e l'acqua, come d'altronde tutto il resto, non andrà mai sprecata!» spiegò Alan Mose, il secondo assistente di Kanak.

«Niente sprechi! Ecco il nostro obiettivo principale!» intervenne Kanak. «Molto bene, signori! Basta preamboli! É giunto il momento di mettersi all'opera! Fatemi vedere di cosa siete capaci! Su!»

Kanak invitò gli ingegneri ad iniziare il processo di creazione dei prototipi delle costruzioni. David non vedeva l'ora di azionare il suo nuovo macchinario.

«Nello spazio, come sulla Terra, non sarete immuni ad eventuali problemi fisici! Osteoporosi, nausea spaziale, perdita di massa ossea e muscolare, problemi cardiaci e cecità spaziale, diabete! Tutto questo potrebbe essere causato da tempeste solari e radiazioni spaziali! Questi rappresentano solo alcuni dei pericoli a cui potreste andare incontro…»

La voce rauca di Ezekiel Phin, primario del "London Clinic Center" di Londra, uno dei massimi esperti in malattie neurodegenerative al mondo, riecheggiò per tutta l'aula. Si trovava insieme ai membri della divisione medici. Il semibuio provocato dalle finestre chiuse permetteva al dottor Phin di mostrare delle immagini su uno schermo dietro la cattedra.

«Fino ad oggi l'uomo non ha mai affrontato un viaggio nello spazio così lungo! Sì, siamo andati su Marte impiegando sei mesi per poi capire che non potevamo colonizzarlo, ma questa volta sarà molto diverso! Dovremmo superare di otto volte la durata di quel viaggio, e per farlo avremo bisogno dei migliori medici, infermieri ed esperti in campo medico! Insomma, di tutti voi!» esclamò Ezekiel.

Scrutò la platea e ne approfittò per fare una breve pausa. Dopo qualche secondo, tramite uno speciale telecomando, fece apparire un ologramma raffigurante la lastra di un femore umano sullo schermo alle sue spalle.

«Qualcuno sa dirmi che cos'è?» domandò il medico. Notò diverse mani alzate.

«Prego! Si alzi e ci faccia sapere chi è e cosa pensa in merito a quest'immagine!» riferì Phin rivolto a una giovane ragazza dai capelli castani tra le prime file.

«Buongiorno a tutti! Mi chiamo Justine Poirot, vengo dalla Francia e sono un medico specialista in ortopedia e traumatologia. Posso affermare con certezza che quello che vediamo è un femore di una donna di circa sessanta/settant'anni con un grave caso di osteoporosi…» rispose la ragazza tornando a sedersi.

«Bé, non è esattamente così! Sì, questo femore appartiene ad una donna, ma non dell'età che ha pensato la nostra Poirot! Appartiene ad una giovane donna di trent'anni! Una delle donne che ha partecipato al programma "Aurora" per la colonizzazione di Marte! Questo è il suo femore dopo sei anni di permanenza nello spazio!»

Quelle parole pronunciate dal dottor Ezekiel caddero come un macigno tra i vari medici presenti in sala.

«Ecco uno dei problemi che dovremo pensare a risolvere... Adesso osservate questo! Cosa notate?» Questa volta dietro Phin partì un video che mostrava un cuore umano pulsante.

«Credo che questa sia più... come dire, particolare!» aggiunse.

«Prego! Lei in seconda fila!»

Il medico interpellato era un uomo di circa trentacinque anni, di corporatura atletica, occhi chiari ed avvenente, tanto da ricevere occhiate curiose da parte del pubblico femminile.

«Salve a tutti! Sono Mirko Ivanov. Sono un cardiochirurgo dell'Istituto di ricerca scientifica e primo soccorso N.V. Sklifosovsky di Mosca. Ecco... Io penso che questo sia un caso di cuore sferico! Osservando la sua forma e da come il suo ritmo sia irregolare, credo che sia stato circa sei mesi nello spazio...» affermò con sicurezza il russo. Scambiò uno sguardo e un sorriso con Amelia che si trovava qualche fila più avanti e prese di nuovo posto.

«Ottima osservazione, signor Ivanov! La causa di questa malformazione è data dal lavoro meno estenuante che il cuore deve affrontare nello spazio. Una soluzione sarà quello di assistere i membri della spedizione durante programmi specifici di allenamento fisico, a cui anche voi dovrete attenervi!» riferì Phin.

Dopo una ventina di minuti nei quali continuò a presentare altre situazioni mediche legate alla vita spaziale, Phin cambiò completamente argomento e il suo tono di voce si fece più serio.

«Adesso dovremmo affrontare un tema molto importante... Il ripopolamento! Vorrei porvi un quesito. Secondo voi, quanti uomini e quante donne potrebbero servire per ripopolare un pianeta come Proxima B?»

domandò cercando di rilevare qualche reazione da parte dei medici.

«Scusi, dottor Phin, lei ha detto "ripopolamento"? Non dovevamo costruire delle basi per permettere agli altri di poterci raggiungere?» intervenne un'oculista in seconda fila con tono particolarmente allarmato.

La sala si riempì improvvisamente di farfugli. Il dottor Phin si fece strano in volto notando l'insolita reazione dei presenti.

«Credo di essere stato frainteso…»

Phin iniziò a camminare lungo il palchetto davanti la cattedra.

«È vero che la missione prevede lo spostamento delle persone dalla Terra a Proxima B, ma… supponiamo dovesse succedere, come dire, un imprevisto…»

«Diecimila! Circa diecimila tra uomini e donne!» esclamò di colpo Amelia attirando su di sé gli sguardi di tutti, compreso quello di Phin.

«Cosa ha detto, prego?» reagì il medico.

«Bé, sì! Se dovessimo fare delle stime approssimative, per scongiurare incroci tra consanguinei e riequilibrare l'eventuale tasso di mortalità, una missione intergenerazionale dovrebbe contare almeno diecimila individui…» ribadì Amelia alzandosi.

Seguì qualche secondo di pausa mentre l'intera aula era piombata in un silenzio tombale. Phin osservò Amelia con un sorriso convinto.

«Com'è ha detto di chiamarsi?» le domandò.

«Sono Amelia Fisher!»

«Fisher, ci è andata molto vicino!» rispose Phin ancora sorpreso.

«Più avanti affronteremo meglio questo argomento! Per oggi direi di fermarci qui!» concluse il medico congedando i colleghi.

Erano già trascorse più di tre settimane da quando i futuri "colonizzatori" di Proxima B avevano messo piede all'interno del vecchio Rocky Mountain National Park, abituandosi alla nuova vita al suo interno. Come previsto, la terza domenica di ogni mese era stata scelta come "giorno libero", da poter trascorrere con i familiari rimanendo all'interno della base. Questa sembrava apparire sempre di più come una grande città, divisa in due aree ben distinte. Al centro c'era la cosiddetta "zona d'azione" comprendente i cinque edifici a forma di cubo e il dormitorio. Il resto era composto dalla "zona ambiente" dove i membri potevano concedersi qualche momento di relax da trascorrere insieme ai propri cari o durante le ore libere. L'area era composta principalmente da un parco con un prato e un lago circondato da diverse panchine, il tutto attorniato da alberi e piccole aiuole ben curate. Era presente anche una zona dove ci si poteva attrezzare con delle canne da pesca da utilizzare per catturare dei piccoli pesci che vivevano nelle acque del lago, con l'obbligo però di rigettarli vivi in acqua. L'intento era proprio questo: i membri avrebbero potuto staccarsi da macchinari e tecnologia, con la possibilità di stare a contatto con la natura, cosa che ormai, da diversi anni, avveniva sempre più di rado.

I familiari degli ospiti giunsero alla base a bordo dei pullman automatizzati che si fermarono davanti all'entrata principale. La giornata era davvero splendida, con un sole che riscaldava i cuori di tutti. Da uno dei mezzi scesero Gaia, la moglie di David, con il figlio Leo, e ancora la madre di Jerry e la famiglia di Abigail. Per tutti si preannunciava una giornata speciale.

«Papà!» urlò Leo correndo incontro a David che lo aspettava a braccia aperte.

Stessa scena si ripeté per Abigail e i suoi figli. Anche Jerry abbracciò la madre con leggero imbarazzo.

Le famiglie furono condotte all'interno della "zona ambiente". Lì, si trovavano già gli altri membri che non avevano ricevuto visite, tra cui Michael, Amelia ed Emily.

David non perse tempo e condusse Leo in riva al lago per pescare insieme, accompagnati da Gaia che per l'occasione aveva preparato un cestino con delle tortillas di carne e carote, uno dei piatti preferiti da David.

Un po' più distanti, Abigail e i suoi cari si trovavano seduti sull'erba.

«E così hai superato l'ultima fase delle olimpiadi matematiche...» disse Abigail a Robert, il figlio più grande.

«Sì, mamma! E pensa, tra un mese esatto si terranno le finali a Kansas City, e lì ci saranno i finalisti delle scuole di tutto il Missouri!» rispose il ragazzino.

Abigail rivolse a Robert un tenero sorriso materno.

«E tu, signorina? Come va con la danza?» domandò la donna rivolgendosi alla piccola Gwen. Questa si lanciò in braccio alla madre.

«Bene, mammina! Sto imparando tante belle cose! La signorina Dumont dice che sono la più brava del mio gruppo! Ci sarai al saggio di fine anno, vero?»

Abigail si bloccò per un attimo. Cercò lo sguardo di Sam che le rivolse un amaro sorriso. All'improvviso, Abigail strinse forte a sé la figlia.

«Farò di tutto per esserci, tesoro mio!» le assicurò.

Amelia si trovava seduta su una delle panchine insieme ad altri medici intenta a godersi la pace che regalava quell'angolo di verde. La conversazione tra i colleghi venne interrotta dall'arrivo di uno degli addetti.

«Signorina Fisher...» disse l'uomo dietro al gruppetto.

Amelia si voltò e notò che l'addetto teneva in mano un trasportino per animali.

«Mi hanno detto che dovevo darle questo...»

L'uomo poggiò a terra la gabbietta di plastica, aprì lo sportelletto e fece uscire Lilly, la cagnolina di Amelia.

«Lilly!» urlò Amelia prendendo tra le braccia la cagnolina. Il cuore cominciò a batterle il doppio.

L'uomo che aveva portato Lilly si avvicinò ad Amelia.

«C'era anche un biglietto» comunicò passando alla donna un pezzo di carta.

Amelia iniziò a leggerne il contenuto:

"So che hai resistito troppo tempo senza vederla. Consideralo un regalo per il tuo compleanno, anche se in ritardo.

Ti voglio bene!"

Jenny.

Emily era solita trascorrere il tempo libero dedicandosi alla lettura. Quella mattina, però, aveva deciso di cambiare programma e cimentarsi in una disciplina che a lei piaceva tanto, ma che da diverso tempo non andava più di moda: il tiro con l'arco. Insieme a Nicole, la ragazza francese con cui condivideva la camera, e altre militari, Emily era riuscita a ottenere il permesso di poter usufruire dell'attrezzatura necessaria e occupare il campo di allenamento. Dopo due lanci andati a vuoto da parte di Sarika, una soldatessa di origine indiana, fu Emily che prese l'arco in mano mettendosi in posizione di tiro.

«Giuro che era da almeno quindici anni che non ne usavo uno!» osservò entusiasta la giovane marine americana mentre le altre colleghe la osservavano mirare il bersaglio da colpire.

Emily caricò l'arco, concentrandosi al massimo. Mirò e scagliò la freccia che partì andandosi a conficcare proprio al centro del bersaglio. Un piccolo applauso partì subito dalle sue colleghe, ma venne sovrastato da un battito di mani molto più forte, che all'apparenza sembrava appartenere a un uomo.

«Ottima mira, Parker! Come sempre dal resto...»

Emily riconobbe subito quella voce, calda e quasi baritonale. Apparteneva a Lucas Douglas, il suo capo istruttore in Arizona.

«Signore! Che piacere vederla!» esclamò la ragazza.

Poggiò l'arco sul tavolo di lato e sfilò la mascherina di protezione, quindi corse a stringere la mano a Douglas.

«Ragazze, lui è Lucas Douglas, il sergente che avevo a Phoenix!»

Le militari onorarono Douglas con il classico saluto militare.

«Scusatemi, voi continuate pure!» suggerì Emily rivolta alle compagne. Quindi lasciò il poligono insieme al suo ex sergente.

«Signore, cosa la porta qui?» domandò Emily mentre sorseggiava una limonata da una lattina.

«Oh, a dire il vero ero venuto per incontrare un vecchio amico che lavora proprio qui, ma ho pensato di approfittarne per venire a vedere come te la stavi cavando...» rispose Douglas con tono sereno.

Emily abbozzò un sorriso sincero.

«Allora, come ti trovi? Ti hanno già spiegato quale sarà il tuo compito?»

Emily terminò la sua limonata e gettò la lattina vuota in uno dei tanti cestini automatizzati per il riciclaggio immediato sparsi per tutta l'area esterna della base.

«Sì, signore. Sono tutti preparatissimi e motivatissimi per questa missione, ed io non finirò mai di ringraziarla per avermi dato la possibilità di farne parte...»

«Oh, Parker... Non devi ringraziare me, ma te stessa! Io ho solo fatto il tuo nome perché tu lo meritavi davvero...» puntualizzò Douglas.

Quelle parole riempirono Emily d'orgoglio come la prima volta che Douglas le aveva parlato dell'incarico al campo marine in Arizona.

«Signore, quello che mi domando è... insomma, sì... c'erano altri bravi soldati nel nostro plotone. Perché ha scelto di fare proprio il mio nome?» chiese Emily.

Douglas si prese qualche istante per pensare a cosa risponderle senza nascondere un leggero sorriso.

«Vedi, Parker... Tu, oltre a possedere un talento innato per le armi, hai qualcosa che ti distingue dagli altri, e questo lo capii sin dal primo giorno in cui ti vidi arrivare tra i miei ragazzi...» rivelò Douglas con un velo di nostalgia.

Emily si fermò per un attimo, rivolgendo uno sguardo dubbioso all'uomo.

«Determinazione, Parker. Mi riferisco alla tua determinazione...»

I due girarono l'angolo e si addentrarono nel grande parco.

«Devo confessarti che all'inizio l'idea di avere un marine donna tra i miei uomini non mi andava per niente a genio, ma quando ti conobbi e seppi del tuo passato... bé, decisi di metterti alla prova, e i fatti pare mi abbiano dato ragione» confessò Douglas.

Ancora una volta sul viso di Emily comparve un sorriso di compiacimento misto ad orgoglio e soddisfazione.

«Come stanno gli altri, signore?» domandò.

«Bene! Stanno tutti abbastanza bene. La tua partenza deve averli motivati parecchio dato che eri il loro punto di riferimento...» le rispose Douglas. «Devi essere orgogliosa, Parker, di poter rappresentare il tuo Paese in quest'importante missione. I tuoi lo sarebbero di certo...»

Dal viso di Emily iniziarono a scendere alcune lacrime. Si voltò verso Douglas che ricambiò facendole l'occhiolino. I due proseguirono la passeggiata nel parco per altri minuti continuando a ricordare aneddoti ed episodi legati al loro trascorso.

Capitolo 4 - Gli ultimi giorni su questa Terra

Matthew viveva in un appartamento a North Philadelphia. Quella mattina il sole rendeva la giornata davvero splendida. Come ogni martedì, Matthew si dedicò a una bella corsa lungo il viale del quartiere. Indossò tuta e scarpe da jogging, messo un berretto in testa iniziò a correre per quello che affettuosamente chiamavano *"North Filly"*.

«Ehi, Frank! Come butta?» esclamò il generale notando il fruttivendolo di fiducia che aveva la bottega vicino casa sua.

«Matthew! Tutto bene! Tieni, prendi una mela! Assaggia e dimmi se non sono le più gustose di tutta Philadelphia!» rispose con vigore il venditore di frutta lanciando un mela a Matthew che la afferrò al volo.

«Solo il meglio da Frank, lo so! Grazie mille! A buon rendere!» replicò con il suo classico tono amichevole. Diede un morso alla mela e proseguì la sua corsa.

Matthew percorse un paio di chilometri sino a giungere presso la Christopher Columbus Boulevard che dava sul fiume Delaware. Giunto vicino al molo, lungo il fiume, Matthew si fermò per qualche istante. In un attimo, i ricordi e le sensazioni che aveva vissuto fino a quel momento riaffiorarono nella sua mente. Dopo qualche secondo guardò l'orologio classico a movimento meccanico che aveva al polso, una vera rarità per quell'epoca, notando che era già ora di rientrare.

Il tragitto di ritorno preferì farlo ad una velocità meno sostenuta. Matthew provò a godersi la vista, gli odori e i suoni ai quali, prima di allora non aveva prestato quell'attenzione. D'altronde, sarebbe passato di lì per l'ultima volta dopo averci vissuto per tutta una vita.

«Caspita! Non sono più quello di un tempo... Una corsetta e sono già KO!» esclamò quando giunse dinanzi l'entrata di casa.

L'abitazione di Matthew si poteva descrivere come una tipica casa ubicata in un edificio in mattoni rossi, in stile anni Cinquanta. Come il resto del quartiere, non era stata molto intaccata dalla modernità che contraddistingueva invece la maggior parte dei quartieri di Philadelphia.

Una volta in casa, Matthew tolse di dosso i vestiti e si diresse verso la doccia. Mezz'ora dopo finì di vestirsi indossando un blazer blu sopra una maglietta bianca e un paio di jeans. Non fece in tempo ad allacciarsi le sneakers che sentì suonare il campanello.

«É in anticipo...» disse tra sé.

Finì di allacciarsi le scarpe e andò ad aprire la porta.

«Buongiorno, lei dev'essere Le Pen...» disse.

«Esatto, signor Ross. Buongiorno» replicò un uomo dall'aspetto grassottello, con due baffoni volti all'insù.

Con un cenno della mano Matthew lo invitò ad entrare in casa.

«Molte grazie. Sono qui per concludere la trattativa. Ma prima vorrei vedere l'immobile, se per lei non è un problema...» ribadì il notaio mandato da una delle migliori agenzie immobiliari della città.

«Nessun problema. Mi segua» replicò Matthew iniziando a far strada a Le Pen.

«Questo è il salone! Come vede è già arredato, come il resto della casa...»

Matthew cominciò a mostrare all'uomo in giacca nera l'interno della casa. Dopo un paio di minuti trascorsi a descrivere l'abitazione composta da salone, due camere da letto, due bagni e mansarda, i due fecero ritorno in salotto.

«D'accordo, signor Ross. La casa è in ottime condizioni. Niente umidità, niente muffa. È perfetta, considerata l'età. Se vuole, possiamo concludere subito…» propose il notaio.

«Dovrebbe mettere delle firme qui, qui e qui», spiegò ancora Le Pen poggiando sul tavolo il contratto di vendita. Porse una penna che uscì dalla tasca della giacca a Matthew e proseguì: «Per duecentomila dollari abbiamo fatto entrambi un bell'affare! Lei avrà subito i suoi soldi e l'agenzia sarà libera di vendere questa bellezza quando il prezzo delle case in questo quartiere salirà…»

«Ecco fatto! Adesso la casa è vostra!» annunciò Matthew dopo una serie infinita di firme.

I due si strinsero la mano, segno che l'affare era stato concluso. Le Pen inserì i documenti all'interno di una carpetta che avrebbe chiuse nella sua valigetta di pelle mentre Matthew finiva di preparare un caffè per il suo ospite.

«Signore, volevo farle una domanda…» chiese Le Pen quando Matthew tornò in salotto.

«Dica pure»

«Ecco… lei è il generale Ross che si dice partirà per quella missione?» domandò con curiosità il notaio.

Matthew, notando l'interesse dell'uomo, non tardò a rispondere.

«Sì, sono io» confermò Matthew con un sorriso porgendo la tazza di caffè. «Scusi me, piuttosto… mi chiedevo quando potrò avere i miei soldi… Da ciò che avrà capito, il tempo non è dalla mia…»

«Oh, non si preoccupi! Credo che domani mattina le arriverà comunicazione dalla banca dell'avvenuto accredito» assicurò Le Pen, ma sembrava distratto da altro.

Il notaio era ormai giunto sull'uscio della porta e Matthew notò un'espressione quasi d'imbarazzo sul suo volto.

«Posso chiederle un'ultima cosa?» domandò Le Pen.

«Certo» rispose Matthew.

Il notaio estrasse un taccuino dalla tasca.

«Potrebbe fare una dedica a mio figlio? Sa, ha sempre sognato di fare l'astronauta e ha seguito con molto interesse questo progetto... E lei sta guidando la prima spedizione oltre il nostro sistema solare. Sarebbe molto felice di avere un suo ricordo...»

Matthew per un attimo restò immobile senza dire nulla. Poi fece un sincero sorriso verso l'uomo.

«Sicuro, va bene! Anche se io non sarò il solo a guidare la spedizione... Saremo in tanti, giocheremo di squadra! Come si chiama suo figlio?» chiese Matthew prendendo la penna e il taccuino in mano.

«Tom! Si chiama Tom!» rispose prontamente l'uomo.

«Bene. Allora, ok. Ci sono. *"Al mio amico Tom! Con affetto, ti aspetto sul nuovo mondo! Generale Matthew Ross"*» disse Matthew mentre scriveva.

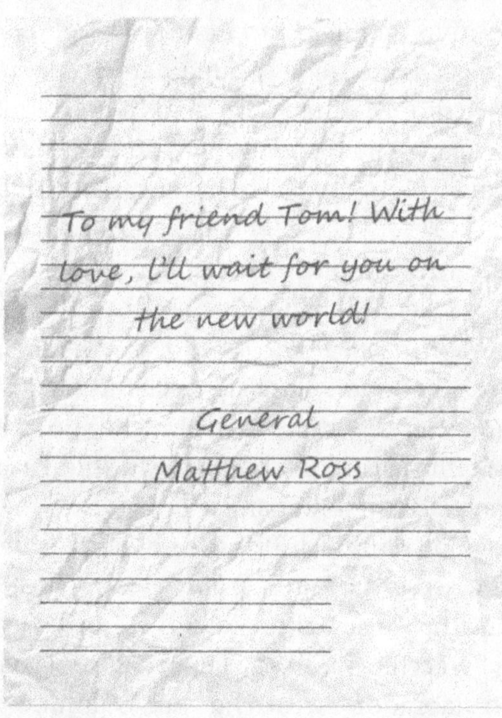

Una volta scritta la dedica restituì il taccuino e la penna al notaio che uscì sul vialetto esterno.

«Ah, dimenticavo di dirle che la casa dovrà essere lasciata entro una settimana, come da accordo!» esclamò Le Pen mentre si dirigeva verso la sua auto elettrica.

«Certo! Arrivederci!»

Matthew congedò il notaio. Chiuse la porta e ritornò alle sue faccende.

Passarono alcuni minuti e si ritrovò in camera da letto intento a continuare ciò che aveva iniziato qualche giorno prima. Prese la sua valigia e la riempì con tutto quello che poteva portare con sé per la missione: vestiti, i due orologi a cui era legato e alcune fotografie.

Il mattino dopo, alle nove e trenta arrivò una notifica sul suo dispositivo mobile. Era la banca che gli comunicava l'avvenuto accredito della somma pattuita. Il suono della notifica svegliò Matthew. Si alzò e fece una doccia. Quindi preparò la colazione. Si vesti e salì a bordo del suo crossover nero. Quella mattina sarebbe andato fuori città.

Con una canzone famosa del passato alla radio Matthew si godeva la splendida giornata di sole.

«*I want it all! I want it all! want it all'and I want it now!* Ah... Non si battono i classici!» esclamò mentre guidava l'auto lungo una strada sterrata che portava a una bellissima fattoria con un'abitazione in stile Tudor revival che s'intravedeva in lontananza.

Arrivato allo spiazzo di fronte la casa, Matthew spense il motore e scese dall'auto. Improvvisamente, l'abbaiare di un cane attirò la sua attenzione.

«Harvey! Vecchio mio!» esclamò con gioia vedendo il bellissimo labrador nero che per salutarlo gli saltò addosso leccandogli il viso e scodinzolando per la felicità.

«Giù bello! Sta' giù! Dov'è Frankie?» disse ancora e seguì il cane dietro la casa.

«Ho già detto che non voglio comprare niente! Fuori dalla mia proprietà!» urlò un uomo dalla voce rauca. Si trovava in mezzo ad un piccolo campo di zucche.

Sentendo l'abbaiare di Harvey, l'uomo si voltò e notò la presenza di Matthew.

«Matthew...» disse sorpreso. Uscì dal campo con in mano una zappa e raggiunse l'ospite.

«Che ci fai qui? É da un po' che non ti fai vedere...» proseguì con aria stanca.

«Franklin, come stai?» domandò Matthew con un ampio sorriso.

«Bé, il tempo passa anche per me. Non sono più quello di una volta... Anche il campo non è più quello di un tempo. Dà un terzo di quello che dava quindici anni fa... La terra sembra avercela con me...» affermò ancora il vecchio Franklin con un tono di voce un po' affranto.

«Non ce l'ha solo con te, Franklin... É in collera con tutti noi... L'abbiamo maltrattata, l'abbiamo inquinata, e adesso lei ci ripaga con la stessa moneta. Carestie, uragani e siccità ci stanno colpendo con maggiore intensità... Ma questo lo sai meglio di me...» puntualizzò Matthew con un filo di malinconia guardando il sole all'orizzonte sul campo.

«Vieni, facciamo due passi» propose il padrone della fattoria.

Passò un po' di tempo e i due fecero strada per dirigersi verso l'auto di Matthew.

«E così stai per partire... Ho sentito la notizia in tv. È una buona cosa, figliolo. Spero che questo possa servirti a farti ritrovare la serenità. So bene come sei. Ti conosco da quando eri alto solamente un metro... Sotto quel sorriso si nasconde ancora quel grande senso di colpa...»

A quelle parole Matthew cominciò a cambiare espressione in viso.

«Matthew, devi fare pace con te stesso!» lo riprese Franklin mettendo entrambe le mani sulle spalle del generale guardandolo negli occhi.

«Ho cercato di portare avanti la mia vita, ma... il mio cuore e la mia mente sono rimasti lì. Non so se riuscirò mai ad andare avanti come si deve, Frankie. Continuo a chiedermi se magari fossi stato io lì le cose sarebbero potute andare diversamente...»

Matthew pronunciò quelle parole con voce strozzata.

«Basta, figliolo! Devi smetterla! Sei stato un bravo marito e un ottimo padre, e mi hai regalato uno splendido nipote! Non potevi fare nulla per evitare ciò che accadde quella sera dentro quella maledettissima auto… Ma adesso puoi fare qualcosa per te. É ora che tu vada avanti, figliolo. Dovresti salutarli prima di andare… e poi cerca di fare pace con te stesso» concluse il suocero di Matthew e i due si strinsero in un forte abbraccio.

Così, passo dopo passo giunsero vicino l'auto di Matthew.

«Frankie, questo è per te. Ti prego, accettalo…» disse Matthew. Infilò la mano dentro la tasca interna del giubbotto di jeans e tirò fuori una busta porgendola all'uomo.

«Che cos'è?» domandò Franklin incuriosito.

Aprì la busta con le dita e vide il contenuto al suo interno. Si trattava di un assegno da duecentomila dollari.

«Matthew… ma… io… non posso accettarli…»

«Devi prenderli» ribadì Matthew. «Sei stato come un padre per me, Franklin» concluse con gli occhi lucidi.

I due si abbracciarono per l'ultima volta.

«Addio, e grazie di tutto» disse Matthew.

«Addio, figliolo. Abbi cura di te…»

Matthew salutò anche Harley, salì a bordo dell'auto e partì.

Il sole stava ormai per tramontare. Mancava ancora una decina di minuti prima che la luce lasciasse il posto al buio della sera e una leggera brezza iniziava a soffiare.

«Ciao, amore mio. Spero che tu non ce l'abbia ancora con me… Sto' per lasciare la Terra, per sempre… Bé, l'ho detto come se fosse una cosa normale… Lo sai, non sono mai stato poi tanto bravo con le parole… Ho sempre fatto fatica…»

Matthew pronunciò quelle parole con la voce spezzata. Si trovava in piedi su un bellissimo prato verde.

«Ehi, campione... Chissà adesso cosa stai facendo... Nei miei pensieri sei sempre pieno di vita, con i tuoi giocattoli stravaganti che riempivano casa nostra...»

Matthew non resse più. Cadde in ginocchio e iniziò a piangere. Singhiozzando riuscì a mettere insieme un'altra frase.

«Dio, quanto mi mancate! Mi manchi tu, tesoro mio... Il tuo profumo, i tuoi capelli, Marie! Harrison, mi manca la tua voce quando mi chiamavi "papà" e tutte le volte che mi saltavi in braccio quando tornavo a casa... Vi chiedo perdono se non sono stato il marito e il padre che meritavate... Vi chiedo perdono se non sono stato presente... Ma adesso devo andare avanti... Ci devo provare... Sarete sempre nel mio cuore...»

Col viso grondante di lacrime Matthew si avvicinò alle due lapidi su cui erano riportati i nomi di sua moglie, Marie Clarke, e di suo figlio, Harrison Ross, morti tre anni prima.

L'uomo adagiò una rosa rossa su entrambe le lapidi, e baciandole disse addio ai suoi cari per l'ultima volta.

Entrò in macchina e asciugandosi le lacrime ripartì.

Missoula, Montana.

David aveva deciso di trascorrere il tempo che gli rimaneva prima della partenza assieme alla sua famiglia. Tornato dal Colorado, l'ingegnere si occupò di organizzare il futuro della sua azienda edile. Ci aveva pensato a fondo, anche durante i mesi dell'addestramento, e alla fine era giunto alla conclusione che avrebbe proposto a Philippe di prendere il suo posto. Circa una settimana dopo essere tornato, David rimise piede nell'ufficio del centro di Missoula. Dopo tutti quei mesi fare ciò gli provocò una strana sensazione di tristezza. Philippe venne messo al corrente, rimanendo colpito dal fatto che David gli avesse affidato la gestione dell'azienda e anche dell'ormai imminente partenza dell'amico. Venne organizzata una piccola festicciola d'addio durante la quale David approfittò per comunicare a tutti i dipendenti la notizia che avrebbe preso parte alla missione della New Nasa e che da quel momento in poi Philippe sarebbe stato il nuovo capo. Per David quell'azienda aveva rappresentato tutto a livello professionale, e affidandola a Philippe era certo di lasciarla in ottime mani. Svuotare l'ufficio non fu facile. Mentre osservava l'arredamento in stile moderno, David prese in mano una vecchia foto e la sua mente si riempì di piacevoli ricordi. Si vide ritratto assieme a Lauren e Bill Garcia, i suoi genitori. Nonostante la severa educazione che gli avevano impartito, David non li avrebbe potuti ringraziare mai abbastanza per i valori che gli avevano trasmesso.

Era venerdì e mancavano esattamente due settimane al giorno della partenza. David, Gaia e Leo erano appena rientrati da una visita ad alcuni parenti della donna. Quello stesso giorno, David aveva promesso a Leo di fare un'escursione fuori porta sul Red Mountain. Per David quel luogo rappresentava uno dei ricordi più belli legato alla sua infanzia. Sarebbe rimasto con il figlio per due giorni in mezzo alla natura.
Una volta preparati zaini, tende e varie attrezzature, padre e figlio partirono a bordo del pick-up direzione Clearwater. Dopo qualche ora arrivarono a destinazione. David lasciò l'auto all'interno di un grande parcheggio attrezzato, scaricarono la roba e si avviarono all'interno della riserva. Lui conosceva bene quel posto perché era lì che spesso veniva con suo padre. Percorrere quei sentieri fu come tornare indietro nel tempo.

Dopo circa mezz'ora di cammino all'interno della boscaglia, David e Leo giunsero nei pressi di una piccola altura, posto ideale per accamparsi. Nonostante fosse fine agosto, l'aria era frizzantina dato che era quasi il tramonto.

«Che ne dici figliolo, va bene qui?» domandò David.

«Sì, papà! Mi sembra perfetto!» rispose il ragazzino.

David osservò il ragazzino iniziare a piantare i paletti della tenda, mentre lui si dedicò ad accendere il fuoco. Desiderava godersi quegli ultimi momenti con suo figlio anche perché, con molta probabilità, quella sarebbe stata l'ultima volta che avrebbe visto quel luogo a lui così caro.

La sera era ormai giunta e un cielo stellato faceva da splendido contorno al quadretto familiare. David e Leo si trovavano attorno al fuoco intenti ad arrostire delle salsicce di maiale. Dopo qualche minuto di silenzio dove il solo suono udibile era il verso di qualche gufo, Leo guardò il padre.

«Papà…» disse all'improvviso.

«Dimmi…»

«Andrà tutto bene, vero?»

David fissò il figlio per alcuni secondi.

«Ascolta, figliolo. Qualunque cosa succederà, tu non dovrai mai perdere la speranza per un futuro migliore. Rimani vicino alla mamma e tutto andrà bene. E poi ricorda, noi del Montana siamo gente forte! La natura ci darà sempre una mano!» disse l'uomo rivolgendo al figlio un sorriso rassicurante.

Nonostante potesse sembrare convinto, dentro di sé David provava, forse per la prima volta, un sentimento di paura, paura di perdere i suoi affetti più cari.

«Parli proprio come il nonno!» osservò Leo.

I due si scambiarono un'occhiata e David invitò il figlio ad avvicinarsi accanto a lui.

«Ti voglio bene» sussurrò l'uomo stringendo Leo a sé.

«Anch'io ti voglio bene, papà» replicò teneramente il ragazzino.

L'indomani David e Leo si svegliarono molto presto, quasi all'alba. Quella mattina il programma prevedeva una bella scarpinata fino alla cima del Red Mountain e ammirare tutta la bellezza della valle orientale del Montana.

«Non mi abituerò mai alla bellezza di questo posto!» esclamò David respirando l'aria fresca. Leo, intanto, scrutava qualcosa con il binocolo.

«Papà» disse il ragazzino, «credi che su Proxima B ci saranno paesaggi così belli?»

Lo sguardo di David prese a fissare la splendida vallata che avevano davanti.

«Bé, questo non lo so, figliolo. Noi faremo di tutto per rendere quel pianeta un posto migliore per viverci rispettando ciò che il Signore ci ha offerto!» rispose con il padre.

Il silenzio di Leo però lo indusse a continuare.

«Quando tu e la mamma mi raggiugerete vedrai che non sarà così diverso rispetto alla Terra…»

I due si scambiarono un sorriso per poi riprendere l'osservazione del paesaggio cercando di godersi quegli ultimi momenti insieme.

San Diego, California.

Il suono dei tacchi di Amelia risuonava lungo il corridoio del terzo piano del San Diego Health Sulpizio Cardiovascular Center. Proseguiva con gli occhi chiusi guidata da Thomas.

«Posso aprirli, adesso?» chiese Amelia.

«Non ancora…» rispose Thomas sorridendo.

Proseguirono per altri venti metri per poi fermarsi davanti all'aula conferenze.

«Siamo arrivati?» chiese ancora Amelia.

Thomas questa volta non rispose. Girò la maniglia della porta e invitò l'amica a entrare.

Amelia fece qualche passo incerto in avanti e percepì la presenza di qualcuno. Nonostante gli occhi bendati aveva intuito che la stanza fosse al buio.

«Aprili!» esclamò Thomas al suo fianco.

Improvvisamente la luce venne accesa accompagnata da un forte applauso. Amelia si guardò intorno e con sua grande sorpresa notò la presenza di tutti i colleghi e molti dei pazienti che aveva curato. Il cuore prese a batterle forte. Portò le mani alla bocca per lo stupore e la gioia mentre gli occhi le iniziarono ad inumidirsi. Si voltò verso Thomas che le sorrise e i due si abbracciarono calorosamente. Alcuni dei presenti cominciarono ad andare incontro ad Amelia. Tra di essi c'erano i membri dell'equipe tra cui Jenny che allargando le braccia era pronta ad accoglierla in un caloroso abbraccio.

«Come faremo senza di te...» le disse l'amica con voce commossa.

«Ve la caverete alla grande, soprattutto perché sarai tu a guidarli» rispose Amelia con le lacrime ormai visibili.

«Grazie» riuscì a dire Jenny in quello che sembrava come un passaggio di consegne. Sul tavolo trovavano posto biscotti e delle torte con una bottiglia di spumante. Per l'occasione era presente anche Howard McKenzie, il direttore dell'ospedale. L'uomo si fece avanti e salì sul piccolo soppalco dell'aula.

«Signori, un attimo di attenzione prego!» esclamò.

Il brusio cessò dopo qualche secondo.

«Grazie! Dunque, quest'oggi ci siamo riuniti in questa sala per salutare uno dei membri della nostra splendida famiglia! Vorrei proporre un brindisi alla dottoressa

Amelia Fisher per ringraziarla e augurarle tutto il meglio possibile per la sua nuova avventura! Dottoressa, prego, venga qui!» comunicò il direttore del centro medico invitando Amelia a raggiungerlo sul palchetto.

Lei non amava particolarmente mettersi al centro della scena, ma per quell'occasione decise di fare un'eccezione, raggiungendo McKenzie. Dopo una stretta di mano, l'uomo alzò in alto il suo calice, cosa che fecero anche gli altri.

«Ad Amelia Fisher!» esclamò McKenzie. Il nome di Amelia venne ripetuto in coro dal resto dei presenti.

«Dottoressa, credo che questo le farà sicuramente piacere... Prego!»

Il direttore invitò un suo assistente a salire sul palco. Il giovane teneva in mano una oggetto incartato di forma rettangolare.

«E con grande piacere che consegno questa targa alla dottoressa Amelia Fisher! Grazie di tutto, dottoressa! É stato un onore averla avuta con noi!» disse McKenzie con un sorriso convinto.

Per Amelia, nemmeno questa volta fu facile trattenere le lacrime. Prese in mano la tarda e la scartò:

"Alla dottoressa Amelia Fisher, per ringraziarla dell'amore e della professionalità che ha messo nel suo lavoro di cardiochirurgo."

San Diego Health Sulpizio Cardiovascular Center

Un lungo applauso riecheggiò per tutta la sala. Guardandosi intorno, Amelia scorse gli sguardi di tutte le persone che negli ultimi anni le erano state accanto nel suo lavoro. Il cuore le si riempì di gioia e commozione ancora una volta.

A cerimonia finita, Amelia si ritrovò nel suo ufficio per svuotarlo delle sue cose. Mentre adagiava alcuni oggetti all'interno di una scatola, sentì bussare alla porta.

«Sì, avanti!» disse Amelia provando ad asciugarsi gli occhi ancora lucidi. Era Jenny.

«Ehi, ce la fai?» le chiese l'amica.

«Sì...» rispose lei. «É solo che tutto questo mi mancherà. Voi eravate la mia famiglia...»

Jenny si fece avanti e l'abbracciò.

«Lo saremo sempre. E poi ricordati che sarai tra i primi a colonizzare un nuovo pianeta!» disse cercando di strappare un sorriso all'amica.

«Non ti ringrazierò mai abbastanza per tutto quello che stai facendo. Lilly e Lorry staranno benissimo con te. Ti chiedo solo di non portarli il giorno della partenza...» disse Amelia con voce spezzata.

«D'accordo. Tu pensa a salvare l'umanità, come d'altronde hai sempre fatto...» concluse Jenny anche particolarmente commossa.

Springfield, Missouri.

Quel giorno l'aula di chimica della Northwest Missouri State University era gremita in ogni ordine di posto, come spesso avveniva durante le lezioni di Abigail. Le due ore previste erano quasi terminate, e per Abigail era ormai giunto il momento di comunicare ai suoi studenti che quella sarebbe stata la sua ultima lezione. Non fu del tutto semplice resistere al sentimento di nostalgia, ma con la solita professionalità riuscì a dare una spiegazione chiara di cosa fossero i nitrili.

«Bene ragazzi, con questo abbiamo concluso!» esclamò Abigail. Tolse gli occhiali e li adagiò sulla cattedra.

Gli studenti iniziarono ad alzarsi e a rumoreggiare.

«Ehm… ragazzi! Se mi concedeste cinque minuti del vostro tempo vorrei darvi una comunicazione importante!» disse Abigail.

Gli studenti ripresero prontamente i loro posti a sedere.

«Vi ringrazio! Dunque, è mio dovere comunicarvi che quella di oggi è stata l'ultima lezione per me in questa università!»

Le parole di Abigail provocarono delle reazioni contrastanti tra le varie matricole.

«Molti di voi si staranno chiedendo il motivo che mi ha portato a questa decisione! Quindi mi sembra giusto mettervi al corrente della mia situazione…» proseguì Abigail.

«Non temete! Fortunatamente non si tratta della mia salute!» disse abbozzando un sorriso. «Credo che tutti voi siate a conoscenza della missione *"Per il bene di tutti!"*. Sono stata scelta per prenderne parte in veste di chimico!»

Immediatamente partì un brusio tra le file degli studenti.

«Vi confesso che non è stato per nulla semplice prendere questa decisione, ma alla fine ho accettato! Ci tenevo semplicemente a comunicarvelo e ringraziarvi! Con alcuni ci conosciamo da diversi anni, con altri meno, ma spero comunque che il tempo trascorso insieme sia servito per farvi amare la chimica proprio come la amo io…»

Abigail non era tipo da facile commozione, ma gli occhi le divennero lucidi.

«Da domani continuerete il vostro percorso di studi con il professor Lambridge! Con lui sarete in ottime mani! Grazie ancora di tutto…» annunciò ancora mentre cercava con tutte le forze di trattenere quel magone.

Abbassò lo sguardo e raccolse il suo laptop, iniziando a dirigersi verso l'uscita dell'aula.

All'improvviso, una delle alunne scattò in piedi iniziando ad applaudire. In pochi secondi venne imitata dal resto dei presenti e così un applauso scrosciante riempì l'intera aula. Abigail si fermò ad osservare la sua classe, questa volta non riuscendo a trattenere le lacrime. Le mani che portò al volto per nascondere la sua commozione non fecero altro che far aumentare gli applausi da parte dei suoi studenti. Addirittura, alcuni fecero partire dei piccoli cori in suo onore. Abigail ebbe solo la forza di fare un cenno di ringraziamento con la mano. Quindi abbandonò l'aula tra le lacrime.

La situazione che Abigail dovette affrontare al laboratorio non fu tanto diversa. Anche quello rappresentava un luogo dove aveva trascorso tanto tempo e dove aveva stretto forti legami con diverse persone. Vincent era il suo vice. Abigail si fidava di lui abbastanza da decidere di affidargli la direzione del centro. Poi c'era Tina, una sua ex compagna di corso che Abigail aveva voluto a lavorare al suo fianco. E ancora altri chimici e studenti tirocinanti del suo corso. Sia Vincent che Tina era stati informati in anticipo dalla stessa Abigail della sua imminente partenza; rimaneva da comunicarlo a tutti gli altri.

Abigail entrò all'interno del laboratorio, ma il freddo saluto che rivolse ai presenti fece intuire a Vincent e a Tina che quella sarebbe stata l'ultima volta che l'amica avrebbe varcato quella soglia.

«Professoressa...» la salutò distrattamente uno dei tirocinanti continuando a lavorare al microscopio.

Altri due fecero lo stesso, ignari di ciò che Abigail gli avrebbe comunicato di lì a poco. Vincent stava lavorando al computer quando notò Abigail guardarsi attorno con sguardo smarrito. L'uomo si alzò dalla sua postazione e si avvicinò alla donna.

«Ehi, ciao» la salutò con il solito tono gentile.

Abigail lo guardò per un attimo negli occhi per poi lasciarsi andare ad un abbraccio sincero. Da lontano Tina osservò la scena e sorrise amaramente, capendo ancor di più che Abigail sarebbe andata via per sempre.

Vincent diede due leggere pacche sulla schiena di Abigail in senso di conforto quindi si rivolse a tutti i presenti.

«Ragazzi, un attimo di attenzione! La nostra direttrice vorrebbe comunicarvi una cosa! Avvicinatevi, per favore!»

Tutti i chimici in sala interruppero il proprio lavoro e si avvicinarono al centro del laboratorio disponendosi a cerchio attorno ad Abigail.

«Grazie... Oggi per me è un giorno molto triste...» cominciò a dire a fatica. «É giunto il momento di comunicarvi della mia partecipazione alla missione *"Per il bene di tutti!"* Organizzata dalla New Nasa...»

I chimici iniziarono a guardarsi tra di loro stupiti.

«Mi hanno scelto come chimico, e quindi questa sarà l'ultima volta che ci vedremo...»

Abigail, forse provata già dalla precedente situazione avvenuta in aula, fece fatica a finire la frase.

«Devo lasciare l'incarico di direttrice del centro al nostro Vincent che sono sicura non mi farà rimpiangere...» proseguì scambiandosi un'occhiata di approvazione con il collega.

«Tutto qui... Colgo l'occasione per ringraziare tutti voi e dirvi che è stato un onore e un privilegio dirigere questo centro. Siete davvero un'ottima squadra e so che continuerete a fare grandi cose. Grazie di tutto...» concluse Abigail.

Tina la raggiunse e le due si abbracciarono tra un piccolo applauso.

Tokyo, Giappone.

Un galleggiante attaccato ad una lenza da pesca si faceva trascinare dalla corrente del mare. Dall'altro capo della lenza, a circa venti metri sulla spiaggia, Jerry e Korin erano sdraiati intenti a godersi la bella giornata di sole.

«Queste due settimane sembrano essere volate! E qui… Come hai detto che si chiama questo posto?» disse Jerry sistemandosi il berretto in testa.

«Shirahama Beach, Jerry! Sarà la sesta volta che te lo dico!» rispose con tono affranto Korin che sedeva al suo fianco.

«Chiamala come vuoi ma questo posto è davvero incredibile!»

Jerry diede un'occhiata alle canne da pesca posizionate poco lontano sul supporto interrato nella bianca sabbia della spiaggia giapponese.

«Ma ci pensi, Jerry? Fra poco più di una settimana dovremmo lasciare questo pianeta, per sempre! Non ci saranno più passeggiate nei boschi né immersioni in mare, anche se da qualche anno la situazione qui è diventata disastrosa… In tutti i casi, credo proprio che mi mancherà questo posto…» confessò Korin con malinconia.

Jerry lo osservò per qualche istante.

«Già… Sembra ieri quando ci è arrivata la lettera dalla New Nasa. Ed ora, eccoci qua! Mancherà anche a me questo pianeta. Probabilmente non sarei mai venuto qui in Giappone se non fosse stato per te! Non avevo mai pensato di staccarmi dal mio piccolo mondo che mi ero come creato a Chicago. Devo proprio ringraziarti, amico mio! Se non fosse che questo pianeta sta morendo insieme alle persone che vi abitano, forse avrei viaggiato di più…» confidò Jerry con aria carica di malinconia.

«Hai deciso cosa fare quest'ultima settimana?» domandò curioso Korin troncando il discorso.

«Starò con mia madre a Chicago. Non sono stato molto presente quest'ultimo mese, e ora che manca poco alla partenza voglio starle il più vicino possibile...» rispose Jerry. Non fece in tempo a finire che la lenza iniziò a tirare la punta della canna.

«Va' Jerry, ha abboccato! Tiralo su!» esclamò eccitato Korin.

Jerry e Korin si trovavano all'aeroporto di Tokyo. «Allora ci vediamo a Cape Canaveral, fratello! Grazie per queste due settimane! Mi sono divertito tantissimo!» disse Jerry.

I due amici si lasciarono andare ad un grande abbraccio.

«Mi raccomando, Yankee, sta' vicino a tua madre! Noi ci vediamo presto... Adesso va' o perderai l'aereo!» rispose Korin.

Dandosi l'ultima pacca sulla spalla i due si separano. Jerry prese il suo borsone e si diresse verso il gate del suo volo. Svolte le operazioni di rito, il giovane biologo salì a bordo dell'aeromobile supersonico in attesa che questi decollasse.

Dopo circa sei ore di volo, l'aereo sul quale si trovava Jerry si apprestava ad iniziare le manovre d'atterraggio.

«Si prega di allacciarsi le cinture! Siamo quasi arrivati a destinazione "Chicago"! Vi ringraziamo per aver scelto la nostra compagnia di voli autonomi più sicuri al mondo! Arrivederci!» comunicò la voce di bordo.

Jerry scese dall'aereo e si diresse verso il ritiro bagagli. Recuperata la valigia, il giovane salì a bordo di un taxi per far ritorno a casa.

Pagato il viaggio in taxi con la scheda del suo abbonamento ai mezzi pubblici, Jerry scese dalla macchina e guardò il palazzo dove si trovava il suo appartamento, il suo quartiere e i vicini come non aveva mai fatto prima. Rassegnato all'idea che di lì a poco avrebbe lasciato tutto per sempre salì i quattro scalini dell'entrata dell'edificio. Salutato Andy, uno dei tanti androidi addetto alla portineria, prese l'ascensore e salì al piano dove si trovava il suo appartamento.

Arrivato al corridoio il ragazzo del piano, Jerry era convinto di fare una sorpresa alla madre, ma non fece in tempo ad aprire la porta che la donna gli si parò davanti.

«Tesoro, bentornato!» esclamò la signora Vandcamp e lo abbracciò forte.

Jerry fece scivolare la presa dal manico del borsone e ricambiò l'abbraccio della madre. Sembrò che il tempo si fosse fermato. Nella sua mente, adesso, c'era solo il pensiero di rendere quei pochi giorni che gli rimanevano sulla Terra indimenticabili per la donna che si era da sempre presa cura di lui.

New York.

«Dammene un altro!» esclamò Michael rivolto a Sten con tono un po' alticcio dal suo sgabello.

Il barista, intento a pulire dei bicchieri di vetro, lo guardò per alcuni secondi per poi fare un cenno di disapprovazione con la testa.

«D'accordo...» disse. Poggiò il bicchiere che stava pulendo su un ripiano, prese la bottiglia di scotch e ne versò un dito e mezzo nel bicchiere di Michael.

«É da un po' che non ti si vede. Pensavo fossi morto...» aggiunse ironicamente il barman riprendendo il suo da fare dietro al bancone.

Michael, come suo solito, non rispose subito.

«Morto, dici? Magari...» borbottò.

Sten prese a guardarlo in modo strano.

«Sono stato fuori città, in Colorado...» proseguì Michael prima di fare altri secondi di pausa per sorseggiare il liquore.

«Ci hanno riempito la testa piena di buoni propositi, di idee, di speranze...»

Buttò giù l'ultima goccia di scotch e sbatté il bicchiere sul tavolo.

«Dio! Erano sei mesi che non bevevo un goccio... Stavo diventando matto!» urlò ancora Michael fissando la propria immagine riflessa sui vetri delle bottiglie esposte davanti.

«Senti, amico... se posso permettermi... è da troppo tempo che ti vedo ridotto così, a ubriacarti e a fare a botte... Da quello che so sei un ottimo pilota d'aerei. Fa' quello! Non gettare la tua vita così...» gli disse Sten.

Michael continuava a fissare le bottiglie che aveva di fronte.

«Vedi questo bar? È tutta la mia vita! Trova qualcosa che dia senso alla tua e va' avanti!» continuò il barista in tono amichevole.

«Wow! Cazzo, Sten! Mi hai toccato proprio il cuore! Dico davvero!» se ne uscì Michael con tono di sfottò.

Uscì lo smartphone dalla giacca e pagò il conto.

«Addio Sten» concluse e se ne andò uscendo dal bar con passo tremolante tipico di chi aveva alzato un po' troppo il gomito.

Avvicinatosi alla macchina, il suo sguardo si fermò sul riflesso del suo viso sul vetro dei finestrini provocato da alcuni lampioni.

«Come cazzo mi sono ridotto...» farfugliò Michael affranto.

Aprì la portiera e si lasciò andare sul sedile della sua auto.

«*Il tasso alcolico è troppo elevato per consentire la guida manuale. Si prega di allacciare le cinture e di comunicare la destinazione desiderata*» comunicò la voce del computer di bordo della berlina grigio argento.

«Dannata tecnologia! Portami fuori città!» ordinò.

«*Al solito indirizzo, signore?*» chiese di nuovo il computer cercando di ottenere una risposta più precisa.

«Sì! Vai!» urlò Michael prima di addormentarsi.

L'auto arrivò a destinazione circa un'ora e mezza dopo con ancora Michael che dormiva al suo interno.

«*Destinazione raggiunta*» segnalò la voce del computer di bordo, ma Michael non si svegliò.

La mattina sopraggiunse. Il sole salì in cielo e i suoi raggi iniziarono a scaldare l'aria. La sera prima l'auto di Michael si era fermata ad una decina di metri dall'indirizzo già salvato in memoria, visto che era stata lì parecchie volte. Si trattava di un quartiere di villette a schiera situato poco fuori New York. Un quartiere dall'aspetto pulito, ordinato, dove ogni casa, composta da due piani in stile moderno, aveva un proprio vialetto, un prato curato e una cassetta delle lettere. Ai bordi della strada si trovavano dei bellissimi alberi di platano che iniziavano a perdere le foglie per l'imminente arrivo dell'autunno. Alcune di esse finirono sopra l'auto di Michael che a causa dei primi bagliori del sole aprì lentamente gli occhi.

«Cazzo... Che mal di testa...» esclamò passandosi entrambe le mani sul viso per provare a connettere. Si diede una rapida occhiata intorno cercando di rendersi conto di dove si trovasse.

«Che diavolo ci faccio qui?» chiese tra sé prima di capire che si trovava a pochi metri dalla casa della sua ex moglie.

«Oh mio Dio, no! Di nuovo...» commentò ancora amareggiato.

Qualche attimo dopo la sua attenzione ricadde proprio sull'entrata della casa della sua ex moglie che si stava per aprire. La porta si aprì ed eccola lì, bella come quando l'aveva lasciata, se non di più. Sorridente, la donna percorse metà del suo vialetto, e prima di fermarsi fece un'espressione come se avesse dimenticato qualcosa. Diede un'occhiata veloce all'interno della borsetta e tornò indietro. Giunta sul portico, un uomo aprì la porta di casa dall'interno anticipandola e porgendole una cartellina. I due si salutarono con un dolce bacio sulle labbra, tutto sotto lo sguardo di Michael che ormai si sentiva come uno a cui avevano tolto la terra sotto i piedi. Non appena la donna partì a bordo della sua auto per recarsi a lavoro, Michael la imitò dirigendosi verso il suo appartamento.

Non appena arrivò a casa sua, l'uomo chiuse la porta dietro di sé, poggiò le spalle contro il muro e lentamente passo le mani tra i suoi capelli in preda alla disperazione e allo strazio. Passato quel momento, si sfilò la cintura e con quella che sembrava una strana calma interiore mista a rassegnazione, se l'avvolse intorno al collo e, aiutandosi con una sedia, l'appese alla barra delle trazioni attaccata agli stipiti della porta. Fece una serie di respiri profondi e dopo aver digrignato i denti si lasciò cadere. La cinghia si tese stringendo il collo dell'uomo che inizialmente sembrò non reagire, pronto a lasciar uscire la vita dal suo corpo, ma un secondo dopo iniziò a dimenarsi come un verme attaccato all'amo. Capì che anche se lui era pronto ad abbandonare la vita, questa non voleva lasciarlo andare. In preda al panico Michael cominciò ad aggrapparsi alla sbarra di metallo e dando delle fortissime spinte, grazie anche all'adrenalina a mille nelle sue vene, riuscì a staccarla. Cadendo finì sopra un mobiletto lì vicino che andò in pezzi. Facendo ricorso alle ultime energie che rimaste, l'uomo allentò la cintura intorno al collo e perse i sensi, con lo sguardo posato su una foto di lui in divisa da pilota che poco prima si trovava sopra il mobiletto ormai distrutto.

Alaska, ore 10:00.

Era una giornata con cielo sereno, non per questo esente da qualche nuvola sparsa qua e là. Tra i boschi di conifere si trovava una delle ultime alci in libertà intenta a brucare dei licheni ai piedi di un bellissimo albero quasi del tutto spoglio. A un centinaio di metri di distanza Emily, seduta su un ceppo, si godeva la bellezza del bellissimo animale.

«È davvero meraviglioso!» osservò la ragazza.

Dopo qualche secondo l'alce sparì tra la vegetazione e la giovane riprese il suo cammino lungo il sentiero. Intorno a lei il suono della natura riempiva l'intera vallata. L'aria fresca e frizzante di montagna affaticava un po' il suo respiro che, insieme alla salita del sentiero, si faceva sempre più affannoso nonostante lei possedesse un fisico ben allenato.

«Emily! Dove ti eri cacciata?» esclamò Nicole, la collega francese conosciuta durante l'addestramento in Colorado.

«Mi hai fatto prendere un colpo! Avevo pensato al peggio! Sai che qui girano ancora degli orsi?» continuò la francese con tono sollevato.

«Orsi? Ma che dici, Nicole! Si sono estinti da più di vent'anni! Avevo solo bisogno di stare un momento da sola...» rispose Emily con un sorriso sicuro. «Piuttosto, entriamo dentro! Sto morendo di fame!»

Le due ragazze si ritirarono all'interno di una baita poco distante.

«Sembra di essere tornati nella preistoria, non trovi?» osservò Nicole guardando l'interno della baita vecchio stampo: due pareti in legname zuppo di umidità ricoperte in parte da muschio, le altre due pareti in pietra basaltica formate da grosse rocce accatastate una sull'altra e il tetto formato da listelli di solido legno. La struttura, nonostante l'età, sembrava sfidare il tempo. Al suo interno trovavano posto due brande, un piccolo tavolino di legno con una gamba leggermente più corta delle altre che lo rendeva particolarmente instabile e un caminetto in pietra con cui le due ragazze avrebbero potuto scaldarsi e cucinare qualcosa.

«Ancora devi dirmi perché mi hai portato fino a qui...» indagò Nicole continuando a guardarsi intorno.

«Starai chiusa in un'astronave per cinque anni! Goditi un po' di aria fresca, Nicole!» rispose Emily con prontezza.

Alcuni minuti più tardi il fuoco del camino era acceso e un gradevole tepore cambiò l'atmosfera all'interno della vecchia baita. Le braci scoppiettavano, una teiera era posta sul fuoco con l'acqua che iniziava a sobbollire.

«Perché proprio l'Alaska, Emily?» domandò di nuovo la francese ad Emily intenta a badare al fuoco.

«Perché ero stanca del caldo dell'Arizona. E perché qui è dove i miei venivano a passare le vacanze. Anche se di loro non ho dei ricordi nitidi, essere qui mi fa sentire un po' più vicina a loro...» spiegò Emily con gli occhi fissi sul fuoco.

«Mi dispiace che tu non possa ricordare i tuoi genitori... In effetti, non è tanto male qui! Aria pulita, animali non ancora estinti tra i più belli del mondo e una cara amica a cui affiderei la mia stessa vita» concluse sorridendo Nicole strappando un sorriso anche a Emily.

«Ci restano solamente tre giorni. Godiamoci questi momenti prima di andare via da qui per sempre» concluse Emily.

E così le due trascorsero la notte nella baita tra i boschi di una sempre meno fredda Alaska.

Capitolo 5 - Il domani che verrà

14 marzo 2104. MATER 2. -3 giorni al salto.

Le luci d'emergenza all'interno della nave madre si alternavano velocemente passando da giallo caldo a rosso al ritmo di un paio di secondi ognuna. Tra i corridoi un frenetico via vai di persone non auspicava nulla di buono.

«Allarme! Allarme! Pericolo imminente! Tempesta elettromagnetica in arrivo! Si prega tutto il personale di svegliarsi e recarsi alla sala comandi!»

La voce di LISA, l'intelligenza artificiale, uscì dagli altoparlanti riempiendo ogni parte dell'astronave.

Ad un tratto, tutte le capsule criogeniche iniziarono ad aprirsi, una alla volta, compresa la numero 147, quella dove si trovava Michael. Il pilota aprì gli occhi e non essendo ancora in grado di mettere bene a fuoco l'ambiente cercò di uscire dalla capsula avvolto dal fumo dell'azoto in evaporazione.

«Ma che diamine succede...» disse a fatica. Ancora barcollante raggiunse a stento il corridoio.

Metro dopo metro la vista di Michael cominciò a tornare. I suoi passi si fecero sempre più fermi grazie al sangue che aveva ripreso a circolare.

«Tempesta elettromagnetica in avvicinamento! Impatto stimato sette minuti!» annunciò nuovamente LISA.

«Che razza di idioti! Così la prenderemo in pieno! Devono virare subito a destra!» esclamò Michael vedendo la tempesta venire verso di loro attraverso le enormi vetrate della sala principale del secondo piano della nave.

«Maledizione! Devo sbrigarmi prima che crepiamo tutti!»

Affrettando la corsa verso la sala comandi Michael notò che anche gli altri membri avevano iniziato a rendersi conto della gravità delle cose.

Nello stesso momento, all'interno della sala comandi il caos e il disorientamento la facevano da padroni.

«Non possiamo aggirarla?» domandò il generale Stone al primo ufficiale. Impartiva ordini agli altri sei piloti che insieme a lui conducevano la nave.

«Ho paura di no, signore! Ormai è troppo tardi!» rispose rassegnato il primo ufficiale. Con gli occhi di tutti i presenti addosso continuò: «Solo un miracolo può salvarci...» La situazione sembrava disperata.

«Meno due minuti alla tempesta magnetica!»

La voce di LISA adesso pesava come un macigno e il silenzio riempì l'intera sala comandi. All'improvviso la porta venne spalancata e Michael entrò di gran corsa. Fu un attimo: prese per la giacca il primo ufficiale e sollevandolo dalla sua postazione lo scaraventò sul pavimento della sala.

«Fuori dai piedi!» esclamò. Si sedette al posto di comando iniziando una manovra sotto gli sguardi attoniti di tutti i presenti, generale Stone compreso.

«Allora, mettetemi subito in contatto con le altre due navi!» comandò Michael rivolto all'addetto alle comunicazioni di bordo, una ragazza bionda sulla ventina. Questa esitò; sembrava impietrita.

«Mettimi in contatto! ADESSO!» urlò Michael.

La ragazza aprì subito le comunicazioni tramite il pannello di controllo.

«Qui è l'ufficiale Stateman! Mi ricevete? Ho preso la guida del MATER 2! Se volete riuscire a passare la tempesta dovrete seguire le mie direttive!»

Michael adesso aveva tutto sotto il suo controllo. Iniziò a premere dei tasti sul quadro comandi dei motori come se avesse fatto quelle azioni fino a qualche ora prima.

«Ufficiale! Questo è ammutinamento! Lei non può dare ordini qui! Io...» urlò adirato e incredulo il primo ufficiale verso il pilota americano.

«Se vuole degradarmi lo faccia pure! Adesso ho una tempesta da superare! Mi faccia fare quello che lei non è stato in grado di fare!» proruppe Michael senza nemmeno guardare in faccia il primo ufficiale. Questi cercò una risposta dal generale Stone che ricambiando lo sguardo fece segno di lasciarlo lavorare.

«Ufficiale Stateman, siamo con lei! Attendiamo indicazioni!» comunicarono gli ufficiali delle altre due navi che si trovavano nella stessa situazione di pericolo.

«Portate la potenza dei motori uno e tre al dodici per cento e alzate gli scudi al massimo! Spegnete i motori due e quattro! Quando vi dirò io, alzate la potenza di tutti i motori al massimo e richiudete gli scudi!» ordinò Michael ai sei copiloti posti ai lati.

Ad un tratto la spinta motrice della nave sembrò arrestarsi e gli enormi scudi dalla forma triangolare iniziarono a fuoriuscire dai loro alloggi.

«Stateman, ma così non la scanseremo!» esclamò un perplesso generale Stone mentre era in piedi dietro Michael, i copiloti e gli ufficiali.

«Esattamente, signore! Non la scanseremo! Ma avremo buone possibilità di portare il culo oltre questa dannatissima tempesta!» ribadì Michael sicuro di sé.

«Ma è una follia!» sbottò il primo ufficiale terrorizzato dalla tempesta che stava ormai per incombere.

«Tenetevi forte, signori! Si ballerà parecchio!» disse Michael quasi sorridendo ed eccitato per la sfida che aveva davanti.

«Mi raccomando! Quando lo dirò io!» ordinò ancora aggrappandosi a una specie di cloche che comandava il timone della nave.

«Signore, abbiamo perso la comunicazione con il MATER 1!» informò la ragazza addetta alle comunicazioni.

«Che Dio sia con loro…» proferì Stone sconvolto.

Dopo qualche secondo tutto iniziò a tremare come se fosse in corso un violentissimo terremoto.

«Non ancora, signori! Non ancora!» esclamò il pilota.

Un secondo dopo l'ambiente si riempì di una luce rossa che penetrò dalle enormi vetrate della sala.

«ADESSOOOOO!» urlò Michael e portando la cloche in avanti attese che anche i comandi degli altri copiloti venissero eseguiti.

Un secondo dopo, tra violentissime vibrazioni la nave andò in avanti a fortissima velocità…

****

Cape Canaveral Air Force Station, Florida. 25 settembre 2100.

Ci sono giorni destinati a passare alla storia. Il 25 settembre 2100 fu uno di questi. Nonostante l'autunno fosse arrivato già da qualche giorno, una tiepida brezza di fine estate soffiava su tutto il perimetro della base di lancio americana dove, nelle rispettive piattaforme 39A, 39B e 39C, erano posizionati i tre vettori Ares I, Ares IV e Ares V. Questi avrebbero trasportato i millecinquecento membri della missione *"Per il bene di tutti!"* fino alla ISS per poi essere agganciati direttamente alle tre navi madri. I vettori furono stati realizzati dalla Alliant Techsystems Inc. con la collaborazione della Boeing Company nei primi anni del 2000 per il Programma Constellation che prevedeva l'utilizzo di altri speciali mezzi spaziali quali la capsula Orion, l'Earth Departure Stage e il modulo lunare Altair. La missione per l'esplorazione spaziale e l'allunaggio prese vita intorno al 2025 solo dopo diversi dibattiti in campo politico. Dopo aver compiuto il loro compito, i tre vettori rimasero a lungo in quanto la NASA si dedicò ad altri progetti ritenuti più importanti, ma che si rivelarono autentici fallimenti. Dopo diversi anni di inattività e dopo la scoperta di Proxima B, i tre razzi subirono diverse modifiche per renderli adatti alla missione *"Per il bene di tutti!"*. A differenza del passato, adesso sia Ares I, sia Ares IV sia Ares V montavano un propulsore J-3X, una variante del precedente J-2X. Questo nuovo modello avrebbe generato una spinta pari a 1500 kN riducendo i tempi di accensione. Ognuno dei tre vettori era collocato sopra le rispettive Mobile Launcher Platform, le classiche piattaforme mobili di lancio a due piani, e collegato a due torri bianche della stessa altezza poste ai lati.

Erano circa le undici del mattino. Per l'occasione era stata allestita una grande area dalla quale poter osservare la partenza dei tre moduli anche attraverso dei maxischermi posti di fronte le gradinate già gremite di migliaia di spettatori. L'area sottostante era stata riservata alle famiglie di tutti i membri, alle autorità e alla stampa. Un grande palcoscenico era stato montato su una struttura in metallo. Da qui il presidente Piquet avrebbe eseguito il suo discorso inaugurale. Ai piedi del palco un lungo tappeto rosso serviva da passerella dove tutti i membri della missione avrebbero sfilato.

A qualche chilometro di distanza, all'interno del Launch Complex 39, centinaia di tecnici ed ingegneri erano intenti a coordinare le operazioni di lancio lavorando su speciali apparecchiature elettroniche e computer di ultima generazione. La maggior parte dei monitor piazzati mostrava immagini in diretta dei tre vettori pronti al lancio sopra le rispettive piattaforme. Le maratone televisive delle varie emittenti andavano avanti già da diverse ore e tra poco avrebbero mostrato al mondo intero il discorso del presidente e l'entrata dei membri nei moduli spaziali.

«Signore, ancora qualche minuto di pazienza e sarà il suo turno» disse uno degli addetti della New Nasa al presidente americano dietro le quinte del palco. Piquet era alle prese con due dei suoi collaboratori che si stavano occupando di sistemargli gli ultimi appunti.

«Allora ci siamo, signore. I membri sono già tutti schierati.»

A pronunciare quelle parole fu Turner. Si avvicinò a Piquet con un sorriso di compiacimento.

«Benissimo, signor Turner. Spero che questo stesso viaggio lo faremo pure noi tra qualche anno...» commentò Piquet.

I due fecero una piccola risata quando l'addetto di prima li avvisò che era il momento di entrare in scena.

«Signor presidente, è il momento.»

La folla all'esterno era in preda ad un entusiasmo contagioso; d'altronde, quell'evento così importante sarebbe passato alla storia.

Qualche minuto prima, i millecinquecento membri della missione, tra i quali David, Jerry, Michael, Abigail, Amelia ed Emily, si trovavano all'interno dell'hangar principale della base in attesa di ricevere ulteriori indicazioni dagli addetti ai lavori. Un grande schermo sospeso in aria posto al centro dell'immenso capannone mostrava le immagini in diretta dell'esterno.

«Ci siamo!» esclamò Jerry entusiasta.

Accanto a lui Korin abbozzò un sorriso.

«Che hai da ridere, eh?» domandò il biologo americano all'amico nipponico.

Korin allargò il suo sorriso.

«Bé, stavo pensando che dovrò sopportare la tua stupida ansia anche per i prossimi anni su Proxima B...»

I due biologi si lasciarono andare ad una risata che fu interrotta dall'inno ufficiale della New Nasa, una melodia simile a quelle utilizzate per le parate ufficiali. Alcuni addetti della base diedero ordini a tutti i membri di schierarsi nelle rispettive file per prepararsi ad uscire quando le porte dell'hangar si sarebbero aperte. L'emozione era davvero grande. In quel momento i pensieri di David erano rivolti a Gaia e a Leo che attendevano il suo passaggio nell'area riservata alle famiglie. Per Abigail valeva lo stesso discorso. Abigail, invece, iniziò a provare una sorta di strana nostalgia. Anche Michael lasciò trasparire un po' di tensione dal volto sempre tirato. Brandon, il suo compagno di camerata, notò per la prima volta dopo tanti mesi un'espressione diversa sul viso del collega. Lo guardò per alcuni secondi fino a quando Michael si girò di scatto fulminandolo con gli occhi. Per quanto riguardava Jerry, considerata forse la sua giovane età, stava provando ad affrontare quel momento quasi con spregiudicatezza, cercando di smorzare la tensione che invece lo stava attanagliando. Emily era forse quella più agitata. Nonostante fosse abituata a situazioni di pressione, quella non era certo da meno. Al collo era solita portare una collanina con un ciondolo a forma di cuore, uno dei pochi ricordi che i genitori le avevano lasciato. Diede due baci al ciondolo, rimise nuovamente la catenina all'interno della sua divisa e si apprestò a fare il proprio ingresso in scena.

«Ragazzi, ci siamo!» comunicò uno degli addetti.

Le porte dell'hangar iniziarono ad aprirsi e il vociare della folla si fece sempre più intenso. La tensione adesso era incontenibile.

«Via!» ordinò un altro dei coordinatori.

I vari membri iniziarono ad uscire disposti in file da venti. Indossavano le divise con i relativi colori di riconoscimento mentre sfilavano lungo la passerella delimitata da speciali cordoni sotto il grande palco, tutto trasmesso sui maxischermi. Tra le prime file Jerry intravide la madre salutarlo in maniera abbastanza vistosa, così come facevano i componenti delle altre famiglie. Abigail riconobbe Sam, Robert, Cody e Gwen che la salutavano gridando il suo nome. Pure David, nonostante il rumore della folla, riuscì ad intercettare Leo che lo chiamava a gran voce. L'uomo ricambiò con un gran sorriso e mandò un bacio a Gaia. Amelia tentava di resistere nel cercare qualcuno di sua conoscenza tra la folla fino a quando la sua attenzione venne attirata da Jenny e il resto della sua equipe che la salutavano. Emily provò a rimanere concentrata, ma la sua espressione mutò quando dietro ai cordoni notò Douglas osservarla compiaciuto ed orgoglioso assieme ai suoi ex colleghi di campo in Arizona che la salutavano con entusiasmo. La giovane marine si lasciò andare a qualche lacrima dopo un ultimo sguardo con Douglas.

Dopo qualche minuto, come da indicazione, tutti i membri si posizionarono sotto al grande palco. La voce di uno speaker annunciò l'imminente ingresso sul palco del presidente.

«Signore e signori, il presidente degli Stati Uniti d'America, Ferdinand Piquet!»

Un'immensa ovazione si sollevò dalle gradinate poste di fronte al grande palco sopra il quale Piquet fece il suo ingresso in grande stile. Con passo sicuro, l'uomo prese posizione di fronte a un leggio dove era collegato un microfono. Dopo aver accolto gli applausi con immenso orgoglio, Piquet fece qualche cenno di saluto alla folla pronto a iniziare il suo discorso. In pochi secondi il brusio del pubblico si placò.

«Grazie a tutti! Mi rivolgo a voi quest'oggi non come presidente degli Stati Uniti ma semplicemente come essere umano! Siamo tutti qui riuniti per assistere all'inizio della missione a cui abbiamo dato il nome *"Per il bene di tutti!"*! Ed è proprio per il bene di tutti noi che questa mattina millecinquecento esseri umani raggiungeranno le rispettive navi madri! Ad attenderli troveranno i nostri generali Matthew Ross, Arthur Stone e Samantha Dickens! Da lì inizierà il viaggio verso quella che rappresenta la nostra unica salvezza... Proxima B! Non dimenticheremo mai i nostri venti eroi scomparsi durante il programma "Jupiter Europa Orbiter", ed è in loro onore che affrontiamo questa missione! Abbiamo lavorato a lungo e lavoreremo ancora per molti anni per poter permettere che la vita del genere umano possa continuare, anche se su un altro pianeta! É col cuore pieno d'orgoglio che, insieme al presidente della New Nasa Edward Turner, do il via alla missione! Buon viaggio e buona fortuna! E ricordate sempre... *"Per il bene di tutti!"*!»

Un gran boato si alzò dalle gradinate e anche dai millecinquecento membri partì un forte applauso. Ritornarono quindi gli addetti della New Nasa che indicarono ai vari membri il percorso da prendere in base al vettore al quale erano stati assegnati. Dopo un ultimo commosso sguardo con Gaia e Leo, David si diresse verso la piattaforma 39A dalla quale sarebbe partito l'Ares I;

insieme a lui ci sarebbero stati il suo ex compagno di camera Giovanni e altri 498 membri tra ingegneri, medici, biologi, chimici e militari che avrebbero raggiunto la nave "MATER 1". All'Ares IV furono assegnati Michael, Abigail, Amelia e altri membri che sarebbero partiti dalla piattaforma 39B. Dalla piattaforma 39C sarebbe partito il gruppo composto da Jerry, Emily e altri 498 a bordo dell'Ares V.

Il tragitto fino alle piattaforme fu breve ma intenso. I passi di ogni membro pesavano come macigni. Ognuno cercava di guardarsi attorno per catturare e fissare nella propria mente quegli attimi sicuramente irripetibili. Il presidente Piquet, con a fianco Turner, continuava a guardare i tre gruppi avanzare verso i razzi attraverso le immagini sui maxischermi, fiero che la missione avesse preso ufficialmente il via.

Dopo qualche minuto il gruppo di David giunse dinanzi a una scala metallica che portava dritta all'Ares I. Uno alla volta i membri fecero il loro ingresso all'interno del vettore, scomparendo alla vista delle telecamere dopo aver dato un ultimo saluto alla folla. David stava percorrendo gli ultimi scalini che lo separavano dall'Ares I. Era impossibile descrivere ciò che stesse provando. Fu pervaso da un misto di paura, eccitazione e nostalgia. Raggiunse il portellone d'ingresso del razzo dove ad accoglierlo trovò due addetti della New Nasa in tuta arancione. Aveva immaginato quel momento una miriade di volte e adesso era proprio lì, in procinto di lasciare la Terra per sempre. Fece un ultimo respiro, si voltò qualche secondo verso il punto dove sapeva che si trovavano Gaia e Leo, annuì convinto e salì a bordo.

Il razzo era stato concepito esclusivamente per il tragitto Terra - Stazione Spaziale Internazionale. Si presentava come una specie di grande pullman con comodi sedili riservati ad ogni passeggero.

Una volta al suo interno, David venne invitato a prendere posto accanto a Giovanni. Si sedette allacciandosi le cinture in attesa che la procedura di imbarco fosse completata.

La stessa scena si ripeteva nelle altre due piattaforme di lancio. Michael, Abigail e Amelia si ritrovarono seduti ai loro posti in attesa dell'imminente partenza dell'Ares IV. Stessa cosa fecero Jerry ed Emily all'interno dell'Ares V.

Dopo poco più di un quarto d'ora tutte le operazioni di imbarco all'interno dei vettori si conclusero. Partì il conto alla rovescia e i motori a propulsione iniziarono ad aumentare di potenza. Era davvero tutto pronto per lasciare definitivamente la Terra.

Il viaggio verso la Stazione Spaziale Internazionale sarebbe durato poco più di due ore. L'intera tratta sarebbe stata monitorata costantemente dal Launch Complex 39, ma anche dagli ingegneri della stazione orbitante. I vettori non avevano bisogno di piloti in quanto guidati direttamente dal centro operativo della base.

Una volta partiti l'acclamazione della folla si fece ancora più forte. I membri diedero un'ultima occhiata dal finestrino del razzo a quel panorama che non avrebbero mai più rivisto.

Le due erano ormai trascorse. Ogni membro aveva cercato di parlare il meno possibile e riuscire a mantenere la concentrazione. David continuava ad osservare l'immagine della Terra sotto di loro.

«Fa strano, eh?» commentò Giovanni seduto accanto a lui.

«Già, dovremo farci l'abitudine...» rispose David abbozzando un sorriso.

«Dovremmo quasi esserci...» aggiunse l'italiano.

Non fece nemmeno in tempo a completare la frase che la voce automatica dell'Ares I uscì dagli altoparlanti del razzo.

«*Stazione Spaziale Internazionale. Aggancio con MATER 1. Tempo stimato cinque minuti.*»

«Direi proprio di sì» concluse David ed insieme al resto dei passeggeri si preparò per l'attracco alle navi madri.

Anche all'interno del modulo di Michael, Abigail e Amelia, così come nell'Ares V, l'eccitazione era palpabile. Dopo la paura iniziale, la curiosità e la voglia di salire da parte di tutti cresceva sempre di più man mano che si avvicinavano alla nave.

L'operazione di aggancio dei razzi riuscì perfettamente. I vettori avrebbero dovuto rallentare la velocità e posizionarsi in linea con il bocchettone di attracco collocato nella parte esterna di ogni nave madre. L'Ares I doveva agganciarsi con la nave MATER 1, l'Ares IV con MATER 2 mentre l'Ares V si sarebbe agganciato con la nave MATER 3.

«*Aggancio con MATER 1. Tempo stimato 30 secondi.*» La voce del pilota automatico risuonò nuovamente per tutto il razzo. Mancavano pochi metri e dal modulo fuoriuscirono dei perni magnetici a forma di tridente. Nello stesso momento sulle navi madri si aprirono delle feritoie pronte ad agganciarsi ai perni dei moduli. Proprio come due amanti che si baciano i moduli e le navi madri si unirono perfettamente. Ci furono dei piccoli sobbalzi che comunque non destarono particolari preoccupazioni all'equipaggio. David osservò dall'oblò alla sua sinistra la grande struttura spaziale della Stazione orbitante di seconda generazione.

«*Aggancio con MATER 1 avvenuto con successo.*» comunicò la voce artificiale fuoriuscendo dagli altoparlanti.

I membri iniziarono a slacciare le cinture di sicurezza felici di poter finalmente mettere piede all'interno di quella che sarebbe stata la loro casa per i prossimi quattro anni e mezzo. Il portellone davanti a loro iniziò ad aprirsi molto lentamente. David e gli altri lo fissarono con estrema curiosità. Dopo qualche istante tre figure spuntarono proprio da lì: due donne e un uomo. La donna al centro era il generale Samantha Dickens che David aveva avuto modo di conoscere durante il periodo di addestramento al Rocky Mountain National Park. Gli altri due erano i sottoufficiali che l'affiancavano.

«Signori, ben arrivati e ben ritrovati» esordì il generale Dickens sorridendo all'intero equipaggio.

«Potete seguirmi. Non preoccupatevi dei vostri bagagli. Se ne occuperà il personale di bordo.»

David e gli altri membri iniziarono a disporsi in fila per abbandonare l'Ares I e seguire il loro nuovo generale all'interno del MATER.

25 settembre 2100. MATER 1. Ore 17.00 circa terrestri.

Pochi minuti dopo l'attracco il gruppo di David stava percorrendo il lungo corridoio laterale della nave MATER 1 per raggiungere il salone principale. Anche se avevano avuto modo di visionare gli ambienti di quel cargo spaziale attraverso immagini e video durante l'addestramento, ognuno di loro continuava a guardarsi intorno meravigliato da quanta tecnologia fosse presente anche nelle cose più piccole. Percorsero circa cento metri per giungere ad un'ampia sala centrale dove ai lati erano poste delle rampe di scale che andavano in diverse direzioni. David si fermò sbalordito al centro della sala insieme a tutti gli altri. Quell'ambiente ricordava molto il salone centrale di una nave da crociera. Il generale Dickens si posizionò al centro di fronte all'intero gruppo di colonizzatori che adesso la guardava con curiosità.

«Bene. Ci siamo tutti! Vi do il mio più cordiale benvenuto sul MATER 1! Per tutto il tempo che starete qui dentro questa sarà la vostra casa! Non mi dilungherò troppo! Come potete vedere, al centro di questa sala, che noi chiamiamo *"Common"*, sono presenti tre rampe di scale. Quella alla vostra sinistra porta ad un corridoio dove troverete gli alloggi per l'equipaggio femminile! Quella di destra conduce agli alloggi maschili. Mentre quella centrale porta ad un altro corridoio molto più grande attraverso il quale potrete raggiungere la zona della *"Cattedrale"*, i vari laboratori, la sala motori e la sala comandi! Per adesso è tutto! I miei assistenti, il sottoufficiale Page e il tenente McManus vi indicheranno le vostre stanze! Su ogni porta troverete dei cartellini magnetici che riporteranno i nomi di coloro che dovranno occupare l'alloggio! La cena di benvenuto è prevista fra due ore ma voglio che siate presenti qui tra trenta minuti! Potete andare per adesso!» comunicò la donna dall'aria autoritaria. Si voltò e imboccò il corridoio centrale che portava alla sala comandi.

I colonizzatori furono quindi divisi per sesso e David si ritrovò insieme agli altri 249 uomini guidati dal sottoufficiale Steve McManus lungo l'ala che portava agli alloggi maschili. L'assegnazione dei compagni di cabina coincise con quella del Rocky Mountain National Park. David, infatti, si ritrovò con Giovanni.

«David, è la nostra!» esclamò l'ingegnere italiano entusiasta.

Ai lati della porta d'ingresso della cabina spiccavano due piccoli display a led che indicavano sia il nome e cognome di David che quello di Giovanni.

Una volta dentro la stanza apparì leggermente più piccola rispetto a quella del campo di addestramento del Colorado, con il solito bagno in comune. Questa volta i due letti erano disposti a castello attaccati alla parete di destra dove di fianco erano collocati due armadietti con il simbolo della New Nasa. Sul tetto erano attaccati tre neon dal colore bianco ghiaccio. Sulla parte sinistra erano collocate due piccole scrivanie con due sedie dove sopra trovavano posto dei documenti che David prese in mano leggendone il contenuto: «*Ai nuovi colonizzatori. Benvenuti sul MATER 1. Questa cabina è stata assegnata ai membri Garcia David e Rinaldi Giovanni. Accanto ai vostri letti troverete i vostri effetti personali. Qualsiasi ulteriore informazione o richiesta dovrà essere rivolta al tenente McManus Steve o al sottoufficiale Page Irene. Trattatevi come fratelli. Per il bene di tutti!*»

David finì di leggere mentre Giovanni aveva già raggiunto il letto a castello dove ai lati si trovavano i sei borsoni che contenevano la loro roba personale.

«Perfetto... Io prendo quello di sopra!» comunicò l'italiano con tono divertito.

«E chi l'ha detto che spetta a te!» esclamò David sorridendo.

«La precedenza alle persone più grandi! Non era quello che ci hanno insegnato durante l'addestramento?» rettificò Giovanni sempre con ironia.

I due amici si lasciarono andare ad una risatina. Dopo aver sistemato le loro cose, David e Giovanni uscirono dal loro alloggio per raggiungere nuovamente la sala comune. Lì trovarono già molti altri membri con i quali ebbero modo di scambiare opinioni. In pochi minuti la sala fu nuovamente gremita. Il generale Dickens spuntò nello stesso punto di prima.

«Ci siamo tutti! Benissimo! Stiamo quasi per partire, ma prima il presidente della New Nasa vorrebbe dirci due parole. Lo stesso messaggio apparirà nelle altre due navi!» comunicò la donna.

Dal tetto dell'astronave iniziò a scendere uno schermo olografico trasparente che in pochi secondi si posizionò al centro della sala. Sullo schermo comparve l'immagine di Turner collegato in diretta dal Launch Complex 39.

«Nuovi colonizzatori, vi do il benvenuto sulle astronavi MATER 1, MATER 2 e MATER 3! Abbiamo lavorato duramente per arrivare a questo punto! Da adesso in poi sarà tutto nelle vostre mani! Con questo messaggio volevo solo augurarvi buon viaggio e buona fortuna! Siamo tutti con voi! Arrivederci su Proxima B!»

La voce di Turner scomparve come la sua immagine e lo schermo olografico iniziò a ritirarsi verso l'alto.

«Bene signori, potete ritornare ai vostri alloggi! Ci ritroveremo qui per la cena fra meno di un'ora!» concluse Dickens.

25 settembre 2100. MATER 2. Ore 17.00 circa terrestri.

«Aggancio con MATER 1 avvenuto con successo.» La voce artificiale riecheggiò all'interno dell'Ares IV una volta che questi si ritrovò perfettamente congiunto con il MATER 2.

Passati i dieci secondi, che per Michael, Abigail, Amelia e gli altri membri sembrarono un'eternità, il grande portellone iniziò ad aprirsi. Da lì comparve un uomo.

«Benvenuti! Benvenuti tutti sul MATER 2! Io sono il primo ufficiale Gary Southern! Spero che il breve viaggio dalla Terra sia andato bene. Bene! Seguitemi nella sala principale dove conoscerete gli altri membri dell'equipaggio compreso il nostro generale!» esordì l'uomo.

Il gruppo prese a seguirlo lungo i corridoi illuminati a giorno dell'astronave. Il generale aprì la porta della sala comune. Era caratterizzata da un'enorme vetrata da dove ammirare le stelle mentre la luce del sole brillava cristallina come non mai riempiendo l'intera sala. Alla fine di essa dominavano tre grandi scalinate che portavano al piano superiore.

I nuovi arrivati si guardarono intorno attoniti da tanta magnificenza tecnologica.

«Ancora benvenuti!» disse improvvisamente una voce provenire dalla cima delle scale. Echeggiò per tutta la sala attirando gli sguardi di tutti.

«Sono il generale Arthur Stone! Molti di voi mi conoscono per la mia fama, altri invece per qualche mia apparizione durante il vostro addestramento!» comunicò Stone in piedi circondato dagli inservienti di bordo.

Venne subito interrotto dallo schermo olografico che iniziò a scendere dal tetto. Anche qui si assistette al discorso di Turner.

Quando lo schermo scomparì, Stone riprese a dare indicazioni.

«Mettetevi pure comodi! Gli inservienti vi guideranno ai vostri alloggi. Ci rivedremo tra qualche ora per la cena prima di iniziare il viaggio!»

I membri, guidati in piccoli gruppi dagli inservienti, si dispersero nei vari corridoi.

«Questo è il vostro alloggio, signori. Benvenuti!» disse un'inserviente a Michael e altri tre militari. Entrarono in una stanza dove era presente un bagno spazioso, quattro posti letto e degli armadi con il logo della New Nasa.

«Wow! Se non fosse che siamo nello spazio penserei di trovarmi all'Hilton...» commentò sarcasticamente Michael strappando dei sorrisi agli altri tre colleghi. Quindi si lasciò cadere sul letto.

«Voglio dormire per un mese!» esclamò esausto cercando di chiudere gli occhi mentre gli altri si cambiavano d'abito.

Qualche ora più tardi tutti indossavano già le proprie uniformi di appartenenza. I nuovi ospiti si diressero verso la sala principale che per l'occasione era stata adibita a un'enorme sala da pranzo con grandi tavoli apparecchiati elegantemente con fiori rossi e bianchi, delle brocche di acqua. Anche se erano quasi le otto di sera la luce del sole brillava come se fosse mezzogiorno. Ogni membro venne invitato a prendere il proprio posto assegnato con un cartellino. Anche Amelia ed Abigail si ritrovarono sedute, pronte a consumare il loro primo pasto sullo spazio. Il chirurgo si sedette, prese in mano il bicchiere e versò dell'acqua riempiendolo a metà. Portandolo alla bocca non fece in tempo a buttare giù il primo sorso che la voce di Stone, forte e chiara, riempì la sala.

«Signore e signori! Eccoci qui, a bordo di una delle tre navi spaziali più grandi che l'uomo abbia mai concepito e costruito! Tra qualche ora comincerà il nostro lungo viaggio! Siamo stati scelti perché ritenuti i migliori e abbiamo un grande onere da rispettare! Una grande promessa da mantenere! Vi prego, alzate i vostri bicchieri, seppur pieni di semplice acqua, e brindiamo come se fosse il migliore degli champagne! Brindate insieme a me! All'uomo! A noi! E al bene di tutti!» esclamò a gran voce Stone dal suo tavolo con il bicchiere in mano. Dopo il brindisi si sedette dando inizio alla cena.

Concluso il cerimoniale di benvenuto, Abigail si alzò dal tavolo. Molti avevano già lasciato la sala dirigendosi ai dormitori posti ai piani superiori mentre la donna iniziò ad andare in giro per la nave essendo ancora ben sveglia e priva di sonno con l'intento di visitarla. Attraversò diversi corridoi e curiosa com'era venne attratta da una sala indicata su una delle tante piante piazzate qua e là che descrivevano l'interno dell'astronave. Dopo una ventina di minuti e dieci piani più sotto Abigail raggiunse una sala chiusa da una porta blindata a scorrimento verticale. Un'insegna identificava la sala con la dicitura *"Gravity Room"*. Abigail si avvicinò sempre più presa da una grande curiosità. Un laser verde la scansionò e qualche secondo dopo la porta si aprì. Si ritrovò all'interno della sala e la voce di LISA le diede il benvenuto. Dentro, cinque persone sedute attorno ad un tavolo svolgevano le loro attività. Non appena si accorsero di Abigail si voltarono sorpresi.

«Che ci fa qui un chimico?» esclamò un giovane ragazzo piazzato dietro a uno dei quattro strani macchinari che emettevano un sibilo appena percepibile. Era alto uno e ottanta, scuro e barba incolta.

«Mi sarei aspettato un biologo, ma non un chimico... e non a quest'ora soprattutto!» aggiunse alzandosi dalla sua postazione.

Abigail restò immobile per qualche istante.

«Tom Castle, piacere! Sono… anzi siamo i tecnici che permettono a tutti di stare coi piedi per terra, se così si può dire… E tu sei?» fece il ragazzo sulla trentina cercando di rassicurare Abigail.

«Oh… scusate… non volevo disturbare… Mi chiamo Abigail, e sono un chimico. Non riuscivo a dormire…» rispose Abigail.

Si diede una rapida occhiata intorno notando una cosa molto particolare. La stanza non era fatta degli stessi materiali delle altre. Il tetto e le pareti sembravano essere costituiti di un tipo di plastica molto resistente e il pavimento era di vetro.

«Scommetto che ti starai chiedendo come mai non vedi metallo qui dentro… Ebbene, in questa speciale stanza non può entrare nulla che sia fatto di metallo. Come avrai notato prima di entrare, LISA ti ha scansionata per bene…» spiegò Tom, «Guarda. Quello che vedi qui è uno dei quattro magneti superconduttori. Tutti insieme creano un campo magnetico molto potente, amplificato a sua volta dalla struttura interna della nave, riuscendo a ricreare la gravità. Solo che quella che riusciamo a riprodurre qui è leggermente inferiore rispetto a quella terrestre…»

«È pazzesco!» esclamò Abigail sorpresa camminando attorno al macchinario dalla strana forma cubica.

«Se vuoi saperne di più, i ragazzi saranno felici di darti tutte le informazioni che desideri. Io rimarrei volentieri ma devo andare a monitorare il secondo magnete. É stato un piacere conoscerti, Abigail!» disse Tom. Salutò la donna e si diresse nuovamente verso la sua postazione, a dieci metri di distanza. Abigail diede un'ultima occhiata al cubo sibilante e incuriosita si sedette al tavolo con gli altri tecnici per saperne di più.

Nel frattempo, qualche piano più in alto, Michael era appoggiato alla tavolozza del gabinetto, intento a vomitare la cena appena consumata.

«Maledizione! É assurdo che abbia il mal d'aereo!» esclamò a fatica prima di perdere i sensi e cadere sul pavimento inerme.

Un'ora più tardi Michael aprì lentamente gli occhi e la prima cosa che vide fu il soffitto dell'ambulatorio medico, uno dei tanti del MATER.

«Dove... dove diamine mi trovo?» farfugliò scosso portando la mano alla fronte dolorante.

«Era ora...» disse Amelia con un sorriso.

Michael cercò di tirarsi su sedendosi sul lettino ma venne fermato dalla donna.

«No, stai giù! Devi riposare!» ordinò la donna.

Michael le lanciò un'occhiata scontrosa ma decise di non opporsi. Amelia prese la cartella clinica vicino al letto di Michael e iniziò a leggerla.

«Allora, Michael Stateman... come ti senti?» domandò.

«Come un principiante al primo volo... É il colmo per uno come me! Un pilota col mal d'aereo!» rispose Michael quasi con rabbia.

«Ah! Così sei uno dei piloti... Comunque non soffri il mal d'aereo, sta' tranquillo. Il tuo disturbo è causato dalla gravità artificiale. Evidentemente risulti più sensibile rispetto agli altri. Ma ti abituerai molto presto, non temere...» spiegò Amelia poggiando una mano sulla spalla del pilota.

Mise a posto la cartella e stava per uscire quando Michael la fermò afferrandola per una mano.

«Non sono preoccupato, dottoressa. Volevo solo chiederle se più tardi potevo offrirle da bere...» propose sorridendo l'uomo.

«Oh, sono lusingata... ma su questa nave non sono presenti alcolici. Pensa a riposare, piuttosto...» rispose

Amelia con un sorriso che Michael percepì come un rifiuto.

26 settembre 2100. MATER 1. Ore 12.15 terrestri.

La partenza delle tre astronavi era prevista per le 12.30. David si ritrovò insieme agli altri membri dell'equipaggio nella sala comune. Dopo qualche minuto, la sala fu nuovamente gremita come la sera prima durante la cena e come sempre il generale Dickens comparve sul piano rialzato accompagnata dai sottoufficiali.

«Ci siamo tutti? Benissimo! Tra qualche minuto daremo ufficialmente il via al nostro viaggio verso Proxima B! Alle vostre spalle potete osservare per l'ultima volta la Terra!» esclamò la donna.

Dopo qualche secondo le pareti alle loro spalle si alzarono lasciando il posto a delle vetrate trasparenti che mostravano la Stazione Spaziale Internazionale e sotto la Terra.

«C-O-N-T-O - A-L-L-A – R-O-V-E-S-C-I-A – C-O-M-I-N-C-I-A-T-O...» annunciò la voce di LISA dagli altoparlanti risuonando per tutta la nave.

«10 – 9 – 8 – 7 – 6 – 5 – 4 – 3 – 2 – 1... 0!»

L'immagine della Terra sotto il MATER 1 iniziò ad allontanarsi e in pochi istanti non fu più visibile.

«*PARTENZA AVVENUTA CON SUCCESSO*» comunicò LISA dagli altoparlanti.

La stessa scena si ripeté nelle altre due astronavi, e come tre sorelle si staccarono dalla Stazione Spaziale Internazionale all'unisono. Adesso erano partiti, diretti verso Proxima B.

Capitolo 6 - Cambiamenti

17 febbraio 2101. MATER 3.

Erano trascorsi già diversi mesi da quando le astronavi avevano lasciato la Stazione Spaziale Internazionale. Il viaggio verso Proxima B proseguiva senza particolari intoppi. A metà del mese di febbraio le tre astronavi avevano superato Marte, puntando dritte su Giove. Mancava ancora qualche mese, però, prima che i potessero raggiungere la loro velocità massima, 8 decimi della velocità della luce.

All'interno del MATER 3 la vita dei vari membri dell'equipaggio trascorreva normalmente. Tutti si erano abituati a quel nuovo tipo di realtà, tanto strana all'apparenza, ma anche simile a quella della Terra.

Quella mattina Emily si trovava in palestra insieme a Nicole e alle altre colleghe per la seduta di allenamento quotidiano prevista dal programma. Gli attrezzi erano stati progettati con uno speciale sistema in grado di produrre energia elettrica dallo sforzo ogni volta che venivano azionati. L'energia prodotta sarebbe stata accumulata e utilizzata per incrementare l'alimentazione del MATER. *"Thunderstruck"* degli ACDC risuonava per tutta la sala.

«Dai! Ancora uno!» esclamò Nicole.

Emily si apprestava a portare a termine un'altra serie di distensioni con il bilanciere. Seguì un urlo liberatorio da parte della giovane. Posò il bilanciere nel relativo binario di sicurezza sopra la sua testa e una volta sollevatasi dalla panca notò che anche Nicole era alle prese con lo stesso esercizio. Dopo qualche secondo la francese si mise a sedere con l'asciugamano sulla nuca.

«Per oggi abbiamo finito! Vado a fare una doccia! Ci vediamo dopo?» domandò rivolta verso Emily.

«D'accordo. A proposito, dov'eri finita prima?»

«Ah, ho dovuto aiutare un ragazzo alle prese con lo squat... Quasi si spezzava la schiena quel matto! Credo volesse solo mettersi in mostra, ma ha fatto la figura dell'*imbécile*...» riferì Nicole.

Emily si lasciò andare ad una risatina.

«Almeno ti ha detto come si chiamava?».

«Sì. Ha detto di chiamarsi Nick Longo ed è un biologo irlandese» rispose Nicole.

«Biologo? Credevo avessi fatto breccia su un bell'ingegnere...» commentò sarcasticamente Emily sfoggiando il suo splendido sorriso.

«Spiritosa... Tu resti qui?»

«Sì, resto ancora un altro po'» rispose Emily.

«D'accordo. Cerca di non esagerare!» concluse la ragazza francese abbandonando la sala attrezzi per dirigersi verso i dormitori.

Emily continuò ad osservarla per qualche secondo. Poi si alzò di scatto e si diresse verso la rastrelliera porta pesi. Prese in mano due dischi da 5 kg e li aggiunse agli altri già presenti nel bilanciere. Fissò la sicura e si distese nuovamente mettendosi in posizione per eseguire un'altra serie di distensioni. Giunta alla sesta ripetizione Emily cominciò a sentire la stanchezza sopraffarla. Con uno sforzo inaudito cercò di sollevare il bilanciere che a fatica si ritrovò sopra la testa. Per qualche secondo rimase indecisa se poggiarlo o provare a eseguire un'altra ripetizione. La sua testardaggine la indusse a sfidare se stessa facendo scendere ancora una volta il bilanciere carico di oltre 70 kg. Riuscì a portarlo fino al petto, mise tutta la forza che le era rimasta per cercare di risollevarlo, ma improvvisamente avvertì che le braccia stavano per cederle. Il bilanciere stava per colpirla in pieno e questa volta non se la sarebbe cavata solo con qualche livido. Si stava ormai rassegnando a essere colpita in pieno dal bilanciere quando vide che l'asta di ferro si fermò quasi a sfiorarle il viso. Le urla di sforzo di un uomo dietro di lei le fecero intuire che forse se la sarebbe cavata. Emily rimase immobile mentre il bilanciere riuscì a tornare al suo posto grazie all'intervento del misterioso aiutante.

«Parker! Quante volte ti ho detto di non eseguire questo tipo di esercizio quando sei da sola!»

La voce di Matthew riecheggiò per tutta la sala nonostante la musica ad alto volume continuasse a suonare. Emily alzò lo sguardo quasi con imbarazzo. Il generale la guardò scuotendo la testa. Dopo qualche secondo si posizionò di fronte a lei tendendole la mano.

«Su, dammi la mano...»

Emily si ritrovò seduta sulla panca ancora leggermente scombussolata.

«Cosa credevi di fare, eh?» domandò Matthew questa volta con tono più pacato rispetto a qualche secondo prima.

L'uomo le passò una bottiglietta contenente un integratore di sali minerali. Emily la prese in mano e cominciò a berne il contenuto con lo sguardo rivolto verso il basso consapevole di aver commesso un'ingenuità che poteva costarle cara. Matthew invece continuava ad osservarla.

«Noto che nonostante ci troviamo nello spazio aperto la tua testardaggine non è cambiata affatto...» commentò con una nota di sarcasmo il generale.

Emily sorrise imbarazzata.

«Signore, mi conosce. Quando c'è una sfida non mi tiro mai indietro, e questa volta ero convinta di farcela...»

«É proprio questo il problema, Parker! Molte volte ti lasci prendere dalla foga di agire e non pensi!» la riprese Matthew.

Si sedette accanto a Emily sorseggiando anche lui una bevanda energetica.

«Douglas non si sbagliava su di te. Sei uno dei migliori soldati che ho a disposizione, ma per raggiungere il massimo devi incominciare a pensare a non agire da sola. Qui siamo tutti una squadra e ogni nostra singola azione va misurata. Sul nuovo pianeta non dovrai agire per nessun motivo di testa tua! Non sappiamo a che pericoli potremmo andare incontro...»

Emily non rispose. Continuò a guardare fisso dritto davanti a sé.

«Sa cos'è, signore... non siamo proprio tutti uguali qui dentro, come non lo eravamo sulla Terra, e come non lo saremo su Proxima B. Ognuno ha dentro di sé la propria storia e il proprio passato che non possono essere certo dimenticati così da un giorno all'altro...»

Matthew la interruppe subito.

«Se non riesci a dimenticare il tuo passato devi cercare quanto meno di conviverci e non lasciarti influenzare da esso. Hai delle responsabilità, Parker! Devi capirlo questo! Non sei stata scelta a caso...»

Emily rifletté per qualche secondo.

«Non è così semplice, signore» se ne uscì la giovane marine con tono quasi affranto.

Dopo qualche istante i alzò dalla panca. Si voltò verso Matthew ed eseguì il classico saluto militare.

«Signore...»

Matthew rispose altrettanto per poi osservarla uscire dalla sala attrezzi.

Quella stessa sera l'intero equipaggio del MATER 3 si ritrovò nella grande sala comune per consumare la cena a base di pesce. Jerry si sedette al solito posto accanto a Korin, Nick e Carl.

«Caspita! Questo sushi è davvero ottimo» disse Korin addentando il suo involtino primavera.

«Beh, detto da un asiatico è davvero un bel complimento...» aggiunse Carl, un biologo canadese.

Jerry aveva quasi concluso la cena senza aver aperto bocca se non per mangiare.

«Jerry, va tutto bene?» gli domandò Korin.

«Sì, tutto bene...» rispose Jerry distrattamente.

«Ragazzi! Devo raccontarvi una cosa!» esclamò improvvisamente Nick con la bocca semipiena.

«Oh sì Nick, deliziaci con qualche altra perla sulle tue larve...» commentò Korin con sarcasmo.

«No, no! Non c'entrano le mie "piccoline"! Questa mattina, mentre mi trovavo in palestra, ho conosciuto una ragazza...» riferì il giovane biologo irlandese stuzzicando l'interesse dei colleghi.

«Ma non mi dire...» incalzò Korin riprendendo a mangiare.

«Non mi credi? Si chiama Nicole ed è un marine francese» rivelò Nick con stizza nei confronti dell'amico.

«E com'è andata?» domandò Carl.

Nick prese un bicchiere di acqua prima di rispondere.

«Beh, stavo facendo squat quando lei si è avvicinata probabilmente incuriosita dalla mia forza e...»

«Scommetto che stavi per spezzarti la schiena, eh?» troncò netto Jerry sorridendo.

«Ma no, Jerry...» disse un imbarazzato Nick. Poi, vedendosi gli occhi degli amici puntati addosso non poté che dire la verità. «Beh, a dire la verità avevo esagerato un po' con i pesi e lei mi ha dato una mano...»

Jerry, Korin e Carl scoppiarono a ridere.

«Nick, sai benissimo che noi biologi dobbiamo seguire il nostro programma di allenamento, e di certo non prevede lo squat!» gli fece notare Jerry.

«Sì, lo so… É solo che volevo fare colpo su di lei…» confessò Nick. «In tutti i casi ho deciso! Dopo cena vado a cercarla per ringraziarla!»

Nick si premurò di finire il suo involtino primavera. Bevuto l'ultimo sorso di acqua si alzò da tavola lasciando i colleghi alquanto perplessi.

8 agosto 2101. MATER 3.

«Con questo siamo a dodici fiale!» esclamò Jerry.

Si trovava ai piedi di un albero di salice piangente intento a raccogliere dei campioni di terra e piante per effettuare poi dei controlli in laboratorio. Collocata la fiala contenente l'ultimo campione all'interno di uno speciale contenitore metallico grigio di forma rettangolare, il ragazzo si sedette ai piedi dell'albero proprio mentre stavano passando una delle lune di Saturno. Dalla vetrata della *Cattedrale* si godette l'incredibile spettacolo.

Qualche minuto più tardi Jerry lasciò la *Cattedrale* con il contenitore in mano e raggiunse il laboratorio di biologia dove si trovavano Korin e gli altri.

«Eccoli qua! Campioni freschi! Dovresti analizzarli oggi stesso» comunicò Jerry rivolgendosi a Korin. Poggiò il contenitore con i campioni su una delle tante postazioni.

«Ah, Jerry! Cercavo te! Vieni a vedere!» lo richiamò Korin emozionato.

I due si sedettero davanti al display di un computer.

«Stamattina stavo osservando i dati in merito al DNA raccolti da quando siamo partiti… ed ecco… osserva! Che cosa noti?» domandò entusiasta Korin. Digitò qualcosa sulla tastiera e aprì un documento con dei grafici in cui si comparavano due DNA.

«É il DNA di un lombrico che abbiamo preso sei mesi fa alla Cattedrale...» illustrò il biologo giapponese.

«Ok, e cosa c'è che non va?» domandò Jerry cercando di capire a cosa volesse alludere l'amico.

«Aspetta... Osserva adesso. Questo è un campione dello stesso animale un mese fa. Non noti nulla?» disse Korin cambiando schermata.

«Beh sì, forse hai ragione... I gruppi T e G sembrano diversi!» esclamò sorpreso Jerry.

«Non sembrano, amico mio! Lo sono!» puntualizzò Korin.

I due si guardarono negli occhi come se avessero scoperto il fuoco per la prima volta.

«Quindi mi stai dicendo che il DNA di questo verme si è modificato a causa delle radiazioni spaziali, e che possibilmente anche altre specie di insetti possano essere state modificate?» domandò Jerry quasi incredulo ma allo stesso tempo terrorizzato.

«Non lo dico io, Jerry. Lo dicono i dati! Guarda qui! Questa è una vespa tre mesi fa. E questa è la stessa vespa due giorni fa. Noti come questi due gruppi siano diversi? Guarda questa! Le api. Non solo il loro DNA è diverso, ma sembra che queste modifiche l'abbiano resa più resistente e più longeva! Stesso discorso per i vegetali. Osserva questo abete. Da quando siamo partiti ad oggi abbiamo contato più di dodici gruppi fosfati diversi. Si può dire che siano...» spiegò Korin.

Non fece in tempo a finire che Jerry concluse la frase al posto suo.

«Delle nuove specie...»

«Esatto! Dovremmo informare subito gli altri!» esclamò Korin.

10 ottobre 2101. MATER 2.

All'interno dei dormitori tutti riposavano in vista dell'indomani, giornata che avrebbe portato al primo turno per l'ibernazione nel criosonno da parte dei primi duecentocinquanta membri. Amelia insieme agli altri medici facevano gli straordinari per controllare e predisporre le capsule criogeniche, pronte ad accogliere le prime donne e i primi uomini al loro interno.

Nel frattempo, al piano superiore, un uomo si aggirava nei corridoi con una camminata alquanto strana. Sembrava trascinasse i piedi come se stesse affossando i piedi nella sabbia. Il suo sguardo era perso nel vuoto, il colorito della sua pelle era pallido e la sclera dei suoi occhi era caratterizzata da un colore rossastro. In mano impugnava un coltello come quelli che davano a disposizione alla mensa tre volte al giorno. Farfugliò tra sé qualcosa di poco comprensibile.

«Ehi! Va tutto bene?» domandò un inserviente. Notando l'uomo con quello strano atteggiamento cominciò a sospettare qualcosa.

L'uomo non rispose e come se non avesse sentito nessuno continuò a camminare e a farfugliare strane parole. L'inserviente prese a rincorrerlo e afferrandolo per una spalla lo voltò. Dalla divisa sembrava fosse un ingegnere.

«Stai bene? Che ti succede?» esclamò il giovane inserviente.

Quando riuscì a voltare l'uomo il farfugliare di quest'ultimo si fece più chiaro.

«Il generale ci ucciderà! Dobbiamo uccidere il generale!» esclamò improvvisamente l'ingegnere in preda al delirio prima di dare un fendente allo stomaco del ragazzo che stava di fronte a lui facendolo cadere a terra sanguinante e agonizzante. Dopo qualche istante in cui si guardò intorno, lo strano individuo lasciò l'inserviente a terra in una pozza di sangue e fece per dirigersi verso il suo vero obiettivo, il dormitorio dei militari.

Qualche minuto più tardi un soldato con l'inserviente in braccio entrò correndo dove si trovavano i medici insieme ad Amelia, tutti impegnati a regolare le capsule criogeniche.

«Aiuto! Aiuto! Aiutatemi! Uomo ferito!» urlò il soldato attirando l'attenzione dello staff medico che si precipitò sul ferito.

«Che cosa è successo? Come si è fatto questo?» domandò il primario. Aiutato dal soldato fecero distendere l'inserviente su un lettino.

«Non ne è ho idea! Mi aggiravo tra i corridoi e l'ho trovato riverso su una pozza di sangue...» provò a spiegare con fatica il soldato facendosi da parte.

«Signore! Quest'uomo è stato accoltellato! Non si è ferito da solo!» affermò Amelia cambiando la sua espressione in pura preoccupazione.

«Va' e da' subito l'allarme! Dovete trovarlo! C'è un uomo armato che si aggira per la nave!» esclamò il primario rivolto al soldato. Questi corse via per dare l'allarme.

Mentre i dottori cercavano di salvare la vita al ragazzo, all'interno degli alloggi dei militari tutti dormivano sonni tranquilli. Il generale Stone si trovava a letto e come sua abitudine continuava a rivoltarsi da un lato all'altro cercando di trovare la posizione più adatta per riposare. Dopo qualche minuto la sua mente riuscì a isolarsi, ma fu una sensazione che durò poco. Dei pensieri gli annebbiarono subito la mente...

Dicembre 2066. Atlanta, Georgia.

Un ragazzino si appresta ad addobbare un albero di Natale insieme alla madre all'interno di un modesto appartamento del centro città.

«Va bene così, mamma?» domanda il ragazzino rivolto alla madre.

Lei è una donna sulla quarantina di bell'aspetto. É intenta a sistemare delle palline di plastica rosse su un'altra parte dell'albero.

«Sì, Arthur. Solo un po' più in alto» risponde sorridendo. Ma non sembra un sorriso sincero.

«Speriamo che papà arrivi presto! Non vedo l'ora di rivederlo!» esclama Arthur.

La madre cambia improvvisamente espressione. I suoi occhi diventano vuoti. All'improvviso suonano alla porta. La donna va ad aprire e si ritrova davanti due uomini in abito scuro.

«Signora…» dice uno di loro.

La donna capisce subito di cosa si tratta.

«Oh no! L'ha rifatto di nuovo!» esclama.

I due uomini si spostano e lasciano lo spazio ad altri due colleghi che sorreggono un altro uomo quasi svenuto, Jeff Stone, il marito della donna nonché padre di Arthur. Il ragazzino osserva la scena impietrito dal salone.

«Portatelo di là! Grazie!» comunica la donna.

I due uomini avanzano all'interno dell'appartamento. Entrano dentro la stanza da letto e adagiano Jeff sul letto. L'uomo presenta vistosi lividi sulla faccia, ma è ancora sveglio e riesce a capire dove si trova. Inizia a farfugliare qualcosa, ma la moglie non gli dà conto e si rivolge ai due uomini che lo hanno portato fin là.

«Dove lo avete trovato?» domanda triste e preoccupata.

Uno di loro risponde: «Signora, questa volta ha superato ogni limite…»

«Cosa intende dire?» chiede lei quasi spaventata.

«Stava per gettarsi da un ponte…» risponde ancora l'uomo in giacca nera.

Arthur riesce a sentire tutto dal corridoio. La donna si porta le mani al volto iniziando a singhiozzare in maniera irregolare.

«Mi dispiace, signora… Suo marito ha bisogno di aiuto. Non può più lavorare con noi!» aggiunge l'altro collega. Poggia la mano sulla spalla della donna in segno di conforto e si dirigono verso l'uscita.

Prima di lasciare l'abitazione, salutano il piccolo Arthur passandogli la mano sulla testa in segno d'affetto.

La porta si chiuse e il signor Stone inizia in parte a riprendersi.

«Moira… Che diavolo ci faccio qui?» chiede quasi balbettando in preda all'alcool.

La donna lo guarda quasi disgustata.

«Come ti sei potuto ridurre in questo stato pietoso, Jeff…» farfuglia tra sé.

«Che hai detto?» reagisce lui iniziando ad alzarsi dal letto spalancando gli occhi.

«La verità Jeff! Solo la verità!» gli urla la donna.

In quel momento, Arthur si trova accanto alla porta della stanza da letto. Sente e osserva la scena.

«Ti rendi conto che nostro figlio ti aspettava per completare il suo albero di Natale? E tu che fai? Ti presenti in queste condizioni! Ma che razza di padre sei!» continua ad urlare la donna in faccia al marito cercando di scaricare tutta la rabbia repressa.

«Chiudi quella bocca!» grida Jeff con tono minaccioso. Si alza dal letto barcollante e la moglie inizia a indietreggiare spaventata.

«Non fai altro che uscire con quelle troie delle tue amiche mentre io rischio il culo tutti i giorni per mandare avanti questa famiglia!» gracchia Jeff completamente uscito di senno.

«*Adesso basta! Ho superato ogni limite di sopportazione! Prendo Arthur e vado via!*» *gli risponde lei con le lacrime agli occhi.*

«*Tu non ti muoverai da questa cazzo di casa! Non porterai via mio figlio!*»

L'uomo ha quasi la bava alla bocca. Si avvicina sempre più minaccioso alla moglie che indietreggia arrivando con le spalle al muro accanto ad una cassettiera dove sopra si trovano alcuni oggetti.

«*Jeff… adesso calmati e torna a letto… Non sei ancora in te…*» *prova a dire la donna.*

Lui sembra non sentirla e continua ad avanzare. Adesso si trovano a pochi centimetri di distanza. Lei ne sente il fiato carico di alcool. Jeff solleva il braccio destro pronto a colpirla ma lei afferra una statuetta di bronzo scagliandola in testa al marito, sfuggendo alla sua presa. L'uomo cade per terra ma con gli ultimi sprazzi di lucidità riesce ad afferrare la caviglia della moglie facendola precipitare per terra e comincia a picchiarla. La donna urla, urla fortissimo con Arthur che vede la scena inerme sulla soglia della porta.

«*Arthur scappa! Va' a cercare aiuto!*»

Le urla della donna risuonano in testa al ragazzino che scappa via correndo da quella casa lasciando i genitori al loro crudele destino.

Stone aprì gli occhi di scatto. Asciugando le gocce di sudore sulla fronte provò a sedersi sul letto. Prese la bottiglia di acqua sul comodino e ne versò un po' nel bicchiere. Mentre mandava giù gli ultimi sorsi, con la coda dell'occhio notò il riflesso del coltello che brillava dall'angolo più buio della sua cabina.

«Ma che diavolo…» riuscì a dire tra sé. Voltandosi di scatto vide un uomo che si scagliò su di lui con la lama rivolta in avanti.

In pochi attimi i due iniziarono una frenetica colluttazione. Stone cadde sulla schiena e fece per bloccare la mano dell'uomo col coltello che si trovava a pochi centimetri dal suo collo. Con un colpo di reni Stone riuscì a ribaltare la situazione, scrollandosi di dosso l'uomo. I due adesso si trovarono uno di fronte all'altro.

«Non so perché tu voglia uccidermi... Stai commettendo un grave errore! Butta il coltello e arrenditi!» esclamò Stone con tono di voce sicuro e minaccioso.

L'uomo armato non rispose. Respirando copiosamente, cercando di riprendere fiato, si scagliò di nuovo sul generale. Stone, facendo ricorso alla propria esperienza, compì un veloce gioco di mano riuscendo a disarmare l'avversario. Vi si gettò addosso con il coltello puntato alla gola dell'uomo.

«Ti avevo avvertito di gettare il coltello...» tartagliò Stone con affanno.

L'uomo cominciava a dare segni di resa dato che non poteva parlare a causa del gomito del generale che premeva sulla sua gola. Stone non ci pensò due volte e finì per spezzargli il collo.

«Mai mettersi contro di me, coglione!» sussurrò con un filo di rabbia.

Ad un tratto alcuni ufficiali entrarono di corsa nella cabina del generale.

«Signore! Come sta? Siamo venuti ad informarla che quest'uomo aveva già aggredito un inserviente ai piani inferiori e...» esclamò uno di loro ma si bloccò alla vista del corpo senza vita dell'aggressore.

«Come sta?» domandò Stone all'apparenza preoccupato per le condizioni dell'inserviente.

«I medici stanno facendo di tutto per salvargli la vita, signore! Lo stesso non si può dire di lui...» rispose il secondo ufficiale abbassandosi sul cadavere dell'aggressore.

«Già... Abbiamo avuto una colluttazione... Poi è inciampato e si è rotto il collo. Si può sapere chi era?» disse Stone come se niente fosse successo.

«Era un ingegnere, signore. Si chiamava Luis Castagneda» comunicò uno degli ufficiali.

«Maledizione! Portatelo via! Devo vederci chiaro su questa faccenda...» ordinò Stone.

Gli ufficiali eseguirono l'ordine. Presero il corpo dell'uomo e lasciarono l'alloggio del generale.

Qualche ora più tardi lo stesso Stone, con addosso l'uniforme da generale, scese nel reparto ambulatoriale della nave. Si avvicinò al corpo del giovane inserviente che non era riuscito a salvarsi e che giaceva senza vita su un lettino.

«Ah, generale Stone... Purtroppo non è riuscito a salvarsi. É arrivato troppo tardi e aveva già perso troppo sangue» comunicò Amelia posizionandosi accanto a Stone che continuava a fissare il corpo della vittima.

«Prego, mi segua» aggiunse Amelia.

I due si spostarono di qualche metro dove il corpo dell'assassino giaceva su un altro lettino.

«Me lo sono trovato in camera. Non ho idea del perché volesse uccidermi!» esclamò Stone guardando il cadavere dell'uomo senza vita.

«In realtà, non c'era un vero motivo, signore. Quest'uomo aveva manifestato una forma di "paranoia spaziale". Il suo pensiero era ormai completamente distorto. Lei era una minaccia da eliminare, secondo la sua mente...» chiarì Amelia. Si voltò per qualche istante verso Stone notando una strana espressione sul suo volto.

«Speriamo si tratti di un caso isolato...» commentò il generale. «Ottimo lavoro, dottoressa Fisher. Andrò a comunicare al resto dell'equipaggio l'accaduto. Poi penseremo alla cremazione dei corpi. La ringrazio» concluse Stone. Si voltò e si diresse verso il corridoio lasciando Amelia con un briciolo di sospetto.

14 marzo 2103. MATER 3.

«D'accordo, Roger! Mostrami il percorso dei prossimi otto mesi!» ordinò Matthew rivolto al suo primo ufficiale mentre entrambi si trovavano davanti la postazione di navigazione gestita da LISA.

Attraverso un display olografico vennero visualizzate le traiettorie di tutte e tre le navi e le loro rispettive velocità.

«Con questo andamento dovremmo giungere al wormhole tra un anno all'incirca» comunicò il primo ufficiale del MATER 3. Quindi si voltò verso Matthew e aggiunse con un sorriso: «Mi sa che è ora, signore...»

«Già... La criocapsula mi sta aspettando. Da adesso sarai tu a dirigere, Roger!» esclamò Matthew.

«Sarà un onore per me, signore!» disse Roger.

Matthew rispose con un sincero sorriso e dando una pacca sulla spalla al primo ufficiale si congedò dirigendosi presso il suo alloggio.

Un'ora più tardi lo stesso Matthew aveva già tolto la divisa da generale per indossare degli abiti più comodi che avrebbe tenuto addosso per un anno all'interno della capsula criogenica. Tutto sembrava procedere per il verso giusto. Le navi spaziali non avevano avuto alcun problema, le traiettorie di viaggio non avevano avuto nessun imprevisto, ma nonostante ciò Matthew aveva una brutta sensazione, una sensazione strana che gli diceva che era ancora presto per poter abbassare la guardia e che qualcosa di terribile fosse proprio dietro l'angolo. Provò ad ignorarla. Svolse le sue ultime attività prima di andare a "dormire": si rase la barba, fece un'ultima corsetta per la nave come era solito fare, fece una doccia e una volta vestito si diresse alla sala criogenica.

Matthew vi entrò e rimase in attesa che uno dei medici lo guidasse nella procedura.

«Salve, signore!» squillò improvvisamente una giovane donna alle sue spalle.

«Sono la dottoressa Baker! Mi segua...» aggiunse il medico.

Arrivarono al reparto dove si trovavano le capsule assegnate ai militari.

«Signore, questa è la sua. Prenda pure posto» comunicò la donna.

Notando l'espressione un tantino preoccupata di Matthew si premurò di rassicurarlo. «Non si preoccupi, non sentirà alcun dolore. Dovrà solo rilassarsi, e vedrà che quando si sarà svegliato le sembrerà che sarà passata solo una notte e non un intero anno»

Matthew si sdraiò sul lettino interno della capsula, mise in bocca uno speciale boccaglio che gli avrebbe garantito l'ossigeno in caso di emergenza e prima che il portellone si chiudesse sentì le ultime parole della donna. «Ah, quando si sveglierà potrà avvertire vertigini, un leggero tremore alle gambe e molto probabilmente un forte mal di testa, ma non si preoccupi, questi disturbi dureranno solo pochi minuti.»

«Fantastico... Perché non l'ha detto prima?» pensò tra sé Matthew.

Fece segno col pollice in su alla dottoressa Baker e diede il consenso ad avviare la chiusura della capsula.

Una volta ricevuta conferma la donna impostò il timer della capsula a dodici mesi, premette il pulsante verde al lato del portellone col simbolo del fiocco di neve e dopo alcuni secondi, durante i quali un fumo bianco invase l'interno della capsula, Matthew si ritrovò ibernato.

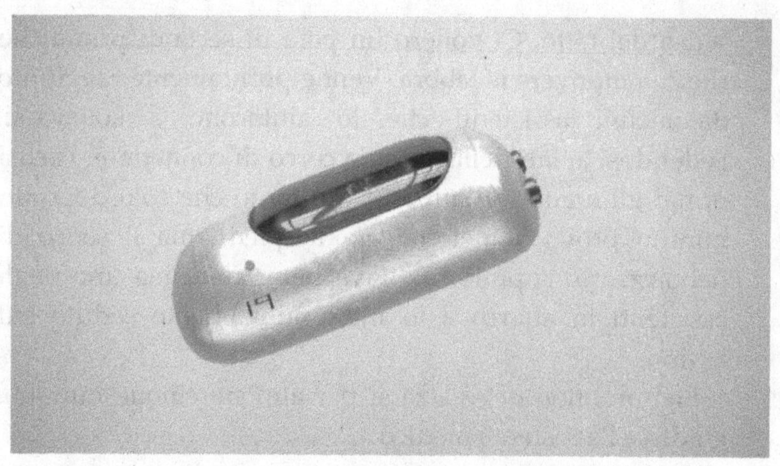

14 marzo 2104. MATER 3. – 3 giorni al salto.

Erano trascorsi dodici lunghi mesi da quando Matthew era entrato in criosonno. Il timer su uno dei display indicava che mancavano ancora pochi minuti prima che iniziasse il processo di "risveglio" previsto dal sistema criogenico. Nel frattempo, lo staff medico si apprestava a preparare delle carrozzine e delle tazze di tè caldo per Matthew e per gli altri membri che avevano passato l'ultimo anno dormendo.

La piccola luce blu sulla parte superiore della capsula iniziò ad accendersi ad intermittenza seguita da una serie di bip.

«Inizio procedura di risveglio» disse la voce di LISA.

Le capsule iniziarono a svuotarsi del gas a bassissima temperatura che le riempiva e dopo alcuni secondi anche i vari portelloni iniziarono ad aprirsi.

Finita la procedura di risveglio i medici si apprestarono a dare le opportune attenzioni ai membri che stavano per riaprire gli occhi.

Matthew iniziò a percepire suoni leggerissimi e lontani. La vista cominciò piano piano a tornargli, così come il senso del tatto. Ci vollero un paio di secondi prima che riuscì a muovere le labbra. Venne prontamente raggiunto da alcuni assistenti che lo aiutarono a sollevarsi. Sedendosi ai lati della capsula cercò di connettere. I sensi ormai gli erano tornati del tutto tanto che solo dopo un minuto provò a mettersi già in piedi, ma il senso di debolezza lo sopraffece. Stava per cadere ma uno degli assistenti lo afferrò e lo mise nuovamente seduto sul lettino.

«Signore, non deve alzarsi per almeno cinque minuti!» gli disse l'assistente medico.

Matthew rispose con un cenno quando ad un tratto riconobbe Roger venire verso di lui.

«Signore, mi dispiace… É successo qualcosa, o almeno succederà a breve…» sussurrò il primo ufficiale con aria abbastanza preoccupata.

«Roger… Che razza di risveglio!» grugnì Matthew portando le mani al volto, ancora abbastanza scombussolato.

«Signore, prego, si sieda» suggerì il primo ufficiale avvicinandosi a Matthew con una carrozzina.

«Falla sparire all'istante!» urlò Matthew riferendosi alla sedia a rotelle. Stentando a camminare riuscì a raggiungere Roger e ad appoggiarsi sulla sua spalla.

«Dormito bene, signore?» domandò Roger tenendo il superiore per il fianco.

«Magnificamente… Quasi quasi…» commentò in tono sarcastico Matthew.

I due proseguirono fino all'alloggio del generale.

All'interno della camera, Matthew sciacquò il viso e lo asciugò con un asciugamano bianco.

«Allora Roger, aggiornami! Cosa volevi dirmi?» domandò.

«Ehm… non era mia intenzione metterle dell'ansia, signore, ma dobbiamo andare subito alla cabina di comando. Devo farle vedere una cosa…» rispose Roger con lo stesso tono preoccupato di qualche minuto prima.

«Roger, è successo qualcosa?» domandò diretto Matthew uscendo dal bagno.

«Beh, non ancora, signore Ma temo succederà molto presto…» disse Roger. «Prego, mi segua!»

Entrambi uscirono dall'alloggio di Matthew per dirigersi in sala comandi.

Giunti lì, Roger ordinò a LISA di proiettare sul maxischermo olografico le immagini di una tempesta elettromagnetica che stava per investirli e che avrebbe potuto arrecare gravi danni all'intero sistema della nave.

«Eccola, signore! É apparsa dal nulla…» esclamò Roger.

«Cristo Santo… A quanto dista, LISA?» urlò Matthew rivolgendosi all'intelligenza artificiale della nave.

«*Secondo gli ultimi rilevamenti dovremmo impattare con la tempesta fra un'ora circa*» rispose il computer di bordo.

«Perché diavolo non hai dato l'allarme!» esclamò ancora Matthew con in volto un'espressione preoccupatissima.

«Un'ora? Come un'ora? Signore… è… è impossibile! I dati dicevano una settimana, non un'ora! LISA, com'è potuto succedere?» domandò allarmato Roger.

«*Probabilmente il forte campo elettromagnetico della tempesta ha alterato i rivelatori delle navi fornendo dei risultati errati*» rispose l'intelligenza artificiale.

«Da' subito l'allarme, LISA! Immediatamente!» ordinò Matthew tesissimo in volto.

LISA eseguì il comando e diede l'allarme all'intera flotta.

In pochi secondi nelle tre le navi scattò l'allarme rosso. Tutti i membri intuirono che stesse per accadere qualcosa di grave. Con le luci e le sirene che riempivano i corridoi gli equipaggi si preparavano ad affrontare l'emergenza.

In quel momento nel MATER 2 Amelia si trovava all'interno della sala criogenica intenta ad aiutare i restanti membri al risveglio. Tra questi c'era Abigail. Il chimico aprì gli occhi di scatto a causa del suono della sirena di emergenza che risuonava per tutta la nave. Iniziò a connettere e riuscì a percepire che era in corso un'emergenza. Fu proprio la mano di Amelia che la aiutò ad alzarsi mentre la voce di LISA continuava a ripetere dagli altoparlanti: *«EMERGENZA IN CORSO! TEMPESTA MAGNETICA IN ARRIVO! TUTTI NELLA SALA COMUNE!»*

Sul MATER 3 Jerry si trovava insieme a Korin all'interno di uno dei laboratori quando anche loro sentirono la voce di LISA richiamare l'attenzione di tutti.

«Che succede?» esclamò preoccupato Korin.

Jerry ebbe il tempo di guardarsi attorno e scattare velocemente nel corridoio della nave. Da una delle vetrate vide un bagliore viola venire verso l'astronave.

«Ma che cavolo...»

Anche Emily fu colta alla sprovvista. La giovane marine si trovava all'interno del suo alloggio sdraiata sul letto intenta a leggere degli appunti lasciati da Matthew sul suo dispositivo quando sentì dal corridoio passi veloci di persone e la sirena d'emergenza. Incuriosita ma nello stesso tempo allarmata, Emily si alzò e fece per aprire la porta quando Nicole le venne incontro.

«Emily!» urlò la ragazza facendo fatica a farsi sentire per via del suono della sirena.

«Che sta succedendo?» domandò Emily.

«Non lo so di preciso! Mi hanno detto di riunire tutte e andare alla sala comune!» riferì allarmata la ragazza francese.

Emily indossò la sua divisa e si riunì insieme a tutti gli altri membri nella sala comune in attesa di ricevere indicazioni.

Passarono alcuni minuti dove il panico, il senso di paura si alternavano nelle menti e nei cuori di tutti i membri dell'equipaggio, compreso Matthew.

«LISA, non c'è un modo per evitarla?» domandò il generale ormai rassegnato.

«No, signore! Mi dispiace! Ormai è troppo tardi!» rispose il computer facendo cadere un macigno nella mente di Matthew.

«Maledizione!» imprecò Matthew sbattendo i pugni sul bancone dei comandi che aveva davanti.

Ad un tratto, dall'interfono della sala comandi del MATER 3 si sentirono delle scariche come se qualcuno volesse comunicare dalle altre navi. Questo attirò l'attenzione dei presenti e il suono risultò ad un tratto più chiaro. Era una richiesta di comunicazione dal MATER 2.

«Qui MATER 2! Ci sentite?» disse la voce di una donna provenire dall'interfono. Era l'addetta alle comunicazioni del MATER 2.

«Sì, MATER 2! Vi sentiamo forte e chiaro!» rispose Roger aprendo una linea di contatto con il MATER 2.

Ormai l'arrivo della tempesta era imminente e la luce scaturita da essa invadeva l'intera sala comandi della nave spaziale che iniziò a traballare.

«Qui è l'ufficiale Stateman! Mi ricevete? Ho preso la guida del MATER 2! Se volete riuscire a passare la tempesta dovrete seguire le mie direttive!» si sentì dall'interfono.

Riconoscendo la voce di Michael, Matthew e Roger si guardarono in faccia sorpresi. Passarono alcuni secondi durante i quali Matthew prese una decisione di pancia, ovvero fidarsi dell'uomo che conosceva appena e consegnare non solo la sua vita ma quella di tutti i membri della spedizione nelle mani di Stateman.

Qualche secondo dopo, i contatti con il MATER 1 si interruppero.

«Ufficiale Stateman, siamo con lei! Attendiamo indicazioni!» disse Roger dando consenso alle richieste di Michael.

Le vibrazioni che scuotevano la nave sembravano potessero spezzarla in due in qualsiasi momento.

«Portate la potenza dei motori uno e tre al dodici per cento e alzate gli scudi al massimo! Spegnete i motori due e quattro! Quando vi dirò io, alzate la potenza di tutti i motori al massimo e richiudete gli scudi!» ordinò Michael dal MATER 2.

Eseguite le sue indicazioni, i sei piloti del MATER 3 attendevano con ansia che Stateman desse altri ordini.

«*Mi raccomando! Quando lo dirò io!*» urlava ancora Michael.

Matthew continuò a lanciarsi occhiate perplesse con Roger. Ma non c'era altra scelta. Quegli attimi sembrarono non passare mai e così le espressioni sui volti di tutti apparivano come congelate. D'un tratto dall'interfono si sentì la voce di Michael gridare: «*ADESSOOOOO!*»

«Ora! Portate tutti i motori al massimo!» ordinò Matthew.

I piloti eseguirono il comando. In pochi istanti la nave prese rapidamente velocità ed entrò nella tempesta. Piccole scintille invasero l'intera sala comandi fuoriuscendo da tutti gli strumenti elettronici di bordo. La velocità della nave aumentava sempre di più e un'enorme nube color viola e blu la circondava tutto intorno. Con l'aumentare della velocità le vibrazioni sembravano diminuire, ma in realtà era la percezione degli occupanti a cambiare. Sembrava quasi che le leggi della fisica fossero state stravolte, che ogni concetto di spazio e tempo si fosse mescolato dando vita ad un mondo dove né passato né presente né futuro esistessero. All'interno della sala comandi, come nel resto dell'intera astronave, tutto sembrava come congelato in un'istantanea.

Passarono all'incirca due minuti prima che la nave spaziale riuscisse ad attraversare completamente la tempesta. Traballante e con qualche acciacco il MATER 3 riuscì a venirne fuori. In tutta la sala comandi partì un lungo applauso liberatorio. Matthew si asciugò il sudore dalla fronte per poi scambiarsi un cenno d'intesa con Roger.

«Qui MATER 3! Siamo appena riusciti a superare la tempesta! Ci sentite?» comunicò Roger cercando di mettersi in contatto con i piloti delle altre due navi spaziali, ma non ottenne alcuna risposta.

«Qui MATER 3! Ci sentite?» ripeté questa volta Matthew, ma il silenzio dell'interfono faceva temere il peggio.

«LISA, fa' subito uno scan approfondito della nave e informaci degli eventuali danni!» ordinò Matthew.

«Roger, tu continua a provare a metterti in contatto con le altre due navi! Io vado a vedere se alla sala motori hanno avuto problemi!» concluse il generale.

Stava per andarsene ma alcuni segnali acustici provenienti dagli interfoni lo fecero bloccare. Dei suoni vagamente comprensibili riempirono l'intera sala.

Più indietro, sul MATER 2 l'equipaggio si apprestava a superare la tempesta. Mancava una manciata di metri prima di riuscire a superare l'enorme nube elettromagnetica quando ad un tratto tutti si sentirono senza peso, come se non ci fosse più nulla a tenerli coi piedi ancorati al suolo. L'intero equipaggio iniziò a levitare in assenza di gravità ma in qualche modo erano riusciti a scamparla.

All'interno della sala comandi stava però accadendo qualcosa di strano.

«Generale Stone! Abbiamo un'avaria al sistema di gravità artificiale!» segnalò il primo ufficiale Southern.

«Aggiustatelo! E in fretta!» urlò Stone.

«Subito, signore!» rispose Southern provando a dirigersi verso la Gravity Room camminando sulle mani attaccate al soffitto.

Anche Michael si ritrovò a fluttuare per aria all'interno della sala comandi.

«Ottimo lavoro, Stateman!» disse Stone congratulandosi con Michael che dal canto suo appariva alquanto scosso in un angolo della sala comandi.

«Apritemi le comunicazioni con le altre navi!» ordinò il generale tenendosi aggrappato ad una leva del tetto.

«*Qui MATER 2! Anche noi abbiamo superato la tempesta, ma abbiamo riscontrato un problema!*»

La voce di Stone arrivò all'interno del MATER 3.

«Generale Stone, qui è il Generale Ross! Che tipo di problema avete riscontrato?» domandò Matthew.

«Abbiamo un guasto al sistema di gravità artificiale! I nostri tecnici stanno facendo il possibile per ripararlo! Qual è la vostra situazione?» domandò Stone continuando a tenersi aggrappato alla maniglia del tetto.

«*Al momento lo scan rileva che abbiamo solo qualche scudo lievemente danneggiato! Poteva andare peggio, generale!*» riferì Matthew.

«D'accordo, Ross! Vi daremo notizie quando avremo aggiustato il guasto! Per il momento passo e chiudo!» concluse Stone.

Qualche piano più in basso, all'interno della Gravity Room Tom Castle e il suo team faceva di tutto per mettere in sesto il sistema di gravità artificiale.

«Ragazzi! Magnete uno andato! Dobbiamo disattivarlo e convogliare l'energia sugli altri tre, stando attenti a non caricarli eccessivamente!» esclamò Tom rivolgendosi agli altri cinque tecnici.

Staccando per un attimo la corrente all'interno della stanza due tecnici stirarono i cavi di alimentazione dal magnete 1 ai magneti 2 e 4.

«Prova adesso, Philippe! Abbassa l'interruttore!» disse Tom esortando uno dei suoi collaboratori a riattaccare la corrente.

Un paio di secondi dopo aver abbassato la leva dell'interruttore i tre magneti attivi iniziarono il loro lavoro ricreando la gravità artificiale in tutta la nave facendo cadere a terra tutti i membri che fino a qualche secondo prima galleggiavano per aria.

Anche nella sala comandi era tornato tutto sotto controllo con Stone che stava rimettendosi in piedi e anche Michael che cercava di riprendersi.

«Cazzo! Se non vomito adesso...» borbottò il pilota in preda alla nausea.

«Apritemi il collegamento con il MATER 3!» ordinò Stone sistemandosi le varie spillette che aveva attaccate alla giacca della sua divisa.

«Collegamento aperto, signore!» comunicò uno dei piloti.

«Generale Ross, qui il MATER 2! Mi sentite?»

Dopo qualche secondo la voce di Matthew riecheggiò per tuta la sala comandi del MATER 2.

«*Qui MATER 3! La sento forte e chiaro, generale! Come procedono le riparazioni?*»

«Siamo riusciti a risolvere il problema della gravità! La tempesta elettromagnetica aveva messo fuori uso uno dei magneti! I nostri tecnici sono riusciti ad ovviare al guasto, ma solo temporaneamente! Quindi dovremmo ripartire quanto prima!» riferì Stone.

A quelle parole Matthew cambiò espressione in volto.

«Generale Stone, purtroppo abbiamo perso i contatti con il MATER 1! Non possiamo ripartire al momento!»

«Dannazione! Dovevano aspettarci e non agire da soli!» reagì con rabbia Stone dando un pugno alla postazione dei comandi.

«Abbiamo provato ad ipotizzare che hanno avuto il tempo di virare per evitare la tempesta e che quindi si siano allontanati dalle nostre rotte! Assieme agli ufficiali di bordo abbiamo pensato di darci un tempo massimo di 24 ore dopo le quali faremo un ulteriore consulto!» suggerì Matthew dal MATER 3.

«Non se ne parla, Ross!» esclamò Stone. «Non abbiamo abbastanza tempo! Non sappiamo se il nostro magnete reggerà ancora per molto! Dobbiamo ripartire! E subito!»

Matthew si scambiò un'occhiata dubbiosa con Roger e poi con gli altri piloti.

«Generale Stone, noi non abbiamo intenzione di abbandonare il MATER 1!» riferì Matthew.

«Ve lo ripeto per l'ultima volta, Ross! Noi ripartiremo tra trenta minuti! Con o senza di voi!»

Roger chiuse per un attimo il collegamento con il MATER 2, si girò verso Matthew che continuava a guardare fuori dalla vetrata con lo sguardo perso nel vuoto tra quell'infinità di stelle che li circondava.

«Signore, cosa facciamo?» domandò preoccupato l'ufficiale.

Matthew si prese ancora qualche secondo.

«Per il momento conviene assecondare Stone. Abbiamo già perso il MATER 1. Non possiamo perdere pure loro. Riapri la comunicazione!»

Il primo ufficiale abbassò lo sguardo e si apprestò a riaprire il collegamento con il MATER 2.

«Generale Stone, faremo come dice! Ci conceda solo altri trenta minuti rispetto al tempo che ci ha indicato! Se non riceveremo nessun segnale, ripartiremo!»

Stone sembrò sorpreso da ciò che sentì.

«D'accordo, Ross! Un'ora! Non di più! Dopo di che ripartiremo insieme! Passo e chiudo!»

I due generali si lasciarono con pensieri contrastanti.

Durante quei sessanta minuti i piloti di entrambe le astronavi provarono ininterrottamente a mettersi in contatto con il MATER 1, ma non ricevettero nessuna risposta. Neanche i radar segnalavano più la presenza della prima nave e di conseguenza le speranze che i membri di questa fossero ancora vivi andavano via via sciamando.

Si approfittò di quell'arco di tempo prima della ripartenza per effettuare dei sopralluoghi più approfonditi in entrambe le navi spaziali, e come se non bastasse si riscontrò un grave problema con le comunicazioni con la Terra. Infatti i satelliti a spettro erano andati fuori uso sempre a causa della tempesta e questa volta non sarebbe stato possibile ripararli, almeno fino a quando le navi non fossero atterrate su Proxima B.

L'ora di tempo era quasi scaduta e l'espressione cupa sul viso di Matthew faceva trasparire l'angoscia che stava provando. La voce di Stone non tardò ad arrivare, fredda e puntuale come un orologio svizzero. Il dialogo fra i due fu breve; questa volta Matthew non poteva più opporsi.

MATER 2 e MATER 3 ripartirono, orfani del fratello maggiore, il MATER 1, riprendendo la rotta iniziale per dirigersi verso il wormhole che li avrebbe condotti all'interno del sistema di Alfa Centauri.

Il ponte distava a soli tre giorni di viaggio durante i quali le attività regolari all'interno delle navi cessarono. Bisognava che tutti si preparassero alla traversata del cunicolo spazio-temporale andandosi a posizionarsi all'interno della sala comune dove erano stati allestiti dei sedili con delle speciali cinture di sicurezza.

Rispettando i tempi previsti, le due astronavi arrivarono in prossimità del wormhole il 17 marzo 2104 terrestre. I due capitani diedero l'ordine di rallentare la potenza delle navi per potersi allineare una dietro l'altra pronte per entrare all'interno del ponte.

«Ci siamo!» disse Stone. «MATER 3, noi andiamo! Ci vediamo dall'altra parte!»

Quindi diede l'ordine di portare i motori al massimo. L'astronave cominciò a muoversi sempre più veloce sotto gli occhi di Matthew e degli altri che dall'interno del MATER 3 osservarono la loro gemella scomparire tra l'ignoto.

«Bene! Adesso tocca a noi!» disse Matthew quasi a bassa voce.

Dopo un ultimo cenno di intesa con Roger diede il via all'operazione.

«Adesso! Motori al massimo!» urlò. Si sedette pure lui allacciandosi la speciale cintura di sicurezza.

Il MATER 3 prese subito velocità ed in pochi istanti si ritrovò all'interno del wormhole. Tutto iniziò a traballare violentemente. I segnali di allarme risuonavano lungo tutti i corridoi. Un'intensa luce blu e viola invase l'esterno e l'interno dell'astronave e una strana sensazione di distorsione della realtà prese il sopravvento su tutti i membri dell'equipaggio. L'effetto durò poco perché solo dopo quaranta secondi tutto cessò e la nave ritornò stabile.

«Signore, ce l'abbiamo fatta!» comunicò Roger.

Dopo qualche secondo, con ancora la tensione sul volto, Matthew slacciò la cintura e si alzò, andando ad osservare fuori dall'abitacolo. Davanti a loro luccicavano milioni di stelle luminose ed in lontananza scorse Proxima Centauri, la nana rossa sulla quale orbitava Proxima B. Erano giunti su Alfa Centauri.

Capitolo 7 - Aria fresca

Il sistema stellare triplo di Alfa Centauri era situato nella costellazione australe del Centauro. Milioni di stelle facevano da contorno a quello spettacolo straordinario dove tra tutti quei corpi celesti ne spiccava uno, la nana gialla Alfa Centauri A. Accanto a questa, con una luce che appariva leggermente più foca, splendeva Alfa Centauri B, la nana arancione del sistema, mentre a molta più distanza si poteva osservare Proxima Centauri, la nana rossa che compiva un'orbita molto ampia attorno alla coppia principale di stelle. Parallelamente, attorno a Proxima Centauri orbitava Proxima B che ancora non era possibile individuare ad occhio nudo se non con i radar delle due astronavi. I 4,365 anni luce di distanza dal nostro Sole erano stati quasi annullati grazie all'ipervelocità e al passaggio delle navi MATER attraverso il wormhole. Per molti dei membri dell'equipaggio, che dalla Terra avevano potuto ammirarli solo attraverso potenti telescopi o immagini fornite dalla New Nasa, poter osservare di persona quegli astri così luminosi era davvero un'emozione.

Il MATER 2 e il MATER 3 erano usciti dal wormhole e catapultati a una distanza equivalente a circa 0,3 anni luce da Proxima B; secondo i calcoli occorrevano poco più di quattro mesi prima che potessero sbarcare presso l'orbita dell'esopianeta.

«Signore, non sembrano esserci stati danni alla nave!» comunicò Roger.

Matthew osservava un monitor che segnalava la posizione del MATER 2 distante diverse migliaia di chilometri.

«Molto bene. Proviamo a metterci in contatto con Stone!» ordinò il generale.

Una volta che il collegamento fu aperto, la voce di Matthew arrivò forte e chiara all'interno della sala comandi della seconda astronave.

«Qui MATER 3, mi sentite? Passo!»

«Sì MATER 3! Qui MATER 2! Vi sentiamo forte e chiaro!» rispose Stone dall'interfono.

«Generale Stone, com'è la vostra situazione?» domandò ancora Matthew.

«Non abbiamo riscontrato rilevanti problemi! Tutto sembra procedere secondi i piani! Voi cosa mi dite?»

«Anche noi siamo passati indenni! Se è tutto, ci risentiamo più avanti! Passo e chiudo!» concluse Matthew chiudendo la comunicazione con Stone.

«Bene, signore! Dire che possiamo procedere!» disse con fermezza Roger aspettando un cenno di approvazione da parte di Matthew che arrivò dopo qualche secondo.

Le navi ripartirono in direzione Proxima Centauri.

Dopo qualche ora, lungo i corridoi del MATER 3 si sentì la voce di Matthew che comunicava all'equipaggio una riunione speciale nella sala comune prima di cena. Tutti i passeggeri si ritrovarono quindi all'interno della grande sala posta al centro dell'astronave, curiosi di sapere cosa volesse comunicare loro il generale. Passò all'incirca una ventina di minuti prima che l'intero salone venisse riempito da leggeri mormorii dei colonizzatori. Jerry si trovava in mezzo a loro, sempre assieme a Korin e al suo gruppo di biologi, mentre Emily era qualche fila più avanti insieme al suo plotone. Matthew comparve sopra le scalinate.

«Signori! Ho voluto riunirvi qui perché devo darvi delle importanti comunicazioni!» attaccò il generale facendo cessare il brusio in sala.

«Da qualche ora abbiamo superato il wormhole! Adesso ci troviamo all'interno del sistema di Alfa Centauri! Purtroppo abbiamo avuto un problema con una delle altre navi madri...»

Matthew si bloccò per un attimo, quasi intimorito nel continuare.

«Dopo la tempesta elettromagnetica che ci ha colpito prima del wormhole abbiamo perso contatti con il MATER 1!»

Tra l'equipaggio iniziò a diffondersi un senso di timore misto a sconvolgimento che non passò inosservato a Matthew.

«Abbiamo fatto il possibile per cercare di individuare l'astronave ma non abbiamo avuto riscontri positivi! Per di più, abbiamo perso anche i contatti con la Terra a causa di un guasto allo spettrometro principale che non potremo riparare nell'immediato, almeno fino a quando non saremo atterrati su Proxima B!»

Appena Matthew terminò di pronunciare quelle parole, partì una sorta di sconcerto collettivo tra le fila dell'equipaggio.

«Vi prego! Abbiamo già subìto un danno enorme perdendo il MATER 1! Questa volta non parlo da capitano di quest'astronave ma da membro come lo siete voi! Vi chiedo di rimanere uniti e aiutarci a vicenda durante questi quattro mesi che ci restano prima di arrivare al nostro obiettivo finale! Grazie!»

Matthew si congedò all'equipaggio per fare ritorno alla sala comandi.

I quattro mesi trascorsero senza ulteriori complicazioni. Jerry aveva ripreso il suo lavoro assieme alla squadra di biologi. Emily fece altrettanto con gli altri soldati, anche se il timore che potesse succedere qualcosa in qualsiasi istante era sempre in agguato.

Nella sala comandi si aspettava da un momento all'altro qualche segnale positivo.

«Signore, ci siamo! Eccolo lì!» esclamò con entusiasmo Roger attirando l'attenzione di tutti i presenti che si apprestarono ad osservare fuori l'immensa vetrata dell'abitacolo.

Matthew fece qualche passo in avanti e sul suo volto comparve un sorriso convinto. Aveva atteso tanto quel momento, fin dal principio, fin da quando Powell lo aveva scelto per coordinare l'organizzazione di quella missione. Anni di studi, di faticose ricerche, e finalmente poteva osservare Proxima B con i propri occhi.

Dopo le dovute comunicazioni agli equipaggi, all'alba del 16 gennaio 2105 le due astronavi MATER 2 e MATER 3 si apprestavano a fare il loro ingresso nell'orbita di Proxima B.

Qualche ora più tardi a bordo delle due navi spaziali si stavano organizzando i due gruppi (uno per nave) che avrebbero per primi calcato la superficie del nuovo pianeta. Per la precisione, cento membri per ogni MATER suddivisi nelle varie categorie iniziavano a preparare tutto ciò che serviva loro per poter fare rilevamenti e installare il primo campo base. Del MATER 3 Jerry e Korin figuravano tra i biologi scelti da Matthew per essere tra i primi cento insieme ai restanti membri scelti sempre tra biologi, chimici, soldati (tra cui Emily) e un piccolo gruppo di medici. Per quanto riguardava il MATER 2, anche Stone scelse i colonizzatori che avrebbero composto il suo gruppo, e tra questi erano presenti Amelia, Abigail e Michael.

Jerry, come tutti gli altri scelti per lo sbarco, iniziò ad indossare la tuta spaziale di nuova concezione creata per l'occasione dalla New Nasa in collaborazione con la "*Ionix Technology*" dopo dieci anni di sviluppo, prendendola dalla propria sede nel suo alloggio. Non aveva nulla a che vedere con le tute spaziali convenzionali. Questa era molto diversa, di colore grigio e decisamente più attillata, una sorta di seconda pelle, pensata principalmente per assicurare libertà di movimento, basata su leghe a memoria di forma. Il vantaggio di questo materiale simile al cotone ma metallico consisteva nell'alleggerire il peso delle tute stesse e acquistare maggiore flessibilità nei movimenti. Quelle destinate ai militari erano strutturate in modo diverso, imbottite attraverso uno strato di kevlar e rete metallica a nido d'ape. Erano di un colore grigio più scuro a trama mimetica per distinguerle da quelle dei civili. Entrambe le tute si indossavano facendo entrare dapprima le gambe e poi le spalle e le braccia, proprio come una muta da sub. Il tipico logo della New Nasa Corporate sul petto e il simbolo col colore in base al gruppo di appartenenza sulla spalla finivano la dotazione.

Indossata la tuta, Jerry passò alla parte superiore dell'equipaggiamento, ovvero il casco. Struttura in titanio che permetteva leggerezza e forza, si ancorava alla base del collo e permetteva di ruotare bene la testa. La visibilità era assicurata da una cupola in policarbonato trasparente ricoperta da uno strato sottilissimo di polvere metallica dorata, come fosse una patina per proteggere dal riverbero l'occupante. All'interno venivano anche trasmesse tutte le informazioni di cui gli astronauti avevano bisogno, dall'aria residua alla temperatura. Insomma, un vero capolavoro della tecnologia.

Tutti i cento colonizzatori del MATER 3, compreso ovviamente Matthew, erano pronti. Scesero in ordine nella sala comune pronti a ricevere istruzioni e iniziare a salire sulle scialuppe, chiamate amichevolmente "Gusci di Noce". Queste navicelle da cinquanta posti l'una sarebbero servite per raggiungere i primi avamposti su Proxima B. Erano lunghe dodici metri e avevano la forma di una noce appunto, allungata e fornita di quattro motori alimentati a idrogeno. Potevano trasportare anche attrezzature e viveri per un mese circa. Il loro colore richiamava quello della nave madre e aveva gli oblò neri per non far passare le radiazioni solari.

«Atterreremo vicino l'equatore! Resteremo sempre in contatto con la nave madre! Ricordate quello che avete imparato durante l'addestramento!» comunicò Matthew ai venticinque soldati disposti davanti a lui tra cui figurava anche Emily.

Gli inservienti finirono di caricare tutta l'attrezzatura sulle due scialuppe.

«Operazione di carico scialuppe completata, signore!» riferì Roger rivolgendosi a Matthew che insieme a tutti i membri selezionati per la discesa attendeva nella sala principale.

«Ottimo lavoro, Roger. Lascio a te il comando su questa nave. Dovrai essere i miei occhi e le mie orecchie, intesi? Resteremo sempre in contatto» disse Matthew indicando con il dito all'orecchio un piccolo auricolare di plastica trasparente.

Dopo un rapido ma convinto cenno d'intesa con l'ufficiale, Matthew prese posto sulle due scialuppe di sbarco assieme al gruppo.

I due "Gusci di Noce" del MATER 3 si riempirono dei militari e membri della spedizione, cosa che avvenne parallelamente nei due del MATER 2. Michael, nervoso come non mai, si trovava tra i militari guidati da Stone.

Nonostante l'emozione, Abigail cercava di restare concentrata più che poteva, cosa che venne difficile ad Amelia tra le file dei medici. I militari sedevano davanti perché spettava a loro il compito di scendere per primi dai gusci.

«L'operazione di discesa avrà inizio fra dieci secondi» disse LISA mentre calcolava la traiettoria migliore da fare intraprendere alle quattro scialuppe.

«Traiettoria calcolata. Inizio espulsione gusci!»

I quattro mezzi iniziarono a staccarsi dalle rispettive navi madri dando avvio a una lenta discesa e tutto sembrava procedere in modo apparentemente tranquillo.

Dopo una decina di minuti, l'attenzione di qualcuno venne attirata da qualcosa all'esterno.

«C'è qualcosa che non mi quadra...» riferì Jerry osservando Proxima B avvicinarsi dall'oblò del MATER 3.

Stessa cosa venne notata nel guscio del MATER 2, dove si trovava Abigail.

«Ma... è assurdo...» disse molto lentamente la donna in tono sorpreso.

I motori dei gusci iniziarono ad aumentare la loro potenza per contrastare la forza di gravità del pianeta durante l'avvicinamento, riuscendo senza particolari problemi a superare una fitta coltre di nuvole. Ma lo spettacolo che apparì di fronte lasciò tutti senza parole.

«No... Ma è impossibile... Non può essere vero!» esclamò Korin.

Gli occhi di tutti fissavano ciò che si avvicinava sempre di più: un'immensa foresta, distesa a perdita d'occhio.

«Questo è incredibile...» affermò Matthew con gli occhi sbarrati. «Doveva essere un pianeta desertico!»

Provò subito a mettersi in contatto con il MATER 3.

«Roger! Roger, mi senti?»

Con voce un po' tremolante Matthew provò più volte a comunicare con il primo ufficiale, ma sembrò parlare a vuoto; nessuno rispose dall'altra parte.

«Generale Stone! Mi riceve?» disse ancora Matthew provando a mettersi in contatto con il guscio principale del MATER 2.

«Generale Ross, la riceviamo! É incredibile!» rispose Stone alludendo inequivocabilmente allo spettacolo che appariva sotto di loro.

«Già…» replicò Matthew. «Cosa propone di fare?»

«Direi di atterrare ugualmente!» affermò prontamente Stone.

«D'accordo. A ore 11 c'è una piccola radura. Potremmo atterrare lì!» suggerì Matthew continuando a osservare il paesaggio dall'ampio parabrezza scuro che aveva di fronte.

«Molto bene, Ross! Procediamo! Passo e chiudo!» concluse Stone.

I quattro gusci si diressero verso lo spiazzo tra la foresta individuato in precedenza.

«Attivate i respiratori! Non sappiamo che tipo di atmosfera troveremo quando apriremo le porte!» ordinò Stone al resto dei membri.

Con dei lievi sobbalzi, i veicoli toccarono la superficie di Proxima B. Dopo qualche secondo di attesa i motori si spensero e le porte iniziarono ad aprirsi permettendo ai membri di uscire in ordine a due a due, agendo come un unico blocco.

«Wow! É incredibile!» esclamò Emily.

Anche gli sguardi degli altri erano rivolti al paesaggio che li circondava il quale appariva quasi familiare. La foresta sembrava essere costituita da grattacieli tanto erano alti gli alberi che la componevano. E il cielo roseo dava quel qualcosa in più di suggestivo.

Non appena Jerry mise i piedi a terra iniziò a rilevare la composizione dell'aria con il suo strumento e notò con suo stupore che era simile a quella della Terra, ma con livelli di ossigeno leggermente superiori. Il giovane biologo, vedendo i valori sul display del suo rilevatore, fece per svitare il casco della tuta, allarmando gli altri.

«No, fermo! Non farlo!» urlò Abigail cercando di impedire a Jerry di togliere il casco, ma non ci riuscì. Lo aveva già tolto.

«State tranquilli! Possiamo respirare!» affermò sorridente Jerry lasciando col cuore in fibrillazione tutti i presenti, compresi Matthew e Stone.

«Non potete credere a quanto sia pura l'aria! É incredibile!» aggiunse ancora il biologo americano aprendo le braccia e portando indietro la testa.

Abigail restò strabiliata da quell'affermazione, come d'altronde tutti gli altri, i quali, con un po' di riluttanza, iniziarono a togliere i caschi dopo un cenno da parte dei due generali.

«Il rivelatore indica che qui è presente il 21% di ossigeno!» esclamò Korin eccitato dalla prima sorprendente scoperta.

«Va bene, ragazzi! Allestiremo qui il campo base! Abbiamo ventiquattro ore da adesso prima di ritornare alle navi!» esclamò Matthew ai suoi. E altrettanto fece Stone.

I militari e il resto della truppa non persero tempo, iniziando l'allestimento del campo base prendendo tutto ciò che serviva dai gusci.

«Voi ingegneri occupatevi dei moduli per gli alloggi! Taylor, li guiderai tu! Il gruppo dei medici verrà capitanato dal dottor Wilson e dalla dottoressa Fisher! Voi vi occuperete di allestire i moduli per l'emergenza medica! Per quanto riguarda i chimici, saranno Anderson e la dottoressa Sanders a coordinare le operazioni di allestimento dei moduli dei laboratori! I biologi potranno iniziare ad ispezionare il territorio circostante nel raggio di 200 metri! Il resto con me!» comunicò Matthew.

Seguendo gli ordini del generale, i vari colonizzatori iniziarono a mettersi all'opera nell'allestimento del campo base. Toccò ad Abigail e al collega Peter Anderson predisporre e montare i moduli componibili dei laboratori. Anche i medici, sotto le direttive di Amelia e del dottor Daniel Wilson, iniziarono a montare i moduli per le sale mediche da campo. I militari, tra cui Michael, si occuparono di montare i moduli per l'alloggio dei due generali.

Nel frattempo, i biologi sembravano come dei bambini all'interno di un negozio di caramelle. Si diressero tutti verso gli alberi vicini al campo base.

Matthew si trovava accanto a Stone e insieme cercavano di predisporre un piano di esplorazione.

«Parker! Prendi due uomini e va' con loro!» ordinò Matthew di colpo.

«Jerry, secondo te che tipo di albero è questo? Mi sembra famigliare...» fece Korin mentre insieme a Jerry e ad altri biologi si trovava ai piedi di un albero alto circa trenta metri, con grossi rami e foglie verdi smeraldo e venature rosse.

«Beh, sembrerebbe qualche specie di ficus… ma non me sono sicuro. Prendi dei campioni!» propose Jerry.

Korin, invogliato dall'amico, si chinò tra le enormi radici per raccogliere dei campioni non notando che poco distante da loro una strana botola la cui apertura fatta di foglie, legnetti e terra tenuta insieme da una specie di secrezione iniziò lentamente ad aprirsi, lasciando intravedere dei grossi occhi rossi che formavano una mezza luna, cinque per ogni lato, nell'oscurità del buco. Korin, ignaro di ciò che stesse per accadere, aprì il contenitore dei campioni iniziando a prelevare piccole quantità di terra attraverso uno speciale cucchiaino. Jerry, con la coda dell'occhio, notò lo strano movimento ai piedi della botola larga circa un metro e mezzo.

«Ehi, ma che diavolo… Korin attento!»

Jerry non fece in tempo ad urlare che una strana creatura fuoriuscì dalla botola andando a scagliarsi contro Korin che si trovava a pochi metri da lì. Aveva sei zampe, il corpo composto da tre segmenti come gli insetti. La testa ricordava quella di un ragno con dieci occhi anziché otto e quattro appendici munite di zanne ricurve. Il corpo era ricoperto da una peluria rossiccia, ma lasciava intravedere il colore della pelle marrone scuro. Le zampe erano munite di due uncini probabilmente usate per afferrare e non lasciar scappare le prede. Avventandosi sul ragazzo asiatico emise un verso stranissimo, a metà tra un sibilo e un grugnito.

«AAAH!!!!» urlò Korin.

La strana creatura aveva già aperto le sue zampe pronta a ghermire Korin quando un proiettile di luce la colpì al ventre ferendola e facendola indietreggiare verso il buco da dove era uscita, emettendo un verso di dolore. Korin si voltò e vide Emily con il fucile puntato verso la direzione dell'animale con il fumo che ancora usciva dalla canna del fucile.

«Il gioco è finito, ragazzi! Prendete tutto ciò che dovete e torniamo subito al campo!» ordinò Emily con tono deciso ai biologi, ancora scioccati per l'accaduto.

«Vieni! Tirati su!» disse Jerry prendendo per un braccio Korin ancora tremante a terra. Raccolti i loro apparecchi, i due biologi si apprestarono a fare ritorno al campo base.

«Signore! Siamo stati attaccati!» comunicò Emily giungendo di corsa rivolgendosi a Matthew e a Stone

Michael, impegnato nel dare una mano ai chimici e ai medici nello scarico del materiale dalle scialuppe, rimase incuriosito da ciò che Emily aveva appena riferito ai generali e provò ad avvicinarsi.

«Attaccati? Da chi?» domandò sorpreso Matthew. Anche Stone accanto a lui parve stupito.

«Da una specie di creatura, signore!» rispose Emily agitata. «Dobbiamo fare attenzione… Questo pianeta è abitato!»

Matthew e Stone rimasero attoniti per qualche istante. Non era facile metabolizzare il pensiero di non essere soli sul pianeta. La cosa più urgente era senza dubbio alzare le difese del campo.

«Stateman! Molla subito quelle cose che hai in mano! Dovete creare immediatamente una sorta di recinto elettromagnetico lungo tutto il perimetro del campo! Pensa tu a coordinare i lavori!»

Michael rimase per un attimo immobile, forse spiazzato da quell'ordine o forse impaurito da ciò che aveva appena sentito da Emily.

«Soldato! Mi hai sentito?» gli urlò Stone facendolo rinvenire.

«Oh… Scusi, signore! Ci penso io!» rispose Michael.

I soldati eseguirono gli ordini predisponendo intorno al campo delle speciali aste piantate nel terreno collegate tra loro attraverso raggi laser che andarono a formare una sorta di ottagono. Dopo soli dieci minuti il campo era in sicurezza.

«Signore, sistema di allarme perimetrale installato! Adesso nessuno può avvicinarsi senza essere prima individuato!» comunicò Michael a Stone.

Il generale osservava con occhio attento i paraggi, perdendosi con lo sguardo tra la vegetazione mossa lentamente dal vento.

«Ross, lo ha notato pure lei?» disse Stone attirando l'attenzione di Matthew.

«Si riferisce al silenzio? Sì, l'ho notato. Non si sente alcun rumore, alcun suono. Come se...»

Matthew non fece in tempo a finire la frase che Stone lo anticipò.

«Come se sapessero che siamo qui. Come se ci stessero osservando...»

Trascorsa un'ora dallo sbarco, il campo base era stato quasi completo. Dalle scialuppe erano stati scaricati gli strumenti di rilevamento per i biologi e i moduli di alloggio componibili con cui gli ingegneri aiutati dai medici e alcuni dei militari erano alle prese. Alcuni dei moduli erano già stati montati e ne mancavano ancora due da completare, per un totale di dieci moduli.

Nel frattempo, i due generali, per quanto la pensassero diversamente su parecchie cose, concordarono che fosse meglio perlustrare la zona. Organizzarono due piccole squadre ognuna formata da dodici soldati e tre biologi che avrebbero aiutato a fare chiarezza su ciò che li circondava. Stone scelse di portare con sé Michael mentre per i suoi uomini Matthew scelse Nicole, l'amica di Emily e per i biologi la scelta ricadde su Jerry.

«Parker! Tu resterai qui e farai in modo che nulla si avvicini! Se qualcosa che non sia uno di noi spunta da dietro agli alberi hai l'ordine di abbatterlo! Intesi?» proferì Matthew mentre sistemava la divisa.

Emily non prese bene l'ordine di rimanere di guardia, ma diligentemente lo eseguì lasciando che i generali e le due squadre iniziassero la spedizione.

Fucili pronti a colpire, i due gruppi iniziarono a inoltrarsi nella foresta.

«Mi raccomando, state allerta! Non sappiamo cosa troveremo! E voi, cervelloni, rimanete dietro di noi! Non prendete nessun tipo di iniziativa!» esclamò Stone parlando agli uomini dietro di lui. Si scambiò un'occhiata con Matthew alla sua sinistra e fece segno di separarsi.

«Noi ci dirigiamo a nord-est per due miglia prima di ritornare! Voi continuate su questa direzione! Se dovesse succedere qualcosa sparate in cielo un bengala di segnalazione!» disse Matthew. I due gruppi si separarono.

Dopo alcuni minuti, percorsi all'incirca un centinaio di metri, il gruppo di Stone giunse nei pressi di un'altura simile a una collina. Il generale fece cenno al gruppo di non fare nessun rumore.

«Stateman e Richmond, andate in cima e fate una perlustrazione dall'alto!» ordinò rivolgendosi a Michael e a un altro soldato.

Il pilota newyorkese, ormai trasformato in un vero e proprio marine, iniziò ad avanzare spalleggiato dal suo compagno.

«Occhi aperti!» disse rivolto a Richmond.

Michael impugnava il suo fucile e calpestando alcuni rami secchi provocò un leggero crepitio che emerse tra tutto quel silenzio assordante.

Percorsi un centinaio di metri, i due militari raggiunsero la sommità dell'altura.

«Allora, Stateman! Cosa vedete?»

Era la voce di Stone che proveniva dall'auricolare. Michael continuava a guardarsi attorno osservando quello strano panorama invaso da una luce rosa soffusa.

«Signore, vedo solo alberi sotto di noi e in lontananza delle montagne!» comunicò.

«*Nient'altro, soldato?*» chiese ancora Stone.

«No, signore! Nulla di particolarmente rilevante! Faccio una scansione e la mando subito al campo base!»

«*Ottimo! Poi tornate subito giù!*» riferì Stone.

«Ricevuto signore!» rispose Michael concludendo la comunicazione con Stone.

«Richmond! Scansioniamo e torniamo giù!» esclamò Michael al compagno.

Entrambi i soldati iniziarono la scansione attraverso uno strumento simile ad un tablet.

«Scansione ultimata! Torniamo giù!» riferì Michael. Depose il piccolo tablet all'interno di una tasca e diede le spalle al compagno. Improvvisamente un suono simile al grido di un'aquila attirò l'attenzione dei due che girandosi di scatto videro sopra di loro una strana creatura gigante avvicinarsi. A primo impatto aveva le sembianze di una sorta di uccello a quattro ali.

«Ma che diavolo…»

Michael non ebbe il tempo di finire la frase che lo strano rapace calò in picchiata verso di loro con l'intenzione di attaccarli.

«VIA!! VIAAAAAA!!!» Michael iniziò a correre riscendendo l'altura.

«*Che cazzo succede, Stateman!*» urlò Stone all'auricolare di Michael, ma non ottenne risposta.

L'altro militare si trovava poco più avanti rispetto a Michael. Fu un istante. Richmond sentì un urlo dietro di sé e capì che il suo compagno era stato catturato dalla strana creatura. Girandosi di scatto vide che Michael si trovava avvinghiato tra le grinfie dell'uccello gigante.

Emettendo sempre il suo strano verso, virò nella direzione opposta a quella del soldato.

«Oh merda…»

Non c'era più nulla da fare.

«Signore! Stateman è stato catturato!» gridò il soldato.

Richmond continuava ad urlare quelle frasi mentre percorreva in senso opposto il tragitto fatto in precedenza. Ricongiuntosi al gruppo, il marine provò a spiegare l'accaduto ancora in preda allo shock.

«Richmond! Che diavolo è successo lassù? E dov'è Stateman?» chiese quasi con rabbia Stone al suo uomo.

«Signore… Stateman…»

Richmond provò a dire qualche parola ma tremava come un uomo in preda ad un attacco di panico.

«Calmati, maledizione! E dimmi cos'è accaduto!» urlò il generale.

«Signore, siamo stati attaccati da una specie di grosso uccello…» riuscì a dire Richmond ancora preso dal panico attirando l'attenzione del resto del gruppo.

«Di che diavolo stai parlando?» esclamò Stone sbalordito.

«É così, signore! Ha preso Stateman!» concluse il soldato passandosi entrambe le mani tra i capelli.

Stone si allontanò di qualche metro rimanendo glaciale. Ad un tratto venne raggiunto da uno dei soldati.

«Signore, cosa significa?» chiese il marine.

«Beh, mi sembra ovvio. Non siamo soli su questo dannato pianeta…» concluse Stone.

Il plotone di Matthew aveva raggiunto un punto della foresta caratterizzato da alberi dalle foglie rosa con rami ricoperti da una specie di muschio che pendendo andava a strofinarsi sulle divise degli uomini.

«Attenzione! Non sappiamo cosa sia e che reazioni potrebbe darci attraverso il suo contatto!» avvertì un biologo indicando lo strano muschio bluastro che pendeva dai rami.

«Avete sentito? State attenti a ciò che toccate!» replicò Matthew.

Il biologo, insieme ai suoi due colleghi, iniziò a prelevare dei campioni di muschio che avrebbero successivamente analizzato al campo base.

La luce rossastra penetrava dalla cima degli alberi illuminando il sottobosco con i militari fermi in attesa di ricevere istruzioni da parte di Matthew e i biologi intenti ad osservare ciò che gli stava intorno. Il silenzio era denso, tanto denso da far ronzare le orecchie agli esploratori, quando ad un tratto, dal profondo della foresta, un ruggito, un verso tanto potente da far vibrare le foglie degli alberi, piegare i rami e far tremare il terreno, riempì l'intera foresta per chilometri. Il sangue degli umani sembrò gelare al suono di quel verso tanto potente quanto spaventoso.

«Che... che cos'era quello?» disse un soldato posto alla destra di Matthew.

«Di qualsiasi cosa si tratti, di certo è enorme!» proferì il generale. Non fece in tempo a finire che uno dei biologi entrò nel panico. Iniziò a correre in modo incontrollato verso il lato opposto da dove era giunto il suono, sparendo nella vegetazione.

«Che razza di idiota!» esclamò sbuffando Matthew. «Voi rimanete qui! Vado a prenderlo io! Non muovetevi!» ordinò mettendosi subito all'inseguimento del biologo che si era già portato in vantaggio. Così anche lui sparì nella vegetazione.

«Ehi! Fermati!» gridò Matthew mentre cercava di scansare alcuni rami che gli si paravano davanti.

Urlò ancora nella speranza di riuscire a far cambiare idea al biologo il quale però sembrava non voler sentire ragione continuando a correre tra l'erba alta seguito da

Matthew una decina di metri dietro. Ad un tratto il biologo sparì come risucchiato dal terreno e l'unica cosa che rimase di lui furono le urla. Matthew non arretrò. Continuò a correre giungendo al punto dove il biologo era sparito, ma anche lui cadde lungo la scarpata. Rotolò tra le radici, i tronchi secchi e le pietre, graffiandosi lievemente il volto per poi fermarsi su quello che sembrava essere un canneto. Ai piedi della scarpata, a qualche metro di stanza, il corpo del biologo giaceva svenuto. Matthew avanzò per raggiungerlo.

«Ci hai messo nei guai...» disse portando le due dita al collo dell'uomo per sentirne i battiti.

«Sei un idiota fortunato...» continuò a dire tra sé, e pieno di dolori cercò di rialzarsi.

Una volta in piedi tirò un sospiro di sollievo e cercò di caricare sulla spalla il biologo quando sentì nuovamente degli strani rumori provenire dal canneto poco distante da lì. Inizialmente Matthew volle ignorare l'istinto che gli diceva di andare a vedere di cosa si trattasse. Bastava recuperare il biologo e tornare al campo. Ma il suono si ripeté di nuovo, stavolta con più forza. La ragione, quindi, lasciò il posto alla curiosità e imbracciato il fucile il generale si inoltrò nel canneto.

«Non muoverti da qui. Arrivo fra un momento» disse ironicamente rivolgendosi al biologo svenuto, e si inoltrò nel canneto.

Passo dopo passo, molto lentamente, la figura di Matthew parve sparire tra le canne. Man mano che si inoltrava tra la fittissima vegetazione, la sua espressione si fece sempre più cupa e concentrata, come in attesa di qualcosa di pericoloso e oscuro pronto a ghermirlo. I suoi passi si fecero più lenti fino a quando non si arrestano del tutto. Il silenzio adesso avvolgeva tutto. Anche il canneto sembrava essersi fermato. D'un tratto l'uomo iniziò ad alzare il fucile molto lentamente, come se stesse per prendere la mira. Il suo sguardo era impassibile, concentrato come non mai, e attraverso il monocolo del fucile individuò uno strano essere a circa una ventina di metri di distanza. Bipede come un uomo, sul dorso una folta pelliccia nera e la testa munita di quattro corna. Lo strano individuo si chinò come per raccogliere qualcosa dal terreno sotto lo sguardo di Matthew poco distante nascosto tra le canne. Il soldato fece scivolare il dito lentamente sul grilletto, pronto a sparare, ma qualcosa che si mosse molto velocemente emettendo un suono poderoso, un barrito profondo, avanzò proprio dietro di lui spezzando le canne come se fossero fatte di carta. Matthew non fece in tempo a voltarsi che quella cosa lo scaraventò per aria facendogli perdere i sensi. Anche il fucile cadde perdendosi nel canneto. Il generale cadde con il volto rivolto al cielo e i suoi occhi si chiusero lentamente.

Capitolo 8 - Ancora vivo

Michael era in preda a quell'essere alato che lo teneva stretto tra le sue zampe artigliate.

«Dannato uccello! Lasciami andare!» urlò l'uomo in preda al panico.

Agitandosi tra quei grossi artigli, riuscì a liberare un braccio e a colpire lo strano rapace al ventre, ma si rese ben presto conto che non sarebbe stato facile farsi mollare. Michael non sbagliava affatto; infatti, quell'essere dall'aspetto simile ad un'aquila era un predatore formidabile del pianeta. Proprio come l'aquila sulla Terra, quell'animale provvisto di non due ma di ben quattro ali, una coda a ventaglio e due zampe con cinque dite artigliate da speroni ricurvi era davvero un predatore ferocissimo. La sua apertura alare era di cinque metri e la testa era provvista di un grosso becco arancione con due file di denti simili a quelli di un coccodrillo. Il corpo era ricoperto da un piumaggio color verde smeraldo sul dorso che lo faceva brillare alla luce del sole, e bianco sul ventre. Le due sopracciglia allungate formavano dei ciuffi rossi intorno agli occhi gialli che lo rendevano bellissimo di aspetto, ma non per Michael che stava per trasformarsi nella sua cena.

«Ahh! Dannazione a te, bastardo!» gridò il soldato sferrando l'ennesimo pugno allo stomaco della bestia non ottenendo alcun risultato tranne che quello di farla inferocire ancor di più. L'aquila emise il suo verso, diede un forte colpo di becco alla testa del pover'uomo che svenne quasi all'istante, lasciando la possibilità al predatore di sistemarsi la preda tra le zampe e continuare il proprio volo.

Svenuto, Michael entrò in un mondo onirico riportandolo a molti anni prima...

Si trovava su una spiaggia. Non una spiaggia qualsiasi, ma lungo quella del Coronado Beach, nei pressi di San Diego. Indossa una camicia hawaiana verde, occhiali da sole scuri e un costume da bagno blu. Siede su un asciugamano bianco. Vegetazione subtropicale e l'hotel del Coronado, una struttura bizzarra e meravigliosa allo stesso tempo, con le sue torri appuntite in stile vittoriano fanno da sfondo a quella calda giornata estiva. Ad un tratto la vede. Sta passeggiando in riva al mare. Un'onda le accarezza delicatamente i piedi e lei si china a prendere una conchiglia. Si volta verso di lui sorridendo. É sua moglie Jane. Il suono delle onde che si infrangono sulla spiaggia insieme ai versi dei gabbiani e alle risate dei ragazzini che si divertono giocando con la palla fanno da colonna sonora ad una delle giornate più belle che lui avesse mai vissuto. Lei si avvicina col suo sorriso splendente. Indossa un costume viola e un pareo nero. Giunta vicino a lui si china e lo bacia delicatamente sulle labbra. Spostandosi lentamente si avvicina a Michael e sussurra qualcosa a bassa voce, quasi accarezzando il suo orecchio: «Svegliati Michael... Svegliati...»

Michael rinvenne ritrovandosi a mezz'aria in procinto di atterrare all'interno di un enorme nido fatto di rami dove l'essere piumato l'aveva lasciato cadere. Il marine cadde violentemente su una spalla ferendosi su uno spuntone di legno. Fece diverse capriole prima di fermarsi col la schiena ai bordi della tana dello strano rapace. Dolorante, aprì gli occhi e, facendo un verso di dolore, si accorse che lì lo aspettavano due piccoli di uccello pronti a sbranarlo. Erano alti circa un metro, due piccole copie del genitore, che spinti dalla madre si scagliarono contro l'uomo a fauci spalancate.

«Ah, ecco! Ecco perché mi hai portato qui, bastardo! Vuoi farmi ammazzare dai tuoi figli!» disse il terrestre.

Sferrò un calcio in piena faccia a uno dei piccoli che indietreggiarono, ma dopo qualche secondo questi si fecero di nuovo sotto.

«E così non mollate! Bene! Imparerete che non è così facile fare fuori lo zio Michael!» esclamò il pilota. Sfilò un ramo dalle dimensioni di una mazza da cricket e lo impugnò.

«Avanti! Fatevi sotto, razza di mostriciattoli piumati!»

Riuscì a colpire uno dei due piccoli in testa facendogli capire chi comandasse tanto da farlo ritirare sotto le ali della madre rimasta a guardare. L'altro pulcino non pensò a ritirarsi. Facendosi coraggio si scagliò addosso a Michael che dapprima diede un colpo di bastone che andò a vuoto e poi si fece scudo col braccio sinistro il quale finì in bocca al pulcino.

«Aaaaaahhh!» urlò in preda al dolore.

Mentre il pulcino strattonava la testa da un lato all'altro, Michael ebbe l'intuizione di ficcargli un dito negli occhi dell'uccello. Il pulcino mollò la presa e indietreggiò proprio come aveva fatto il fratello, concedendo qualche secondo a Michael per ragionare. L'uomo si diede un'occhiata intorno e notò che il nido, largo all'incirca sei metri, era stato costruito sulla sporgenza di una parete rocciosa ad una ventina di metri di altezza. Si rese anche conto di come, per quanto grande, era anche leggero grazie alla struttura fatta di ramoscelli e tronchi secchi, e che quindi, con il giusto sforzo, sarebbe riuscito a farlo scivolare giù dal precipizio. Nonostante l'idea di cadere da venti metri dentro un cumulo di legnetti non lo facesse impazzire, la vista di quei tre uccelli affamati pronti a mangiarlo non gli diede altra scelta se non quella di spingere il nido giù. Così, mentre mamma aquila preparava l'ennesimo attacco come se avesse letto nel pensiero le intenzioni dell'uomo, Michael appoggiò la schiena alla parete di roccia e coi piedi ben piantati sul pavimento del nido diede il primo spintone facendo tremare tutta la struttura. Ma non bastò.

«Forza Stateman! Non puoi morire così! Un ultimo sforzo!» urlò Michael facendo ricorso a tutte le sue forze.

Spingendo sulla parete riuscì a far scivolare il nido in avanti verso il vuoto. L'animale volante, impaurito e sorpreso da quanto stesse accadendo, con i riflessi che si addicono agli uccelli rapaci, afferrò i due piccoli con le grandi zampe e volò via lasciando il nido e Michael cadere giù.

«Aaaaaahhh!» gridò Michael al quale quella ventina di metri sembrarono chilometri, prima di cadere su degli alberi situati ai piedi della parete rocciosa.

Per qualche secondo sembrò come se qualcuno avesse spento l'interruttore del suo cervello. Quella sensazione, fortunatamente, durò solo qualche secondo. Appena rinvenne, il dolore affiorò come non mai.

«Cristo Santo… Mi sembra di essere caduto dall'Empire State Building… Però sono tutto intero… o almeno sembra…» farfugliò tra sé dolorante ma felice di averla scampata.

Barcollante, Michael si alzò e si mise in cammino con l'obiettivo di poter trovare qualcosa che gli potesse indicare la via per il campo base.

Dopo essersi ricongiunti, i due gruppi capitanati solo da Stone, si apprestavano a fare ritorno al campo base. Jerry aveva perso l'entusiasmo iniziale, come un po' tutti dal resto considerate le circostanze. Anche Nicole non era più tranquilla come all'inizio, ed insieme agli altri colonizzatori accelerò il passo cercando di far rientro quanto piano al campo base.

«Ehi! Cosa pensi sia accaduto a Ross?» chiese con aria preoccupata Carl, il collega di Jerry.

«Non lo so… ma sono certo che è ancora vivo!» rispose prontamente il giovane biologo americano rimanendo con lo sguardo fisso in avanti.

L'amico non rispose, e augurandosi pure lui che le parole di Jerry fossero vere, si concentrò sui propri passi.

Passarono quasi quaranta minuti prima che il gruppo poté fare ritorno al campo base.

«Ehi, eccoli!» esclamò uno dei biologi avvicinandosi al gruppo in arrivo, attirando l'attenzione di tutto il resto dei presenti.

In pochi secondi il gruppo di ritorno dalla spedizione si ritrovò circondato. Amelia uscì dal modulo medico e si avvicinò a Stone e a tutti gli altri, così come fece pure Abigail.

«Signore! Cos'è successo? Dov'è il generale Ross?» chiese allarmato uno dei soldati.

Stone non lo degnò di uno sguardo e rimanendo con gli occhi fissi in avanti creò ancora più preoccupazione tra i presenti.

«Tutti nel mio ufficio! Subito!» ordinò. Si avviò verso il modulo posto al centro del campo mentre gli altri lo seguivano.

Korin ed Emily, seguiti da altri del gruppo, si avvicinarono a Jerry notando la sua espressione preoccupata.

«Jerry! Ma che succede?» gli domandò Korin allarmato.

«Il generale Ross è sparito assieme a Gabriel Woods! E anche Michael Stateman è stato catturato!» riferì Jerry sottovoce.

Gli altri rimasero attoniti. In silenzio si apprestarono ad entrare all'interno dell'ufficio di Stone.

Una volta che tutti furono dentro, con i soldati in prima fila, Stone prese a parlare.

«Signori, la situazione è cambiata! E purtroppo in peggio!» esclamò da dietro la scrivania.

«Il generale Ross è dato per disperso assieme ad uno dei biologi, Gabriel Woods!»

Nessuno voleva credere a quelle parole. Dal canto suo, Stone cercò di non perdere la lucidità

«Signore, com'è successo?» chiese uno dei soldati.

«In base a quello che hanno riferito i membri del suo gruppo, ad un certo punto si è sentito un verso di uno strano animale, simile ad un ruggito! Il signor Woods si è lasciato prendere dal panico ed è scappato allontanandosi dal gruppo! Il generale ha provato ad inseguirlo ma non ha fatto più ritorno...» concluse Stone tra lo sconcerto generale.

Emily era forse quella con l'espressione più tesa di tutti. Si era affezionata parecchio a Matthew e l'idea che non avrebbe potuto più rivederlo la logorava.

«E non è tutto...» riprese Stone attirando nuovamente gli sguardi di tutti i presenti su di sé. «Abbiamo perso pure Stateman!»

Questa volta si alzò un brusio tra le file dei presenti. La tensione era davvero alta.

«La cosa preoccupante è che stato catturato da uno strano uccello gigante, come riferito da Richmond che si trovava in quel momento assieme a lui sull'altura dove è avvenuto l'incidente...» Quelle parole non fecero altro che fomentare il terrore tra le fila dei colonizzatori.

«Non sappiamo con certezza se si tratta di un caso isolato, ma la cosa certa è che questo pianeta presenta già un proprio ecosistema! La conferma ci è stata fornita dalla presenza di piante e di questo strano essere!»

Stone si concesse qualche secondo di pausa mentre quale i colonizzatori si scambiarono sguardi preoccupati.

«Finn, come siamo messi con il collegamento con i MATER?» domandò il generale a un soldato addetto alle comunicazioni.

«Signore, il collegamento è perfettamente funzionante ed è a sua completa disposizione!» rispose il soldato.

«Non occorre che lo faccia io! Comunica subito che non possiamo fare ritorno almeno fino a domattina! Dobbiamo capire se questo luogo è davvero sicuro per noi!»

Stone impartì il comando a Finn che si apprestò ad eseguirlo.

«Signori, ascoltatemi bene! Resteremo qui per questa notte, e domani mattina faremo il punto della situazione! Dobbiamo organizzare una strategia d'emergenza! Jones, Evans, Neil e O'Brien! Voi farete il primo turno di guardia! Vi alternerete con Rodríguez, Ivanov, Morel e Parker! Qualsiasi iniziativa dovrà passare sotto di me! Adesso andate!» concluse Stone congedando l'intero gruppo.

Quella notte sembrò non passare mai, nonostante le ore di buio su Proxima B fossero solo cinque. La tensione e i dubbi attanagliavano le menti di tutti, prima fra tutte quella Stone. Il generale si trovava all'interno del modulo adibito ad alloggio, disteso sulla brandina mentre provava a chiudere gli occhi cercando di svuotare la mente. In pochi istanti il suo corpo fu pervaso da una strana ma piacevole sensazione di leggerezza...

Arthur si trova al campo di concentramento poco fuori la periferia di Jaipur, in India. È una calda mattina di luglio del 2089.

«Signore, sono arrivati!» comunica un uomo in divisa entrando nell'ufficio del generale.

«Bene. Arrivo subito!»

Stone viene accompagnato da quattro dei suoi uomini. Stanno percorrendo un lungo corridoio umido per raggiungere un vecchio magazzino.

«Signore, li abbiamo catturati vicino uno degli avamposti a circa 12 miglia da qui mentre tentavano di scappare! Due di loro crediamo siano le spie che stiamo cercando! C'è anche una bambina…» riferisce uno degli uomini.

Sempre a passo spedito, Stone continua a guardare dritto con sguardo glaciale.

«Ottimo lavoro, Fernandez!»

Dopo qualche minuto il gruppo si ritrova all'interno del magazzino. Una strana atmosfera, quasi spettrale, la fa da padrone nonostante la luce del sole che filtra da alcune inferriate poste in alto. L'aria è pesante così come l'odore che ristagna. Stone fa il suo ingresso, mentre i quattro soldati restano dietro. Al centro della grande sala si trovano dieci uomini e tre donne pakistani. Sono in ginocchio con le braccia legate. Il generale avanza con passo felpato. Inizia a scrutare uno ad uno i prigionieri.

«Beh, spero che abbiate qualcosa per me, signori! Non mi avrete fatto scomodare solo per ammirare le vostre pietose e luride facce!»

Passeggia con aria superba proprio davanti ai prigionieri.

«Diavolo! Ci sono 40 gradi all'ombra e voi non avete nulla da dirmi?» continua Stone.

Improvvisamente si ferma davanti a uno di essi. Il prigioniero è un uomo sulla cinquantina. Alza lo sguardo verso Stone, quasi con sfrontatezza.

«Non ti diremo un cazzo di niente!» esclama.

Stone rimane impassibile. Continua a fissarlo dritto negli occhi.

«Che hai detto?» domanda con uno strano tono sospetto.

Il prigioniero sputa del sangue dalla bocca.

«Che non saprai nulla, figlio di puttana!»

«Risposta sbagliata!»

Un istante. Stone estrae la pistola e fulmina il prigioniero con un colpo alla testa, lasciando sbigottiti i suoi uomini e terrorizzati il resto dei prigionieri. Il suono riecheggia ancora all'interno del magazzino, quando uno dei soldati si avvicina a Stone.

«Signore... Sono prigionieri di guerra...»

Arthur si gira lentamente verso il soldato. Il giovane, vedendo lo sguardo del suo generale rimane come gelato. Stone, di scatto, si dirige verso una delle donne afferrandola per i capelli con estrema violenza.

«Questa tu la chiami prigioniera? É solo una stupida puttana del cazzo!»

«NOOOOO!! LASCIALA STARE, BASTARDO!»

Uno dei prigionieri prova ad alzarsi e a scattare verso Stone. Lui però lo colpisce violentemente al ventre, tramortendolo e facendolo cadere nuovamente a terra. Stone molla la presa della donna e si dirige verso il prigioniero che aveva provato ad attaccarlo. Gira il suo corpo con il piede e senza pensarci due volte spara due colpi alle ginocchia.

«Questo per aver provato a toccarmi, lurido verme schifoso!»

Le urla di dolore del prigioniero pakistano riecheggiano per tutto il magazzino. Gli altri prigionieri abbassano lo sguardo.

«Dunque, signori... Non ho sentito ancora nessun nome! Volete che continui? Non fatemi fare cose che detesto...»

Ancora silenzio tra le file dei prigionieri.

«Come volete!»

Stone si avvicina alla bambina pakistana con una strana calma. Con un perfido cinismo punta l'arma alla tempia della piccola prigioniera, caricando il grilletto tra lo sconcerto generale. Alcuni dei prigionieri iniziano a piangere mentre uno degli uomini di Stone si avvicina al generale.

«Signore, ma che cosa sta facendo?» chiede il soldato quasi inorridito.

«Tranquillo, Hobbs... Vedrai che adesso parleranno...»

Le prime tre ore erano passate e per Emily era giunto il momento di fare il turno di guardia. La ragazza si alzò dalla brandina tentando di non svegliare Nicole che dormiva accanto a lei e gli altri soldati.

«Ehi...» le sussurrò la francese in dormiveglia.

«Devo andare» rispose a bassa voce Emily impugnando il suo fucile e sistemandosi la divisa.

«Fa' attenzione» le disse Nicole.

«Sta' tranquilla e prova a riposare un po' almeno tu...» replicò la giovane marine americana facendo l'occhiolino all'amica francese. Quindi si apprestò ad uscire dall'alloggio assieme ai tre colleghi Rodríguez, Ivanov, Morel.

Dopo essersi scambiati di posto con gli altri quattro soldati del turno precedente, Emily assieme agli altri tre si ritrovò di fronte la recinzione che delimitava l'intero perimetro del campo.

«Bene! Rodríguez, tu andrai a sinistra! Morel, tu a destra! Ivanov, tu coprirai l'angolo nord mentre io rimarrò qui davanti!» esclamò Emily che aveva il compito di organizzare le posizioni. «E ricordate! Se vedete qualcosa non sparate, ma avvertite gli altri! Chiaro?»

Dopo un cenno d'intesa con i colleghi Emily si posizionò al centro del campo, poco distante dalla recinzione elettromagnetica, pronta a captare un qualsiasi segnale provenire da fuori il campo.

Passarono solo pochi minuti ma la mente della ragazza non riusciva a concentrarsi sull'obiettivo: i ricordi della sua vita precedente sulla Terra le inondavano la memoria. Cominciava a domandarsi se davvero avesse fatto la scelta giusta accettando di far parte di quella missione tanto affascinante ma tanto pericolosa come si stava rivelando. Al momento le cose non erano andate come previsto e le varie aspettative che ogni membro si era fatto sulla vita su Proxima B erano state messe da parte.

La mente di Emily viaggiò tra i ricordi...

È una tiepida serata estiva. Una bambina si trova distesa tra l'erba soffice di un giardino ben curato che circonda una villetta di campagna. A farle compagnia c'è un tenero cucciolo di pastore tedesco. Ad un tratto la voce di una donna abbastanza gentile la chiama.

«Emily! Vieni tesoro! È pronto in tavola!»

Emily si alza con il suo tenero sorriso. Accompagnata dal fedele amico entra in casa e si siede a tavola. Sua madre è davvero bellissima. Esce dalla cucina con in mano un vassoio con dello stufato. A capotavola è seduto un uomo. Si tratta di James Parker, un uomo d'affari di Los Angeles nonché padre di Emily. È sempre intento a leggere le ultime notizie sulla finanza dal suo dispositivo elettronico.

«James, ti prego! Almeno quando mangiamo potresti evitare di lavorare...» si lamenta la donna rivolgendosi al marito, conservando sempre la sua dolcezza.

«La finanza non dorme mai! Lo sai, Linda...» replica James.

Conclusa la cena, Emily si siede sul divano sulle gambe della madre. Guardano un programma alla TV mentre James continua a lavorare al pc.

Ad un tratto si sente bussare alla porta.

«Chi sarà a quest'ora?» domanda Linda perplessa.

«Vado io» dice il marito dirigendosi verso l'ingresso.

Non ha nemmeno il tempo di aprire che uno strano individuo incappucciato fa il suo ingresso con estrema violenza. L'uomo impugna un revolver e lo punta dritta contro il signor Parker.

«Finalmente ti ho trovato, bastardo!» urla l'invasore.

«Ehi... ma... tu chi sei?»

Il padre di Emily prova a prendere tempo sotto lo sguardo terrorizzato della figlia e della moglie che la tiene stretta tra le braccia. Il cane inizia ad abbaiare.

«*Ti sei fottuto i miei risparmi di una vita!*» *urla l'uomo. Carica l'arma con l'intento di sparare.*

«*Ehi, aspetta! Ascolta! Possiamo risolvere tutto! Ma fai uscire almeno mia moglie e mia figlia...*»

«*NON ESCE NESSUNO! Devono sapere cosa mi hai fatto, bastardo!*» *urla ancora l'uomo.* «*Adesso ti ammazzo!*»

L'uomo sta per premere il grilletto. Di colpo, Emily sente che la presa della madre svanisce. La donna si contrappone tra l'uomo e il marito venendo colpita al suo posto dal proiettile tra lo sguardo sconvolto della bambina.

«*NOOOOOOOO!!*» *urla disperato il signor Parker.*

L'uomo adesso comincia a tremare, forse pentito da quel folle gesto.

«*Linda...*» *sussurra James, ma la donna non risponde.*

Rivolge uno sguardo inferocito nei confronti dell'assassino.

«*MALEDETTO!*» *gli urla prima di gettarsi addosso facendolo cadere per terra. Tra i due inizia una colluttazione.*

«*EMILY, SCAPPPA!*» *grida il padre. Ma la piccola Emily resta immobile ad osservare la scena.*

All'improvviso, si sente un colpo di pistola. Il signor Parker si gira agonizzante mentre l'uomo si alza ed in preda al panico fugge via.

«*Papà...*»

La voce di Emily è piena di dolore. La bambina si avvicina al corpo del padre quasi privo di sensi che con le ultime forze riesce a sussurrare qualcosa alla figlia.

«*Emily... tesoro mio... ti voglio bene...*»

Il buio lasciò presto il posto alla luce di Proxima Centauri che prese ad illuminare il cielo del pianeta, dando vita ad un nuovo giorno.

Stone uscì dal suo alloggio seguito da due uomini e si diresse verso Emily che si trovava sempre nella sua posizione come i suoi colleghi.

«Buongiorno, signore!» salutò la ragazza.

«Riposo, Parker. Novità?» chiese il generale scrutando il limitare della foresta fuori la recinzione.

«No, signore. Tutto tranquillo!» riferì Emily.

«Bene. Puoi andare adesso» concluse Stone.

Jerry uscì dal suo alloggio assieme a Korin. Entrambi videro Emily fare ritorno al suo, quindi le andarono incontro.

«Ehi, allora com'è andata? Nessuno che sia sparito questa notte?» chiese Jerry sarcasticamente. Notando però l'espressione di Emily capì che la ragazza non aveva affatto voglia di scherzare.

«Piantala, Jerry! Lasciamola riposare!» suggerì Korin.

Anche Amelia uscì dal suo alloggio e iniziò a dare istruzioni agli altri medici. Stessa cosa fece Abigail per i chimici.

Stone intanto aveva fatto ritorno al suo alloggio, intento a comunicare personalmente con il suo sottoufficiale Gary Southern nel MATER 2.

«Fino a quando non vi darò l'ordine nessuno dovrà scendere! È chiaro?» urlò Stone alla ricetrasmittente collegata ad un'apparecchiatura che serviva per le comunicazioni.

All'improvviso si sentì un urlo come di dolore provenire dalla foresta adiacente al campo base, cosa che attirò l'attenzione di tutti i presenti, compreso Stone. Il generale balzò in piedi e si diresse al centro del campo. Anche Emily, udendo quel grido, corse fuori dal suo alloggio preoccupata ma nello stesso tempo curiosa di sapere cosa stesse accadendo.

«Che diavolo è stato?» chiese Stone uscendo di corsa.

«Signore, proveniva dalla foresta!» comunicò uno dei soldati indicando il punto esatto da dove aveva sentito provenire l'urlo.

«Tenetevi pronti a sparare, quando lo dirò io!» ordinò il generale.

I soldati alzarono i fucili puntandoli contro quel punto della foresta tra gli alti arbusti poco fuori la recinzione elettromagnetica. Stone fece alcuni passi in avanti quando si sentirono dei rumori di passi veloci provenire da fuori, come se qualcuno stesse correndo. I fucili furono caricati. Tutti aspettavano che qualcosa uscisse dalla foresta, ma restarono sbalorditi quando videro di chi si trattava. Era Gabriel Woods, il biologo che era scappato e che Matthew aveva provato ad inseguire.

«Ma che diavolo...» borbottò Stone osservando meglio l'uomo che avanza verso il campo a fatica.

Avvicinandosi ancor di più verso il limite della recinzione il generale, così come tutti gli altri, riuscì a notare come il biologo non fosse in ottime condizioni, anzi presentava diverse ferite lungo tutto il corpo e la sua divisa era irriconoscibile.

«Vi prego, aiutatemi!» riuscì a dire l'uomo ferito da fuori il recinto.

«Woods! Sei da solo?» chiese Stone ad alta voce.

«Sì, signore... Apra, la prego...» rispose ansimando Woods trascinandosi in avanti a fatica.

«Signore, cosa facciamo?» chiese uno degli uomini accanto a Stone.

«Va bene, aprite!» comandò.

La recinzione scomparve per qualche secondo, giusto il tempo per permettere al biologo di entrare all'interno del campo base per poi essere prontamente riattivata. Woods riuscì a fare solo altri quattro passi prima di cadere per terra privo di forze. Amelia e gli altri medici accorsero subito in suo aiuto.

«Presto! Caricatelo sul lettino!» ordinò la donna.

Il biologo fu subito sottoposto alle prime cure e riuscì a non perdere conoscenza.

Stone, insieme ad altri del gruppo, si avvicinò al lettino.

«Allora, Woods... Che cosa è successo?» gli chiese il generale.

«Signore, mi dispiace... Mi sono lasciato prendere dal panico e... sono scappato...»

«Continua!» incalzò Stone attorniato da Amelia, Jerry, Emily, Abigail e il resto dei dottori.

«Il generale Ross ha provato a raggiungermi, ma io sono scivolato giù per una scarpata e ho perso conoscenza per qualche minuto...»

«Hai visto per caso cosa è accaduto al generale?» domandò ancora Stone quasi come se avesse timore di quello che il biologo potesse riferire.

«Beh... ricordo solo che dopo qualche minuto rinvenni e vidi che il generale Ross era riuscito a raggiungermi per poi allontanarsi nuovamente...»

Stone si stranì in volto mentre Woods continuò.

«Ricordo di aver visto dietro di lui uno strano animale attaccarlo alle spalle! Successivamente credo che sia stato raggiunto da uno strano individuo... Sembrava un essere umano... L'ha preso e l'ha caricato su una specie di cavallo...»

Nessuno riusciva a credere a quelle parole, primo fra tutti Stone.

«So che è difficile credermi, ma di una cosa sono sicuro: il generale Ross è ancora vivo.»

Capitolo 9 - Acque placide

Trascorse all'incirca mezz'ora. Dopo aver raccontato al gruppo come si erano svolti realmente i fatti Woods aveva perso i sensi. Amelia e gli altri medici continuavano a tenerlo sotto osservazione.

Stone si era ritirato all'interno del suo alloggio con mille dubbi e incertezze. Si trovava seduto sulla sedia accanto alla sua branda intento a riflettere quando sentì bussare alla porta.

«Sì, avanti!» esclamò Stone.

«Signore, mi scusi... Volevamo solo sapere come procedere...» comunicò uno dei soldati rimanendo sulla soglia d'ingresso del modulo.

Stone si prese qualche secondo prima di rispondere.

«Per il momento non possiamo fare altro che aspettare» affermò lasciando di sasso il soldato.

«Signore... ma il generale Ross...»

«Non possiamo fare nulla adesso! Non sappiamo dove si trovi e se sia ancora vivo!» tuonò Stone.

I due si guardarono negli occhi con atteggiamenti opposti.

«Dobbiamo aspettare che il biologo si riprenda in modo tale da indicarci la strada. Muoverci ora sarebbe un suicidio!» specificò ancora il generale facendo intuire al soldato che non avrebbe ammesso ulteriori repliche.

«D'accordo signore» rispose il giovane marine. E uscì dal modulo.

Nello stesso momento, Abigail e gli altri chimici, insieme a Jerry e al gruppo dei biologi, continuavano con lo studio del pianeta all'interno dei moduli di ricerca. La donna si trovava seduta davanti a due monitor. Stava analizzando alcune informazioni sulla composizione del terreno con sguardo apparentemente concentrato.

«Tu cosa ne pensi?»

La voce di Jerry che le si avvicinò quasi la fece sussultare.

«Oh, Jerry, sei tu...» disse Abigail passandosi le mani sul viso.

«Scusami... Non volevo disturbarti...» provò a giustificarsi il ragazzo, «Volevo solo capire che idea ti eri fatta riguardo ai recenti avvenimenti...»

Jerry si sedette su una delle sedie accanto ad Abigail.

«Beh, cosa vuoi che ti dica... Non era certo quello che ci aspettavamo di trovare qui, è ovvio. Non sappiamo cosa ci sia là fuori, e forse non lo sapremo mai... Adesso la cosa fondamentale è ritrovare Ross» rispose la donna.

«E l'altro? Stateman? Credi sia spacciato?» domandò ancora Jerry.

«Stando a quanto riportato da Stone e dal suo uomo che era assieme a Michael, non credo ci siano molte speranze di ritrovarlo, soprattutto vivo...»

Abigail fece una pausa. Si voltò verso Jerry che si era ammutolito di colpo.

«Jerry, ascoltami... C'è qualcosa di strano su questo pianeta. Abbiamo trovato un ecosistema totalmente diverso rispetto a quello che ci aspettavamo. Siamo stati spiazzati. Dobbiamo capire se questo posto è davvero adatto a noi...» affermò nella speranza di tranquillizzare il giovane biologo.

«Adesso è meglio che tu vada. Aiuta Korin e Louis e cercate di analizzare quel muschio bluastro che avete preso come campione» concluse la donna con un sorriso amichevole.

Dopo qualche ora Woods si risvegliò ancora disteso sul lettino della sala medica con una flebo attaccata al braccio e diversi macchinari che tenevano sotto osservazione i valori vitali. L'uomo aprì gli occhi iniziando a ruotarli in modo nervoso.

«Gabriel, sta' tranquillo. É tutto ok» gli disse Amelia avvicinandosi.

Il biologo era ancora mezzo intontito per via degli antidolorifici.

Stone venne avvisato del suo risveglio e si recò subito al modulo medico. Una volta dentro, il generale invitò Amelia a lasciarlo da solo.

«Allora, Woods, come ti senti?» gli chiese Stone accanto al lettino.

«Adesso che sono qui, meglio signore...» rispose il biologo con una ritrovata lucidità.

«Ottimo. Adesso ascoltami bene. Ce la faresti ad indicarci la strada per raggiungere il luogo dove il generale Ross è stato rapito?»

Woods puntò lo sguardo verso il tetto del modulo per qualche secondo.

«Anche se io ve lo indicassi, non sareste in grado di raggiungerlo...»

«Perché?» chiese Stone.

«Beh, non ci sono punti di riferimento...» replicò Woods. «Ma la cosa più pericolosa sono quegli esseri, signore...»

Stone fece un'espressione stupita. Fissava Woods in modo strano.

«Signore, sono esseri pericolosi! Non sono gli animali che conosciamo noi!»

Il generale continuò a guardarlo, ma la sua mente aveva già raggiunto una conclusione.

«D'accordo. Ti concedo ventiquattro ore per riprenderti. Dopo di che verrai con noi e ci condurrai al luogo dell'incidente. Questo è un ordine!» proferì Stone.

Si voltò e iniziò a dirigersi verso l'uscita del modulo medico.

«Signore, la prego! Non dobbiamo andarci! La prego!» gridò Woods.

Stone sembrò non sentire quelle urla. Uscendo dal modulo fece segno ad Amelia di rientrare.

«Dottoressa Fisher, gli dia un calmante. Fra ventiquattro ore lo voglio pronto!»

Amelia si scambiò un'occhiata dubbiosa con Wilson per poi osservare il generale allontanarsi.

Stone stava rientrando al suo modulo quando Finn, l'addetto alle comunicazioni con i due MATER, gli venne incontro.

«Signore!» esclamò.

«Finn! Che succede?»

«Ecco... si tratta del collegamento con i MATER...» rispose Finn titubante.

«Continua!» ordinò Stone in tono imperioso cosa che mise ancor di più in suggestione Finn.

«Signore... le comunicazioni con il MATER 2 e il MATER 3 sono saltate...»

«Cosa? Che diavolo stai dicendo, soldato?» urlò Stone con rabbia.

«Signore, crediamo sia dovuto a delle interferenze elettromagnetiche presenti nell'atmosfera del pianeta che hanno provocato l'interruzione delle comunicazioni. Stiamo facendo di tutto per ristabilire il collegamento, ma non sarà facile...» concluse Finn mentre Stone chiuse gli occhi in segno di imprecazione.

«Maledizione! Ci mancava pure questa! Cercate di fare tutto ciò che potete e tenetemi costantemente informato!» tuonò Stone congedando il giovane Finn.

Dopo qualche ora l'intero gruppo dei colonizzatori si ritrovò nuovamente all'interno del modulo di Stone; tutti attendevano con ansia nuove direttive dal generale.

«Signori, purtroppo devo darvi un'altra cattiva notizia. Abbiamo temporaneamente perso i collegamenti con le due navi madri. I nostri tecnici stanno facendo di tutto per risolvere il guasto, ma servirà tempo. Per il momento siamo da soli…»

I presenti iniziarono a mormorare tra loro, scambiandosi occhiate preoccupate.

«Nonostante tutto, ritengo che è giunto il momento di agire! Domattina all'alba partiremo guidati da Woods che ci condurrà al luogo dove il generale Ross è stato rapito. Dati i precedenti, questa volta saremo solo in tredici. Cinque soldati, Morel, Ivanov, Parker, Evans e Walker. Tre dottori, Wilson, Tanaka e Cole. E quattro tra biologi e chimici, Vandcamp, Zyad, Diamond e Woods. Il resto rimarrà qui al campo. La nostra non sarà una missione di esplorazione, ma una missione di recupero. Per il momento è tutto. Potete andare. Sapete già i turni di guardia.»

Dopo qualche minuto tutti i colonizzatori si ritrovarono fuori il modulo di Stone. Mostravano segni di stanchezza che si coniugava con l'ansia, soprattutto coloro che erano stati scelti per la missione del giorno dopo.

L'alba arrivò presto. Ormai quasi tutti avevano fatto l'abitudine alla strana durata della giornata su Proxima B.

Dopo l'ennesima notte insonne, il gruppo capeggiato da Stone e composto da Emily, Jerry e tutti gli altri, si ritrovò davanti all'alloggio del generale.

«Bene! Ci siamo! Se ci siete tutti possiamo andare!» esclamò Stone dando un'ultima occhiata ad alcuni suoi uomini fidati che sarebbero rimasti al campo.

Il gruppo si apprestò a varcare la soglia d'ingresso del campo con a capo il generale, in mezzo medici e biologi, e per ultimi i cinque soldati tra cui Emily.

Fecero lo stesso tragitto che aveva percorso il gruppo di Matthew durante la prima missione di esplorazione. Si ritrovarono all'interno della fitta foresta composta da quegli strani alberi con le foglie rosa che i biologi avevano iniziato a chiamare con il nome di *lignum racomitrium*, nome che derivava dal muschio bluastro che producevano.

«Allora, Vandcamp, siete riusciti a capire di cosa si tratta?» chiese Stone indicando la strana sostanza.

«Sì, signore! Dopo alcune analisi possiamo affermare che si tratta di un tipo di muschio che cresce propriamente in questa zona data l'elevata umidità! La cosa che però ci ha maggiormente sorpreso è che al suo interno contiene clorofilla! Per finire, signore, queste piante svolgono una riproduzione asessuata. In sostanza, possiamo inserirle all'interno della classe delle Bryopside!» riferì Jerry mentre continuava ad avanzare assieme agli altri.

«Interessante…» commentò Stone. «É velenoso?»

«No, signore! Almeno non a contatto con la pelle o tramite insufflazione» rispose prontamente Jerry.

Il gruppo continuò a passo spedito con Woods sempre meno convinto di proseguire, ma la figura di Stone alle sue spalle non gli lasciava altra scelta.

Passò mezz'ora. I colonizzatori giunsero nei pressi del posto dove per la prima volta Woods aveva udito il terribile verso che aveva causato la sua fuga. Il biologo rallentò i suoi passi fino a fermarsi del tutto.

«Signore, il punto esatto è questo…» riferì quasi vergognandosi abbassando lo sguardo.

Tutti gli altri rimasero con la soglia dell'attenzione altissima. Seguì qualche secondo di silenzio rotto soltanto dai versi di qualche strano animale.

«Allora, Woods? Da che parte adesso?» domandò Stone continuando a scrutarsi attorno.

«Per di là, signore!» rispose Woods indicando con il dito il punto dove proseguire.

«Bene! Andiamo!» ordinò Stone.

Il gruppo arrivò nei pressi di un punto dove gli alberi erano terminati, e ciò che si mostrò davanti a loro fu una radura composta da vegetazione molto alta.

«Occhi aperti! Evans e Parker con me! Il resto nel mezzo! Morel, Walker ed Ivanov a chiudere!» esclamò Stone facendo segno ai suoi uomini con le due dita puntate agli occhi.

Il gruppo seguì il generale all'interno del canneto. In pochi minuti giunsero alla fine della distesa di canne che terminava con la scarpata dove Woods era precipitato. All'orizzonte si scorgevano solo alte montagne dal colore quasi arancione illuminate dalla luce di Proxima Centauri.

«Signore, lì sotto!» esclamò di colpo Woods.

«D'accordo! Scendiamo!» esclamò Stone dopo aver dato una rapida perlustrata all'ambiente circostante.

Ad uno ad uno i membri discesero la scarpata e arrivarono nel punto esatto dove Matthew era stato aggredito dallo strano animale.

«Da qui in poi non ricordo più nulla, signore...» confessò Woods.

«Va bene così, Woods» disse Stone. «Cerchiamo tracce qui attorno. Evans! Parker! Con me! Voi altri rimanete qui!»

«Sì, signore!» risposero tutti i soldati.

Stone, Emily ed Evans iniziarono ad allontanarsi prendendo direzioni opposte. La ragazza percorreva quel tratto di terreno con uno strano timore. Impugnava la sua arma pronta a far fuoco. Percorsi circa cinquanta metri Emily notò un punto dove la vegetazione era leggermente più rada. Fu come attirata da quella specie di buco tra l'erba. Si avvicinò cautamente rafforzando la presa dell'arma. Dopo qualche metro scorse un'arma uguale alla sua. La riconobbe subito: era quella di Matthew. Non perse tempo e la raccolse, controllandone l'efficienza.

«Signore! Venite qua!» esclamò Emily richiamando l'attenzione del generale e di tutti gli altri.

Il gruppo la raggiunse e lei mostrò il ritrovamento.

«Guardi, signore... è il fucile del generale Ross. E ci sono anche delle impronte...» segnalò Emily passando l'arma a Stone.

Impugnandola, lui non poté che confermare ciò che il marine aveva appena detto. Nel terreno dove l'erba era più rada si potevano osservare delle impronte a quattro zampe dell'essere che presumibilmente aveva attaccato Matthew, segnando anche una sorta di sentiero dove la vegetazione diventava più fitta.

«Ottimo lavoro, Parker! Proseguiamo!» ordinò Stone.

Il gruppo stava per muoversi con adesso una speranza in più di ritrovare Matthew quando improvvisamente il terreno iniziò a tremare, il tutto accompagnato da un suono lontano come quello prodotto dai passi veloci e pesanti di una mandria. Stone e gli altri si guardarono attorno cercando di capire chi o che cosa stesse provocando quel rumore.

«Che diavolo è?» esclamò il generale sorpreso.

D'un tratto, il suono si fece ancora più intenso, così come il movimento del terreno circostante, segno che qualcosa di grosso stava per raggiungerli. Dopo qualche secondo, proprio alle loro spalle videro degli strani esseri simili a degli elefanti, o meglio a dei mammut, dal colore grigio scuro. Di zanne ne avevano tre, di cui una leggermente più grande e più lunga posta al centro. Avevano il corpo ricoperto da una sorta di pelliccia che gli dava il colore scuro. Le orecchie erano a penzoloni, simili a quelle di un elefante, ma molto più a punta, mentre le zampe erano abbastanza grandi da provocare piccole scosse nel terreno ad ogni loro movimento. Per finire, la coda era qualcosa di davvero particolare. Era molto lunga e finiva con tre piccole deviazioni che andavano come a formarne tre ancora più piccole.

Alla loro vista, seppur da lontano, il gruppo rimase per un attimo immobile.

«Che... che razza di animali sono?» esclamò Jerry terrorizzato. Anche gli altri lo erano.

«Presto! Tutti con me! Rifugiamoci dentro quell'insenatura tra le rocce!» urlò Stone.

Il gruppo iniziò a correre lungo la vegetazione cercando riparo in una spaccatura del canyon poco distante da dove si trovavano.

Erano passate già alcune ore dall'episodio con l'essere volante. Michael, stremato e ancora sconvolto, camminava per la foresta di Proxima B, speranzoso di ritrovare l'accampamento dei terrestri. Era davvero esausto. Il sole rosso picchiava sulla sua testa come un fabbro quando picchia il ferro rovente, e la mancanza d'acqua iniziava a farsi sentire.

«Maledetto pianeta... Non mi avrai tanto facilmente...» farfugliava. Si passò il braccio sulla fronte asciugando il sudore che gli grondava raggiungendo i suoi occhi.

«Devo trovare subito dell'acqua...» ripeteva tra sé da alcuni minuti.

Mettendo avanti un piede dopo l'altro si inoltrò sempre più all'interno della fittissima vegetazione di Proxima B.

Si sedette ai piedi di un grande albero, uno dei tanti della foresta, e poggiando la schiena al tronco rivolse in alto la testa cercando di riprendere fiato. I raggi del sole filtravano dalla coltre degli alberi e illuminavano il suo viso. In tutta la zona si sentivano richiami di piccoli uccelli e di insetti quasi come a formare una colonna sonora orecchiabile e per nulla invasiva; anzi, stava per farlo addormentare neanche fosse una ninna nanna cantata da una madre al proprio figlio. Gli occhi di Michael si abbassarono e subito si riaprirono quasi come se fosse un balletto. Dopo alcuni secondi capì che non poteva addormentarsi. Non lì.

«Forza, Stateman! Non è ora di dormire... In cammino!» disse. Si diede due schiaffetti in viso, si alzò e si rimise in marcia.

Tra gli alberi Michael notò la presenza di strane strutture simili a funghi alte circa un metro. E di funghi si trattava. Erano cresciuti sul tronco di un albero caduto ed erano alti circa un metro, gialli canarino, con striature blu, e risultavano molto appariscenti. La loro struttura a cono lo incuriosì; se prima aveva solo dato una rapida occhiata da lontano adesso si trovava a pochi metri. Notò con molto stupore che man mano che si avvicinava l'aria si riempiva di un buon profumo, dolce; ricordava quello che si sente entrando in un negozio di caramelle, da far venire l'acquolina in bocca anche a chi di dolci non ne andava pazzo. Arrivato vicino ad uno di quegli strani funghi Michael notò che lungo le pareti interne del cono si trovava una linfa simile al miele, sia per quanto riguardava il colore che per la densità. Il suo primo pensiero dettato dalla fame che iniziava ad attanagliarlo fu quello di passargli un dito per poter raccogliere un po' di quella linfa e assaggiarla, ma una voce interiore lo fermò. Non sapeva il perché ma bloccò la mano ormai tesa verso il fungo e senza nemmeno toccarlo ritrasse il braccio. La coda dell'occhio, però, notò che un grosso insetto, simile per aspetto ad una farfalla ma grande quanto un pollo, svolazzava tra gli alberi e si stava avvicinando alla schiera di funghi lì vicino. L'insolito insetto dai colori sgargianti, che andavano dal viola al blu elettrico al rosso, sembrava avesse l'imbarazzo della scelta su quale dei funghi poggiare le zampe, attratto come Michael dal buonissimo profumo che emanavano. Quando scelse quello che voleva, rallentò il battito di ali quasi ad arrestarlo e posò le sue sei zampe sulla corona esterna del cono, a qualche metro da Michael. Passò poco più di un secondo, forse anche meno, quando una specie di tentacolo con la punta munita di aculei fuoriuscì dalla parte interna del fungo quasi fosse caricata a molla infilzando l'insetto che iniziò a divincolarsi, ma senza riuscirci. Per quanto l'animale si dimenasse, non poteva nulla contro quella specie di arpione che lo aveva bucato da parte a parte e che, piano piano, si ritraeva verso l'interno del fungo, portando con sé la mal capitata vittima. Michael rabbrividì impressionato dalla scena e dal pensiero che, anziché l'insetto, poteva esserci la sua mano in quella situazione. Decise di rimettersi in viaggio deluso e più abbattuto di prima.

Passata una buona mezz'ora e qualche chilometro attraverso l'interminabile foresta, Michael iniziò ad avere le allucinazioni provocate dalla disidratazione e dalla calura. A volte gli sembrò di scorgere dei visi, delle persone tra gli alberi, altre volte persino distributori di bevande fresche. Passati altri minuti ci fece il callo, capendo che non potevano essere altro che illusioni ottiche, rassegnandosi al suo crudele destino.

Un passo dopo l'altro, appoggiandosi con le mani ai tronchi degli alberi per darsi sostegno, andò avanti fino a quando crollò a terra sfinito. Adesso era disteso a pancia in giù, con la guancia destra poggiata sul terreno e gli occhi socchiusi. Era molto tentato dall'arrendersi definitivamente a quella natura tanto bella quanto selvaggia. Ma, tra un respiro profondo e l'altro, ai suoi orecchi giunse un suono a lui familiare, che portò un po' di speranza nel suo cuore ormai quasi arreso alla stanchezza.

«No... non ci credo... è un'altra dannata illusione...» farfugliò sussurrando totalmente privo di forze.

Continuando a sentire quel suono tanto semplice quanto rincuorante Michael sembrò ritrovare un briciolo di forza. Sollevò la testa dando un'ultima occhiata in direzione della provenienza del suono appena percepibile ma abbastanza chiaro. E lì, dopo che i suoi occhi misero lentamente a fuoco, vide ciò che causava quel rumore di acqua che scrosciava. Un fiume che scorreva fino a valle era proprio davanti a lui, ad una ventina di metri. Michael iniziò a piangere e a ridere contemporaneamente dalla gioia e dalla commozione per aver trovato dell'acqua. Chiamate in causa le ultime scorte di energia si mise lentamente in piedi e si avvicinò al corso d'acqua. I passi, lenti e pesanti, pian piano diventarono sempre più svelti, e col passare dei metri anche la conformazione del suolo su cui poggiavano iniziò a cambiare passando dalle foglie secche e ramoscelli scricchiolanti a erba rossastra e rigogliosa, fino ad arrivare al fango della riva. Giunto lungo la sponda del fiume il paesaggio cambiò nuovamente. Non era solo un fiume in mezzo alla foresta. Era un rivolo d'acqua, uno dei tanti, che veniva alimentato da un laghetto ampio un centinaio di metri situato in mezzo alla vegetazione. Le sue spiagge erano fangose e rendevano un po' complicato raggiungere l'acqua per chi, come Michael, non aveva zampe lunghe e forti proprio come quelle di un gruppo di animali che erano intenti ad abbeverarsi sulla sponda opposta a quella sua. Erano alti come elefanti. Avevano le sembianze di cavalli con grosse teste munite di corna e grandi orecchie simili a quelle delle lepri. Il loro manto ricordava quello di alcune antilopi africane. Non appena videro l'uomo sbucare dalla foresta, con passo goffo e affrettato si misero in guardia emettendo dei bramiti.

«Ci mancava il fango...» disse con tono disgustato Michael ormai giunto in riva al lago con la fanghiglia che gli copriva i piedi fino alle caviglie rallentandone i movimenti.

Si chinò sulle ginocchia non curandosi del terreno molle o di guardarsi intorno. Usando entrambe le mani come se fossero una scodella iniziò a portare piccole quantità d'acqua verso la bocca. Buttò giù un sorso dopo l'altro come se non bevesse da anni. L'acqua in eccesso gli sgocciolò dal mento e dalle guance bagnando il colletto della sua uniforme. Oltre agli animali simili a cavalli, altri occhi avevano osservato con attenzione le azioni dell'uomo. Due sfere allungate fuoriuscirono dal pelo dell'acqua e, proprio come un periscopio di un sottomarino, diedero la possibilità ad un altro animale di osservare fuori dalla superficie. Le sfere nere come la pece iniziarono ad avvicinarsi verso il soldato che, finito di bere, si stava rinfrescando gettandosi dell'acqua sulla testa e sul collo, provocando molto rumore. Ad un paio di metri di distanza, Michael iniziò a mangiare la foglia: anche se non aveva ancora ben capito di cosa si trattasse, iniziò ad arretrare percependo il pericolo.

«Cazzo!» esclamò rendendosi conto di ritrovarsi con uno dei piedi invischiati nel fango.

Le due sfere ormai erano a pochissima distanza da Michael che riuscì a sfilare lo scarpone sinistro e a farsi indietro con un balzo. In un attimo dall'acqua emerse una creatura spaventosa. Una specie di pesce con quattro zampe che non erano altro che pinne munite di dita artigliate. Una bocca larga piena di denti appuntiti, triangolari e quasi trasparenti. Lungo circa cinque metri, aveva il corpo ricoperto di scaglie, e sul dorso una pinna formata da raggi ossei e membrana correva dalla testa sino alla coda. Lo strano animale acquatico si avventò su Michael uscendo persino fuori dal perimetro del laghetto. Stentando dei passi con le zampe sul suolo fangoso si avvicinò ad un paio di metri dall'ex pilota terrorizzato ma pronto a vendere cara la pelle, come sempre. Michael si voltò a sinistra e notò un bastone proprio accanto a lui. Lo afferrò pronto a colpire la bestia sulla testa che avanzava a bocca aperta non appena ne avrebbe avuto occasione.

«Su! Così! Vieni avanti! Ti aspetto!» esclamò sfidando il suo avversario, cercando anche di darsi coraggio.

Ad un tratto, lo strano essere marino si fermò. Non avanzò più. Entrambi si trovarono a meno di una decina di metri dall'acqua e sentirono qualcosa sguazzare dietro di loro nel lago. Si voltarono di scatto. Sia Michael che la bestia notarono come una specie di pesce luccicante, argenteo, che si muoveva ad un metro dalla riva. Era lungo un metro circa e si contorceva come se fosse ferito, attirando l'attenzione della feroce creatura che perse completamente interesse per Michael scagliandosi come un lampo sul povero pesce afferrandolo con la bocca. Come se la creatura avesse premuto un interruttore, dall'acqua scura apparve una bocca enorme, larga più della metà di essa, munita di zanne spaventose che la trafissero impedendone la fuga. Così apparve un animale che definire mostruoso sarebbe stato un eufemismo. Aveva la bocca larga, con denti enormi che sembravano stalattiti di ghiaccio i quali sparivano all'interno della carne della creatura. Era marrone con chiazze maculate nere e gialle, occhi rossi come di lava, zampe corte e tozze ed enormi branchie ai lati dell'enorme testa. Questa era la visione che si mostrò davanti a Michael. Lui era rimasto immobile, come di pietra. Con la creatura che si dimenava con tutte le sue forze per scappare dalla sua presa, il mostro si ritirò nelle acque scure del lago, accompagnato da un suono cupo. Il silenzio piombò nuovamente nell'aria circostante. Le acque ritornarono piatte come una tavola. Ma questo non durò molto. Infatti, dal cuore della foresta, un ruggito spaventoso, forse più della visione che aveva appena assistito, squarciò l'aria e sembrò riecheggiare per chilometri.

«Ma che razza di pianeta è questo!» esclamò Michael ancora scosso.

Con le mani tremolanti e orfano di una scarpa si rimise in marcia.

Capitolo 10 - *Kin Tooh*

Due occhi si aprirono lentamente come se fossero stati chiusi per molto tempo. Cercando di mettere a fuoco ruotarono a destra e poi a sinistra battendo le palpebre. Erano gli occhi di Matthew che stava disteso su un letto.

«Dove... dove mi trovo...» mormorò tra sé.

Facendo scorrere la mano tra i capelli si accorse che aveva un bel bernoccolo causato dalla botta in seguito alla caduta. Era sdraiato su un letto diverso dagli altri a cui era abituato. Era molto confortevole grazie ad un'imbottitura fatta da strani fiocchi rossi, quasi fossero enormi grumoli di cotone, e le lenzuola, verdi e prive di disegno, emanavano una piacevole sensazione di fresco, oltre che soffici al tatto.

Quando i suoi occhi riuscirono finalmente a mettere a fuoco Matthew si rese conto che il posto in cui si trovava era molto diverso dal canneto dove aveva perso i sensi. Era un ambiente caldo e accogliente. Una stanza molto grande arredata in modo essenziale, con le pareti fatte di terra cementata. L'ambiente era tenuto semibuio da due pelli di animali distese sulle due finestre poste su entrambi i lati della stanza, anche se alcuni raggi di luce riuscivano a filtrare facendogli riconoscere alla sua destra una cassettiera e una sedia. La cassettiera era ricavata da un blocco di legno scuro e la sedia era in legno chiaro con schienale e sedile in pelle nera. Entrambi i mobili avevano un design particolare, ma si capiva benissimo la loro provenienza artigianale.

Ruotando la testa a sinistra Matthew vide un tavolo scuro, probabilmente realizzato con lo stesso legno della cassettiera, e sulla parete una specie di quadro che conteneva una chissà quale mappa geografica disegnata a mano raffigurante un territorio a lui sconosciuto. Intorno al quadro erano appese, come a far da cornice, quelle che a primo sguardo sembravano delle maschere tribali, spaventose alla vista. Solo una di esse colpì Matthew. Era identica all'aspetto dell'essere a cui lui aveva puntato il fucile prima di essere scaraventato per aria. Il generale ebbe un sobbalzo. Nonostante fosse rimasto parecchio tempo sdraiato scese dal letto di corsa e si diresse alla porta posta in fondo alla stanza uscendo di scatto.

I raggi del sole colpirono i suoi occhi ancora abituati al buio della stanza, accecandolo per un istante. Matthew si coprì il viso con la mano cercando di ripararsi. Quando dopo pochi istanti abbassò il braccio e liberò lo sguardo non poté credere ai suoi occhi. Dal portico in legno in cui si trovava, rialzato da tre scalini dal terreno, decine di persone e molte altre strutture in legno lo paralizzarono. Uomini, donne e bambini che parlavano una lingua a lui incomprensibile, vestivano con abiti a prima vista rudimentali fatti di pelle e fibre vegetali. Tutti erano intenti a fare qualcosa, alcuni lavoravano il legno, altri portavano in grandi ceste quelli che sembravano essere strani frutti, donne che tenevano per mano i bambini. Scene che in un primo momento sconvolsero Matthew, incredulo per ciò che stava vedendo, ma la paura del fatto che non riusciva a capire chi fossero e dove si trovasse di preciso prese il sopravvento.

«Chi... chi siete?» urlò di colpo, attirando su di sé gli sguardi di tutti.

I presenti, voltandosi verso di lui cessarono le proprie attività e iniziarono ad avvicinarsi lentamente.

«Ehi, fermi... Che cosa volete da me!» esclamò Matthew iniziando ad agitarsi.

Gli strani individui erano sempre più vicini.

Qualcuno di loro farfugliava qualcosa di incomprensibile, mentre uno di loro fece un segno con la mano a Matthew che interpretò male. Il terrestre entrò nel panico vedendo quel gruppo di persone dall'aspetto a lui strano avvicinarsi. Dando un'occhiata intorno notò che lo steccato del portico era fatto di rami di legno. Sferrando un calcio riuscì a rompere una bacchetta facendone un'arma per difendersi e iniziò ad agitarla verso quelli che riteneva esseri pericolosi.

«State lontani da me! Ma chi siete! State lontani!» urlò più forte che poteva con in mano il bastone improvvisato.

Rendendosi conto che questo non aveva avuto effetto sulle persone, che continuavano ad avanzare, fece lui un passo indietro verso la porta da cui era uscito. Ad un tratto però, alle spalle del gruppo di indigeni, si sentì una voce maschile, calda e profonda che ricordava l'accento del sud, dire qualcosa nella lingua incomprensibile a Matthew. Tutti si arrestarono prontamente, dividendo il gruppo in due si voltarono indietro lasciando passare un uomo alto, dalla pelle scura come quella di cherokee.

Lo strano individuo aveva un fisico scultoreo, capelli neri legati a formare una specie di treccia e uno strano copricapo fatto da un cranio animale e penne di uccelli che completava il suo abbigliamento composto da pelli di animali nere e brune.

Quando l'uomo passò davanti al gruppo guardò fisso Matthew negli occhi. Alzando lentamente le mani fece segno di abbassare l'arma.

«Ehi! Non avvicinarti!» ruggì ancora sospettoso il terrestre stendendo il braccio armato di bastone per tenere le distanze da quello che per lui appariva un nemico.

Ad un tratto, dalle labbra dell'uomo uscirono dei suoni familiari che lo lasciarono spiazzato.

«No pericolo qui. Noi no pericolo» disse il capo del villaggio stentando a farsi capire. Avanzando lentamente con la mano sinistra protesa in avanti cercò di abbassare la punta del legno che Matthew impugnava.

«Cosa? Capisci la mia lingua? Ma... ma chi diavolo sei? Chi... chi siete tutti voi?» domandò perplesso il generale. Più passava il tempo meno capiva dove fosse finito e cosa lo avesse portato lì.

«Io parlo poco tua lingua. So chi può...» rispose l'uomo.

Si voltò verso il gruppo di persone e fece un verso nella sua lingua che alle orecchie di Matthew suonò come quella degli antichi nativi americani con qualcosa di messicano.

Una ragazza avanzò verso di loro, ancora in piedi sul portico della capanna, e fece un inchino.

«Io *Ooljéé Nizhònì*[1]. Piacere di conoscere te» si presentò in un inglese stentato.

Sembrava avere circa venticinque anni, alta un metro e settanta circa, capelli neri, fisico atletico. Indossava un abito in pelle lavorato che non dava l'impressione di essere scomodo. Anzi, tutt'altro.

«Figlia» disse il capo villaggio portando la mano sinistra al petto orgoglioso, accennando un sorriso a Matthew.

Capendo di non essere in pericolo, il terrestre abbassò il bastone facendolo cadere ai suoi piedi.

«Io sono Matthew. Piacere...» disse ancora un po' incerto facendo un piccolo inchino.

«Mattù... Matte...» balbettò con difficoltà il capo villaggio sentendo per la prima volta quel nome.

Dopo aver messo una mano sulla spalla di Matthew pronunciò qualcosa nella sua lingua. Fece cenno di

---

[1] Bella Luna

seguirlo e si diresse verso le altre persone che si avvicinarono incuriosite.

«Segui. Prego!» disse la ragazza facendo da interprete alle parole del padre.

Rimanendo alla destra di Matthew i tre scesero gli scalini e furono subito circondati dal restante gruppo di persone sorridenti e curiose di vedere da vicino il nuovo arrivato.

Matthew, ancora un po' diffidente, non capiva il perché tutti si avvicinavano e cercavano di toccarlo e di osservare ogni minimo particolare della sua divisa. Ad un tratto i presenti iniziarono a pronunciare degli strani versi e a ridere contenti.

«Che cosa stanno dicendo?» chiese Matthew alla giovane ragazza al suo fianco.

«Loro felici!» rispose lei sorridendo.

«Felici? Per cosa?» continuò il militare perplesso ma allo stesso tempo più tranquillo di prima.

«Felici perché l'uomo delle stelle è tornato!» spiegò la ragazza.

«Oh... credo che abbiano capito male. Io non sono chi voi crediate...» rispose Matthew.

La ragazza e tutti gli altri sembrarono ignorarlo. Ad un tratto il padre di Nizhònì pronunciò delle parole invitando tutti a riprendere ciò che stavano facendo prima. Quindi si rivolse a Matthew.

«Segui!». Fece segno con la mano alla figlia che si avvicinò a lui.

«Tu segui noi!» esclamò la ragazza accodandosi al padre poco più avanti di loro.

«Dove mi portate?» domandò Matthew.

«Mostrare te nostro villaggio» rispose Nizhònì che da quel momento in poi sarebbe stata la sua guida.

«Ma... dove siamo qui? E dove andiamo? Ehi, fermatevi!» urlò Matthew confuso a padre e figlia che camminavano entusiasti davanti a lui.

Notando che il terrestre si era fermato i due proximiani si voltarono.

«Non preoccupare. Tu no pericolo qui» affermò la ragazza con un dolce sorriso cercando di tranquillizzare Matthew.

Tutti e tre erano in piedi in mezzo a una delle stradine che dividevano quello che a Matthew sembrò un villaggio abitato da poche persone. Niente di più sbagliato.

«Come mai parli la mia lingua? E che cos'è questo posto?» chiese Matthew dando un un'occhiata intorno.

«Questa è nostra città» rispose Nizhònì con tono pacato e rassicurante.

«Città? A malapena sembra un villaggio...» osservò Matthew con tono quasi denigratorio.

«Tu ragione. Sembra piccolo gruppo di costruzioni tra alberi e rocce. Prego seguire noi!» aggiunse la ragazza che insieme al padre iniziò a camminare lungo un sentiero che portava fuori il villaggio, in direzione di un monte che sovrastava la gola nella quale si trovavano.

Dopo una ventina di minuti passati a risalire il monte attraverso la stradina il cui fondo era fatto di ciottoli, si apprestavano a raggiungere la cima. Erano rimasti in silenzio per tutto il tempo con Matthew che li seguiva a pochi metri, pensieroso e con molti interrogativi in testa che quasi non riusciva a pensare ad altro che alle domande da fare ai due che lo precedevano.

Giunti in cima lo spettacolo che gli si aprì davanti lasciò il terrestre senza fiato. Tutte le domande che aveva in mente vennero rimpiazzate da un senso di stupore per l'incredibile paesaggio che stava ammirando. Un'enorme gola si apriva sotto di loro tagliata nel mezzo da un fiume che scorreva proprio al centro. Spostando ad est lo sguardo, la foresta si estendeva a perdita d'occhio fino all'orizzonte tinto di viola. Il sole era alto e illuminava tutto permettendo di vedere chiaramente anche in fondo alla gola. Una serie di costruzioni si estendeva per centinaia di metri lungo il fiume e, come aveva riferito in precedenza Nizhònì, formavano una piccola città sul fiume. Aguzzando la vista, si potevano scorgere piccole imbarcazioni percorrere il fiume e altre ancora attraccare ad un piccolo molo. Ancora, altre persone erano occupate ad innalzare delle costruzioni più a valle sempre ai lati del fiume.

«Beh, adesso ti credo...» disse Matthew ancora emozionato dalla vista. «Dimmi dell'altro» proseguì ansioso di capirne di più di quel luogo tanto misterioso.

«Quella che vedi noi chiamiamo *Kin Tooh*[2]» riferì la ragazza. «Riguardo tua domanda del perché io parlo la tua lingua, devi sapere che la tua è una lingua antica per noi, parlata in passato dai nostri avi. Non tutti la parlano, ma molti riescono a capirla. Io sempre amato il passato del mio popolo e l'ho imparata quando ero molto piccola da mia madre che l'aveva imparata dalla madre sua.»

Nizhònì si avvicinò lentamente verso Matthew. Lui rimase impassibile osservandola allungare un braccio verso il suo petto, proprio dove si trovava il logo della New Nasa Corporate. La proximiana segnò una sorta di perimetro dello stemma in rilievo sulla divisa del terrestre il quale non disse nulla, cercando di capire cosa stesse facendo. Nizhònì alzò nuovamente lo sguardo verso il terrestre, come se improvvisamente qualcosa dentro di lei fosse scattato.

«Tanto tempo fa, i primi di noi atter...»

La giovane non fece in tempo a terminare la frase che un forte suono di un tuono provenire dal cielo sopra di loro squarciò l'aria.

«*Whorm'éé!*[3]» esclamò il capo villaggio interrompendo la discussione.

«Vieni. Noi torniamo giù. Ti mostrerò città» continuò Nizhònì.

I tre scesero dal monte e si diressero verso il centro della gola.

«Di cosa sono fatti questi edifici?» domandò incuriosito Matthew. Osservando le strane costruzioni non riusciva a capire di cosa fossero costituite.

«Utilizziamo terra e legno. Tengono caldo quando c'è freddo e fresco quando c'è caldo» rispose Nizhònì.

Ogni edificio era abbastanza grande da ospitare una famiglia di quattro persone. Avevano un solo piano, il tetto era fatto da un insieme di rami e foglie che non permettevano di far passare l'acqua. Sul lato di ogni casa c'era un piccolo e ordinato orto con svariate specie di vegetali e frutti coltivati. Sul lato opposto un pannello semitrasparente risaltò alla vista di Matthew.

«Quello cos'è?» domandò sorpreso.

«Qui lo chiamiamo *Shà*[4]. Cattura la luce e alimenta le nostre case. Molto utile» spiegò la ragazza mentre il padre, passando, salutava e comunicava nella sua lingua con gli altri locali. Dava l'impressione di essere ben voluto e rispettato da tutti, e questo non passò inosservato a Matthew.

«Cosa sei? Una specie di capo qui?» domandò riferendosi direttamente all'uomo mentre proseguivano per le vie della cittadina.

---

[3] temporale
[4] cattura luce del sole

«Io sono *K'os Dinilchìì*[5]! Sono un *a'ilyé*» rispose il capo villaggio.

Matthew non capì e rivolse subito lo sguardo verso Nizhònì attendendo una sua più chiara traduzione.

«*A'ilyé*. Nella tua lingua vuol dire "prestato". Qui non ci sono capi, o almeno non come intendi tu. Mio padre è stato scelto per servire la collettività. Con le sue scelte è responsabile della vita di tutti» spiegò la ragazza.

«Da noi questo si chiama comandare. Tuo padre sarebbe un capo…» sottolineò Matthew cercando di far passare il suo pensiero, ma venne prontamente corretto dalla proximiana.

«In una società primitiva, sì, comanda capo. Uomini che prendono comandi da altri uomini. Ma da noi "capo" è colui che si mette a servizio degli altri. É colui che muore per gli altri e non manderebbe mai a morire i suoi uomini per delle decisioni proprie» spiegò con fierezza Nizhònì.

«Come lo sei diventato?» domandò Matthew al capo villaggio mentre i suoi occhi caddero su delle cicatrici sulla schiena dell'uomo che stava un passo avanti a lui.

«*O'oolkąąh zhì*[6]! Sort… sorte…» cercò di rispondere il capo provando a trovare la parola corretta nella lingua di Matthew.

«Sorteggio!» incalzò Nizhònì.

«Sorteggio?» reagì Matthew sorpreso.

«Sì. I nomi di quelli che vengono riconosciuti dalla collettività come i migliori candidati al servizio vengono messi in un vaso e da lì viene estratto il nome! Colui che viene scelto può accettare o rifiutare, ma questo non accade quasi mai. Questa cerimonia per noi è sacra. La chiamiamo *O'oolkąąh zhì*» spiegò Nizhònì.

---

[5] Nuvola Rosa
[6] cerimonia di proclamazione capo del villaggio

Ad un tratto K'os e la figlia si fermarono davanti ad un'abitazione. Una delle tante, umile tanto quanto quelle Matthew avevano osservato in precedenza.

«Casa. Nostra casa!» esclamò K'os indicando la propria dimora con la mano. Poi fece un fischio molto forte come per richiamare l'attenzione di qualcuno o qualcosa.

«Ah, questa è la vostra casa» osservò Matthew abbozzando un sorriso sereno.

Improvvisamente, da dietro la casa spuntò trottando un animale poco più grande di un cavallo che fece venire i brividi al terrestre. Aveva quattro zampe. Il suo manto era grigio e la chioma rossa, e anziché avere gli zoccoli come i cavalli aveva tre dita artigliate molto grosse e robuste che ricordavano quelle di un emù. Aveva due occhi rossi con la testa simile a quella di un lupo.

Arrivato vicino a loro salutò il padrone leccandogli il viso.

«Lui è *mą'iitsoh*[7]! Lupo, nella tua lingua» riferì Nizhònì sorridendo vedendo l'animale salutare gioiosamente suo padre.

Il capo villaggio si voltò verso di lui e iniziò a dire qualcosa nella sua lingua con tono di scuse.

«Ti chiede scusa per ciò che è avvenuto nella foresta. Mą'iitsoh ti ha attaccato per difendere mio padre» spiegò la proximiana traducendo il padre.

«E così sei stato tu, eh?» commentò Matthew ormai sicuro dell'innocuità dell'animale. «E comunque, i lupi da noi sono molto diversi...» puntualizzò abbozzando un sorriso.

«E come sono?» domandò incuriosita Nizhònì. Non fece in tempo a finire che due uomini del villaggio li raggiunsero di corsa. Riferirono qualcosa al loro capo che prese a seguirli.

---

[7] lupo

«Seguici!» esclamò di colpo Nizhònì a Matthew.

I due seguirono K'os e gli uomini verso il villaggio.

Qualche ora prima nella foresta, i passi di Michael ritornarono lenti e stentati, soprattutto perché scalzo da un piede. Sentiva l'umidità del terreno penetrare dalla pelle del piede. A fatica provava a trascinarsi in avanti. L'acqua che aveva bevuto gli aveva ridato quel minimo di forze per poter proseguire il cammino con la speranza di riuscire a raggiungere il campo base. Risolto il problema della sete ne rimaneva un altro di vitale importanza: doveva trovare del cibo al più presto. Il suo stomaco brontolava già da parecchie ore, e le forze sembravano potessero abbandonarlo da un momento all'altro, ma dopo tutto quello che aveva passato non poteva mollare proprio in quel momento.

Per un attimo si guardò intorno, quasi come se avesse perso contatto con la realtà. Gli alberi attorno gli sembrarono ancora più maestosi, ma in tutti i casi non c'era alcuna traccia di qualche sorta di frutto commestibile. Le sue orecchie iniziarono ad emettere un sibilo e sentiva la testa come se fosse vuota. Gli sembrò d'impazzire. Si portò le mani alla testa in segno di sofferenza e riuscì a fare solo altri quattro passi prima di distendersi nuovamente ai piedi di un albero, totalmente sfinito.

«Cazzo! Non ce la faccio più...»

Riuscì a dire solo questo prima di chiudere gli occhi. Improvvisamente sentì un verso simile ad uno squittio appartenente ad uno scoiattolo accompagnato da un peso sulla sua spalla destra.

Il terrestre riaprì per un attimo gli occhi e notò uno strano animaletto simile ad un roditore proprio sulla sua spalla. Scese lungo il suo corpo e si posizionò davanti a lui. Era un essere abbastanza particolare, dal colore viola

scuro. Ma questa volta Michael non si sorprese più di
tanto, forse perché ormai abituato alle stranezze di quel
luogo. Aveva il muso allungato simile a quello di un
topo, condito da dei baffi lunghi e fitti tanto da sembrare
paglia. Di occhi ne aveva due, ed apparivano vispissimi,
neri come l'inchiostro. Aveva quattro zampe che
all'apparenza assomigliavano a quelle di un coniglio, con
degli artigli leggermente più affilati. Proprio per questo
particolare Michael non riuscì bene a capire se si trattasse
di un animale erbivoro o carnivoro.

Per un istante ebbe come l'impulso di provare ad
afferrarlo, quasi in preda ad un attacco di follia, ma
quando iniziò ad allungare il braccio destro lo strano
essere scappò dirigendosi un po' più lontano. Il braccio di
Michael cadde quasi a peso morto, segno di una resa
ormai imminente. Sul suo volto si poteva notare la
sofferenza dovuta ai crampi allo stomaco per la
mancanza di cibo. Le ultime forze rimaste lo portarono
ad osservare con lo sguardo i movimenti del piccolo
roditore allontanarsi sempre più, forse anch'esso in cerca
di qualcosa da mangiare.

Lo strano essere percorse un altro paio di metri quando
lo sguardo di Michael si posò su un altro animale simile
ad un cervo. Era di colore grigio e aveva tutta la forma di
una sorta di renna con la sola differenza di avere tre
corna e una coda allungata che si muoveva velocemente.

Il piccolo roditore scomparve all'interno della boscaglia
mentre quella specie di caribù era intento a brucare
dell'erba che cresceva ai piedi degli altri alberi poco
distanti dall'ex pilota.

All'improvviso le forze sembrarono tornargli, forse alla
vista di quell'animale che in quel momento
rappresentava l'unica fonte di salvezza per lui.
Ovviamente non sapeva se la carne di quell'animale fosse
commestibile, e cosa molto più importante non sarebbe

stato per nulla semplice catturarlo date le sue precarie condizioni fisiche, ma doveva almeno tentare. Doveva vivere. Non aveva nient'altro con sé. Per sicurezza diede un'altra controllata alle tasche e quando toccò qualcosa che assomigliasse ad un coltello rimase come di sasso. Tirò fuori dalla tasca un coltellino svizzero rimasto integro nonostante le disavventure e le peripezie che aveva passato. Non aveva più scuse. Doveva provare ad uccidere quell'animale.

Michael iniziò a strisciare come un verme nella speranza di non fare rumore per non attirare l'attenzione della sua preda, sempre con il coltello in mano. Percorse solo qualche metro quando lo strano animale, forse attratto da qualche rumore, smise di brucare e si girò, ma non verso di lui.

Michael osservò la scena davanti al caribù riconoscendo alcune strane figure simile a delle maschere tribali che prima non aveva notato. Alla vista di quelle presenze quasi inquietanti l'uomo sgranò le pupille preoccupato.

All'improvviso, proprio dalla direzione dove si trovavano le maschere venne scagliata una freccia che colpì in pieno l'animale. In una frazione di secondo il caribù cadde a terra agonizzante.

«Cazzo!» esclamò Michael.

Cercò di fare qualche passo indietro ma non ne ebbe il tempo. Un'altra freccia, questa volta leggermente più piccola, venne scagliata sempre dalla stessa direzione. Si trattava di un dardo che lo colpì al collo con una precisione millimetrica. Il terrestre cadde per terra iniziando a perdere i sensi. Riuscì solo a sentire dei passi provenire verso di lui e delle mani afferrarlo. Poi chiuse gli occhi e vide solo nero…

Michael aprì gli occhi. Si ritrovò disteso su quello che all'apparenza sembrava essere un letto. Sopra di sé un vide un tetto color marrone fatto di legna. Provò a connettere non credendo di essere ancora vivo. Poi si ricordò di essere stato colpito dal dardo e iniziò a muoversi lentamente. Si guardò intorno cercando di comprendere meglio in quale strano luogo fosse finito questa volta. Dopo qualche secondo capì di trovarsi all'interno di una sorta di abitazione rudimentale. Sollevò la testa e con sua enorme sorpresa vide Matthew seduto proprio davanti al suo letto intento ad osservarlo.

«Stateman... è tutto ok. Sta' tranquillo» disse quasi a bassa voce Matthew. Si alzò dalla sedia di legno e si avvicinò all'uomo ancora mezzo stordito.

«Generale Ross... Non è possibile... Che cosa ci fa qui?» farfugliò Michael.

«Non preoccuparti. Sei al sicuro» rispose prontamente il generale.

Michael non capiva ancora.

«Com'è possibile? Dove ci troviamo?» chiese intimorito.

«Ascolta... ti sembrerà assurdo, ma non siamo soli su questo pianeta...» annunciò Matthew provocando un'espressione ancora più inquietante al pilota. «Ricordi qualcosa di ciò che ti è successo?»

Per qualche secondo Michael sembrò isolarsi.

«Beh, sì... Ricordo che stavo vagando nella foresta quando tra gli alberi ho visto un gruppo di maschere come... quelle!» urlò indicando con la mano delle maschere attaccate alla parete simili a quelle che aveva visto nella foresta.

Matthew si girò ma osservandole non mostrò alcun segno di sorpresa o timore.

«Ascoltami... Come ti stavo dicendo abbiamo sbagliato i nostri calcoli. Non siamo i soli esseri umani presenti sul pianeta...»

Matthew non ebbe nemmeno il tempo di finire la sua frase che Michael provò subito ad alzarsi, iniziando a vaneggiare.

«Generale Ross, sono loro! Quelli che mi hanno attaccato! Dobbiamo andarcene subito!»

Matthew osservò l'ex pilota iniziare a dimenarsi come un matto non riuscendo a capire il motivo per il quale stesse avendo quel tipo di reazione.

«Stateman! Ehi, Stateman! Ascolta!» urlò cercando con una mano di tranquillizzare Michael che sembrava essere preda di un attacco di panico.

«Calmati! Non hai ancora capito che ci troviamo all'interno del loro villaggio?» aggiunse Matthew.

Michael mutò di colpo espressione.

«Come sarebbe?»

«È così. Sono loro che ti hanno salvato la vita, proprio come hanno fatto con me» spiegò il generale.

Michael sembrava non credere a nulla di ciò che Matthew gli stesse dicendo.

«Ma… ma chi sono?» chiese quasi sconcertato.

«Si fanno chiamare *Kiiya Aniid*[8], ovvero "Popolo della Nuova Terra". Sono pacifici.»

Le parole di Matthew risuonarono alquanto strane per Michael ancora abbastanza dubbioso.

«Come fa a sapere tutte queste cose?»

«Ho avuto modo di conoscerli.»

Michael prese a guardarlo strano.

«Quando stavamo perlustrando il pianeta mi sono allontanato dal gruppo per inseguire uno dei biologi, Woods, ma sono stato attaccato da uno dei loro animali e mi sono ritrovato in questo villaggio. Ti assicuro che queste persone sono più simili a noi di quanto possiamo

---

[8] Popolo della Nuova Terra

credere» riferì Matthew con aria abbastanza tranquilla da insospettire ancor di più Michael.

«Non m'importa! Sono dei dannati selvaggi, come tutti gli esseri che sono su questo maledetto pianeta! Lei non sa cosa ho passato!» confutò il pilota.

«Lo so. Posso immaginarlo, Stateman. Ma adesso è tutto finito. Sei qui sano e salvo, e lo sono pure io. E tutto grazie a loro. Appena ti sarai ripreso faremo ritorno al campo base per informare gli altri di questa scoperta sensazionale. Non ti lascio qui, sta' tranquillo...»

Mentre pronunciò queste parole Matthew allungò la sua mano dando delle piccole pacche sulla spalla di Michael in segno di rassicurazione.

«Adesso pensa a riposare. Se ti serve qualcosa mi trovi qui fuori» concluse.

Matthew uscì dalla dimora lasciando Michael alquanto perplesso ma sicuro di essersela cavata ancora una volta.

L'attenzione del pilota fu improvvisamente attirata dallo stesso quadro che aveva colpito Matthew al suo arrivo. Si trattava della cornice che racchiudeva quella che sembrava essere la mappa di quel luogo. Approssimativamente erano segnati i vari perimetri delle zone circostanti con un grande spazio al centro che Michael intuì trattarsi della radura dove si trovava il campo base dei terrestri. Provò a chiudere gli occhi ma la sua mentre iniziò a elaborare ancora una volta.

Non trascorsero neanche due ore che la luce di Proxima Centauri aveva lasciato il posto al colore blu della notte e alle infinità di stelle che brillavano in cielo.

Il villaggio dei "proximiani" (così Matthew preferiva chiamarli) veniva illuminato dalla luce dei led mista a quelle di alcune torce che servivano principalmente a tenere lontano dei fastidiosissimi insetti simili a zanzare.

Matthew si trovava seduto sugli scalini proprio fuori l'abitazione dove Michael stava riposando. Osservava con curiosità gli abitanti del luogo quando venne raggiunto da Nizhònì.

«Tra poco mangerai con a noi. Abbiamo preparato qualcosa di speciale in tuo onore» comunicò la ragazza rivolgendo un sorriso a Matthew che ricambiò.

«Ti ringrazio» rispose l'uomo. «Senti, ti va se da adesso in poi ti chiamerò con un nome più comprensibile nella mia lingua?»

La giovane proximiana inizialmente fece un'espressione sorpresa.

«Che tipo di nome?»

«Beh, che ne dici di Nadia?» propose Matthew.

Nizhònì fissò per qualche secondo il terrestre. Sembrò riflettere prima di rispondere convinta. «Nadia... Mi piace Nadia.»

«Bene. Allora è deciso, Nadia» completò Matthew sorridendo.

«Il tuo amico sta ancora dormendo?» domandò la ragazza.

«Sì, ma credo che si sveglierà tra poco. Avrà fame...»

«Vado a preparare qualcosa da portargli dopo la cena, allora» riferì Nadia. Scese gli scalini e si diresse verso un'altra delle abitazioni del villaggio.

Come promesso, dopo la cena, che Matthew consumò assieme a quelli che adesso considerava suoi nuovi amici, Nadia lo raggiunse portando un vassoio in mano contenente del cibo del luogo proprio davanti all'abitazione dove si trovava Michael.

«Eccomi! Ho portato del cibo al tuo amico» disse la giovane piena di entusiasmo.

«Sei davvero molto gentile» osservò Matthew.

«Tu vai a riposare» aggiunse Nadia.

Matthew la guardò ancora per qualche istante.

«Grazie» le disse. Quindi si alzò per raggiungere l'abitazione che gli era stata assegnata.

Nadia entrò all'interno della dimora. Cercando di fare meno rumore possibile poggiò delicatamente il vassoio sopra la cassettiera. Michael però era sveglio.

«Wow! Mi aspettavo una vecchia baldracca, e invece il generale Ross mi ha mandato una bellezza rara... Che magnifico risveglio...» commentò ancora sdraiato con il suo solito candore da latin lover mancato.

Nadia sembrò non curarsi affatto di ciò che il terrestre aveva appena detto. Dispose le varie pietanze dando le spalle all'uomo che stava cominciando ad alzarsi.

«Ah, sei sveglio. Bene, ti do il benvenuto a Kin Tooh. Mi chiamo Ooljéé Nizhònì o come preferisce chiamarmi il tuo amico, Nadia. Ti ho portato del cibo. Abbiamo del *naadą́ą́*[9], un piatto di *dá'ákaz bitoo'*[10] e un pezzo di *bààh*[11].»

Michael fece una faccia quasi schifata.

«Eh? E che diavolo sarebbero?» domandò con tono sgarbato. Nel frattempo riuscì ad alzarsi dal letto sentendo che le forze gli erano in parte tornate.

«È ottimo cibo. Ti piacerà» rispose Nadia intenta ancora a preparare due piatti.

Michael, intanto, si stava avvicinando alle sue spalle. Diede un'occhiata intorno per controllare che non ci fosse nessuno nei paraggi. Cercando di camminare con i piedi di piombo si posizionò proprio dietro Nadia. Fu un attimo. Allungò la mano verso il vassoio afferrando quello che appariva come una sorta di coltello e lo puntò dritto alla gola della povera ragazza che rimase inerme con la bocca tappata dalla mano dell'uomo.

«Se provi anche a fiatare sei morta...» sussurrò Michael all'orecchio destro di Nadia.

---

[9] mais
[10] brodo di pollo
[11] pane

Lei mollò il piatto di canapa che aveva in mano riversando del mais a terra e in parte sopra la cassettiera.

«A quanto pare riesci a capire la mia lingua… Allora ascoltami bene. Devi portarmi al punto centrale segnato su quella specie di mappa» ordinò Michael spostando la testa di Nadia verso la piantina.

«Sai arrivarci, no?» domandò ancora l'uomo. Teneva sempre il coltello puntato alla gola della giovane proximiana. Lei annuì rassegnata.

«Molto bene. C'è qualche mezzo per andare via da qui?» chiese il terrestre.

Nadia attese qualche secondo prima di annuire nuovamente. I due uscirono dal retro.

Da uno dei recinti salirono in sella ad uno di quegli animali simili a cavalli e che i proximiani chiamavano *chelee*[12], allontanandosi dal villaggio all'insaputa di tutti gli altri.

---

[12] cavallo

Capitolo 11 - L'ostaggio

I primi raggi rosa di Proxima Centauri iniziavano ad illuminare la foresta e i monti. Man mano che il sole saliva anche la gola in cui era situata la piccola cittadina dei proximiani venne raggiunta da quella luce rosea quasi soffusa che annunciava che un nuovo giorno era appena giunto.

Matthew si svegliò sentendo i versi di uno strano uccello che si posò sulla sua finestra. Sembrava fosse fatto di vetro per via delle penne blu e rosse e il becco verde smeraldo. Sul capo spiccavano due ciuffetti di piume come due antenne di insetto gialle. Il suo canto era una sinfonia di suoni che risuonarono per tutta la camera.

Matthew si sedette sul letto. Osservò l'animale con un sorriso sentendosi dopo tanto tempo a casa. Ma la bella sensazione durò poco e lasciò subito il posto a qualcosa alla quale nemmeno lui sapeva dare un nome. Una strana morsa allo stomaco. Dopo alcuni secondi capì di cosa si trattasse: uno strano presentimento. Scese di corsa dal letto, mise gli stivali e la divisa e si diresse a passo svelto verso l'alloggio in cui era stato portato Michael. Lui si trovava ad una ventina di metri e a qualche abitazione di distanza. Quando arrivò di fronte alla porta si accorse che era aperta, appena socchiusa. La sua mano afferrò la maniglia di legno.

«Stateman, come...» Matthew non fece in tempo a completare la frase. Michael era sparito. Diede un'occhiata in giro, in silenzio. Avanzò ancora un paio di passi quando iniziò a pensare che magari il Michael era uscito per prendere un po' d'aria fresca. All'improvviso sentì alcuni uomini correre verso di lui.

«Nizhònì! Nizhònì!» esclamò il capo villaggio giunto anche lui sull'uscio dell'alloggio.

Matthew non capì bene e stavolta decise di parlare lui.

«Dov'è il mio uomo? Avete visto Michael? L'uomo che avete trovato ieri!» domandò insospettito e ansioso.

Davanti a lui K'os era visibilmente agitato. Con gli occhi sbarrati riuscì a dire solo: «Nizhònì! Sparita!»

L'espressione sul volto di Matthew cambiò velocemente. Quello che fino a qualche minuto prima era solo un brutto presentimento adesso era diventato una sempre più forte e pesante realtà.

«Maledizione! Andiamo a cercarli!» esclamò rivolto al capo villaggio.

I due uscirono di corsa dall'alloggio. Chiamarono altri cinque uomini e si diressero verso la foresta guidati da una serie di impronte di chelee che partivano dalla piccola struttura dove Michael aveva alloggiato. Le impronte si inoltravano all'interno della foresta.

A guidare la ricerca erano Matthew e K'os seguiti dagli alti a pochi metri di distanza disposti a ventaglio, cercando tracce più marcate che potessero facilitare il compito. In cuor suo Matthew temeva che Michael avesse preso la ragazza e fosse fuggito in cerca degli altri, ma sperava in tutti i modi di sbagliarsi.

Ad un tratto tutte le tracce sembrarono sparire nel nulla quando uno dei proximiani si chinò tra le foglie di un piccolo arbusto. Dopo qualche istante si sollevò e in mano teneva un piccolo lembo di vestito con delle piccole piume attaccate. Il capo villaggio lo raggiunse di corsa riconoscendo il pezzo di tessuto: apparteneva al vestito di sua figlia. Dicendo qualcosa nella sua lingua incitò gli altri a cercare meglio. Si avvicinò a Matthew con il lembo in mano e con gli occhi lucidi pieni di paura e ansia per ciò che poteva essere successo alla sua adorata figlia, pronunciando qualcosa con la voce spezzata dall'emozione.

«Mattiu… Nizhònì ancora viva… Tu aiutare noi a trovare…»

Matthew avvolse la sua mano a quella del capo villaggio che teneva il pezzo di vestito come per cercare di marcare ancor di più ciò che avrebbe pronunciato un secondo dopo.

«Ti aiuterò a ritrovare tua figlia. Sto con te!» esclamò guardandolo negli occhi. I due si scambiarono dei sorrisi di intesa e il gruppo si rimise di nuovo alla ricerca di Nadia e di Michael.

Il sole era ormai alto. I membri della spedizione di ricerca erano sfiniti. Le fronde degli alberi non riuscivano a fermare il calore del rosso sole che illuminava il pianeta e sotto la coltre della lussureggiante volta della foresta i membri cercavano strenuamente altri indizi del passaggio dei due dispersi. Da quando avevano trovato il lembo di stoffa appartenente al vestito di Nadia non avevano più scoperto nulla, né orme, né rami spezzati, né altri pezzetti di indumento che indicassero il passaggio della ragazza e di Michael.

I proximiani erano stremati, a stento riuscivano a stare in piedi. Anche Matthew, sentendo le forze venire meno, iniziò ad urlare.

«Michael Stateman! Nadia!» gridava sfrenatamente attirando gli sguardi degli altri. «Michael! Dove diavolo sei!»

Le urla di Matthew echeggiarono per tutta la foresta.

«Mattiu! Qui silenzio! No rumore! Rumore attira lui! Rumore pericoloso qui!» lo riprese K'os a bassa voce ponendo la mano sulla bocca di Matthew mentre con l'altra fece segno di fermarsi.

«Lui? Lui chi?» domandò perplesso Matthew pensando che il capo villaggio avesse sbagliato pronuncia.

«Ferma ora. Torniamo casa» disse rassegnato K'os.

Così, tra i dubbi di Matthew, fecero ritorno alla piccola città lungo il fiume.

La lunga cavalcata a dorso del chelee durò tutta la notte e si concluse all'alba quando Michael e Nadia giunsero nei pressi del campo base dei terrestri, alle prime luci di Proxima Centauri.

A fare il turno di guardia tra i militari era toccato a Nicole (l'amica di Emily) e altri tre soldati. Appena sentirono il rumore degli zoccoli dell'animale provenire dagli alberi della foresta rimasero sorpresi.

«Che cos'è?» esclamò uno dei soldati impugnando il fucile pronto a qualsiasi evenienza. Gli altri tre lo imitarono, compresa Nicole che si avvicinò incuriosita al limite della recinzione elettromagnetica.

«Non saprei... Sembrano passi, ma non di una persona...» ipotizzò la francese aguzzando la vista verso gli alberi.

Ad un tratto lo strano animale simile ad un cavallo spuntò da quegli alti arbusti cavalcato da Nadia con dietro Michael che la teneva in ostaggio.

«Ma... che diavolo è quel coso?» urlò di scatto uno dei soldati alla vista del chelee che avanzava verso di loro.

Tutti e quattro i soldati ebbero l'istinto di puntare le armi verso il quadrupede, ma ciò che in parte li fece desistere fu la presenza di Nadia sopra di lui.

«Chi è quella, piuttosto!» aggiunse un altro dei soldati.

Nadia, dal canto suo, non poteva credere ai suoi occhi. Non aveva mai visto altre persone o esseri simili fino a quel momento, e adesso se ne trovava diverse proprio davanti. Di colpo Michael scese dal chelee facendosi riconoscere dai soldati.

«Ehi, ma quello è Stateman!» esclamò Franz, uno dei soldati di origine tedesca.

«Non è possibile...» disse Nicole a bassa voce avvicinandosi verso il confine della recinzione.

Michael avanzò tenendo sempre in ostaggio Nadia davanti a lui.

«Stateman! Sei vivo!» urlò Franz abbassando l'arma avvicinandosi anche lui verso il limite della recinzione.

«Sì, sono vivo! Aprite la recinzione!» replicò Michael con ancora Nadia davanti a lui inerme che continuava a guardare gli altri terrestri con timore, ma nello stesso tempo incuriosita.

«Chi diamine è questa ragazza?» domandò l'altro soldato.

«È una lunga storia alla quale neanche crederete! Fatemi entrare e vi spiegherò tutto!» rispose Michael con tono sicuro.

I tre soldati si convinsero della buona fede del compagno. Stavano per disattivare la recinzione ma Nicole li fermò.

«Fermi!» urlò la francese.

«Che diavolo ti prende, Nicole?» reagì uno dei militari.

«Non sappiamo con certezza se ciò che ci sta dicendo sia la verità» rispose secca lei guardando dritto negli occhi Michael, scrutando anche Nadia.

«Ma che razza di stronzate stai dicendo! Aprite questa recinzione!» protestò Michael avvicinandosi al limite dei raggi elettromagnetici della recinzione.

«Dobbiamo prima avvisare Stone» affermò Nicole. «Walker, vai tu!»

Il giovane soldato inglese guardò per un attimo Nicole quasi indeciso sul da farsi.

«Allora? Che stai aspettando?» urlò lei.

Dopo qualche secondo di esitazione Walker si diresse verso il modulo di Stone.

«Dannata francese...» mormorò tra sé Michael sfidando con lo sguardo Nicole che fece altrettanto non mollando la presa del suo fucile.

Dopo qualche minuto Walker fu di ritorno. Con lui c'erano Stone e altri quattro soldati, tra cui Emily. Raggiunto il gruppetto, il generale fece solo qualche passo prima di fermarsi stupito al limite della recinzione con dietro tutti gli altri.

«Che mi venisse un colpo... Stateman! Che diavolo ci fai ancora vivo?» urlò il generale in preda all'incredulità.

«Salve, signore! È un piacere rivederla!» rispose l'ex pilota con un finto sorriso di circostanza.

Emily e tutti gli altri continuavano a fissare Nadia sconvolti.

«Chi è questa ragazza, Stateman?» domandò Stone quando anche il suo sguardo si posò sul volto della proximiana.

«So che farà fatica a crederci, signore, ma deve sapere che non siamo soli su questo pianeta!» urlò Michael.

La sua voce si sentì per tutto l'accampamento attirando l'attenzione del resto dei colonizzatori i quali iniziarono ad uscire dagli alloggi.

«Sono stato catturato da un popolo di indigeni locali, ma come vede sono riuscito a scappare! Lei è una di loro!» continuò Michael mentre il resto dei terrestri, tra cui Jerry, Abigail e Amelia, raggiungeva il limite della recinzione.

«Mi faccia entrare, signore! Le spiegherò tutto nei dettagli!» concluse Michael.

Stone continuò a scrutarlo concedendosi qualche secondo per pensare.

Nel frattempo, tra lo stupore generale Jerry, più che dalla presenza di Michael, rimase estasiato dalla vista di Nadia. Gli occhi da cerbiatto della giovane proximiana rapirono subito il giovane biologo americano rimasto fisso ad osservarla.

«Ehi, Jerry! Che ti prende, amico?» domandò Korin notando il compagno imbambolato.

La voce di Stone lo fece come rinvenire.

«Va bene! Fateli entrare!» ordinò il generale.

Così in pochi istanti i raggi elettromagnetici scomparvero permettendo a Michael e al suo ostaggio di fare il loro ingresso, sotto gli sguardi attoniti dei presenti.

Mentre entrambi attraversarono il campo dirigendosi verso il centro, Nadia iniziò a sentirsi tutti gli occhi addosso. Intimorita cominciò a dimenarsi.

«Ehi! Sta' ferma!» urlò Michael stringendo la presa delle mani della ragazza.

L'intero gruppo raggiunse il centro dell'accampamento. Michael mollò la presa della proximiana che si ritrovò scaraventata per terra e completamente attorniata dai terrestri che adesso le facevano paura.

«Allora Stateman, dicci tutto!» disse Stone come se la presenza di Nadia per terra non lo sfiorò nemmeno.

«Come vi stavo dicendo, signore, c'è un popolo di selvaggi a nord-est, proprio oltre quel promontorio. Vivono in una specie di villaggio. Saranno poche centinaia di unità…» raccontò Michael.

Sentendo quelle parole, tra i presenti partirono dei commenti che andarono a formare una sorta di mormorio.

«Silenzio!» tuonò Stone. «Sono stati loro a catturarti?» continuò interessato rivolto a Michael.

«Sì, signore! Mi trovavo disperso nella foresta. Dopo che quello strano uccello gigante mi ha catturato portandomi al suo nido, sono riuscito a scappare e ho vagato per diverse ore. Poi, completamente privo di forze, ho notato delle strane maschere tra gli alberi, ed erano loro. Volevano farmi fuori! Mi hanno scagliato un dardo che mi ha stordito, e così mi hanno portato al loro villaggio...»

«Non è vero!» intervenne Nadia tra lo stupore generale.

In pochi istanti tutti gli sguardi si posarono su di lei.

«Ma come... come diavolo riesce a parlare la nostra lingua?» reagì incredulo Stone continuando a guardare la proximiana.

«Questo non lo so, signore. Ma c'è un'altra cosa che devo comunicarle...» disse Michael lasciando tutti col fiato sospeso.

«Ebbene?» lo esortò Stone.

«Signore, hanno preso il generale Ross.»

Improvvisamente un silenzio assordante cadde su tutto il campo. Emily rimase come di sasso mentre Stone fissava Michael con sguardo torvo.

«Soldato, di che diavolo parli?» disse di colpo.

«Purtroppo è la verità, signore» replicò Michael. «E quei dannati selvaggi lo hanno pure plagiato!»

Altri commenti partirono tra le fila di tutti i colonizzatori.

«Come sarebbe plagiato?» domandò Stone sempre più perplesso.

«Esattamente, signore. Lo hanno reso uno di loro...» rispose Michael.

«Ma è assurdo, signore! Non vorrà credere a queste sciocchezze!» intervenne Emily.

«Silenzio, Parker!» la riprese secco Stone.

Emily non voleva credere al racconto di Michael. Da un lato il suo cuore scoppiava di gioia al solo pensiero di Matthew ancora vivo, ma non riusciva ad immaginarlo assieme a quegli indigeni.

«Signori! La situazione credo che sia abbastanza chiara a tutti! Questi indigeni non ci vogliono qui! Non siamo ospiti graditi, a quanto pare... Sono stati sicuramente loro a farci attaccare da quelle bestie! Ma se credono di intimorirci hanno fatto male i loro conti!» proferì Stone.

La maggior parte dei presenti guardava con un certo timore il generale pronunciare quelle parole, scorgendo rabbia e ira nei suoi occhi.

«Organizzeremo subito una missione di perlustrazione di questo villaggio! E se sarà necessario... li attaccheremo!» aggiunse Stone.

Alcuni soldati annuirono convinti facendo intuire che stavano dalla parte del generale.

Gli altri, tra cui Amelia, Abigail, Jerry, Korin, Nicole, e soprattutto Emily, non erano per nulla d'accordo con il piano di Stone, anche se inizialmente nessuno lo fece notare. Fu Emily che prese l'iniziativa.

«Signore! La nostra doveva essere una missione di colonizzazione, non una guerra!» esclamò la giovane marine attirando su di sé gli sguardi di tutti compreso quello di Nadia. «Non conosciamo nemmeno questo popolo! Non sappiamo se quello che racconta Stateman sia la verità! E se il generale Ross è davvero vivo avrà avuto i suoi buoni motivi per non fare ritorno qui!»

Stone le scoccò un'occhiata ammonitrice.

«Basta, Parker! Le tue buone intenzioni da "soldatessa della giustizia del Texas" qui non valgono un cazzo! Non siamo sulla Terra ma su un pianeta ostile, proprio come questi dannati selvaggi! Siamo qui e dobbiamo rendere nostro questo posto! A qualunque costo! E dobbiamo riprenderci pure il generale Ross!»

Le parole di Stone suonarono come una sentenza.

«Vi voglio tutti nel mio modulo tra quindici minuti!» concluse.

«Signore! Di lei cosa ne facciamo?» domandò uno dei soldati riferendosi a Nadia.

Stone osservò la giovane proximiana per qualche secondo.

«Portatela dentro uno dei moduli medici e legatela per
bene! Sarà il nostro lasciapassare...»

Stone accompagnò quelle parole con una specie di
ghigno, come a provare gusto nell'impartire l'ordine.

«No, signore... Aspetti!»

Questa volta la voce era quella di Jerry. Tutti i presenti
si girarono verso il biologo, compresa Nadia.

«Jerry, che cazzo fai!» bisbigliò Korin a bassa voce
cercando di bloccarlo con il braccio, ma Jerry non se ne
curò.

«Non possiamo tenerla prigioniera! Non ha fatto nulla
di male!»

Stone lo guardò stupito, ma sempre con quel fastidioso
filo di rabbia.

«Silenzio, Vandcamp! Non ti ci mettere pure tu! Questa
selvaggia potrebbe essere pericolosa più di quanto tu
possa immaginare! Comunque sta' tranquillo... Ci serve
viva...» rispose Stone. Poi si rivolse verso due solati. «Voi
due! Prendetela e portatela dentro!»

I due militari afferrarono Nadia per le braccia. La
giovane iniziò ad urlare provando a sfuggire alla presa.

«Lasciatemi!»

Davanti a quella scena l'intero gruppo rimase
sconcertato. Amelia scosse la testa mentre a Jerry
prudevano le mani. Emily, profondamente turbata, senza
dire nulla lasciò il gruppo.

«Jerry, ma che cavolo ti è preso!» esclamò Korin sempre
a bassa voce strattonando Jerry dal braccio.

«Non mi piace Stone... Non mi piace per niente...»
commentò lui preso di rabbia.

Abigail si avvicinò a loro ancora scossa.

«Jerry...» provò a dire poggiando una mano sulla spalla
del ragazzo in segno di conforto, ma Jerry sembrò
evitarla, e abbandonò il gruppo pieno di rabbia.

Nadia, nel frattempo, era stata portata al terzo modulo medico e legata all'interno di una piccola stanza chiusa da un'ampia vetrata.

Trascorsi i quindici minuti, i terrestri si ritrovarono ancora una volta dentro il modulo di Stone.

«Come detto prima dobbiamo organizzare un'altra missione, ma questa volta andremo a colpo sicuro! Finn, come siamo messi con il collegamento con i MATER?»

«Mi dispiace, signore, ma ancora nulla...» rispose l'addetto alle comunicazioni.

«Non ha importanza! Agiremo ugualmente! Domattina all'alba saremo in venti a partire. Due gruppi da dieci. E con noi verrà anche la nostra nuova amica...» esclamò Stone con il suo solito ghigno beffardo, cosa che a Jerry (e non solo) provocò una sgradevole morsa allo stomaco.

«Saremo i soliti a prendere parte alla missione. Un gruppo sarà ovviamente sotto il mio controllo mentre l'altro verrà affidato a Stateman.»

A quelle parole Michael ebbe come un sussulto. In un primo momento si sentì come fiero di quell'incarico. Annuì verso Stone il quale continuò diramando l'elenco delle persone che l'indomani avrebbero dovuto affrontare la missione. Con poca sorpresa, Emily era stata convocata così come Amelia, mentre Jerry no. Stone diede il compito di preparare tutto per l'indomani e congedò il gruppo.

Alcune ore dopo l'interruzione delle ricerche, Matthew, K'os e gli altri proximiani fecero ritorno al villaggio dove ad attenderli trovarono tutti gli abitanti ansiosi di ricevere notizie su Nadia. Usciti fuori dalla schiera di alberi che facevano da confine alla Kin Tooh, Matthew e il capo villaggio si trovarono davanti agli altri proximiani, quasi a formare un muro di fronte a loro. Ad un tratto un bambino sbucò da dietro alcune donne anziane e iniziò a correre verso K'os. Aveva all'incirca dieci anni, assomigliava molto a Nadia e ancora di più al capo villaggio.

«*T'aah![13]*» gridò piangendo lanciandosi tra le braccia del padre che si chinò con gli occhi lucidi cercando di consolarlo.

Seguirono i pianti delle altre donne e degli anziani che capirono la situazione; Nizhònì non sarebbe tornata. Questo avvenne sotto gli occhi di Matthew che stava a pochi metri da loro.

«Che cosa hai fatto, Stateman...» commentò a bassa voce con un nodo in gola vedendo la disperazione che attanagliava tutte quelle povere persone.

Un paio d'ore più tardi al villaggio si respirava un'aria pesante, quasi da funerale. Tutti erano affranti dalla scomparsa di Nadia. Matthew ne era testimone. In quel momento si trovava seduto sulle scale del portico dell'alloggio che aveva ospitato Michael cercando di capire il perché e se fosse stato davvero lui a rapire la ragazza. Ad un tratto il suo sguardo fu catturato dal ragazzino che un paio d'ore prima aveva abbracciato il capo villaggio. Stava seduto anche lui sugli scalini di un'altra abitazione poco distante. Era intento ad intagliare un pezzetto di legno con un coltellino. Era ancora molto triste per quello che era successo e tutti i suoi sentimenti trasparivano dal suo tenero volto. Sfogava la sua rabbia dando forti colpi sul pezzo di legno facendo volare piccoli trucioli a destra e a sinistra. Dopo averlo osservato per qualche secondo Matthew decise di avvicinarsi. Si alzò e lentamente percorse i dieci metri che lo separavano dal ragazzino. Quando gli fu molto vicino

---

[13] papà

si fermò e si chinò verso di lui colpito da quello che stava facendo.

«Maneggi davvero bene quel coltello per essere solo un bambino...»

Il piccolo proximiano alzò di scatto la testa e i loro sguardi si incrociarono. Matthew rimase interdetto per qualche istante. Nella sua mente si fecero vivi i ricordi della sua vita passata. Iniziarono a fluire immagini di suo figlio Harrison che correva nel parco dove andavano spesso a giocare insieme a sua moglie Marie. Per un momento gli sembrò anche di sentirlo parlare, come se gli stesse comunicando qualcosa, e il suo sguardo si perse nel vuoto. Sembrava in trance. Quei pochi momenti parvero divenire ore, dove il suo passato riaffiorò facendogli rivedere i suoi cari. Ma in realtà durò poco. La voce che aveva sentito non era quella di suo figlio ma era quella del ragazzino che borbottava qualcosa nella lingua dei proximiani.

«*S'aad!*[14]» esclamò svegliando Matthew dal suo stato di trance.

«Ti chiedo scusa ma non capisco...» disse il terrestre con espressione dispiaciuta.

«Io triste» disse il bambino.

«Tu parli la mia lingua?» domandò Matthew stupito.

«Sì. Me l'ha insegnata mia sorella Nizhònì. Lei mi manca molto...» rispose il ragazzino singhiozzando con gli occhi di nuovo lucidi.

«Nadia è tua sorella? Adesso capisco perché sei andato dal capo villaggio...» convenne Matthew col cuore spezzato vedendo la condizione del bambino che si era chiuso di nuovo in sé stesso.

Si avvicinò a lui e con l'indice della mano destra gli alzò delicatamente il mento.

---

[14] triste

«Come ti chiami, figliolo?» gli chiese sorridendo.

«Mio nome è *Zack'aa'ashkii*.»

«Mhmm… troppo difficile. Ti chiamerò Zack!» disse Matthew strappando un sorriso al nuovo giovane amico.

«Allora, Zack, ti prometto che riporterò tua sorella a casa. Come ho detto a tuo padre lei tornerà da voi. Sarà l'ultima cosa che faccio» affermò con decisione cercando di infondere un po' di coraggio al bambino.

«Mattiu… Grazie!» esclamò il piccolo Zack abbracciandolo. Quindi lasciò lì coltellino e pezzo di legno e si allontanò rincuorato per le strade della cittadella.

Il tronchetto e il coltellino col manico di legno oscillavano ancora dove Zack li aveva appena lasciati, su uno scalino di pietra, attirando lo sguardo di Matthew. In un lampo ebbe come un'illuminazione. Il suo sguardo cambiò di colpo, come se un fulmine gli avesse attraversato la mente. Si alzò e arrancando si diresse all'alloggio che era stato di Michael. Spalancò la porta e avanzò in direzione del letto quando di scatto si voltò alla sua destra, verso il tavolo. Aveva avuto l'impressione, sin dalla prima volta che era stato lì, che qualcosa non andava. Notò che sul tavolo era ancora presente il piatto con la frutta, ma mancava il coltello. Non ci mise molto a capire che era stato davvero Michael a rapire Nadia. Ma la domanda che lo attanagliava di più era dove l'avesse portata e perché lo avesse fatto. E allora fu lì che il suo sguardo si alzò verso la parete soprastante. E fu sempre lì che vide quella specie di mappa con raffigurata la foresta, e soprattutto la radura.

«L'hai portata da lui… Maledizione, Stateman!» osservò Matthew a bassa voce. Si voltò verso la porta e si diresse verso l'uscita.

«Adesso so dov'è Nadia!» aggiunse nella sua mente.

Doveva andare subito ad informare K'os.

Al campo dei terrestri il tempo sembrava non passare più. Ognuno si ritrovò immerso nei propri pensieri per come la situazione si era evoluta. Jerry si trovava all'interno del modulo dei biologi, ma non riusciva a prendere sonno. Dopo essersi rigirato più volte, il ragazzo scese dalla sua branda, prese la giacca della divisa e uscì dall'alloggio. La maggior parte dei colonizzatori si trovava già all'interno dei rispettivi alloggi, chi intento a riposare, chi invece come Jerry non riusciva a svuotare la mente.

Fece due passi e si ritrovò ad osservare le numerosissime stelle che illuminavano il cielo di Proxima B. Si sedette per terra sul retro del modulo quadrato provando a schiarirsi un po' le idee. Quel momento di solitudine durò solo pochi minuti.

«Non riesci proprio a non pensarci, eh?» gli domandò Korin sbucando da dietro il modulo.

Jerry osservò l'amico dapprima sorpreso ma poi rincuorato.

«Già...» commentò l'americano.

Korin si sedette accanto a lui.

«C'è qualcosa che non mi convince. Secondo me ha ragione Emily...» confutò Jerry.

«A cosa ti riferisci di preciso?» indagò l'altro.

«Beh, non credo che questi indigeni siano pericolosi così come li ha descritti quel matto di Stateman. Se il generale Ross non ha fatto ancora ritorno, un motivo ci sarà. Insomma, non ha detto che è loro prigioniero... ma solo che si è integrato con loro. Siamo noi quelli sbagliati che senza un valido motivo abbiamo rapito una di loro ...»

«E di cui tu sei stracotto...» incalzò Korin sorridendo.

Jerry si bloccò per un attimo.

«Che... che c'entra questo?» balbettò imbarazzato ricevendo da Korin un'occhiata eloquente.

«Beh, in tutti i casi Stone è uscito fuori di testa... È completamente fuori controllo. Dobbiamo fermarlo!» continuò questa volta a bassa voce.

«Già... E come pensi di fare?» lo riprese Korin considerando assurda quell'ipotesi.

Jerry si prese qualche secondo.

«Dobbiamo liberare la ragazza e farci condurre al suo villaggio prima degli altri.»

«Cosa? Ma Jerry, ti rendi conto di quello che mi stai dicendo?» esclamò incredulo Korin.

«Ssshhh! Vuoi farti sentire da tutti?» lo riprese Jerry.

«E quale sarebbe il piano?» chiese un sempre più sorpreso Korin ma nello stesso tempo curioso.

«Prima di tutto dobbiamo parlare con Amelia per poter entrare al modulo dove tengono la ragazza. Poi andremo da Emily per cercare di recuperare il maggior numero di persone che vorranno unirsi a noi...»

Jerry non era mai stato così convinto in vinta sua.

«Tu sei completamente pazzo!» commentò ancora Korin.

«Forse... ma non troppo da pensare che con questo nuovo popolo non dovremmo lottare ma collaborare. Su, andiamo! Fingerai di avere un malore al petto!» concluse Jerry.

Korin era completamente spaesato ma non replicò e decise di stare al gioco dell'amico. Così i due biologi si diressero verso i moduli del reparto medico con Korin che iniziò a recitare la sua parte portandosi una mano al petto fingendo di avere un forte dolore. Furono subito notati da due militari che perlustravano il perimetro.

«Ehi, Vandcamp! Che succede?» esclamò Ivanov.

«Da qualche minuto ha male al petto! Dobbiamo farlo vedere subito dalla dottoressa Fisher!» spiegò Jerry fingendosi allarmato.

«D'accordo... Vado subito a chiamarla!» disse il soldato.

Dopo qualche minuto tornò assieme ad Amelia.

«Jerry, che succede?» domandò la donna allarmata, ma Korin ebbe la capacità di farle l'occhiolino all'insaputa dei due soldati che si trovavano con loro.

«Dottoressa, Korin accusa da qualche minuto un forte dolore vicino al cuore! Dovrebbe dargli un'occhiata!» riferì Jerry con tono di voce questa volta non troppo preoccupato, cosa che fece insospettire Amelia.

«Oh, d'accordo... Venite con me!» rispose la donna dopo qualche secondo di esitazione. Così condusse i due ragazzi al modulo medico.

Appena giunti all'entrata del piccolo edificio prefabbricato i due biologi si guardarono intorno con Amelia intenta ad aprire la porta. Accese le luci superiori e chiusa la porta alle loro spalle i tre si ritrovarono da soli all'interno della sala medica.

«Adesso mi spiegate il motivo di questa messinscena?» esclamò Amelia quasi irritata rivolgendosi a Jerry e a Korin che aveva smesso di fingere di star male.

«Beh, ci serviva un modo per poter parlare con te...» provò a spiegare Jerry.

«Con me?» domandò sorpresa il medico.

«Sì. Ascoltami, so che ti sembrerà assurdo... ma tu devi aiutarci!» continuò Jerry.

Amelia aveva lo sguardo sempre più perplesso, quasi impaurito.

«Abbiamo deciso di partire questa notte per raggiungere il villaggio prima che lo faccia Stone domattina...»

La sicurezza con la quale Jerry aveva pronunciato quelle parole sbalordì persino se stesso.

«Cosa?» esclamò Amelia incredula.

«Esatto. Siamo convinti che questi indigeni non siano come li abbia descritti Stateman...» aggiunse questa volta Korin.

«E cosa ve lo fa pensare?»

«Innanzitutto la ragazza che ha portato Michael non sembra per niente pericolosa come l'ha descritta lui. E poi sa anche parlare la nostra lingua! Ed in più c'è il generale Ross che non è tornato, ma è vivo! Dobbiamo scoprire cosa sta succedendo...» disse Jerry in tono allarmato. «Stone sembra fuori controllo... Non sappiamo davvero chi siano questi abitanti del pianeta e già pensa a combattere contro di loro...»

Amelia non sapeva cosa dire. Era immobile e osservare i due ragazzi.

«Amelia, ti prego! Devi venire con noi!» la supplicò Jerry.

«Ma... io...»

«Ti prego» continuò Jerry guardandola negli occhi.

«E come riusciremo a raggiungere il villaggio?» domandò il medico.

«Semplice. Ci condurrà lei.»

Jerry indicò con il dito l'ampia vetrata che chiudeva la saletta dove era rinchiusa Nadia.

«La vuoi liberare?» reagì sconvolta la donna.

«Esatto! Non ha avuto nemmeno la possibilità di parlare... Ma che razza di persone siamo se trattiamo così esseri che nemmeno conosciamo?» commentò Jerry quasi con rammarico. E furono proprio quelle parole che riuscirono a convincere Amelia.

«Va bene, Jerry. Facciamo come dici tu.»

Sul volto del giovane biologo comparì un sorriso convinto.

«Ottimo. Allora, mentre tu ti occupi di liberare la ragazza noi andremo a chiamare Emily e gli altri che vorranno unirsi a...»

Jerry non ebbe il tempo di finire la frase che la porta del modulo si aprì di scatto. I tre all'interno rimasero col fiato sospeso con la paura di essere stati scoperti, ma per la loro gioia, proprio davanti all'entrata, comparvero Emily assieme ad Abigail e ad un gruppo di diciassette colonizzatori, tra cui Nicole e i soldati Evans e Morel, con dei borsoni in mano.

«Non occorre, Vandcamp» disse Emily con un sorriso.

Il gruppetto di ribelli entrò all'interno del modulo medico unendosi ai tre già presenti.

«Emily! Come facevi a sapere che eravamo qui?» chiese Jerry sorpreso ma felice.

«Ti ho osservato per tutta la sera e avevo intuito che c'era qualcosa che ti frullava in quella tua testolina... Così insieme a Nicole e ad Abigail abbiamo radunato tutti quelli che non erano d'accordo con i piani di Stone, abbiamo recuperato tutto ciò che ci sarebbe potuto tornare utile, ed eccoci qua.»

A Jerry brillavano gli occhi.

«L'ho sempre detto che sei un autentico portento!» esclamò dando una pacca sulla spalla all'amica che rispose con un sorriso.

«E come avete fatto ad arrivare fino a qui senza essere visti?» domandò Korin.

«Beh, siamo semplicemente passati dal retro di ogni modulo dopo aver messo ko Ivanov e Walker...» rispose Emily accennando un sorrisetto. «Allora, come procediamo?»

«Per prima cosa dobbiamo liberare la prigioniera. Una volta fuori ci faremo condurre al suo villaggio, così capiremo davvero come stanno realmente le cose» affermò Jerry.

«Sei sicuro che si fiderà di noi?» indagò dubbiosa Emily.

«No. Ma dobbiamo provarci. Non abbiamo altra scelta...»

Così alcuni di loro si avvicinarono verso l'angolo dove si trovava rinchiusa Nadia, mentre Evans e Nicole rimasero di guardia davanti l'entrata del modulo. Amelia strisciò la carta magnetica nel dispositivo a lato della vetrata disattivando la chiusura della piccola cella. Fu Jerry ad aprire la porta ed insieme ad Abigail entrò all'interno di essa.

Alla loro vista Nadia, spaventata, cercò di tirarsi indietro ma ciò le risultò molto difficile dato che aveva entrambi i polsi legati. Jerry provò ad avvicinarsi cautamente.

«Ehi, sta' tranquilla... Non vogliamo farti del male...» disse il ragazzo sorridendo.

Ma Nadia non si fidava e iniziò a dimenarsi con le gambe.

«No! Ferma! Ti ho detto che vogliamo aiutarti! Vogliamo portarti via da qui!» ribadì il giovane biologo.

Le parole di Jerry sembrarono placare l'ira di Nadia che adesso lo fissava con espressione meno tesa.

«È la verità?» chiese la proximiana.

«Sì. Ti sto dicendo la verità. Adesso ti sleghiamo, ma tu non fare rumore...» disse ancora Jerry facendo un altro passo in avanti. Insieme ad Abigail slegarono le mani di Nadia.

«Va meglio adesso?» le chiese Jerry con occhi sognanti ammaliato dalla bellezza della ragazza.

«Sì... grazie...» rispose lei accennando un timido sorriso.

«Adesso dobbiamo andare!» esclamò Abigail interrompendo quel piacevole istante tra i due.

«Andare? Dove?» domandò Nadia confusa.

«Al tuo villaggio» intervenne Jerry.

Improvvisamente lei mutò espressione.

«No! Non vi ci porterò mai! Preferisco morire qui che portarvi dalla mia gente!» esclamò irritata.

«Aspetta! Noi non vogliamo farvi del male. È il nostro capo quello che vuole attaccarvi, ma noi non siamo d'accordo e vogliamo aiutarti a tornare a casa tua così che possiamo rivedere il nostro vero capo, cioè l'uomo che attualmente si trova al tuo villaggio» rettificò Jerry con tutti che da dietro guardavano la scena.

Dopo qualche secondo di esitazione Nadia si convinse della buona fede di quelle persone, ma all'improvviso Nicole interruppe tutti.

«Maledizione, ragazzi! Stanno arrivando Fernandez e West!»

«Oh no! Dobbiamo muoverci!» esclamò Amelia preoccupata.

«Forza! Tutti fuori dalla porta sul retro!» ordinò ancora la dottoressa esortando tutti e quindici i colonizzatori a uscire dal modulo.

«Coraggio, andiamo!» disse Jerry porgendo la mano a Nadia invitandola ad alzarsi.

Era ormai giunta l'alba quando, in pochi secondi, furono tutti fuori. Guidati da Emily e dagli altri militari, i ribelli uscirono dal campo per inoltrarsi nella foresta sotto lo sguardo di due occhi abbastanza curiosi che osservarono la scena.

Capitolo 12 - Fraintendimenti

Fernandez e West, i due militari lasciati che stavano perlustrando il campo, furono colpiti dall'assenza di Ivanov e Walker.

«Qui c'è qualcosa che non va…» disse a bassa voce Fernandez.

«Ivanov! Walker!» urlò l'altro. Nessuna risposta.

«Dove diavolo saranno finiti quei due!» si lamentò il marine di origini messicane.

Continuarono ad ispezionare il perimetro del campo fino a quando si fermarono.

«Dobbiamo avvertire il generale…» propose West.

«Aspetta» lo bloccò Fernandez. «Guarda là! La porta del modulo medico è semichiusa! Andiamo a dare un'occhiata…»

I due avanzarono verso la costruzione prefabbricata guardandosi le spalle. Percorsi un paio di metri, West notò i corpi di Ivanov e Walker svenuti e adagiati contro la parete esterna del modulo.

«Cazzo!» esclamò. Insieme al compagno si avvicinarono controllandone le condizioni vitali dei colleghi.

«Sono ancora vivi. Sono solo svenuti…» comunicò Fernandez.

«Cosa pensi sia successo?» domandò West sempre più preoccupato.

«Non lo so, ma credo che troveremo le risposte lì dentro…» rispose Fernandez indicando il modulo medico.

Con passo felpato i due accedettero all'interno del modulo, accesero le luci e la prima cosa che notarono fu l'assenza di Nadia.

«Merda! La selvaggia è scappata!» esclamò West.

«Corriamo subito a dare l'allarme!» aggiunse Fernandez.

«Ma come c'è riuscita?» si domandò West.

Improvvisamente alle loro spalle comparve la figura di un uomo.

«Ve lo dirò io!». Era la voce di Woods.

«Woods! Che diavolo ci fai qui?» esclamò Fernandez.

«Beh, potrei farvi la stessa domanda...» rispose il biologo con tono spocchioso.

«Fa' poco lo spiritoso... La selvaggia è scappata, e Ivanov e Walker sono stati attaccati! Tu sai qualcosa?» chiese Fernandez.

Il biologo aveva uno strano sorriso stampato in faccia, quasi fosse compiaciuto.

«L'indigena non è scappata da sola...» iniziò Woods.

«Come sarebbe?» domandò Fernandez.

«Sono stati Vandcamp e Parker ad organizzare tutto! Hanno liberato la selvaggia e sono scappati, e con loro c'erano pure Tamura, la Sanders, la dottoressa Fisher e altri ancora!» affermò Woods lasciando completamente sbigottiti gli altri due.

«Come fai a saperlo?» chiese dopo alcuni secondi West.

«Perché li ho visti con i miei occhi...» rispose Woods.

I due militari rimasero interdetti.

«Maledizione! Andiamo subito ad avvisare Stone!» avvertì Fernandez. Seguito dal compagno e da Woods si recò presso l'alloggio del generale.

«Signore!» disse il militare bussando tre volte alla porta del modulo di Stone.

Dopo solo qualche secondo la luce all'interno dell'alloggio a forma di cubo si accese e la porta venne aperta.

«Fernandez! Che succede?» esclamò Stone sorpreso alla vista dei due militari assieme a Woods.

«Signore, scusi se la disturbiamo a quest'ora ma è una questione della massima urgenza!» riferì l'uomo in divisa arancione.

Stone fece un solo cenno con la testa invitando il soldato a continuare.

«Signore, l'indigena è scappata!»

La voce di Fernandez cominciò a farsi quasi tremolante.

«È stata liberata da alcuni dei nostri che sono fuggiti assieme a lei!» aggiunse West.

Una vena sulla fronte di Stone sembrò pulsare in maniera incontrollata.

«Che cazzo state dicendo voi due!» urlò il generale spazientito ed incredulo nello stesso tempo.

I due soldati fecero qualche passo indietro intimoriti mentre Woods, impassibile, rimase al suo posto.

«Siete sicuri di quello che state dicendo?» continuò con tono deciso Stone.

«Purtroppo sì, signore! Abbiamo trovato Ivanov e Walker svenuti…» aggiunse Fernandez.

«Che razza di idioti!» imprecò Stone scuotendo la testa. Quindi continuò con tono sempre più minaccioso: «Ma come cazzo è possibile che nessuno si sia accorto di nulla!»

I due soldati non sapevano cosa dire. Le luci dell'alba erano ormai giunte e anche gli altri colonizzatori avevano cominciato ad uscire dai rispettivi alloggi. Intuendo qualcosa di insolito si avvicinarono verso il modulo di Stone.

«Qualcuno di voi tre ha visto quei bastardi fuggire?» tuonò il generale ormai fuori di sé.

«Io, signore. Li ho visti io» esclamò Woods. Sembrava entusiasta e compiaciuto di comunicarlo a Stone.

Il generale si fermò fissando il biologo dritto negli occhi per qualche secondo. Quindi avanzò a passi lenti verso di lui. Woods rimase immobile, quasi di ghiaccio. Quando i due si trovarono a pochi centimetri, faccia a faccia, Stone iniziò ad annuire con la testa.

«E così sei stato tu…»

Il suo tono cambiò bruscamente. In una frazione di secondo uscì dalla sua tasca una Junker 15, il revolver laser che puntò dritto sotto il mento di Woods.

«E bravo!» gli urlò diretto in faccia guardandolo negli occhi. Woods iniziò a sudare freddo.

«Li hai visti e non mi hai detto nulla!» gracchiò ancora contro il biologo che adesso ne percepiva persino il fiato.

«Signore… se mi lascia spiegare…»

«Che cazzo c'è da spiegare, eh? Quei bastardi sono andati via con la mia prigioniera! La mia prigioniera!»

In preda alla rabbia, Stone colpì violentemente il biologo alla tempia sinistra con il calcio della pistola facendolo cadere per terra privo di sensi, sotto lo sguardo sconvolto dei due militari e degli altri colonizzatori che iniziavano a radunarsi lì attorno.

Stone si fermò ansimando e si guardò un attimo attorno.

«Questo è quello che succede a chiunque cercherà di tradirmi… Adesso tutti a lavoro! C'è da catturare un gruppo di dannati ribelli!» ordinò Stone al resto dei presenti.

Nello stesso momento il gruppo composto da Nadia, Jerry, Emily e tutti gli altri si trovava all'interno della foresta. Anche lì i primi raggi del sole arrivarono ad illuminare l'ambiente circostante. Tra quegli alberi si respirava un'aria diversa, più leggera del solito. Rendendosi conto di essere ormai abbastanza lontani dal campo, il gruppo decise di rallentare il passo. A capo di tutti c'era Emily. Jerry invece cercava di stare accanto a Nadia provando in tutti i modi a prendere parola.

«Va bene! Possiamo anche fermarci un po'!» ordinò Emily.

«È ancora lontano il tuo villaggio?» domandò Abigail avvicinandosi a Nadia.

«C'è ancora parecchia strada da fare» rispose lei mentre tutti gli altri si sedevano sopra dei tronchi o delle rocce per riprendere fiato.

Anche Abigail prese posto accanto ad essi controllando l'attrezzatura dentro i due borsoni. Emily si sedette ai piedi di un grande albero poggiando la schiena sull'enorme tronco con accanto Korin che iniziò a mangiare una barretta energetica. Avevano camminato per quasi due ore ma Nadia continuava ancora a mostrarsi diffidente, e si sedette in disparte. Jerry la notò seduta su un grosso masso con le gambe incrociate intenta a guardare la strada che avrebbero dovuto percorrere una volta recuperate le forze. Provò ad avvicinarsi verso di lei con una barretta proteica in mano.

«Prendi. È cibo» le disse sorridendo.

La proximiana si girò verso di lui ancora un po' scettica. «No, grazie» rispose seccamente per poi rivolgere di nuovo lo sguardo verso il lungo sentiero. Ma Jerry non demorse.

«Sai, non ti biasimo affatto che tu non riesca a fidarti di noi...» ammise il terrestre sempre con tono cortese. «Dopo quello che ti hanno fatto quegli stronzi di Stateman e Stone è più che normale. Ma sappi che noi non siamo come loro.»

Gli occhi della ragazza iniziarono ad allargarsi in segno di curiosità e dopo qualche istante si voltò verso Jerry.

«Fino a qualche giorno fa andava tutto bene, ma poi mio padre ha trovato il vostro uomo e lo ha portato al villaggio. Eravamo curiosi, quasi felici del suo arrivo, fino a quando non è arrivato l'altro...» disse Nadia tornando ad incupirsi.

«Mia nonna mi aveva avvertito che i nuovi arrivati avrebbero portato guai. E lei non sbaglia mai...» aggiunse ancora la proximiana.

«Beh, ti prometto che nessuno vi farà mai del male. Noi proveniamo da un pianeta molto simile al vostro, solo che durante il viaggio qualcosa è andato storto e i nostri piani sono cambiati. Non ci aspettavamo di trovare altre forme di vita qui su Proxima B ed invece abbiamo trovato voi...» le disse Jerry guardandola negli occhi.

«Come possiamo fidarci?» chiese ancora Nadia.

«Una volta che ci saremo riuniti con Matthew le cose cambieranno. È lui il nostro vero capo. Lui è buono.»

I due si guardarono intensamente negli occhi con Nadia che adesso appariva decisamente più rilassata. Quel piacevole momento venne improvvisamente interrotto dalle urla di dolore di Collins, uno dei biologi del gruppo. L'uomo iniziò a dimenarsi rotolandosi per terra come in preda ad una crisi, allarmando tutti gli altri. Emily e Amelia furono le prime ad accorrere in suo aiuto.

«Ed! Che ti prende?» urlò Emily allarmata così come lo era Amelia.

L'uomo continuava a muoversi irregolarmente come se qualcosa gli bruciasse all'interno del corpo. Anche Jerry e Nadia notarono la scena.

«Ed, ascoltami! Dimmi cosa ti senti!» esclamò Amelia con Wilson (l'altro medico) accanto a lei.

Emily allungò la mano verso il povero biologo con l'intento di provare a fermarlo quando la voce di Nadia la fece desistere.

«No, ferma! Non toccarlo!» urlò la proximiana avvicinandosi verso di loro.

Un fruscio proveniente dalla fronda di foglie vicino a loro attirò l'attenzione di tutti. C'era qualcosa che si muoveva tra gli arbusti e che si stava allontanando.

«È stato morso da un *na'ashǫ'ii* [15]» informò Nadia chinandosi verso la vittima che continuava ad urlare in preda alla sofferenza.

«Che cos'è?» chiese Emily.

«È quello che voi chiamate serpente» spiegò la proximiana. «Dobbiamo fermare subito il veleno o il vostro amico morirà…»

«Dicci cosa fare!» disse Jerry allarmato come tutto il resto del gruppo.

Nadia si guardò per un attimo attorno come alla ricerca di qualcosa. Poi ebbe un'illuminazione.

«Venite con me!» esclamò a Jerry e ad Emily.

I tre si allontanarono dal gruppo per qualche metro fino a giungere nei pressi di una piccola radura. Ai piedi degli alberi circostanti si poteva notare la presenza di alcuni piccoli arbusti dal colore viola scuro. La vegetazione era leggermente diversa rispetto al luogo dove avevano lasciato gli altri.

«Eccoli! Non mi sbagliavo!» esclamò entusiasta Nadia.

Jerry ed Emily si scambiarono un'occhiata perplessa ma diedero fiducia alla loro nuova amica.

Nadia li condusse ai piedi degli alberi, dinanzi a quelle strane piantine dall'aspetto particolare.

«Siamo fortunati! Prendetene quanto più potete!» ordinò la proximiana ai due terrestri invitandoli a chinarsi accanto a lei per raccogliere le foglie di quelle piantine.

Jerry ed Emily eseguirono.

«Di che si tratta?» domandò Jerry incuriosito più che mai da ciò che stavano raccogliendo.

---

[15] serpente a sonagli

«Sono piante di *Aloi'ii táásh*[16]. Hanno effetti curativi e serviranno per il vostro amico» rispose Nadia.

Raccolta una buona quantità di foglie i tre fecero ritorno al punto dove si trovava il resto del gruppo. Collins era ancora per terra sofferente.

«Ragazzi, fate spazio!» esclamò Emily avanzando insieme a Nadia e a Jerry con in mano le foglie curative.

«Maledizione! È stato morso al collo!» segnalò Jerry vedendo che il collo del collega era diventato di un colore rosso fuoco.

Alla vista dei tre l'uomo iniziò nuovamente a muoversi irregolarmente non consentendo alla proximiana di poterlo curare.

«Deve rimanere fermo! Ma non dovete toccarlo! Potrebbe essere contagioso!» urlò lei.

Jerry si procurò degli asciugamani ed insieme ad Amelia e a Wilson cercarono di tenere fermo il biologo mentre Nadia iniziava ad applicare le foglie di *Aloi'ii táásh* sul punto dove era presente il morso. Collins cominciò a urlare ancora più forte e i tre che lo tenevano strinsero la presa sotto lo sguardo scioccato degli altri. Come per magia, in pochi secondi le urla di dolore dell'uomo cessarono. Riprese a respirare regolarmente e il rossore cominciò a scomparire.

«Ed, va tutto bene...» gli disse Amelia.

«Che... che cosa è successo?» domandò l'uomo ancora confuso.

«Sei stato morso da una specie di serpente, ma grazie all'intervento della nostra nuova amica sei sano e salvo» rispose Amelia.

Collins venne aiutato ad alzarsi. Quando fu di nuovo in piedi cercò Nadia con lo sguardo.

---

[16] piante simili all'Aloe vera

«Io... non so davvero come ringraziarti...» disse allungando la mano verso la giovane che sorridente ricambiò senza esitazioni.

«Adesso riprendiamo il cammino. Al mio villaggio potrò curarti meglio» aggiunse la proximiana.

«Bene. Altri cinque minuti e ripartiamo! Stone avrà già iniziato a cercarci da un pezzo...» comunicò Emily.

Dopo essersi ricomposto, il gruppo riprese il cammino verso il villaggio dei proximiani.

Al villaggio, Matthew uscì da quello che ormai era diventato il suo alloggio. Il suo viso venne investito dai caldi raggi del sole. Chiuse gli occhi per un attimo disturbato dalla forte luce e diede un'occhiata intorno provando a vedere dove fosse K'os. Fremeva dalla voglia di condividere con lui ciò che aveva scoperto. Voltando la testa a destra e poi a sinistra cercò di ricordare dove si trovasse la sua dimora, ma non ci riuscì. Ciò che poté osservare era la tristezza sui volti dei proximiani causata dalla mancanza di Nadia. Lo percepiva dai loro sguardi e lo sentiva dal silenzio quasi spettrale che, come un velo, copriva il villaggio, prendendo il posto dei canti e delle voci che solitamente riempivano le strade e i sentieri intorno al fiume.

«K'os! K'os! Dove sei?» urlò a pieni polmoni Matthew portando le mani la bocca. Nessuno rispose.

Il terrestre richiamò nuovamente il nome del capo villaggio, anche questa volta non ottenendo risposta. Si bloccò per qualche istante, quindi si ricordò della prima volta che era arrivato lì, quando lungo la strada aveva visto una grande dimora poco fuori la cittadella. Partì alla sua ricerca. Percorse le stradine e i sentieri cercando di ricordare il luogo esatto dove si trovasse la casa, ma essendo tutte simili per dimensioni, materiali, colori e allestimenti, non fu per nulla semplice riconoscerla.

Ad un tratto Matthew riconobbe la voce di un bambino alle sue spalle. Era quella di Zack che gli fece segno con la mano di seguirlo. Intuendo che il ragazzino voleva portarlo dal padre Matthew ci si fiondò dietro.

Due svolte a destra e tre a sinistra, qualche abitazione di distanza e Matthew e Zack giunsero alla casa del capo villaggio. Attraverso una delle due finestre, la prima cosa che il terrestre notò fu una serie di ombre che si muovano all'interno, e sentì le voci di alcuni uomini parlare nella lingua dei proximiani. Esitò qualche secondo prima di entrare, ma venne spinto in avanti dal giovane amico. Così entrò di scatto, aprendo la porta e interrompendo la discussione che stava avendo luogo all'interno della dimora.

«K'os! Cercavo te! So dove si trova tua...»

Matthew non ebbe il tempo di completare la frase che due dei cinque uomini lo afferrarono sbattendolo prima contro la parete e poi scaraventandolo sopra un tavolo di legno.

«Ehi! Ma che vi prende?» esclamò Matthew ai due uomini che lo tenevano fermo per le braccia e per le gambe sul tavolo col viso rivolto al tetto.

«Aspettate! Voi non capite! Io so dove possiamo trovare tua figlia!» urlò il terrestre, ma anche stavolta venne interrotto da un pugno in pieno viso da parte di uno dei proximiani.

«Mattiu! Noi aiutato voi! Noi mostrare voi pietà! E voi portare via figlia mia?» esclamò adirato il capo villaggio con gli occhi pieni di rabbia.

«No! Stai commettendo un errore! Io so cos'è succ...» provò a dire Matthew ma uno degli uomini non impegnato a tenerlo fermo gli ficcò un panno di lana in bocca impedendogli di completare la frase.

«*Budhìì'è[17]! Budhìì'è!*» disse uno di loro incitando K'os ad uccidere l'uomo.

Matthew iniziò a sudare freddo. Non aveva compreso perfettamente le parole del proximiano ma aveva intuito che di lì a poco avrebbe fatto una brutta fine.

K'os camminava a destra e poi a sinistra all'interno della stanza. Era indeciso sul da farsi. Il cuore di Matthew batteva come un martello. Dopo alcuni interminabili secondi di indecisione, il capo dei proximiani uscì un coltello dal suo fodero in pelle e si avvicinò facendo segno ad uno dei suoi uomini di togliere il bavaglio a Matthew.

«Mattiu, io fidato di te una volta. Adesso hai ultima possibilità. Dimmi dov'è figlia mia!» disse portando la lama alla gola di Matthew ancora bloccato dagli altri uomini.

«Io sto dalla tua parte! Michael ha agito d'istinto e ha commesso un errore!» provò a spiegare il terrestre.

Facendo un altro paio di respiri continuò: «Io non c'entro con la scomparsa di tua figlia! Michael l'ha portata da loro! L'ha portata da lui!»

Matthew parlava con il sudore che grondava dalla fronte e gli occhi che fissavano quelli scuri di K'os.

«*Ushtanì[18]! Ushtanì!*» esclamò uno degli uomini che teneva le gambe del terrestre ferme sul tavolo.

Matthew rimase impassibile, ma aveva scorto una riflessione nello sguardo di K'os.

«Altri? Lui?» domandò perplesso il capo dei proximiani.

«Sì. Io e Michael non siamo i soli ad essere venuti su questo pianeta. Ci sono molti altri come noi! Posso mostrarti dove siamo atterrati con i nostri mezzi...»

---

[17] uccidilo
[18] lui mente

rispose Matthew dolorante a causa degli uomini che tiravano sempre di più i suoi arti.

Sentite quelle parole tutti rimasero sorpresi. Ma più di tutti lo era K'os. Era come se un fulmine avesse attraversato improvvisamente la mente del proximiano. Sbarrò gli occhi e ordinò subito di lasciar andare l'uomo che cadde a terra sulle ginocchia.

Il capo villaggio si avvicinò a Matthew, ripose il coltello nel fodero e si chinò su di lui.

«Matthew, io credo. Io sapere chi…» sussurrò.

Non fece in tempo a finire perché si sentirono delle urla di gioia all'esterno. K'os e Matthew si voltarono sorpresi e si diressero a gran corsa verso la porta, seguiti dagli altri.

Una volta fuori, il capo villaggio si fermò e i suoi occhi, vedendo ciò che aveva causato quelle urla, si riempirono di lacrime. Nadia era tornata.

K'os corse ad abbracciare la figlia con grande gioia. Gli altri proximiani si raccolsero tutt'intorno per salutarla, felici anche loro del suo ritorno.

«*Nizhònì! Hewo mit t'éé?*[19]» domandò commosso K'os.

«*Lind'àà, t'aah, àho dìì*[20]» rispose Nadia destando qualche dubbio.

«*Dìì?*[21]» reagì il padre quasi turbato.

Nadia fece un verso ad alta voce richiamando coloro che l'avevano aiutata a fuggire.

Uno alla volta tutti e venti i membri dell'equipaggio che avevano deciso di riaccompagnare la ragazza a casa vennero fuori da dietro gli alberi.

«*T'aah, dìì s'osò…*[22]» aggiunse, ma venne interrotta dal padre.

---

[19] come stai?
[20] bene, padre, grazie a loro
[21] loro?
[22] padre, loro sono

«Io sapere chi loro sono, figlia» disse K'os con un sorriso. Dopo qualche istante portò le mani in cielo iniziando ad emettere strani versi misti ad urla di festa cercando di tranquillizzare gli altri proximiani ancora sorpresi dalla vista degli stranieri.

«Padre, con noi c'è anche un uomo ferito. È stato morso da un *na'ashǫ'ii*[23] e ha bisogno di cure!» riferì Nadia indicando Collins. Era pallido come la cera e a stento si reggeva sulle gambe, sorretto da altri due membri della spedizione, ovvero Gray e Oriz.

Così su ordine di K'os l'uomo venne portato in un luogo adatto per le cure. Il resto dei membri venne circondato dagli abitanti del luogo incuriositi dalle divise che indossavano e dalla loro attrezzatura.

«Non trovi sia incredibile?» disse sorridendo Jerry rivolgendosi ad Emily che gli stava vicino mentre i proximiani li osservavano da vicino e toccavano la loro uniforme.

«Padre, io penso che loro debbano sapere...» disse Nadia rivolta al padre mentre stavano a pochi metri di distanza ad osservare la scena.

«Tu ragione, figlia. Portare loro alla *kiiya ità*[24]» rispose K'os mettendo una mano sulla spalla della ragazza.

«Generale!» esclamò Emily con gli occhi pieni di felicità vedendo Matthew oltre il gruppo di persone che li circondava. Gli corse incontro seguita dagli altri, compreso Jerry.

«Ragazzi! Ma... ma che cosa ci fate qui?» replicò Matthew felice di rivederli.

«È una lunga storia, signore...» rispose Jerry.

«Per quanto mi riguarda, sono contento che sia finita così! E gli altri? Dove sono?» continuò Matthew.

---

23 serpente a sonagli
24 Valle della vita

«Signore, purtroppo dobbiamo aggiornarla sulla situazione attuale...» disse Emily.

«Aggiornarmi?» reagì Matthew sorpreso.

«Sì. Stone è letteralmente impazzito e...» proseguì Emily un po' agitata, ma prima che potesse finire la frase Nadia e suo padre si avvicinarono a loro.

«Venite con noi. Dobbiamo mostrarvi una cosa» comunicò la proximiana.

I terrestri si voltarono d'istinto verso Matthew cercando l'approvazione del loro ritrovato generale.

«D'accordo. Andiamo con loro!» ordinò.

Così, lasciando al campo chi era troppo stanco e affamato, il gruppo si mise in cammino verso nord. Oltre al capo villaggio, Nadia, Matthew e due proximiani, alla compagnia si accodarono Emily, Jerry, Korin, Amelia, Abigail e Nicole.

Il gruppo proseguiva a passo spedito lungo un sentiero poco battuto nel cuore della foresta.

«Signore, prima le stavo dicendo che Stone è letteralmente impazzito! Stateman è arrivato con la ragazza blaterando su dei selvaggi, e il generale ha dato l'ordine di legarla! L'hanno quasi torturata, signore! È stato allora che abbiamo deciso di liberarla e venirla a cercare...» riferì Emily visibilmente adirata.

«Stone... Figlio di puttana!» imprecò Matthew a denti stretti. «Non mi è mai piaciuto quell'uomo! Avete fatto la scelta giusta a riportare la ragazza al suo villaggio. Loro non sono selvaggi»

«Come fa ad esserne sicuro, signore?» chiese Korin.

«Sebbene siano stati sul punto di uccidermi, beh, non l'hanno fatto. E mi hanno trattato come uno di loro...» rivelò il generale.

«Stavano per ucciderla, signore?» domandò Jerry sorpreso. Si trovava poco dietro ma aveva sentito tutta la conversazione.

«Già… Pensavano avessi qualcosa a che fare con la scomparsa della ragazza, ma adesso è tutto risolto» precisò Matthew con un sorriso convinto.

«Signore, dove crede ci stiano portando?» chiese nuovamente Korin. «Sono ormai due ore che camminiamo nella foresta! Potrebbero farci fuori! Non l'hanno fatto prima con lei e lo faranno assieme a tutti noi…» aggiunse l'asiatico.

«Non dire sciocchezze! Se avessero voluto ucciderci lo avrebbero già fatto prima, non trovi?» lo riprese Matthew.

Ad un tratto K'os e Nadia si fermarono davanti a dei cespugli da cui piccoli raggi di luce facevano capolino.

«*Kiiya ità*[25]» annunciò il capo villaggio.

«Siamo arrivati. Questa è la "Valle della vita"» tradusse Nadia. Insieme al padre separò i cespugli mostrando una valle a forma di cratere ricoperta da bellissimi alberi lussureggianti.

I versi di decine di uccelli riempivano l'ambiente e la luce di Proxima Centauri lo illuminava, donando a quel luogo un'atmosfera magica, quasi recondita. Quello che però colpì maggiormente i terrestri, lasciandoli a bocca aperta, fu la strana roccia che giaceva in mezzo alla vallata. Era ricoperta da liane e muschio e da altre piante rampicanti.

Dopo alcuni secondi tutti capirono che non si trattava solamente di una grossa roccia comune situata al centro del cratere. Quello che stavano osservando non era altro che il relitto del MATER 1.

____

[25] Valle della vita

Capitolo 13 - *Kiiya ità*

Stone si svegliò di soprassalto sentendo qualcuno bussare alla porta del suo alloggio. Si prese qualche secondo per riprendersi da uno dei suoi soliti incubi.

«Sì… Avanti!» esclamò adirato.

La porta del modulo si aprì e Michael fece il suo ingresso.

«Desiderava vedermi, signore?» chiese il soldato.

«Sì, Stateman. Siediti un attimo…» replicò Stone.

Michael prese posto su una sedia posta davanti la scrivania in metallo con Stone che nel frattempo cercava di rimettersi in sesto, ma era chiaro che avesse una brutta cera.

«Signore, è tutto ok?» chiese intimorito Michael notando come Stone facesse fatica a stare in piedi.

«Sì… Solo brutti sogni, Stateman…» rispose il generale mettendosi a sedere pure lui dietro la scrivania.

Si versò del caffè contenuto in un thermos su una tazza di plastica con il simbolo della New Nasa Corporate.

«Vuoi?» chiese a Michael, ma il soldato fece cenno di no con la testa.

Stone ne bevve un po' per poi fare un'espressione di ribrezzo.

«Che razza di schifo!» esclamò esprimendo tutto il suo senso di disgusto nei confronti della bevanda e strappando un sorriso a Michael che lo osservava quasi fiero di non aver accettato.

«Di cosa voleva parlarmi, signore?» chiese il soldato.

«Beh, come sai le cose sono cambiate...» attaccò Stone.

«Da quando Ross è sparito il gruppo non è stato più quello di prima. Poi l'arrivo della selvaggia ha completamente stravolto i nostri piani...» proseguì guardando dritto negli occhi Michael.

«Non erano questi i progetti che avevo in mente ma, date le circostanze, mi vedo costretto a considerare il generale Ross e il suo gruppo di pseudo ribelli dei disertori...»

Michael non batté ciglio, rimanendo in silenzio.

«Stateman, voglio che tu prenda il posto del generale Ross e che mi segua nel dare loro la caccia.»

Questa volta Michael inarcò le sopracciglia.

«Tu sai dove si trova quel maledetto villaggio! Ormai è chiaro da che parte si siano schierati Ross e i suoi! Tu sarai dalla mia, giusto?» chiese Stone.

«Certo, signore...»

«Molto bene. Allora raggruppa quanti più uomini ti è possibile. Non dovremmo avere pietà di nessuno, nemmeno di Ross e degli altri! Dobbiamo sterminarli! Tutti quanti!»

Le parole di Stone suonarono più come una minaccia che come un avvertimento, ma Michael non se ne curò più di tanto dato che i suoi pensieri coincidevano perfettamente con quelli del generale.

Dopo aver dato segno della sua approvazione, Stone continuò.

«Stai pur certo che quei bastardi non si arrenderanno tanto facilmente... Ripeto, se sarà necessario, dovremmo ucciderli, tutti! Dobbiamo prenderci questo pianeta!»

Negli occhi di Stone ritornò quel fuoco che Michael aveva visto già altre volte in precedenza. Si limitò ad un altro cenno d'intesa con il generale prima di uscire e dirigersi verso gli alloggi per comunicare agli altri che la spedizione contro i proximiani sarebbe partita a breve.

«Non sai che darei per un po' d'aria fresca...» si lamentò Korin con Jerry al suo fianco mentre, insieme al resto del gruppo, si inoltravano verso l'ultimo tratto di foresta che li separava dal centro della vallata.

Quella che in lontananza era una piccola sagoma seminascosta dalla vegetazione adesso si faceva sempre più grande assumendo le dimensioni di un piccolo monte.

Arrivati a poche decine di metri dal fianco destro del relitto, la scritta "MATER 1", in parte coperta dal muschio e in parte cancellata dalla ruggine e dal passare del tempo, colpì il gruppo dei terrestri. Matthew si avvicinò ad essa e raschiò un po' di muschio.

«Wow! È davvero messa male...» commentò Korin.

«Ci cadrà sulla testa...» rincarò Jerry guardando con un po' di sospetto sopra le loro teste.

K'os arrestò i suoi passi facendo segno di fermarsi proprio davanti ad un grosso squarcio sul fianco della nave.

«Seguiteci!» disse Nadia invitando i terrestri ad entrare e lei stessa per prima attraversò lo squarcio sparendo nell'oscurità, seguita dal padre e dagli altri proximiani.

«Su, che aspettiamo? Entriamo!» esclamò Matthew facendo mezzo sorriso.

«Dopo di lei, signore...» replicò Emily con un filo di sarcasmo mentre Jerry e Korin si scambiarono uno sguardo di paura e indecisione.

Dopo qualche secondo, tutti entrarono nel relitto del MATER 1.

Il gruppo dei terrestri, avvolti dall'oscurità che la faceva da padrona all'interno della nave, anche se fuori era giorno inoltrato, si diressero verso un puntino luminoso che sembrava danzare nel buio. Guidati da quella che doveva essere una torcia accesa da uno dei proximiani i membri dell'equipaggio urtarono i piedi tra le radici cresciute selvaggiamente all'interno della nave e sbatterono le teste sulle liane che pendevano dal tetto dell'alto corridoio poco illuminato.

«Attenti a dove mettete le mani! Dio solo sa cosa possa dimorare qua dentro...» avvertì Matthew mentre procedeva lentamente al buio seguito dagli altri.

All'interno tutto era cambiato. Nulla era più come loro ricordassero. Piante e funghi colonizzavano le pareti stravolgendone l'aspetto e la superficie. Proliferavano anche piccoli insetti simili a falene che svolazzavano intorno ai loro visi e ai loro capelli.

Raggiunti i proximiani muniti di torce fatte con dei rami e pelli intrise in una specie di olio molto denso che fuoriusciva dal tronco di un albero dalle foglie larghe e che loro avevano raccolto fuori dalla nave, Matthew e gli altri non poterono fare a meno di guardarsi intorno attoniti. Grazie alla luce delle torce vennero fuori nuovi particolari. Adesso potevano vedere dove mettere i piedi e le mani, e dopo alcuni minuti giunsero alla sala principale. Davanti a loro quella che doveva essere la vecchia sala comune sembrava fare parte della foresta. La grande vetrata che permetteva alla luce di illuminarla ora era ricoperta da muschio rossastro dando così il medesimo colore alla luce che lo attraversava. L'atmosfera interna era suggestiva, quasi surreale. Sembrava una piccola foresta di fuoco a causa della luce che illuminava gli alberi e le piante al suo interno ma lasciando la parte più lontana al buio totale.

I proximiani e i terrestri si fecero avanti muovendo i primi passi per attraversarla ignari di essere osservati dall'alto.

«È incredibile! Sembra un giardino incantato...» commentò Nicole guardando i tre grossi alberi che si ergevano proprio al centro della sala.

Le loro radici erano grosse e sprofondavano nel pavimento. Ai loro piedi piante e arbusti più piccoli ricoprivano tutto il pavimento.

«A me fa venire i brividi...» disse con voce tremante Korin dandosi un'occhiata intorno, senza accorgersi di un'ombra che lentamente scendeva dal tetto alle pareti proprio alle loro spalle.

«Beh, questo non è poi tanto difficile... Basta poco per farti venire i brividi, Korin! D'altronde sei famoso per il tuo coraggio da leone...» commentò ironicamente Emily che stava proprio alla destra del biologo.

«Qualcosa non va...» disse a bassa voce Matthew che si trovava proprio di fronte a loro e poco dietro a K'os e a Nadia.

I proximiani si fermarono arrestando tutti gli altri. Uno di loro iniziò a emettere degli strani versi dalla bocca. Erano degli schiocchi fatti con la lingua che echeggiarono in tutta l'enorme sala.

«Che cosa sta facendo?» domandò Amelia a Nadia che era accanto a lei.

«*Riip'àà*[26]. Noi lo chiamiamo "Guardiano delle ombre"» rispose la ragazza mettendo in allerta tutto il gruppo.

I terresti si avvicinarono ai proximiani curiosi e intimoriti.

«Guardiano di cosa?» domandò Jerry.

«Lo dicevo io che era una pessima idea entrare qui dentro...» aggiunse Korin che se prima era impaurito adesso era terrorizzato.

«Lui vive qui da molto tempo. Questa adesso è casa sua. Dobbiamo ottenere il suo permesso prima di andare avanti» spiegò Nadia mettendo ancora più dubbi nelle menti dei presenti.

---

[26] Guardiano delle ombre

«Come sarebbe "permesso"? Ma di chi stai parlando, Nadia?» domandò Matthew.

Appena finì di pronunciare queste parole uno stridio riempì tutta la sala facendo vibrare persino i fili d'erba.

Un'ombra scese dalla parete e un essere enorme si mostrò alla luce. Aveva l'aspetto di un enorme geco a sei zampe e quattro occhi. La sua pelle squamosa era maculata con la coda tozza e poderosa. Si avvicinò lentamente sibilando, facendo guizzare nell'aria la sua lingua biforcuta. Matthew mise la mano sulla canna del fucile di Emily che stava per alzarlo e puntarlo verso l'animale, fermandola da ciò che aveva intenzione di fare.

«Non muovetevi! Non fate movimenti improvvisi! Se ci faremo vedere decisi e immobili capirà che non siamo prede e ci lascerà passare...» disse lentamente e a bassa voce Nadia facendo qualche passo in avanti verso l'animale.

Il geco, dal canto suo, non si fermò. Arrivato a meno di un paio di metri da loro iniziò a emettere dagli strani striduli e a fissare tutti negli occhi cercando di capire chi fossero quelle strane creature venute nella sua dimora. La sua lingua vibrava nell'aria, la sua testa si muoveva ondeggiando. Nadia si trovò proprio davanti a lui e così, sorpreso, il geco aprì la bocca mostrando il suo interno pieno di denti aguzzi. Tutti, tranne i proximiani, erano terrorizzati.

«Non avere paura... Non siamo una minaccia... Vogliamo solo passare...» disse la ragazza in lingua proximiana stendendo la mano verso l'animale. Così, delicatamente, la passò sul suo enorme capo come se stesse accarezzando un cane.

Lo strano animale sembrò calmarsi di colpo e iniziò a respirare lentamente e a produrre dei suoni simili alle fusa di un gatto.

«Avete visto? Aveva solo paura. I riip'àà sono ottimi predatori, ma per l'uomo non sono pericolosi se non vengono minacciati. Venite, su! Non temete! Potete toccarlo, se volete... Basta solo un po' di delicatezza...» disse sorridente Nadia.

«Io... io non lo tocco quel coso!» esclamò impaurito Korin.

«Su, Korin, è innocuo! Non vedi?» osservò Jerry avvicinandosi al fianco del geco. Così anche lui iniziò a passare la mano sul dorso alto come un cavallo.

«Tutto ciò è incredibile!» disse tra sé Matthew osservando la scena a pochi metri.

Gli altri membri si avvicinarono a turno al rettile e, compreso Korin, accarezzarono il suo dorso ricoperto da scaglie.

«Adesso dobbiamo andare...» comunicò Nadia.

Salutando l'animale con un breve inchino insieme al padre e agli altri due proximiani ripresero la camminata verso il cuore della nave mentre il geco si diresse verso uno dei corridoi e sparì.

«È stato incredibile, non trovi? Mi ha ricordato molto il geco "Leopardo del Pakistan"» disse Korin rivolgendosi a Jerry.

«Già... ma ora è meglio fare silenzio. Non sappiamo cos'altro viva qui...» replicò l'amico.

Attraverso i corridoi il gruppo giunse alla sala centrale del MATER 1. Anche questa appariva del tutto irriconoscibile.

Il pavimento era ricoperto da un sottile strato di terra e foglie morte entrate da dove prima c'era l'enorme vetrata della sala comandi ormai totalmente distrutta.

«Perché ci avete portato qui?» Matthew domandò a K'os.

«Per noi questo è un posto sacro» rispose Nadia al posto del padre.

«Già… Come immaginavo…» commentò a bassa voce e con tono rassegnato Matthew avvicinandosi alla plancia di comando al centro della sala.

Tutti gli altri si sparpagliarono increduli e con un senso di nostalgia nel vedere come fossa ridotta l'astronave.

Matthew passò la mano sulla consolle centrale rimuovendo uno spesso strato di polvere e detriti facendo uscire fuori parte del suo colore bianco originario. Per un attimo si bloccò, immobile, come di ghiaccio.

«No… Non funzionerà mai…» sussurrò.

«Potremmo sempre provare, signore!» suggerì Abigail che stava a meno di un metro da lui. Matthew si voltò verso di lei.

«So a cosa sta pensando. È difficile, ma non impossibile…» continuò la donna facendosi sentire dal resto del gruppo.

«A cosa ti riferisci?» intervenne Emily avvicinandosi pure lei come tutti gli altri.

«Il generale vuole far ripartire LISA, così potremo sapere che cosa è successo realmente a questa nave» spiegò il chimico.

«Certo! È un'ottima idea, ma ci servirà elettricità. Non molta, certo, ma…» esclamò Korin.

Come al solito venne interrotto da Jerry. «Ci troviamo nel bel mezzo della foresta. Niente corrente elettrica, purtroppo…» comunicò smorzando gli entusiasmi del gruppo.

Matthew, nel frattempo, si trovava ancora di fronte alla consolle a riflettere sul da farsi quando un pensiero attraversò la sua mente.

«Perché ci avete portato qui, Nadia?» domandò rivolto ai proximiani con tono deciso, più di prima.

«Ti ho già detto il perché. Per noi…» rispose la ragazza che non fece in tempo a concludere.

«Sì, è un luogo sacro, d'accordo. Ma il motivo per cui questo posto vi è così caro non è chiaro nemmeno a voi, giusto? Avevate bisogno di noi per capire meglio la sua vera origine. Non è così? Voi avete bisogno di risposte proprio come ne abbiamo bisogno noi. Per questo ci avete portato qui!» esclamò Matthew perplesso dando un'occhiata in cagnesco ai proximiani.

Matthew era spiazzato. Avrebbe fatto qualsiasi cosa pur di ottenere le risposte che desiderava. Come suo solito, quando era in uno stato di riflessione, fece passare la mano tra i capelli, scervellandosi in cerca di una soluzione.

Passarono diversi minuti e nel silenzio glaciale della stanza entrarono alcuni raggi di sole che stava calando, illuminando i volti dei presenti, Matthew incluso. La sua pupilla si dilatò a dismisura in controtendenza rispetto alla luce che colpiva il suo viso.

«Forse non è tutto perduto!» esclamò improvvisamente come colpito da un'idea. «Possiamo usare i pannelli della nave per produrre abbastanza elettricità per avviare LISA!»

«Sì! Giusto! È azzardato ma potrebbe funzionare!» commentò Korin.

«E allora mettiamoci subito a lavoro!» propose Emily.

Così si organizzarono in gruppi. Il primo formato da Matthew, K'os e i tre proximiani si mise alla ricerca dei cavi in fibra ottica per collegare i pannelli al modulo centrale in cui era stata caricata LISA. Il secondo, guidato da Emily con Nadia, Jerry e Korin e i due proximiani rimasti, si diresse verso i piani superiori, alla ricerca dei pannelli solari.

«Speriamo di trovarne qualcuno... Secondo i miei calcoli avremo bisogno di sei pannelli che una volta rivolti verso il sole di Proxima dovrebbero riuscire ad accendere l'intelligenza artificiale...» affermò con aria da saputello Korin agli altri membri del gruppo guidato da Emily.

Il marine e i suoi giunsero in una parte della gigantesca nave che a loro, date le condizioni, era completamente sconosciuta.

Il corridoio in cui si trovavano terminava su una vasta voragine aperta al centro del MATER 1. Era larga decine di metri, quasi impossibile da saltare o attraversare.

«Dannazione! Non ce la faremo mai!» si lamentò Jerry dando un'occhiata in basso.

«Sarà alto trenta metri e larga una ventina... Non c'è altro modo per raggiungere la parte superiore, maledizione!» aggiunse dando un calcio ad una pietra facendola cadere nel vuoto della voragine.

Il rimbombo dell'eco causato dalla pietra caduta in basso riempì l'aria e fece capire a tutti che se fossero caduti giù difficilmente avrebbero potuto portare a casa sana la pelle. Si guardarono intorno cercando altre vie, altre soluzioni, ma niente. Non c'era altra strada.

Emily, Jerry e Korin stavano lì, sull'orlo del precipizio a meditare sul da farsi quando, ad un certo punto, si sentirono dei passi svelti provenire dal buio corridoio dietro di loro. Si voltarono di scatto e videro Nadia saltare verso il centro del precipizio. La proximiana si aggrappò fortemente con le mani e le gambe a delle liane che, come grossi cavi, scendevano dal tetto della nave verso il centro del precipizio.

«Ehi, ma che fai! Sei impazzita?» urlò Jerry sbalordito.

«Venite! Prendete la rincorsa e saltate! Non è difficile!» esclamò sorridente la giovane proximiana aggrappata alle liane iniziando la sua risalita del precipizio.

«Questa è completamente matta, fratello! Vuole che ci lanciamo nel mezzo del precipizio aggrappandoci a quelle liane! E se non riuscissero a sopportare il nostro peso?» domandò Korin che al solo pensiero sudava freddo.

Ma Jerry ed Emily, seguendo il consiglio di Nadia, presero la rincorsa e si lanciarono nel vuoto finendo anche loro aggrappati alle corde naturali.

«Ma siete pazzi!» urlò Korin.

«Forza Korin! Non è difficile! Basta non guardare giù!» urlò Emily eccitata dalla situazione.

«Sì, amico! Fa' un bel salto! Ti prenderemo noi!» aggiunse Jerry cercando di incoraggiare il ragazzo a saltare.

«"Non guardare giù"… La fanno facile, loro!» disse tra sé Korin facendo una decina di passi indietro verso il corridoio.

«Coraggio, Korin. È solo un saltino. Basta non guardare giù…» disse a se stesso il giapponese con l'intento di darsi coraggio. Poi, rendendosi conto che non aveva più spazio di rincorsa iniziò a correre verso il baratro.

«Ahhhhhhhhh!» urlò a squarciagola lanciandosi nel vuoto.

Arrivato alle liane tese le mani afferrandole malamente. Non riuscì a trattenere la presa e iniziò a cadere quando Jerry lo afferrò per il polso destro.

«Forza… Non mollare! Aggrappati al mio braccio!» esclamò Jerry dolorante per lo sforzo di sostenere l'amico con un braccio solo.

«Non lasciarmi, Jerry! Non lasciarmi!» disse Korin terrorizzato. Richiamando a sé tutte le forze si arrampicò sul braccio di Jerry riuscendo anche lui ad aggrapparsi alle liane.

«Ti avevo detto di non guardare giù…» commentò Jerry prima di abbandonarsi ad una risata isterica.

«Non ho guardato giù! Beh… forse solo un po'…» rispose Korin bianco dalla paura.

«Basta chiacchere! Forza, risaliamo!» esclamò Emily e i tre si misero in marcia seguendo Nadia e gli altri due proximiani che prima di loro avevano risalito le liane.

Molti piani più giù, Matthew, K'os, Abigail e gli altri erano intenti a cercare dei cavi in fibra ottica per poter collegare i pannelli alla consolle centrale.

«Signore, crede che sia possibile trovarne ancora di integri? Qui è tutto marcio...» osservò Abigail alquanto perplessa.

«Beh, non lo so... L'unico modo è provare. E credo che l'unico posto dove poter sperare di trovare qualche metro di cavo in buone condizioni sia la "Gravity Room". Lì le stanze sono più robuste rispetto alle altre. Se dobbiamo cercare i cavi, quello credo sia il posto migliore» rispose Matthew.

Il gruppo iniziò la ricerca della stanza attraverso la fitta rete di corridoi che caratterizzavano l'astronave.

«Dopo cinque anni trascorsi dentro una nave identica a questa dovrei saperla percorrere ad occhi chiusi... ma adesso, per come è conciata, sembra tutt'altra cosa...» osservò tra sé Matthew che, con il capo villaggio al suo fianco, imboccò un corridoio dietro l'altro.

Ad un tratto si fermò, destando la curiosità di tutti che si fermarono a loro volta.

«Siamo già passati da qui, non è così?» domandò Abigail guardando Matthew negli occhi.

«Sì... Siamo già passati da qui, maledizione!» esclamò arrabbiato il generale sapendo di avere poco tempo a disposizione prima che il sole tramontasse.

«K'os! Hai mai visto dei grossi tubi percorrere il tetto dei corridoi?» domandò Matthew al proximiano cercando di aiutarsi con i gesti.

«Giusto! L'impianto di refrigerazione dei magneti! Ottima intuizione, signore!» esclamò Abigail.

Ricordandosi del giorno in cui aveva visitato la "Gravity Room", iniziò a scrutare il soffitto alla ricerca di grosse tubature ormai arrugginite e mal ridotte che li avrebbero potuti condurre alla stanza della gravità.

Passarono qualcosa come trenta o quaranta minuti e parecchi corridoi pieni di arbusti, funghi maleodoranti e strani tipi di muschio prima di riuscire a scorgere qualcosa di utile.

«*Niil'òò*[27]! *Niil'òò!*» borbottò uno dei proximiani alla compagnia che stava poco distante da lui.

«Ehi! Ha trovato qualcosa!» esclamò Abigail intuendo ciò che volesse dire l'uomo. La loro impressione si dimostrò corretta.

Sul soffitto semi ricoperto di muschio di un corridoio parallelo a quello in cui si trovavano scorreva una fitta rete di tubi che si inoltrava per decine di metri nel cuore della nave. Alcuni erano distrutti, altri fortunatamente ancora integri, e anche se malconci erano ancora in grado di guidare il gruppo al loro obiettivo.

«Come facciamo a sapere se stiamo seguendo il verso giusto, signore?» domandò Abigail.

«Guarda, quelle sono le giunzioni dei tubi. La parte più spessa viene aggiunta per evitare che la pressione idrica le faccia saltare. Ebbene, queste si fanno sempre più grosse man mano che ci avviciniamo perché la pressione è maggiore. Vedendo lo spessore di queste giunzioni credo che non siamo molto lontani dalla stanza...» rispose Matthew sollevato dal fatto che fossero riusciti in qualche modo a trovare la strada. E i fatti gli diedero ragione.

Dopo pochi minuti, giunsero davanti ad una grande porta blindata. Abigail prese la manica della sua divisa e, avvolgendola intorno alla mano, la strofinò su un

---

[27] canale

rettangolo di plastica sullo stipite superiore della porta rivelando l'insegna sotto lo strato umido di muschio.

«È lei, signore! L'abbiamo trovata! La "Gravity Room"!» esclamò entusiasta.

Tutti tirarono un sospiro di sollievo.

«Cerchiamo di aprire la porta» disse Matthew incitando il capo villaggio e gli altri due proximiani a dargli una mano.

Parallelamente, nella parte superiore della nave, il gruppo guidato da Emily era giunto sul tetto arrampicandosi in cima alle lunghissime liane.

«È davvero uno spettacolo!» esclamò Jerry meravigliato riferendosi al panorama che poteva osservare da lassù, in cima al MATER 1.

«Jerry, andiamo! Non abbiamo tempo da perdere!» lo richiamò Emily esortandolo ad unirsi a loro alla ricerca dei pannelli.

«Mi raccomando, ragazzi. Dobbiamo trovare sei pannelli in buone condizioni da poter trasportare» ricordò la ragazza.

Allargandosi a ventaglio il gruppo iniziò a scrutare la superficie del tetto alla ricerca di qualche pannello che fosse ancora in buone condizioni.

«Qui siamo molto in alto. Abbiamo buone probabilità di trovarne qualcuno che faccia al caso nostro» dedusse Korin.

Una decina di metri più avanti riuscirono a trovarne quattro che stavano collocati sulla superficie della nave. Erano ricoperti di polvere, ma per il resto non avevano subito danni evidenti.

«Su, iniziamo col prendere questi! Più avanti ne ho visti degli altri. Korin! Jerry! Andate a prenderli voi! Sono a meno di dieci metri a ore 11!» ordinò Emily.

Aiutandosi con un coltellino milleusi preso all'accampamento prima della fuga riuscirono a staccare il primo pannello.

«Il generale aveva ragione. I cavi sono inutilizzabili ma i pannelli sembrano ancora in buone condizioni. Su, continuiamo!» esclamò Emily a Nadia che stava vicino a lei.

Uno ad uno i pannelli vennero staccati dalla superficie della nave dai membri del gruppo che, alternandosi, portarono a termine il loro lavoro, o per meglio dire, quasi. Infatti, all'appello mancavano ancora i due pannelli che dovevano recuperare Korin e Jerry.

«Ah, uomini...» commentò sarcasticamente Emily dondolando la testa notando i due in difficoltà a svitare i pannelli dalla carrozzeria della nave.

«Aaaaaahhh! È inutile, Jerry... I bulloni sono troppo duri... Non riesco a svitarli con questo pezzo di ferro arrugginito...» esclamò esausto Korin che le aveva provate tutte.

«Provate con questo» intervenne Emily porgendo il coltellino ai due che si guardarono in faccia sorpresi.

«Sapete, avrei proprio voluto vedere come avreste fatto a svitarli...» aggiunse Emily prendendosi gioco dei due ragazzi.

«Donne... Bravo chi le capisce!» esclamarono i due ragazzi che, arrabbiati per il tiro mancino lanciato dall'amica, iniziarono a borbottare per tutto l'arco del tempo in cui svitarono i pennelli.

«E questo è l'ultimo!» disse Korin svitando l'ultimo bullone dell'ultimo pannello.

Staccarono dai loro connettori i cavi ormai rovinati dal tempo e si caricarono un pannello, che misurava un metro di larghezza per uno e venti di lunghezza, sulle spalle legandolo con delle corde fornitegli dai proximiani.

«Ecco, così dovrebbe andare» disse Jerry sorridendo finendo di legare il pannello sulla schiena di Nadia.

Scambiandosi un tenero sguardo i due si misero in cammino con gli altri per riportare i pannelli alla sala comandi.

Decine di metri e molti strati di metallo più sotto, Matthew e il suo gruppo erano ancora alle prese con la porta della Gravity Room.

«Forza! Spingete! Ora!» urlò Matthew. Insieme agli altri due uomini e a K'os, cercava di spingere il portellone di metallo, ma niente. La porta non cedeva di un millimetro.

Boccheggianti dalla fatica i quattro si sedettero sul pavimento esausti.

«Vecchio mio, non ci riusciremo mai così...» disse Matthew rivolto al capo villaggio quasi rassegnato.

Buttando gli occhi al cielo, il terrestre sembrò arrendersi quando ad un tratto K'os si alzò e a passo svelto sparì nei corridoi della nave. Fece ritorno qualche minuto più tardi con un tubo metallico in mano che li avrebbe aiutati a fare leva sulla porta. Il proximiano mise in posizione il tubo e incitando gli altri uomini iniziò a spingere con tutta la sua forza.

«Abigail! Nicole! Aiutaci pure voi!» disse Matthew alle due donne che si aggiunsero agli altri.

Facendo ricorso a tutta la forza che gli rimaneva riuscirono ad aprirla e, con un contraccolpo finirono per terra. Dalla stanza fuoriuscì un'aria pesante e puzza di chiuso. Era passato sicuramente molto tempo da quando quella stanza era stata aperta l'ultima volta. Sventolando la mano davanti al viso tutti entrarono e si misero alla ricerca dei cavi. Era l'unica stanza a non aver subito modifiche dal tempo grazie alla sua struttura molto robusta. Li staccarono dal quadro di controllo dei magneti e dai sistemi di refrigerazione, li avvolsero a tracolla e si incamminarono verso la sala comandi.

«Questi dovrebbero bastare» affermò tra sé Matthew finendo per ultimo di avvolgere una decina di metri di cavi per poi accodarsi al gruppo.

Nel frattempo, Emily e gli altri erano alle prese con la discesa dalle liane. Col peso che gravava sulle loro spalle risultò più faticosa della salita. Purtroppo sarebbero dovuti scendere fino alla base della nave per poi risalire fino alla sala di comando, allungando il tragitto.

Mezz'ora più tardi e decine di lividi e piaghe alle mani tutti si ritrovarono nella sala comandi del MATER 1.

«Ottimo lavoro, ragazzi! Adesso assembliamo il tutto. E che Dio ce la mandi buona...» disse Matthew al gruppo di nuovo riunito.

Come se fossero coordinati all'unisono, assemblarono i pannelli in pochi minuti. Li rivolsero verso il sole rosso di Proxima B e, collegando al computer centrale il cavo di alimentazione, attesero.

«Sei sicuro che sei pannelli bastino, Korin?» domandò Jerry a bassa voce al giapponese.

«Sì. Ne sono sicurissimo.»

Passò una decina di secondi ma nulla partì. Niente. Né una lucina né un bip si sentì. Matthew furioso batté i pugni sul pannello di controllo.

«Signore, sarà meglio andare adesso. Ci abbiamo provato...» disse Emily. Poggiò la mano sulla spalla dell'uomo esortandolo alla ritirata.

Tutti si stavano apprestando ad abbandonare la sala quando ad un tratto sembrò di sentire qualcosa: una voce incomprensibile che proveniva dalle pareti della stanza.

«Hai sentito anche tu?» domandò Matthew alla ragazza che stava vicino a lui.

Tutti si voltarono verso la consolle centrale e rientrarono all'istante.

«LISA! Mi senti? Riesci a sentirci?» urlò il generale. Ma nulla. Tutto tacque.

«*Generale Ross. Al suo servizio!*» disse improvvisamente la voce di LISA alcuni secondi dopo facendo scoppiare di gioia tutti i presenti.

«LISA, riesci a sentirmi?» domandò ancora incredulo Matthew, questa volta con un sorriso a trentadue denti.

«*Sì, signore. La sento forte e chiaro*» rispose LISA mandando in visibilio i terresti e sorprendendo i proximiani quasi terrorizzati i quali non capivano di chi fosse la voce femminile.

«Sono contento di sentire la tua voce. Adesso aggiornami su ciò che è avvenuto a questa nave!» ordinò Matthew all'intelligenza artificiale come ai vecchi tempi.

«*È un piacere anche per me sentirla, signore. Eseguo subito l'ordine*» fu la risposta dell'intelligenza artificiale.

Alcuni secondi dopo continuò: «*I miei dati sono incompleti, signore.*»

«Non importa! Inizia a raccontare ciò che ricordi dalla tempesta elettromagnetica!» esclamò Matthew.

«*D'accordo, signore. Il 14 marzo 2104, durante la tempesta, perdemmo il contatto con le due navi gemelle MATER 2 e MATER 3. Riuscimmo ad attraversare a malapena la tempesta elettromagnetica. Credendo di avervi perso procedemmo alla massima velocità. Anche se avevamo avuto dei guasti a uno dei sistemi di propulsione mantenemmo comunque la tabella di marcia. Così riuscimmo ad attraversare il wormhole senza problemi, giungendo poi nell'orbita di Proxima B. Il capitano Dickens decise di scendere con le scialuppe in avanscoperta portando con sé la maggior parte delle attrezzature di bordo, ma non fece più ritorno...*» disse gracchiante la voce del robot che evidentemente accusava problemi tecnici agli altoparlanti.

«Sono scesi! Avete sentito? Sono ancora vivi!» esclamò Matthew entusiasta.

«Forse loro sanno dove si trovano i membri del MATER 1!» urlò Emily.

«K'os, sai dove sono i nostri compagni?» domandò Matthew avvicinandosi al capo villaggio e alla figlia.

«Perché non rispondete?» reagì Matthew perplesso guardando negli occhi i due proximiani che non capivano cosa volesse dire il generale.

Poco distante, Jerry sembrava eseguire degli strani calcoli tra sé, facendo una strana espressione dopo qualche secondo. Sbarrò gli occhi e aprì la bocca da cui uscirono parole con voce tremante. «Signore... Voi non capite... Loro... sono loro i membri del MATER 1. Sono arrivati più di 300 anni fa!» esclamò Jerry gelando i presenti.

Ci fu qualche secondo di pausa in cui tutti rivolsero lo loro sguardo verso il biologo.

«Che diavolo dici, Vandcamp! Ti sei bevuto il cervello?» esclamò Matthew confuso.

«Beh... Ecco... Non sono proprio loro. Sono i loro discendenti, o qualcosa del genere...» disse ancora sotto shock Jerry. Aveva tutti gli sguardi puntati addosso. Prese un respiro profondo e si diresse verso il centro della sala.

«Mi spiego meglio. LISA ha detto che loro non ci hanno aspettato pensando di averci perso. Ma noi ci siamo fermati per quasi due giorni in prossimità del wormhole prima di attraversarlo, ricordate? E a causa dell'estrema gravità a noi è sembrato che fossero passati solamente due giorni! Ma per loro, per il MATER 1, che lo attraversò giorni prima e giunse su Proxima B, quei due giorni equivalgono a 300 anni! Adesso è tutto chiaro! Per questo abbiamo trovato l'atmosfera, le piante e quegli strani esseri! Loro sono giunti secoli prima e hanno terraformato questo lato del pianeta!»

A Matthew iniziarono a tremare le ginocchia, incredulo, come tutti i presenti, da ciò che aveva appena sentito.

«LISA, è vero? Cosa accadde dopo che il generale Dickens sbarcò sul pianeta con i suoi uomini?» indagò sconvolto Matthew.

«A causa della tempesta elettromagnetica le alghe e il DNA da noi conservati subirono delle alterazioni genetiche. I biologi notarono che le alghe crescevano, si moltiplicavano e producevano ossigeno decine di volte più velocemente di quanto non facessero sulla Terra. Le piante innestate cinquant'anni dopo ricoprirono la superficie di questo lato del pianeta in meno di vent'anni. Gli animali avevano perso molti dei loro tratti originali, e molti adesso non sono più come lo erano sulla Terra. Erano riusciti a terraformare Proxima B in meno di cento anni. Così, i figli dei primi coloni, sentendo le storie e le vicissitudini che avevano portato a quella missione e di come avevamo ridotto il pianeta Terra, decisero che gli sbagli fatti dai propri avi non si sarebbero dovuti ripetere. Decisero di vivere in perfetta armonia con la natura. Qualsiasi contatto con la tecnologia non utile alla sopravvivenza della specie umana fu bandito. Di comune accordo decisero di far atterrare il MATER 1 e di iniziare una nuova esistenza su questo pianeta. Col passare dei decenni, alcuni vennero a trovarmi. Mi chiedevano delle Terra, incuriositi dalle storie dei loro avi... Ma molte delle cose dette loro erano state omesse o raccontate in modo errato. Così iniziai a raccontare e a mostrare loro la vera storia della vostra specie ed essi iniziarono ad apprendere di come avevate corrotto il vostro compito di prendervi cura della Terra e indurito il vostro cuore a discapito della vostra e altrui specie. Di conseguenza abbandonarono questo posto inorriditi e delusi da ciò che avevano appreso da me, e giurando che in nessun modo avrebbero ripetuto quella storia se ne andarono, abbandonando questo posto, ritenendolo sacro perché da qui era

venuto tutto il loro mondo, ma allo stesso tempo era un monito che ricordava loro come non dovevano ripetere gli errori del passato. Il reattore centrale venne danneggiato da un forte sisma che squarciò la nave in due e così mi disattivai. Da allora non ho raccolto più dati. Mi dispiace, signore» concluse LISA lasciando i terrestri e i proximiani di stucco, attoniti e sbigottiti.

«Va bene così, LISA. Hai detto abbastanza. Disattivati pure, adesso…» disse Matthew con voce spezzata. «Grazie di tutto…» aggiunse.

«*Ai suoi ordini, signore*» rispose l'intelligenza artificiale che immediatamente si spense.

Una lacrima scese sul volto di Nadia che, abbracciando suo padre, iniziò a piangere di gioia.

«Papà… Loro sono i fratelli dei nostri avi!» esclamò la ragazza in lingua proximiana.

Il volto di K'os cambiò repentinamente passando dalla perplessità alla gioia incontenibile. Ridendo di cuore si diresse verso Matthew ancora attonito e lo abbracciò.

«Mattiu! Tu fratello mio!» esclamò guardando negli occhi Matthew sorridendo e mostrando i suoi denti bianchi.

«Già… siamo fratelli…» commentò lui ancora incredulo e scosso.

Sentito questo i proximiani presenti iniziarono a fare versi ad alta voce a dimostrazione della loro felicità facendoli risuonare in tutta la zona.

Al gruppo non rimase altro da fare che ritornare al villaggio. Erano sorpresi e spiazzati da tutto ciò che erano venuti a conoscenza e allo stesso modo cambiarono il modo di vedere gli abitanti di quel luogo.

Durante il viaggio di ritorno, nelle menti dei terrestri non facevano altro che risuonare le parole pronunciate da LISA. Dentro di loro le emozioni si alternavano dalla felicità di sapere che i loro compagni del MATER 1 si fossero salvati al sentirsi spiazzati e confusi sul da farsi adesso, nel presente.

La sera era ormai arrivata quando giunsero al villaggio dove gli altri terrestri e i proximiani li attendevano. Adesso bisognava informare pure loro.

Capitolo 14 - Dekee

Al ritorno dalla *kiiya ità*, Matthew e gli altri comunicarono quanto scoperto al resto del gruppo. Sia i terrestri che i proximiani rimasero sconvolti di fronte le parole dei rispettivi capi. Alcuni dei colonizzatori, in un primo momento, fecero molta fatica a credere a ciò che Matthew e gli altri compagni riferirono loro, ma con le dovute spiegazioni tecniche da parte di Jerry e Korin accettarono quella nuova verità, tanto assurda quanto vera.

Stessa cosa non si poteva dire dei proximiani. Una volta che K'os li riunì tutti a cerchio, assieme alla figlia e al piccolo Zack, iniziò il suo discorso. Una volta appresa la notizia gli abitanti del villaggio iniziarono ad esultare emettendo strani versi e applausi, come se aspettavano quel momento da diverso tempo. Quei gesti attirarono subito l'attenzione dei ventuno terrestri poco distanti da loro che osservavano la scena con estrema curiosità.

«Signore, siete sicuri che quelli siano davvero terrestri?» domandò quasi sarcasticamente Moore, uno dei soldati.

«Sì, Hugo. Sono proprio come noi...» rispose Matthew con un accenno di sorriso.

Trascorsa qualche ora, la confusione che prima aleggiava nell'aria del villaggio si era trasformata in una gradevole atmosfera di tranquillità.

La sera venne organizzato uno speciale rituale attraverso il quale Matthew e gli altri terrestri sarebbero stati accolti ufficialmente tra il popolo dei *Kiiya Aniid*, ovvero i proximiani. La cerimonia si sarebbe svolta durante la cena, davanti ad un grande banchetto allestito per l'occasione.

Il gruppo dei terrestri era ormai entrato in piena confidenza con i proximiani i quali avevano predisposto gli alloggi per i loro nuovi ospiti. Emily, per via della sua giovane età, era entrata subito in piena sintonia con i bambini della piccola comunità, attratta dai loro sorrisi e la loro positività.

«Emily! Mi chiamo Emily! E-M-I-L-Y!» provava a spiegare mentre si trovava seduta per terra su uno dei piccoli giardini.

I piccoli proximiani provavano a pronunciare il nome della ragazza riuscendoci solo in parte, emettendo dei suoni buffi che strapparono altri sorrisi ad Emily, cosa che le mancava da diverso tempo.

Dopo qualche minuto Nicole e Morel si avvicinarono. Osservando Emily assieme ai piccoli proximiani provarono una sensazione di serenità.

«Non ti mollano nemmeno per un secondo...» commentò la francese.

«Già... Sono davvero un amore...» rispose Emily con gioia.

Nicole continuò ad osservare come l'amica appariva visibilmente più serena rispetto ai giorni passati.

«Non ti vedevo così sorridente da tanto tempo.»

Emily annuì con la testa. «Il merito è di questi adorabili bambini e della loro semplicità.»

Così anche i due soldati francesi vennero coinvolti nei giochi dei piccoli proximiani.

Jerry, Korin ed Abigail, insieme agli altri biologi e chimici Gray, Moreno e Choe, trascorsero quasi tutto il tempo cercando di conoscere le abitudini di quelle persone all'apparenza abbastanza simili a loro ma diverse in alcuni comportamenti. Korin a Jerry camminavano lungo le vie del villaggio osservando i proximiani sorridenti che li salutavano ad ogni loro passaggio.

«Non riesco ancora a crederci» disse Korin.

«Già… Tutto ciò è pazzesco…» concordò Jerry ricambiando con un sorriso il saluto di alcuni ragazzini.

«Solo che non riesco a comprendere il motivo che li spinge ad essere così allegri…» si domandò il biologo asiatico.

«Beh, credo sia nella loro indole essere così positivi. Avremmo molto da imparare da loro, soprattutto Stone…» commentò Jerry.

Korin cambiò subito espressione.

«Come pensi che la prenderà vedendoci qui con loro?»

Anche il volto di Jerry s'incupì.

«Non credo ne sarà felice… ma sono convinto che Matthew riuscirà a non scatenare uno scontro. Questo popolo non se lo merita. Siamo loro ospiti e ci stavamo comportando come se questo pianeta fosse nostro, dando tutto per scontato…»

Korin rifletté per qualche secondo.

«Hai ragione da vendere, amico mio…» disse sorridendo mentre Abigail, mano nella mano con un gruppo di piccoli proximiani, si avvicinava a loro allegramente.

Jerry osservò la scena e il suo cuore si riempì di gioia e serenità.

Amelia insieme agli altri tre medici Wilson, Galkin e Meyer, si era occupata delle condizioni di Collins. Grazie alle speciali cure di *Waya'e Kylory*[28], l'antico saggio del villaggio e padre di K'os, era riuscito a guarire perfettamente.

---

[28] Vecchia Quercia

I quattro terrestri esperti in campo medico vennero condotti dall'anziano saggio all'interno di una delle capanne che fungeva da magazzino per le piante curative. Insieme a loro c'era pure il piccolo Zack che faceva da interprete alle parole del nonno.

«È davvero sorprendente!» esclamò Wilson.

Amelia e gli altri osservavano estasiati l'ordine maniacale con il quale era disposta una serie infinita di contenitori, ognuno con una propria etichetta che serviva a identificarne il contenuto.

«E pensare che sulla Terra abbiamo cercato di eliminare le piante, come se fossero una presenza di troppo... Loro ci hanno creato un vero e proprio magazzino di medicine naturali!» fece notare Amelia ancora intenta ad osservare l'ambiente circostante.

Zack si muoveva con loro facendo da Cicerone. Dopo aver esplorato per bene il magazzino, giunsero sul retro dove si ritrovarono davanti a una vera e propria piantagione con diverse specie vegetali, ognuna disposta nel proprio appezzamento di terreno. Anche lì tutto sembrava fosse disegnato da un pittore per come i colori delle varie piante facevano da contrasto al colore rosa del cielo che si apprestava a diventare più scuro, segno che il tramonto era ormai imminente.

«Zack, che tipo di piante sono queste?» chiese Wilson.

Amelia e gli altri osservavano Waya'e Kylory che con estrema cura recuperava delle foglie da alcune piante colorate.

«Quelle viola noi le chiamiamo *Harpagophytum procumbens*[29]. Ci servono per curare qualcuno quando sente male dentro di sé» spiegò Zack lasciando esterrefatti i terrestri per la precisione con la quale aveva riferito le proprietà della pianta.

---

[29] riferimento alla pianta dell'artiglio del diavolo

«E le altre?» chiese Amelia.

«Quelle verdi si chiamano *Lupole'e*[30] con cui mio nonno ci fa una buona bevanda calda che prendiamo quando abbiamo male alla pancia. Quelle di colore bianco sono le *Valerian'èè*[31] che noi usiamo per dormire. Mentre quelle gialle sono le *Arniche'è Chamissonis*[32] con cui prepariamo una pomata speciale che ha tantissimi effetti curativi ed è quella che ha utilizzato mio nonno per curare il vostro amico.»

I quattro terrestri osservarono il piccolo Zack in modo strabiliato.

«Come fai a sapere tutte queste cose?» gli domandò Amelia sorridendo.

«Passo moltissimo tempo assieme a mio nonno che mi ha insegnato tutto. E poi qui da noi tutti devono sapere tutto e ognuno deve lavorare per la comunità» replicò ancora Zack per poi avvicinarsi al vecchio Waya'e Kylory aiutandolo a raccogliere alcune foglie di Arniche'è sotto lo sguardo appassionato dei quattro.

Anche gli ingegneri del gruppo, Saul, Lorenzi e Oriz, osservavano con curiosità la struttura delle strane abitazioni che in origine erano le stesse costruzioni che avrebbero dovuto edificare loro secondo il piano di colonizzazione.

Mancavano ancora diverse ore all'inizio del rituale. Matthew si trovava davanti la dimora del capo villaggio.

«Mattiu!» esclamò K'os sorridendo. Si sedette accanto al terrestre che ricambiò prontamente il saluto.

«Non so davvero come ringraziarvi per tutto quello che state facendo per noi…» disse Matthew mentre osservava i compagni di viaggio alle prese con i proximiani.

---

[30] riferimento alla pianta del luppolo
[31] riferimento alla pianta della valeriana
[32] riferimento alla pianta dell'arnica

K'os mise una mano sulla spalla del generale in segno di amicizia.

«Giusto così» disse pacatamente.

«Ti prometto che nessuno vi farà del male. Parlerò con gli altri terrestri e li convincerò a collaborare» aggiunse Matthew facendo annuire K'os.

La conversazione venne interrotta dall'arrivo di Nadia.

«Padre, è tutto pronto!» comunicò la ragazza entusiasta.

K'os si alzò e Matthew venne invitato a fare lo stesso. Seguì i due proximiani al centro del villaggio dove si trovavano già tutti gli altri pronti per dare inizio alla speciale cerimonia.

L'intero gruppo dei terrestri si ritrovò nel grande piazzale attorno alla tavolata allestita per l'occasione, seduti accanto ai proximiani. Poco distante c'era un *gowąh* [33], un grande fuoco che illuminava l'ambiente creando un'atmosfera calda e accogliente. Alcuni dei proximiani adulti intonavano particolari melodie accompagnate dal suono di strani tamburi di forma allungata che facevano da cornice al crepitio del falò che scoppiettava davanti a loro.

«Cosa credi che ci faranno fare?» chiese a bassa voce Korin a Jerry che si trovava al suo fianco.

«Non ne ho idea...» rispose l'amico mentre osservava gli altri proximiani che alimentavano il fuoco buttando altra legna.

Ognuno dei terrestri si scambiava occhiate come per cercare di intuire se l'altro avesse capito qualcosa di ciò che stesse accadendo o doveva accadere di lì a poco. Ad un certo punto la musica cessò, così come il suono dei tamburi, per permettere a K'os di prendere parola. Come sempre fu Nadia l'interprete.

---

[33] focolare

«Oggi siamo qui riuniti per accogliere nella nostra comunità i nostri nuovi fratelli! È un giorno speciale! Il giorno dell'unione delle nostre culture!» disse la ragazza facendo le veci del padre che continuava a parlare in proximiano.

La figlia tradusse prontamente. «Accogliamo con noi queste persone donandogli la nostra *dekee*!»

Appena Nadia terminò di pronunciare quelle parole, altri proximiani spuntarono da dietro la tavolata con particolari ghirlande in mano.

Si avvicinarono ai terrestri e ad ognuno misero al collo le speciali collane di fiori fluorescenti facendo un inchino. I terrestri risposero facendo altrettanto e quando ognuno di essi ebbe la ghirlanda al collo tra i proximiani si alzò un urlo di gioia e il suono dei tamburi riprese a battere.

Dopo qualche secondo K'os ordinò facendo segno ad altri proximiani accanto al fuoco di portare al suo cospetto il cibo speciale che avevano preparato.

«Per questa importante occasione questa sera consumeremo uno dei nostri animali sacri, il *masharvi'ii*[34]!»

Era sempre la voce di Nadia a fungere da interprete per i terrestri. Due proximiani si apprestarono a trasportare un grande vassoio con sopra la testa fumante di un animale simile ad un cervo con tre corna e la carne color marrone scuro quasi grigio. Si trattava dello stesso animale simile ad un caribù che aveva incontrato Michael nella foresta poco prima di essere trovato dai proximiani. Alla vista della testa dell'animale il suono dei tamburi aumentò d'intensità come i versi di alcuni degli abitanti del villaggio in segno di felicità, mentre i terrestri si scambiavano occhiate poco rassicuranti. Matthew, annuendo con la testa, provò a tranquillizzare tutti.

Il grande vassoio venne posto al centro della tavolata. Gli stessi uomini che lo avevano portato iniziarono a tagliare dei pezzi e a servirli ad ognuno degli ospiti su dei piatti. La perplessità dei terrestri era sempre tanta.

«Oh mio Dio... Dovremmo mangiare questa roba qui?» domandò quasi sconcertato Korin.

Jerry gli rispose dandogli una gomitata in senso affettuoso.

«Sta' zitto che Nadia capisce tutto...» lo riprese mentre sorrideva compiaciuto a Nadia che lo osservava cercando di capirne lo strano comportamento.

Due piatti, però, erano rimasti vuoti: quello di Matthew e quello di K'os.

Dopo pochi istanti altri due proximiani si avvicinarono portando un altro vassoio, più piccolo del precedente. Sopra di esso si poteva notare quello che sembrava essere uno degli organi dell'animale. Si trattava del cuore che venne diviso a metà dallo stesso K'os. Una parte la prese

---

[34] animale simile ad un cervo

lui e una parte la servì a Matthew. Dopo qualche sguardo di approvazione e i dovuti ringraziamenti da parte dei nuovi ospiti, K'os diede il via al banchetto.

Nello stesso momento diversi occhi osservavano la scena con sospetto da un'altura proprio fuori il villaggio. Si trattava di Stone, Michael e il gruppo di terrestri al loro servizio che avevano raggiunto la postazione da diversi minuti.

«Signore, eccoli lì» disse Michael.

Stone continuava a osservare a distanza quelli che prima erano stati i suoi compagni di viaggio prendere parte al rituale dei proximiani.

«Passatemi un binocolo!» ordinò.

Uno dei soldati porse l'oggetto nelle mani del generale che lo puntò verso il villaggio nel punto dove stava avendo luogo il cerimoniale. Stone ebbe un lieve sussulto per ciò che adesso vedeva da più vicino: Matthew e tutti gli altri terrestri apparivano sereni ed entusiasti nello stare assieme agli abitanti del pianeta, come se non ci fossero barriere di differenza tra di loro. Questa cosa lo adirò particolarmente.

«Come vede, signore, quei selvaggi hanno completamente plagiato Ross e tutti gli altri...» disse Michael.

Stone continuò ad osservare la scena dal binocolo per altri secondi. Lentamente distolse lo sguardo dalla lente.

«Già... E come se non bastasse sono convinto che nascondano parte delle ricchezze del pianeta...» commentò.

«Allora, come intende procedere, signore?» chiese Michael.

«Non sarà per nulla facile batterli nel loro territorio... Dovremmo organizzarci per bene. Ho già in mente una strategia ma ve la illustrerò una volta tornati al campo.

Per adesso abbiamo visto abbastanza» riferì Stone lasciando perplessi tutti gli altri.

«Ma… signore… Li lasciamo andare così?» chiese uno dei soldati.

Stone si voltò verso di lui con una strana calma apparente che fece gelare il sangue a tutti.

«Non possiamo attaccarli così su due piedi, razza di idiota! Sarebbe un suicidio di massa! Dobbiamo prima organizzarci!»

Il soldato rimase pietrificato.

«Su, torniamo al campo!» ordinò, e seguito da Michael e dai suoi uomini si apprestò a percorrere la via del ritorno.

Dopo il banchetto, ognuno dei terrestri si diresse presso le dimore per trascorrere la notte. L'indomani mattina Matthew aveva previsto il loro rientro al campo base per poter avere un confronto con Stone e il resto dei colonizzatori in modo tale da svelare la vera identità dei proximiani.

Il centro del villaggio si era quasi svuotato del tutto. Jerry e Korin, però, come al solito non riuscivano a prendere sonno. Ma non erano gli unici. Anche Nadia non aveva fatto rientro presso casa sua e si era recata presso il fiume adiacente al villaggio. I due biologi passeggiavano con ancora la ghirlanda al collo.

«Chi l'avrebbe mai potuto immaginare che sarebbe finita così…» disse Korin ad un Jerry alquanto sovrappensiero.

«Se solo sulla Terra potessero sapere cosa abbiamo trovato… Ehi, amico… ma mi stai ascoltando?» domandò Korin facendo tornare in sé il ragazzo immerso tra mille pensieri.

«Oh… sì… certo, Korin…»

Fu questa la breve e vaga risposta di Jerry che continuava però ad essere con la mente altrove.

«Stai pensando ancora a lei, non è così?» domandò l'asiatico.

«Eh… chi?» chiese Jerry imbarazzato provando a rimanere sul vago.

«Ma dai, piantala di fingere! Stai pensando a Nadia!»

Jerry abbassò per un attimo lo sguardo mentre continuavano la passeggiata lungo le vie del villaggio.

«Beh, è vero…» ammise Jerry.

«E allora perché non la raggiungi?»

Lo sguardo di Jerry si illuminò di colpo alle parole di Korin.

«Come?» reagì l'americano.

«Sì. L'ho vista poco fa in riva al fiume. Non c'è occasione migliore. Fidati» concluse il biologo giapponese facendo l'occhiolino all'amico in segno di incoraggiamento.

Jerry non ci pensò due volte e dopo aver ringraziato Korin si diresse verso il fiume.

Dopo qualche minuto giunse in prossimità del fiume che attraversava la piccola cittadina proximiana. Il suo sguardo si perse tra quei pochi arbusti smossi dalla brezza della sera. Ad un tratto la vide lì, seduta in riva al torrente, impegnata ad osservare il paesaggio. In un primo momento, per qualche strana ragione, Jerry fu sul punto di lasciar perdere tutto e far ritorno alla sua dimora, ma poi decise che non poteva lasciarsi sfuggire una simile occasione. Si prese di coraggio e iniziò a fare qualche passo in avanti, ma il rumore dei suoi passi attirò subito l'attenzione di Nadia. Si voltò ritrovandoselo a pochi centimetri di distanza.

«Ehm… scusami… Io non volevo disturbarti…» balbettò Jerry.

Nadia lo osservò impacciato com'era.

«Sta' tranquillo, non mi disturbi affatto» gli disse con tono pacato per poi tornare a fissare l'acqua del fiume scorrere.

Jerry fece altri due passi. «Ti dispiace se mi siedo?»

«No...» rispose Nadia spostandosi leggermente per fare spazio al terrestre.

Jerry si sedette proprio accanto alla proximiana e una strana sensazione cominciò a pervadere il suo corpo. Era una sensazione che Jerry non provava da moltissimo tempo, una sorta di nostalgia della sua vita a Chicago.

«Sai, stavo pensando che in questi giorni sono successe tantissime cose che hanno stravolto la vita del mio popolo... La mia vita...»

Nelle parole di Nadia Jerry scorse un filo di malinconia.

«Non riesco ancora a credere che proveniamo dal vostro pianeta...» continuò la ragazza rivolgendo lo sguardo verso Jerry.

«Beh, ti capisco. È stato uno shock per tutti quanti. Pensa a noi che eravamo convinti di non trovare nessuna forma di vita su questo pianeta ed invece abbiamo trovato voi con il vostro ecosistema...» replicò il ragazzo lanciando un sassolino nel fiume.

«Perché non mi racconti un po' com'è la Terra...» chiese Nadia entusiasta con gli occhi quasi sognanti, cogliendo un po' alla sprovvista Jerry.

«Ecco... a dire la verità non è poi molto diversa da qui... L'unica differenza è che noi abbiamo completamente sfruttato ogni risorsa a nostra disposizione, soprattutto la natura. Avremmo molto da imparare da voi sotto questo aspetto...» confidò il terrestre. «Sul nostro pianeta non esistono villaggi come il tuo ma grandi città con infiniti palazzi e milioni di macchine...»

«Palazzi? Macchine? Che cosa sono?» chiese Nadia perplessa.

«I palazzi sono abitazioni molto più grandi delle vostre e le macchine sono i nostri mezzi di trasporto più utilizzati» spiegò Jerry.

Nadia strinse gli occhi come se stesse pensando intensamente a qualcosa.

«Che ti prende?» le domandò Jerry osservandola spremersi le meningi.

Di colpo Nadia si alzò, e con una mano tirò Jerry.

«Su, seguimi! Voglio mostrarti una cosa!» esclamò. Dubbioso, Jerry prese a seguirla.

Nadia condusse il giovane amico presso una capanna posta accanto alla sua abitazione. La proximiana aprì la porta ed entrò. Jerry si guardò per un attimo attorno quasi intimorito.

«Su, Jerry, entra» sussurrò Nadia. Jerry eseguì.

I due si ritrovarono all'interno di una stanza buia.

«Ehi, ma dove mi hai portato?» domandò il terrestre.

Nadia non rispose. Dopo qualche secondo accese la luce illuminando la stanza. Quello che il giovane biologo si ritrovò davanti lo lasciò completamente senza parole. Diversi oggetti terrestri erano disposti ordinatamente su delle mensole come a formare una preziosa collezione di antichi cimeli. Jerry riconobbe subito parte dell'equipaggiamento della missione *"Per il bene di tutti!"* come la tuta color arancione con il logo della New Nasa Corporate completamente sbiadito appesa ad un gancio proprio accanto alle mensole. Il ragazzo fece qualche passo in avanti incredulo. Accanto alla tuta, sopra una delle mensole di legno, c'era uno dei caschi dell'equipaggiamento, come molti altri oggetti, tutti marchiati con il logo della New Nasa Corporate. Gli oggetti apparivano molto invecchiati e questo fece un certo effetto a Jerry. Prese ad analizzarli uno ad uno scuotendo più volte la testa.

«Questo è incredibile...» riuscì solo a dire.

Alle sue spalle Nadia osservava la scena in silenzio, provando una certa soddisfazione.

«Come hai fatto a recuperare queste cose?» chiese Jerry continuando ad ammirare la collezione.

«Questi sono gli unici ricordi che ho dei miei avi. Parte di queste cose sono riuscite a prenderle dalla *kiiya ità*, anche se i miei nonni e i miei genitori mi dicevano più volte di non andarci...» raccontò la proximiana avvicinandosi. «Ma io negli anni ho continuato a recarmi lì per cercare di capire meglio, ma sono riuscita a raccogliere solo queste cose...»

Jerry si voltò verso di lei con in mano uno dei dispositivi elettronici simile ad uno smartphone che anche lui aveva utilizzato durante il periodo dell'addestramento.

«Ti rendi conto che queste cose hanno quasi trecento anni?» osservò con la voce tremante il ragazzo.

«Già...» Nadia si diresse verso una scrivania con due cassetti ai lati seguita da Jerry. Ne aprì uno e prese in mano una vecchia fotografia che aveva sfidato il tempo riuscendo a mantenersi piuttosto bene a dispetto dei quasi trecento anni. Alla vista dell'immagine Jerry sgranò le pupille. La foto ritraeva diversi membri del MATER 1 tra cui David, Giovanni Rinaldi e il generale Dickens.

«Dio mio...» sussurrò il terrestre riconoscendo i suoi vecchi compagni di viaggio ritratti felicemente nella foto. Le mani gli presero a tremare.

«Quello al centro è il mio avo, il padre di mio nonno Waya'e Kylory...» riferì Nadia alludendo all'uomo ritratto al centro del gruppo. Quell'uomo era David.

Jerry avvicinò ancor di più la foto al viso cercando di coglierne anche i dettagli più nascosti.

«E noi che credevamo fossero morti... E invece hanno dato vita a una vera e propria civiltà su questo pianeta... Alla fine, in un modo o nell'altro, la nostra missione è andata a buon fine...» affermò Jerry con gli occhi umidi.

Dopo qualche secondo Nadia sfilò dalle mani del ragazzo la foto per riporla gelosamente nel cassetto da dove l'aveva presa.

«Dentro di me ho sempre saputo che prima o poi qualcuno sarebbe venuto a spiegarci la nostra vera origine. E quel qualcuno è arrivato davvero...» disse Nadia sorridendo.

La proximiana prese le mani di Jerry che rimase impassibile, completamente bloccato. I due si fissarono per lunghi, interminabili secondi.

Capitolo 15 - *Cameter'ii*

Durante il tragitto di ritorno verso il campo, nessuno tra gli uomini di Stone osò aprir bocca. Il generale aveva uno sguardo strano, come se dentro gli bruciasse qualcosa. E Michael, che camminava al suo fianco, lo notò.

Nonostante il buio fitto il gruppo continuò ad avanzare a passo spedito nel cuore della foresta grazie a speciali torce che illuminavano il percorso sotto le indicazioni dello stesso Michael e del navigatore dei loro dispositivi.

Trascorse la solita ora prima che Stone e i suoi uomini facesse ritorno al campo, ormai a notte inoltrata. Vennero accolti da Finn e da coloro che erano rimasti.

«Aprite! Sono tornati!» esclamò Jackson, uno dei militari.

In un attimo la barriera elettromagnetica si disattivò. Stone e gli altri entrarono nel campo.

«Signore, com'è andata?» domandò Finn fungendo da portavoce dell'intero gruppo. Si avvicinò di corsa ansioso di conoscere novità.

Stone continuò a guardare dritto con il solito volto teso. Sembrava dirigersi verso il suo alloggio, o in qualche modulo lì vicino.

«Quei bastardi ci hanno voltato le spalle, e Ross è con loro. Anzi, sono sicuro che sia stato proprio lui a convincerli ad unirsi a quei dannati selvaggi...»

I colonizzatori continuarono a seguire Stone dirigersi verso il modulo dove erano depositate le armi.

Il generale si fermò dinanzi al portellone del modulo degli equipaggiamenti, con il grande logo della New Nasa che spiccava al centro. Senza indugiare oltre lo aprì. Un piccolo arsenale di armi e strumenti bellici di ultima generazione era disposto in alloggi separati in base alla loro funzione: quindici pistole a raggio breve Junker 15, una ventina di fucili d'assalto Baiman 3, diversi fucili bullpup, tra cui un modello russo KBP A-95M (versione avanzata del vecchio A-91M), alcuni Spas 15 (versione avanzata del vecchio Spas 12) e varie armi pesanti come mitragliatori e lanciagranate, oltre che vari giubbotti d'assalto e numerose armi leggere. Alla loro vista Stone fece un'espressione compiaciuta, quasi di soddisfazione, cosa che intimorì gli altri al suo fianco dato che fino a quel momento non c'era stata la reale necessità di aprire quel modulo.

«Signore, che intenzioni ha?» domandò Michael senza pensare alle conseguenze di quella domanda.

Gli occhi di Stone erano ancora rivolti alle armi che aveva davanti.

«Ascoltami bene, Stateman. Durante l'addestramento vi abbiamo preparato per fronteggiare qualsiasi cosa avesse ostacolato i nostri piani, giusto?» domandò.

«Beh... sì, signore...» rispose Michael iniziando a mostrare un minimo di tentennamento.

«Bene. È giunto il momento di combattere per questa causa...» disse Stone.

Avanzò all'interno del modulo iniziando ad osservare più nel dettaglio le varie armi. Le sfiorava con le dite, come a bramare di utilizzarle subito, sotto lo sguardo stranito di Michael e degli altri uomini. Quindi si voltò di scatto.

«Stateman, raduna i tuoi uomini e venite subito nel mio alloggio!» ordinò Stone.

Lasciò il modulo degli armamenti per dirigersi verso il suo. «Dobbiamo elaborare una strategia...»

Giunse l'alba al villaggio Kin Tooh. Come da loro abitudine i proximiani si svegliarono quando i primi raggi di Proxima Centauri cominciarono a far luce. Ai terrestri erano state assegnate cinque casette. In due di queste dimoravano le donne del gruppo, ovvero Emily, Nicole, Amelia, Abigail, Gray e Choe, mentre le restanti tre erano state riservate a Matthew, Jerry, Korin, Evans, Morel, Wilson, Saul, Lorenzi, Collins, Oriz, Moreno, Leon, Galkin, Meyer e Moore.

Korin fu il primo a svegliarsi.

«Ehi, Jerry! Svegliati! È giorno!»

Jerry non ne voleva sapere di alzarsi dato che la sera prima aveva fatto le ore piccole. Korin iniziò a scuoterlo con maggior vigore mettendo al limite l'irascibilità dell'amico.

«Ho capito, Korin...» furono le sole parole che Jerry riuscì a pronunciare preso ancora dal sonno.

«Ieri sera poi com'è andata?» domandò l'asiatico.

Jerry, seduto sul letto di legno, provava a connettere strofinandosi gli occhi, mentre gli altri tre compagni dormivano ancora.

«Di che parli?» rispose provando a rimanere sul vago.

«Piantala... Sai a cosa mi riferisco...»

Jerry si prese qualche secondo prima di rispondere. «Beh, direi che è andata piuttosto bene...»

Korin, già alzato e pronto con i vestiti in mano per dirigersi verso il bagno, gli lanciò un'occhiata sospettosa.

«Racconta...» propose entrando in bagno.

«Avevi ragione. Nadia si trovava vicino al fiume. Abbiamo scambiato quattro chiacchiere ma niente di speciale...» raccontò Jerry mentre preparava la divisa pure lui.

«Tutto qui? E poi?» insistette Korin da dentro il bagno.

«Effettivamente siamo andati in uno strano posto...»

Korin uscì la testa dal bagno con gli occhi di chi desiderava sapere.

«Non farti strane idee... Mi ha portato in una specie di cantina dietro casa sua. Dentro c'erano tantissimi oggetti appartenuti ai membri dell'equipaggio del MATER 1...» riferì Jerry.

Anche Moreno, Collins e Leon si svegliarono, incuriositi dalle parole del giovane biologo.

«Che genere di cose?» chiese Collins.

«Vi potrà sembrare assurdo ma molte delle cose che abbiamo noi, in questo momento nel nostro equipaggiamento, sono proprio lì dentro. Solo che quelle hanno più di trecento anni...» rivelò Jerry stranendo il resto dei presenti.

Matthew fu il primo ad uscire dal suo alloggio. In qualche modo sentiva di vivere in quel villaggio da molto tempo. Erano bastati pochi giorni per fargli assimilare e le abitudini e i ritmi di vita dei proximiani.

Osservò il cielo e si accorse di come la giornata apparisse davvero splendida. Nemmeno un filo di vento e la temperatura era molto gradevole. Si guardò attorno e notò che anche i proximiani, sempre sorridenti, iniziavano le loro attività quotidiane. I suoi pensieri furono interrotti da Emily che, come Matthew, uscì per prima dalla sua dimora. Anche lei, dopo aver dato un'occhiata nei dintorni, accortasi della presenza del generale, si avvicinò.

«Buongiorno signore» esordì Emily con un sorriso.

Matthew ricambiò il saluto continuando ad osservare i proximiani iniziare la loro giornata.

«Mattiniera pure tu...» disse Matthew.

«Come sempre, signore. Di certo non si può dire che non si diano da fare...» commentò Emily.

Con gli occhi rapiti dalle semplici azioni dei proximiani, Matthew si concesse qualche secondo di riflessione prima di rispondere alla ragazza.

«Sai, in questi pochi giorni che ho vissuto assieme a loro ho capito che quei trecento anni di differenza abbiano quasi azzerato la nostra evoluzione...»

Matthew fece una breve pausa mentre Emily prese a guardarlo colpita dalle sue parole.

«Insomma, sulla Terra abbiamo raggiunto una tale avanguardia tecnologica da non capire che le cose davvero importanti sono poi le più semplici. Abbiamo addirittura dovuto cercare un nuovo posto dove poter far sopravvivere la nostra specie...» continuò Matthew.

Emily ascoltava le parole dell'uomo pienamente coinvolta.

«Questo popolo ha avuto la capacità di saper coniugare nel migliore dei modi la tecnologia con il semplice lavoro della terra e della mente. Avremmo tanto da imparare da loro...» concluse Matthew mentre un gruppo di sorridenti ragazzini intenti a rincorrersi gli passò vicino sfiorandolo.

L'attenzione dei due terrestri si rivolse verso K'os che stava per raggiungerli.

«Mattiu!» esclamò il capo villaggio. Matthew ricambiò il saluto e stessa cosa fece Emily.

«Oggi noi portare voi in posto speciale» li informò K'os incuriosendo entrambi i terrestri.

«Che tipo di posto?» chiese Emily cercando di farsi capire dal capo dei proximiani con dei gesti.

«Cameter'ii[35]» rispose l'uomo dando una leggera pacca sulla spalla di Matthew in segno di amicizia. Poi si allontanò lasciando i due alquanto perplessi.

---

[35] cimitero

Dopo qualche minuto, Amelia ed Abigail uscirono dal loro alloggio indossando la divisa da equipaggiamento, intente a salutare diverse donne proximiane godendosi la pace del villaggio.

«Credo che non mi abituerò mai alla tranquillità di questo posto...» commentò Amelia respirando a pieni polmoni l'aria fresca della mattina.

«Già... Sono proprio queste persone a trasmetterla...» aggiunse Abigail mentre insieme all'amica iniziava a percorrere il vialetto che conduceva verso lo spiazzo principale dove si trovavano Matthew ed Emily. Dopo essersi salutati Matthew pensò ad aggiornarle.

«K'os mi ha appena detto che hanno intenzione di farci visitare un posto» riferì rivolto alle due donne.

«Di che si tratta?» chiese Amelia.

«Non lo sappiamo ancora ma lo scopriremo presto... Oh! Ecco gli altri...» disse Matthew alla vista degli altri terrestri che man mano uscivano dai rispettivi alloggi raggiungendoli.

Matthew illustrò a tutti la situazione aspettando nuove disposizioni da parte dei proximiani. Dopo qualche minuto Nadia si avvicinò a loro assieme al piccolo Zack.

«Buongiorno a tutti!» esclamò la ragazza puntando gli occhi di Jerry che arrossì.

«Buongiorno a voi» rispose Matthew a nome di tutti.

«Mio padre vi ha già avvisato?» continuò Nadia.

«Ti riferisci al luogo che intendete farci visitare?» intervenne Emily. Nadia annuì.

«Sì, ci ha detto che si tratta di un posto speciale...» aggiunse la soldatessa.

«Esatto. Per noi è sacro come la *kiiya ità*. E credo che lo diventerà anche per voi...» replicò la proximiana aumentando la curiosità tra i terrestri. «Partiremo tra poco. Il tempo di accompagnare Zack alla *shol'àà*[36].»

«Dove?» domandò Amelia.

«È il posto dove i nostri bambini imparano. Se vuoi te lo mostro...» propose Nadia.

Amelia non ci pensò due volte. In compagnia di Abigail seguì Nadia e Zack verso una dimora poco fuori il villaggio.

Dopo qualche minuto giunsero dinanzi a una costruzione color avana. Lì, diversi ragazzini proximiani, alcuni più grandi di Zack e altri più piccoli, si apprestavano a fare il loro ingresso all'interno del piccolo edificio scolastico.

«Eccoci arrivati!» comunicò Nadia.

Zack salutò la sorella e le due donne e si aggregò agli altri bambini.

«Venite, entriamo pure noi!»» propose la proximiana.

Amelia ed Abigail seguirono Nadia che cercava di farsi largo tra i ragazzini per poter accedere all'interno di quella costruzione simile a quelle del villaggio con la sola differenza di essere a due piani e leggermente più grande.

Una volta al suo interno, le due terrestri ebbero modo di osservare come quell'ambiente aveva tutto l'aspetto di una piccola scuola. Di fronte all'entrata si trovava una scrivania con diverse pile di libri che attirò la loro l'attenzione.

«Libri? Non posso crederci...» disse Abigail.

Si fece avanti e cominciò a sfogliarne uno, interamente scritto a mano in lingua proximiana.

«Guarda qui...» disse Abigail rivolta ad Amelia.

---

[36] scuola

«Quelle sono le copie che utilizzano nelle classi. Quelle originali li teniamo conservate dentro una stanza speciale. Venite, vi faccio vedere!» spiegò Nadia.

Le due terrestri seguirono la proximiana verso un'altra stanza dell'edificio ormai riempito dalle voci dei ragazzini che stavano prendendo posto all'interno delle aule.

Le tre giunsero in fondo al corridoio del piano superiore dove non c'erano aule ma appunto due stanze che fungevano da magazzino, o meglio ancora da museo. Una volta entrate nella prima sia Abigail che Amelia furono strabiliate dalla vista di un centinaio di volumi collocati all'interno di una grande libreria, ognuno suddiviso per categoria, come una vera e propria biblioteca.

«Questo è il luogo dove conserviamo i libri originali che ci hanno tramandato i nostri avi» spiegò Nadia invitando le due donne a farsi avanti.

Amelia e Abigail si avvicinarono agli scaffali e presero un libro a testa. Iniziando a sfogliare le pagine entrambe provarono subito una strana sensazione. Si trattava degli stessi libri sui quali avevano studiato durante il periodo dell'addestramento sulla Terra, nonché gli stessi che avevano avuto a disposizione nei MATER 2 e 3. Ovviamente mostravano evidenti segni del tempo dato che risalivano a più di trecento anni prima.

«È... è incredibile...» riuscì a dire Abigail mentre teneva tra le mani *Fondamenti di chimica organica – Meccanismi di reazione*", uno dei testi di cui era stata anche autrice e che aveva scritto sotto incarico della Nasa. Anche Amelia aveva tra le mani un testo che conosceva molto bene, *"Manual of Perioperative Care in Adult Cardiac Surgery"*.

«Questi libri sono ricordi di coloro che ci hanno preceduto, e adesso che ci siete voi sono diventati ancora più importanti...» affermò Nadia avvicinandosi alle due terrestri ancora intente a sfogliare le pagine.

«Si è fatto tardi! Dobbiamo andare, adesso» informò la proximiana.

Dopo aver riposto i libri Abigail, Amelia e Nadia uscirono dall'edificio lasciando i ragazzini alle loro ore di studio.

Dopo circa mezz'ora K'os tornò da Matthew e insieme a tutti gli altri terrestri e a Nadia partì verso la foresta, percorrendo per un lungo tratto lo stesso tragitto del giorno precedente per raggiungere la *kiiya ità*.

Durante il viaggio nessuno dei terrestri si domandava più dove i due proximiani li stessero conducendo e continuarono a seguirli a passo spedito fino a quando l'intero gruppo giunse a un bivio all'interno della vegetazione.

«Per di qua!» comunicò Nadia.

Seguendo le indicazioni di K'os il gruppo svoltò a destra cambiando direzione rispetto alla strada percorsa per la *kiiya ità* imboccando un sentiero che dopo qualche metro iniziò a salire in pendenza. La salita durò altri venti minuti. Il gruppo raggiunse un'altura completamente ricoperta da alberi non troppo alti ma grandi di dimensioni. La temperatura era decisamente più bassa e una leggera nebbia li circondava. I rami della vegetazione facevano passare appena la luce del sole che illuminava solo per pochi tratti quell'ambiente che ai terrestri parve tutto tranne che accogliente. Dopo qualche metro K'os li invitò a seguirlo su di una sporgenza protesa in avanti. Questa dava su una vallata chiusa tra le montagne, dove quasi per magia la nebbia sembrava diradarsi. K'os si girò verso i terrestri facendo loro segno col dito di non parlare. Il gruppo iniziò a scendere lungo la scarpata per raggiungere la vallata sottostante.

Si presentava come un'immensa prateria con l'erba
verde e gialla che in quell'ambiente sembrava trovare le
condizioni migliori dove poter crescere. Tutt'intorno le
montagne alti promontori ricoperti interamente da piante
sempreverdi racchiudevano la distesa di terreno dove,
dato il silenzio profondo, si potevano udire perfettamente
i versi di alcuni animali. Alla vista di quel paesaggio così
misterioso ma nello stesso tempo affascinante, Matthew e
i suoi non poterono fare altro che seguire K'os e Nadia
inoltrarsi sempre più verso l'interno. La loro attenzione
fu subito catturata dalla presenza di alcuni *masharvi'ii*, gli
animali simili a cervi che brucavano l'erba vicino a dei

piccoli laghetti d'acqua. Al suono, seppur impercettibile, dei loro passi gli animali si allontanarono in gruppo inoltrandosi nella foresta poco più avanti. Ma qualcos'altro impressionò maggiormente i terrestri. Avvicinandosi verso il centro della vallata poterono notare dei particolari che prima, dall'alto, non avevano scorto. Disposte in modo ordinato e simmetrico c'erano diverse centinaia di piccole pietre incagliate nel terreno che avevano tutte le sembianze di lapidi. Alla loro vista i colonizzatori iniziarono a guardarsi tra di loro, scambiandosi sguardi poco rassicuranti, tranne Matthew che continuava a rimanere dietro ai due proximiani.

«Ma che razza di posto è?» disse Korin a bassa voce accanto a Jerry.

«Ssshhh! Credo sia una specie di cimitero...» lo riprese Jerry sussurrando.

Percorsi altri trenta metri il gruppo giunse nel punto esatto dove le lastre di pietra erano posizionate a formare un perimetro regolare, come se qualcuno o qualcosa le avesse collocate lì per una ragione ben precisa. Ad un certo punto, notando che tutti i terrestri si trovavano vicino, K'os alzò la mano e si avvicinò a Matthew sussurrandogli qualcosa in proximiano. Pensò come sempre Nadia a tradurre.

«Questo per noi è un luogo di riposo per tutti coloro che vanno dall'altra parte...»

A quelle parole Korin e Jerry si scambiarono un'occhiata eloquente.

«Qui riposano i nostri antenati. Avete il nostro permesso per fare visita ai vostri vecchi compagni di viaggio» concluse Nadia.

Matthew fu il primo ad avanzare. Seguito dagli altri compagni cominciò a camminare tra le varie tombe riconoscendo i nomi di molti dei componenti del MATER 1 incisi sulle lastre di pietra grigia. Tra questi spiccavano quelli di Giovanni Rinaldi, del sottoufficiale Daniel Norris, dei due tenenti Steve McManus e Irene Page, e soprattutto di David Garcia. Matthew si fermò proprio davanti la tomba di David. Aveva avuto modo di conoscerlo durante il periodo di addestramento. Poggiò una mano sulla pietra e si chinò per leggere meglio cosa ci fosse inciso. La scritta indicava solamente la data di nascita di David. E così valeva per tutte le altre. L'unica frase scritta nella lingua di Matthew gli toccò il cuore: *"Gaia e Leo sarete sempre con me"*.

Dopo qualche secondo Matthew si alzò e si diresse verso K'os che si trovava poco più avanti davanti ad un'altra delle lapidi. Avvicinandosi notò che la tomba che aveva davanti era quella di Samantha Dickens, il generale del MATER 1. Il suo cuore ebbe un lieve sussulto.

«Mio Dio...» sussurrò attonito. Si inginocchiò al livello della lapide e passò una mano sulla pietra come ad accarezzare quella che un tempo era stata la sua collega e amica. Notando la profonda partecipazione emotiva da parte di Matthew, K'os gli poggiò una mano sulla spalla in segno di conforto.

«Samantha, hai visto? Alla fine ce l'abbiamo fatta...» sussurrò Matthew mentre qualche lacrima gli inumidì gli occhi.

Anche gli altri terrestri erano alla ricerca di persone che avevano conosciuto, amici e colleghi, tutti appartenuti all'equipaggio del MATER 1.

Jerry e Korin si trovavano accanto ad una lapide che riportava il nome di Francesco Preparata, il loro vecchio professore di biologia durante il periodo dell'addestramento.

«Salve professore...» lo salutò Jerry poggiando la mano sulla lapide seguito da un altrettanto commosso Korin.

«Sarebbe stato fiero di noi, ne sono sicuro...» aggiunse l'asiatico che dando una pacca sulle spalle di Jerry si spostò poco più avanti.

Nadia si accostò a Jerry rimanendo in silenzio. Il ragazzo asciugandosi gli occhi si rivolse a lei.

«Questo era il nostro insegnante... Un uomo per bene...» spiegò provato.

Nadia si abbassò al livello della lapide e gli prese la mano.

Amelia si trovava dinanzi alla lapide di Ezekiel Phin, ex medico primario del "London Clinic Center" di Londra nonché ex istruttore di Amelia e degli altri del reparto medico. Leggendo il nome sulla lapide la donna provò una strana sensazione.

Ai terrestri sembrava davvero incredibile che quelle persone con le quali avevano condiviso parte del loro tempo e che sarebbero dovuti diventare i loro nuovi compagni di vita su quel pianeta adesso si trovassero sepolti lì da centinaia di anni.

Sia K'os che Nadia si misero in disparte lasciando ai terrestri il giusto tempo per dare un ultimo saluto ai loro vecchi compagni. Fu Matthew che dopo un po' fece segno agli altri che era giunto il momento di ricongiungersi con i proximiani per fare ritorno al villaggio.

Capitolo 16 - Furia animale

Il sole alto faceva capolino dai piccoli spazi tra le nuvole che ricoprivano il cielo di Proxima B. Al villaggio i proximiani erano alle prese con le proprie attività quotidiane con i terrestri che, con molta curiosità, cercavano di apprendere di più sulla loro cultura. C'era chi andava a caccia, chi coltivava la terra e chi pescava al fiume.

«È curioso...» disse Jerry. Insieme a Matthew era alle prese nel sistemare una staccionata vicino alla casa di un'anziana abitante del villaggio.

«Cosa?» replicò Matthew. Teneva in mano un tronco pronto ad essere piantato nel terreno.

«Siamo qui solo da pochi giorni e ci trattano come se fossimo nati in questo posto...» rifletté Jerry. Con un mazzuolo colpì il tronco tenuto da Matthew.

«Su! Altri due e abbiamo finito questo lato!» esclamò il generale indicando la staccionata. «Comunque hai ragione. Facevo lo stesso discorso ieri con Emily. È gente semplice, proprio come dovremmo esserlo noi... Hai sentito LISA alla vecchia nave! Hanno deciso di mettere da parte il passato per costruire un futuro migliore, riuscendo a fare a meno della tecnologia e dei vecchi costumi della nostra società. Il loro modo sembra essere migliore del nostro. Guardati intorno... Qui nessuno vuole prevaricare sugli altri. Non c'è concorrenza, né proprietà private, né invidie. Lavorano tutti insieme per andare avanti, di comune accordo... Cosa che noi, né sulla Terra né sui MATER, siamo riusciti a fare...»

«Cioè, signore?» domandò Jerry.

«Beh, collaborare! Una parola così semplice ma a quanto pare tanto difficile da mettere in pratica... E un'altra cosa, chiamami ancora "signore" e ti getto nel fiume... Qui siamo tutti uguali. Tutti allo stesso livello. Inizia a capirlo e vedrai che vivrai molto meglio. Adesso finiamo questa staccionata. Non abbiamo tutto il giorno...» rispose Matthew con un sorriso al ragazzo che annuì sereno.

A qualche metro di distanza un gruppo di ragazzini tentava di spiegare a Emily e a Korin un particolare gioco. Dovevano colpire dei grossi frutti che pendevano da un grande albero a ridosso della foresta, completamente bendati.

«Credo che vogliano che provi a farlo tu!» esclamò sorridente Emily vedendo Korin tirato da un braccio da due bambini proximiani.

«Che cosa dovrei fare?» domandò Korin rivolgendosi alla ragazza e circondato da ragazzini finì per essere bendato e fatto girare in modo da perdere l'orientamento.

«Su, Korin! Non dirmi che non hai mai giocato a prendere una pignatta! Dai, colpisci!» lo esortò Emily divertita dalla scena.

Korin cominciò a sferrare dei colpi di bastone verso l'alto cercando di colpire qualcosa, ma tutti i suoi tentativi andarono a vuoto. I ragazzini ridevano per quanto fosse buffo e impacciato il terrestre che, per quanto si impegnasse, non riusciva a prendere nulla.

«Noi lo chiamiamo *girad'aa*. Il gioco della fortuna» disse Nadia. Si avvicinò a Emily e osservò assieme a lei la scena.

«Anche noi abbiamo un gioco simile ma non utilizziamo frutti ma un asinello ripieno di caramelle e dolci. Ai bambini piace molto...» rispose la terrestre.

«Sulla Terra ci sono animali ripieni di caramelle?» domandò sorpresa e perplessa Nadia.

«Ah, no, no... È un asino finto, di carta pesta» puntualizzò la giovane terrestre scoppiando a ridere. «Perché lo chiamate gioco della fortuna?»

«Vedi quei frutti? È un particolare tipo di frutto che quando è maturo e viene colpito si apre facendo delle dolcissime gemme di polpa. Ma se viene colpito quando è troppo maturo esplode, gettando intorno gelatina. E ti assicuro che la puzza è davvero terribile...» spiegò Nadia.

Entrambe osservarono Korin tirare impacciatamente colpi alla cieca.

«Adesso è la volta buona, vedrete!» esclamò il ragazzo bendato.

Caricando bene il colpo riuscì a centrare un grosso frutto bluastro che penzolava sopra la sua testa. Il frutto, purtroppo per Korin, era un po' troppo maturo e finì per esplodere riversando sul povero malcapitato la polpa maleodorante.

«Ma che cos'è? Puzza da fare schifo! Bleah!» reagì Korin urlando. Sfilò la benda e guardandosi intorno vide che tutti ridevano a crepapelle.

«Ridete, eh?» commentò ancora cercando di togliersi di dosso quanta più polpa poteva.

«Vi mostro io un gioco! Prendete delle pietre abbastanza rotonde e dei pezzi di stoffa!» ordinò ai ragazzini, ma notò che due di loro non riuscivano a comprenderlo, quindi chiese aiuto a Nadia.

Qualche minuto più tardi, munito di un grosso bastone simile ad una mazza e con una palla ricavata da un sasso ricoperto di paglia e avvolto in una pelle in mano, Korin iniziò a spiegare il gioco alla decina di bambini proximiani seduti davanti a lui. Erano presenti anche Emily e Nadia che faceva per lui da interprete mentre

Matthew, Jerry e altri proximiani li osservavano a distanza.

«Allora, oggi imparerete un gioco che ha fatto sognare milioni di bambini come voi sulla Terra! Il baseball!» disse Korin tenendo la mazza appoggiata alla spalla e palleggiando la palla in mano.

«Oh no, Korin… ti prego…» commentò Jerry tra sé.

«Tutto quello che dovete fare è colpire la palla che vi verrà lanciata, e poi correre!» spiegò Korin. Aiutato da Nadia continuò nel suo discorso che si prolungò per alcuni minuti.

Quando più o meno tutti i piccoli proximiani ebbero capito, compreso Zack che si trovava lì in mezzo, il gioco prese il via. Si misero tutti in formazione con Korin che si posizionò alla battuta. Uno dei bambini afferrò la mazza, che nelle sue mani appariva gigante, e si posizionò pronto per ricevere un tiro dal terrestre.

«Allora, piccolo, sei pronto?» domandò Korin.

Dopo qualche istante effettuò il lancio. La palla si muoveva in aria, a bassa velocità, dando così la possibilità, seppur la mazza fosse a lui pesante, di essere colpita. Il proximiano la colpì mandandola a qualche metro da Korin che esultò e lo incitò a correre verso una base fatta con una croce nel terreno. Emily e Nadia, poco distanti, esultarono di gioia battendo le mani ai ragazzini che iniziarono a divertirsi, ignari però del fatto di essere osservati da qualcuno dalla foresta alle loro spalle.

«Forza Zack, adesso tocca a te!» esclamò Korin al giovane proximiano che correndo prese il posto del battitore.

«Fa' attenzione alla palla! Arriva!». Korin lanciò la palla sempre a bassa velocità, dando modo al ragazzino di poterla colpire con facilità. Zack fece roteare velocemente il legno a forma di mazza riuscendo a colpire in pieno la palla di pietra e pelle scagliandola al di là del campo improvvisato fino ad arrivare dove iniziavano gli alberi che circondavano il villaggio, a qualche decina di metri di distanza. Tutti alzarono lo sguardo seguendo la traiettoria della palla con la testa.

«Wow! Che colpo! Ha del talento il ragazzino...» commentò tra sé Korin.

Gli altri bambini rimasero fermi nelle loro posizioni cercando di capire chi avrebbe fatto il primo passo per andare a recuperare la palla. Così, vedendo la scena, il piccolo Zack fece cadere la mazza e correndo si diresse verso gli alberi. Si era ormai allontanato una ventina di metri dal gruppo, e sotto lo sguardo degli altri bambini, di Korin, di sua sorella e di Emily, giunse al limite del villaggio. Facendo un ultimo passo si abbassò per raccogliere la palla e alzando al cielo il braccio fece segno agli altri che era riuscito a ritrovarla. Ma come un lampo dietro di lui due uomini sbucarono dai cespugli e lo afferrarono per le braccia, trascinandolo nella foresta. Il ragazzino non poté nulla tranne che urlare a squarciagola. Nadia, a sua volta, iniziò a gridare dalla paura scuotendo tutti dalla calma che fino a pochi istanti prima regnava in tutto il villaggio. Korin rimase impietrito.

«Generale Ross! Jerry!» urlò Emily cercando di richiamare l'attenzione di Matthew e del biologo. Ma non servì perché anche loro aveva assistito alla scena e si lanciarono all'inseguimento dei due misteriosi uomini, sparendo anche nella foresta, seguiti da Korin e Nadia.

Gli altri ragazzini erano attoniti. Alcuni di loro erano spaventati e altri ancora avevano iniziato a piangere. La pace e l'armonia del villaggio all'improvviso erano state spezzate.

K'os giunse qualche secondo più tardi. Capendo cosa fosse successo a suo figlio richiamò tutti gli uomini che poteva. Col suo caratteristico verso richiamò il suo fedele lupo. Afferrò la sua lancia e salì in groppa all'animale prendendo la direzione dove Matthew e gli altri erano spariti nella foresta. Poco prima che entrassero nella foresta Emily si parò davanti a loro con le braccia aperte. Il capo villaggio tirò più forte che poté le briglie e fermò il lupo proprio davanti a Emily.

«*Vhigladé*[37]!» esclamò K'os fuori di sé dalla rabbia.

«Aspetta! Vi uccideranno tutti! È una trappola!» provò a spiegare Emily cercando di far ragionare il proximiano anche con dei gesti.

«Nooo! Noi uccidere loro!» replicò con rabbia K'os che si mise di nuovo all'inseguimento seguito da una trentina di uomini, lasciando lì Emily inerme.

«Che testardi!» sbuffò amareggiata. Quindi si diresse verso il centro del villaggio.

«Coraggio, ragazzino… Continua ad urlare… Non vorrai mica che i tuoi amici ci perdano…» disse uno dei due rapitori che teneva per un braccio Zack.

«Smettila, idiota! Credi sia un gioco? Accelera, piuttosto!» lo rimproverò Michael che correva al suo fianco.

«Se ci prendono quei selvaggi ci uccidono!» aggiunse il pilota.

Aumentarono la velocità con Zack che non smetteva di urlare.

«Avete sentito? Da quella parte!» esclamò Matthew rivolgendosi a Korin, Nadia e Jerry che stavano dietro di lui.

«Stavolta lo ammazzo! Stateman… razza di idiota!» gridò iroso Matthew.

---

[37] scansati

«Signore, dove crede che lo stiano portando?» domandò Korin ansimando.

«Non lo so... Ma lo scopriremo presto!» rispose Matthew.

«Questa è opera di Stone! Ne sono sicuro!» dichiarò Jerry.

«Pazzo megalomane...» pensò tra sé Matthew riferendosi a Stone.

Dei singhiozzi iniziarono a sentirsi alle loro spalle. Nadia scoppiò a piangere. Si mise in ginocchio facendo fermare il gruppo.

«No... Non piangere... Siamo qui... Vedrai che sistemeremo tutto... E Zack tornerà a casa sano e salvo...» le Jerry prendendo tra le mani il viso di Nadia in lacrime.

«Non preoccuparti. Non faranno del male a Zack. Siamo noi il loro vero obiettivo...» aggiunse Korin accennando un sorriso con l'intento di tirare su la giovane amica.

Anche Matthew si avvicinò a lei e l'abbracciò. «Tuo fratello tornerà a casa. Te lo prometto.»

«Ne sei sicuro?» gli domandò in lacrime Nadia che stava con la testa poggiata sul suo petto.

«Sì. Fosse l'ultima cosa che faccio! Adesso su, rimettiamoci in marcia!» concluse Matthew.

Così ripresero la ricerca.

Al villaggio Emily era riuscita a raggruppare un piccolo gruppo di proximiani. Con l'aiuto di Amelia, di Abigail e degli altri terrestri, informati anche loro della situazione, la soldatessa chiese se gli abitanti del luogo fossero in possesso di qualche tipo di arma non primitiva. Con loro sorpresa vennero a conoscenza che le vecchie armi del MATER 1 erano state raggruppate e sepolte in un luogo sicuro vicino al villaggio. Così, guidate da un paio di proximiani, andarono a recuperarle.

Quando due di loro entrarono in una grotta lì vicino con due badili di pietra, i terrestri capirono che forse erano giunti nel posto giusto. I due uomini uscirono con delle sacche di pelle spessa e le adagiarono ai piedi dei terrestri.

«Coraggio, apriamole!» esclamò Emily. Senza ripeterlo due volte aprì la sacca al cui interno si trovavano le armi del MATER 1; una ventina tra fucili e pistole videro la luce del sole dopo moltissimi anni.

«Non sono al massimo della carica ma dovrebbero ancora funzionare...» arguì Emily rovistando nelle borse. Poi, mettendo una pistola in mano ad Abigail e un fucile in mano ad Amelia iniziò ad assegnarne una anche agli altri terrestri e ai proximiani che erano lì.

«Emily... io... ecco... non ne sono così sicura...» balbettò Abigail.

«Abigail, lo so... Sei un medico. Il tuo compito è salvare vite, no uccidere. Ma siamo in guerra! Hai visto cos'è capace di fare Stone. Dobbiamo almeno provare a fermarlo!» disse Emily.

Quindi richiamò tutti all'azione e si diressero nella foresta sulle tracce degli altri proximiani e di Matthew.

«Le orme sembrano dirigersi da quella parte, oltre gli alberi!» urlò Jerry indicando una serie di impronte lasciate sul suolo bagnato e parzialmente ricoperto di foglie.

I quattro le seguirono. Attraversarono un'ultima serie di alberi prima di giungere in una piccola radura simile a quella dove Matthew e gli altri terrestri avevano lasciato il loro accampamento, ma leggermente meno estesa. Per un attimo, colpiti dalla forte luce agli occhi, i quattro apparvero spaesati. Dopo qualche secondo riuscirono a distinguere la sagoma di alcuni essere umani fermi a circa metà della distesa erbosa, proprio al centro della radura e di conseguenza affrettarono il passo. Man mano che si facevano più vicini Matthew e gli altri iniziarono a capire di chi si trattasse. Era Stone che teneva accanto a sé Zack con la mano sulla bocca del ragazzino. Al suo fianco c'erano Michael e un altro paio di uomini armati.

I quattro, guidati da Matthew, si fermarono a una ventina di passi da Stone. Nessuno fiatò. Dagli occhi di Zack scorrevano giù delle lacrime di paura.

Matthew e Stone si guardarono negli occhi in cagnesco. Passarono solo pochi secondi prima che il silenzio venisse spezzato.

«Che significa questo, Stone?» esordì Matthew urlando.

«Ross… Perché mai dovrei dare spiegazioni a un traditore come te? Voi cosa ne pensate, ragazzi?» replicò Stone rivolgendosi ai suoi soldati che annuirono prontamente.

«Ma di che diavolo parli? Loro sono nostri fratelli!» esclamò Matthew adirato.

«Osi chiamare "fratelli" quei selvaggi? Sono esseri pericolosi! Rapiscono i nostri uomini e gli impediscono di ritornare da noi! Ti hanno fatto il lavaggio del cervello, Ross! Ma con me non accadrà! Ci hanno dichiarato guerra dal momento in cui hanno portato via uno dei miei soldati!»

Le parole di Stone, quasi con la bava alla bocca, riecheggiarono per tutta la radura mentre guardava Nadia con il massimo disprezzo.

«Guerra? Siamo noi gli ospiti, Stone! Siamo venuti noi sul loro pianeta! Sei stato tu a rapire una di loro e adesso te la prendi con un ragazzino! Sei mai ci sarà una guerra, sarà provocata da te! Ma se lo lasci andare, sarai ancora in tempo per evitarla! Possiamo vivere in armonia con loro! Sono un popolo pacifico…»

«Sono selvaggi!» incalzò sprezzante Stone. «Il dado è tratto, Ross! O con noi o contro di noi! Vi darò un'ultima possibilità! Eliminate la ragazza e schieratevi dalla mia parte, altrimenti morirete con loro!»

Improvvisamente, dalla foresta alle spalle di Matthew, Nadia, Korin e Jerry, spuntarono i proximiani guidati da K'os in groppa al suo lupo.

Alla vista del padre Zack iniziò ad urlare per richiamarlo, attirando la sua attenzione.

«Dannazione, Stone! Evita questa follia! Lascia andare il bambino! Stateman, ti prego...» disse Matthew rivolgendosi agli uomini davanti a lui intenzionato ad evitare in tutti i modi lo scontro.

«Sei patetico, Ross! Sei solo un debole! Lo eri sulla Terra, anche con la tua famiglia, e stai dimostrando di esserlo pure qui!» commentò Stone. «Prendi il ragazzo!» ordinò spintonando Zack verso un suo uomo il quale afferrò il ragazzino bruscamente.

Nadia non poté più trattenersi, e in lacrime iniziò a correre verso i sequestratori.

«NADIA, NO!» urlò Jerry, ma venne ignorato dalla ragazza che si trovò in un attimo davanti a Stone e ai soldati.

Giunta a meno di cinque metri da essi la ragazza iniziò a portare le braccia in avanti per afferrare il fratellino quando un suono riempì l'aria di tutta la vallata. L'eco di uno sparo giunse alle orecchie dei presenti, lasciando tutti impietriti. Il tempo sembrò fermarsi quando la ragazza iniziò ad accasciarsi al suolo.

«NOOOO!»

Il cuore di Jerry sembrò scoppiare. Il suo primo istinto fu quello di precipitarsi verso Nadia. Dietro di loro il lupo di K'os ululò come se fosse un treno a vapore e iniziò a correre dando inizio allo scontro.

«Come stai? Dove ti hanno colpita?» domandò agitato Jerry mentre prendeva Nadia tra le braccia. Notò che era stata colpita al fianco di striscio.

«Sta' tranquilla, non è grave... Ora ti porto lontano da qui!» le assicurò il biologo, quindi si caricò il corpo della proximiana sulle braccia.

«Dovevi aspettare il mio ordine, idiota! Venite fuori! Forza!» esclamò infuriato Stone all'auricolare rivolgendosi ai suoi nascosti poco dietro.

Il colpo che aveva preso Nadia era partito proprio da delle rocce dove uno dei soldati era appostato. Gli uomini di Stone uscirono allo scoperto andando a formare una linea alle spalle del generale. Erano armati di bastone teaser e di fucili.

«Quando vi dico io puntate e fate fuoco!» ordinò Stone credendo che coi proximiani si potesse adottare una tattica "old school", quasi napoleonica.

Il lupo e i proximiani correvano come fossero inseguiti dal diavolo in persona per quanto andassero veloci. Giunti a distanza di tiro partirono i primi colpi e la guerra voluta da Stone ebbe inizio.

«Puntate... Fuoco!» urlò deciso Stone.

I primi proximiani caddero sotto lo sguardo di K'os ormai cieco dalla rabbia.

Le due fazioni erano ormai giunte al punto di contatto. Lo scontro fu violento. K'os si lanciò dalla sella e finì addosso ad alcuni terrestri colpendoli con la sua scure facendoli cadere stecchiti dopo averli tramortiti. Matthew aveva un solo obiettivo in mente: fermare Stone. Afferrando la mazza di un proximiano morto sotto il fuoco nemico, si diresse verso il suo rivale.

Nel frattempo, Zack venne portato via dal viscido Woods che date le sue scarse abilità belliche e la codardia che lo contraddistingueva si era auto incaricato di tenere a bada il rapito.

«Su, ragazzino! Non vorrai mica farmi ammazzare!» esclamò Woods dirigendosi tra le rocce ai lati della radura dove poco prima i suoi colleghi erano nascosti.

La radura si riempì ben presto di urla e spari. Frecce scoccate e colpi di scure libravano nell'aria. Cadevano uomini da un lato all'altro delle due fazioni. L'erba si colorò di rosso, e stavolta, non per la luce del sole.

«STONE!» urlò Matthew scagliandosi verso l'uomo brandendo la mazza.

«Ross, eccoti! Ti stavo cercando! Vieni a prendermi!» replicò Stone con una sorta di finto sorriso di sfida impugnando il bastone teaser.

I due iniziarono colpirsi e a duellare come non mai.

«Metti fine a questa follia! Dì ai tuoi uomini di fermarsi!» suggerì ancora Matthew, ma sapeva in cuor suo che quello scontro sarebbe finito in un solo modo.

La battaglia aveva portato K'os al lato opposto della radura. Apriva teste e pance come se non ci fosse un domani, accecato dall'ira e dalla rabbia per ciò che i terresti avevano fatto alla sua famiglia.

«Ehi tu, selvaggio! Fatti sotto!» disse con tono di sfida Michael che brandiva un grosso coltello al posto del bastone teaser.

I due si scrutarono negli occhi per pochi secondi camminando in circolo, attendendo il momento giusto per colpire. Dopo alcuni istanti di stallo fu Michael ad agire per primo avventandosi sul capo villaggio che si scansò e colpì ad una spalla il terrestre, facendolo cadere con la faccia rivolta al terreno.

Tra i colpi sparati dai terrestri e le frecce scoccate dai proximiani, Korin era alle prese con quelli che fino a qualche giorno prima erano stati i suoi compagni di viaggio.

«Hai fatto la scelta sbagliata, Tamura! Stare con quei selvaggi... Pagherai per questo! La pagherete tutti!» gli rinfacciò Nick, il suo vecchio amico sul MATER 3.

I due si conoscevano bene ma Korin non riusciva davvero a capacitarsi di come il ragazzo avesse preferito schierarsi dalla parte di Stone e non seguire lui e gli altri in quella che riteneva fosse la causa giusta.

«Mio Dio… Come diamine vi ha ridotto quello stronzo…» pensò a bassa voce l'asiatico scuotendo la testa in segno di disapprovazione.

«Sta' zitto e combatti!» urlò pieno di rabbia Nick. Si scagliò contro Korin e i due iniziarono una colluttazione tra calci e pugni.

«Arthur, guarda in cosa hai trasformato queste persone!» urlò Matthew sferrando un pugno in pieno viso a Stone facendolo indietreggiare di qualche passo.

Questi passò la mano sulla sua bocca per pulire il piccolo rivolo di sangue che pian piano iniziò a scorrere sul suo viso. Poi, guardando negli occhi Matthew esclamò: «Cosa credi, che sia una cosa personale? Dobbiamo completare la missione! Con o senza di voi, Ross!».

Si gettò su Matthew riuscendo a metterlo spalle a terra iniziando a colpirlo con la mano destra. Matthew afferrò il pugno con la sinistra bloccando la furia di Stone.

«Sai che non è così… Questa è un'altra delle tue guerre personali! Vuoi dimostrare a te stesso di essere il migliore, ma non andrà così questa volta!» disse a fatica Matthew.

Poggiò entrambi i piedi sul torace di Stone e spinse con tutta la forza che aveva in corpo. «Aaaah!» urlò, scaraventando il suo avversario in aria e gettandosi stavolta lui addosso. «Questa pazzia deve finire!»

Questa volta i colpi vennero dalla mano sinistra di Matthew.

«Ross, guardati intorno!» esclamò Stone con il viso tra l'erba e pieno di sangue.

Matthew si bloccò con la mano in aria pronto a sferrare un altro pugno stando seduto sull'avversario e diede un'occhiata intorno a sé. Vide come molti dei proximiani erano feriti e molti altri erano morti. Anni di vita pacifica avevano assopito la loro natura umana guerriera a differenza dei terrestri. E anche la superiorità delle armi aveva contribuito a mietere più vittime tra gli abitanti di Proxima B.

«Hai perso, Ross… Avete perso tutti…» disse sghignazzando e sputando sangue Stone.

«Ma che cosa abbiamo fatto… Siamo riusciti a portare guerra e dolore dall'altra parte dell'universo…» osservò quasi sussurrando Matthew. «Meriti di morire!» proseguì rabbioso.

All'improvviso delle urla provenienti dalla foresta attirarono l'attenzione di tutti nell'intera radura. Era il gruppo guidato da Emily pronto a dare man forte ai proximiani.

Il marine iniziò a sparare buttando giù più soldati che poteva. Così anche Abigail e gli altri. In un attimo la piccola scintilla di speranza si riaccese tra i proximiani.

«Dove l'hanno colpita?» domandò Amelia raggiungendo Jerry e Nadia ai margini della foresta.

«Al fianco! Non hanno colpito organi vitali ma sta perdendo molto sangue!» rispose preoccupato Jerry quasi in lacrime.

«Prendi questo! Avvolgilo e spingi forte sulla ferita!» gli ordinò la dottoressa strappandosi un pezzo di stoffa dalla divisa. «Dobbiamo chiudere la ferita, Nadia! Questo ti farà male!»

Amelia estrasse una delle batterie allo stato solido da una delle pistole.

«Jerry, hai una lama o qualcosa di metallo? Lo riscalderemo forando la batteria!» disse con tono veloce al ragazzo.

«Sì... Il mio coltello! Tieni!»

Jerry non se lo fece ripetere due volte e uscì il suo coltello dalla fodera passandolo ad Amelia.

«Ok! Quando ti dico io togli il tampone!» urlò ancora la donna. Conficcò la lama del coltello all'interno di una delle due batterie dell'arma facendola surriscaldare al punto che sembrava volesse esplodere da un momento all'altro.

«Adesso, Jerry! Toglilo!»

L'urlo di Amelia risuonò nella testa di Jerry che agì prontamente estraendo il coltello incandescente ponendolo subito sulla ferita della proximiana che iniziò a urlare dal dolore.

La procedura durò un paio di secondi ma per Nadia quel brevissimo lasso di tempo sembrò durare un'eternità e alla fine quasi svenne.

«Va bene... Sembra si sia chiusa ma dobbiamo coprirla lo stesso!» precisò Amelia con mezzo sorriso sulla faccia rivolto ai due ragazzi.

«Zack...» bisbigliò Nadia a Jerry con un filo di voce.

«No... Non ti lascio sola!» rispose il ragazzo deciso a rimanerle vicino.

«»Va'! Sto io con lei!» gli disse Amelia con un sorriso rassicurante.

Jerry si prese qualche secondo. Guardò intensamente gli occhi di Nadia.

«Ti riporterò Zack. Sta' tranquilla!» le assicurò dandole un bacio sulla fronte. Quindi si diresse verso il campo di battaglia.

Korin era riuscito ad evitare tutti i colpi del suo avversario ma non era riuscito a toglierlo di mezzo.

«Vieni qui! Combatti da uomo!» ruggì Nick a Korin. Stanco e molto provato dalla situazione il giovane biologo asiatico non poté fare altro che affrontare l'ex collega.

«Fatti sotto!» esclamò con un finto sorriso. Ma l'unica cosa che riuscì ad ottenere fu quella di far infuriare ancora di più Nick il quale sfoderò un coltello e iniziò a fendere l'aria con dei colpi.

«Non fai più lo sbruffone, eh? Muso giallo!» gli urlò contro l'altro biologo continuando a sferrare colpi.

«Riflettendoci, non credo sia stata una buona idea sfidarlo…» pensò tra sé Korin che era la metà di Nick come corporatura. Ma riuscì a rimediare una lancia proximiana tra l'erba e puntandola contro il nemico fermò la sua avanzata.

«Non hai il coraggio di usarla, sporco muso giallo!» esclamò ancora Nick con aria di sfida.

Dopo solo qualche istante, muovendo lo sguardo dietro Korin Nick sbarrò gli occhi come se avesse visto un fantasma.

«Adesso hai paura, eh? Non ridi più della mia lancia…» esclamò orgoglioso Korin vedendo il terrore negli occhi dell'ex amico ma fraintendendo il vero motivo di tale paura.

Nick iniziò a correre abbandonando lo scontro. Il lupo del capo villaggio stava proprio dietro il giapponese e vedendo la scena aveva puntato proprio Nick. Nulla poté la sua corsa. Il lupo saltò in alto scavalcando Korin che per un attimo venne oscurato. Si diresse con due balzi verso Nick afferrandolo con la sua grossa bocca tra la spalla e il collo iniziando a scuoterlo come se fosse una bambola di pezza. Le urla del biologo e il ruggito del lupo si fusero insieme fino a quando l'avversario di Korin, in seguito alle profonde ferite inferte dalle zanne dell'animale, non morì. Privo di vita venne scaraventato tra l'erba della radura.

«Bravo cucciolo!» esclamò Korin sorridente ma in parte impaurito, rivolgendosi all'animale che gli aveva appena salvato la vita.

«Tu! Traditore schifoso! Ridammi il ragazzino!» urlò Jerry scorgendo Woods e Zack nascosti tra le rocce ai lati della radura.

«Non posso, Vandcamp! Se lo faccio, lui ci ucciderà!» esclamò Woods mettendo il piccolo proximiano davanti a sé e poggiando la pistola alla sua tempia continuò, «Il generale aveva ragione! Sono selvaggi! E noi abbiamo una missione da portare a termine!»

«Non deve finire così, Gabriel! Guardalo! È solo un bambino! Stone vi ha manipolato con i suoi discorsi da guerrafondaio dicendovi falsità! Sono pacifici! È gente buona!» provò a spiegare Jerry.

«Pacifici, dici? Guardali come stanno uccidendo i nostri compagni!» rispose a tono Woods indicando con la pistola il campo di battaglia.

«Avete rapito il bambino! Come diavolo pensavi sarebbe finita, eh?» incalzò Jerry affranto notando che l'uomo non aveva intenzione di collaborare.

«Non mi sei piaciuto sin dal primo momento! Da quando mi avete imprigionato come un cane!» esclamò Michael alle prese con K'os.

I due erano andati avanti parecchio a darsele di santa ragione. Il terrestre aveva il viso ricoperto di graffi e lividi procuratosi durante lo scontro, e K'os non era messo tanto meglio.

«*W'ee h'éélp t'eé*[38]!» esclamò il proximiano ansimando profondamente iniziando a sentire la fatica.

«Non capisco una sola parola di quello che dici!» precisò con disgusto Michael.

Con un balzo il terrestre finì addosso a K'os atterrandolo e mettendo il manico della scure sulla gola del proximiano facendolo a mala pena respirare, mentre con l'altra impugnò il coltello, pronto a colpirlo. Sollevò la mano armata di lama. Il tempo sembrò rallentare. I due uomini, Michael sopra e K'os sotto, si scambiarono un ultimo, intenso sguardo quando la mano del terrestre iniziò a scendere. Ma prima che l'appuntita lama del coltello del soldato potesse conficcarsi nel petto del capo villaggio, un suono familiare a tutti, sia terrestri che proximiani, arrivò dalla foresta. Si trattava di quel ruggito maestoso e terrificante che i terrestri avevano già sentito diversi giorni prima. Il verso fece gelare il sangue non solo a loro ma anche agli abitanti del luogo che sapevano bene di cosa si trattasse. Tutti si bloccarono come se il tempo avesse smesso di scorrere.

«Che cos'era?» domandò impaurita e perplessa Amelia. Nadia era sdraiata accanto a lei tra gli alberi vicino al campo di battaglia.

«*Imhaa*… È lui… Il signore della foresta… Il rumore lo avrà attirato…» sussurrò impaurita Nadia. «Dobbiamo avvertirli o li ucciderà tutti…»

La ragazza provò ad alzarsi ma non ci riuscì a causa del dolore.

«No, sta' giù! Non muoverti! Vedrai che riusciranno a cavarsela…» le consigliò Amelia. Si voltò verso il campo di battaglia. «Che Dio li aiuti…»

---

[38] noi aiutato te

In mezzo alla radura tutti si fermarono e si guardarono intorno. Anche Matthew e Stone smisero di combattere per qualche istante. Gli alberi della foresta ondeggiarono e il suono di rami spezzati li raggiunse da est. Sembrava che un treno merci stesse viaggiando attraverso la foresta, ma ad un tratto tutto parve placarsi lasciando i presenti di ghiaccio, inconsapevoli di ciò che stesse per accadere di lì a breve. Per un istante sembrò essere passato tutto e il silenzio calò nuovamente sul campo di battaglia; non era altro che la quiete prima della tempesta, il preludio prima della devastazione.

Gli alberi esplosero e due grossi tronchi vennero spazzati via come fossero fatti di carta. La bestia apparve mostrando tutta la sua regale forma. Aveva quattro grosse zampe simili a quelle di un gorilla, schiena, testa e pelliccia simile a quella di un leone e coda corta e tozza da lince. Il manto era paragonabile a quello di una tigre con sfumature gialle. Era enorme, alto come due elefanti messi insieme.

La creatura si guardò intorno. Dalle sue fauci spuntavano quattro grossi canini e boccheggiando emise dei rumori respiratori. I suoi occhi, gialli e con una grossa pupilla nera, si muovevano a destra e a sinistra osservando tutti i presenti che adesso sembravano delle statue. Improvvisamente ruggì spalancando la bocca e si scagliò verso la mischia galoppando sulle quattro zampe. Durante la sua corsa l'enorme animale sollevò grosse zolle di erba e la terra sembrò tremare al suo passaggio.

Tutti erano terrorizzati e iniziarono a correre per cercare di raggiungere i margini del perimetro della radura. Ma fu tutto vano. La creatura li raggiunse e iniziò a sbranare e a calpestare molti di loro indifferentemente da chi fossero, terrestri o proximiani.

«Ma che diavolo è quel coso?» esclamò a occhi sbarrati Michael ancora sopra K'os. Questi, approfittando della distrazione dell'ex pilota, diede un colpo di reni e riuscì a liberarsi della sua presa.

La bestia, ancora più inferocita a causa delle frecce e degli spari scagliati dagli umani, iniziò a lanciare sassi e tronchi alla cieca. Un grosso legno secco venne scagliato come se nulla fosse in alto, verso Michael. L'uomo impietrì rassegnato e capì che quella sarebbe stata la sua fine. Chiuse gli occhi cercando di rivedere per l'ultima volta la sua amata moglie che si trovava a mezzo universo da lui. Aprendo le mani fece cadere il coltello e la scure del capo villaggio. L'enorme tronco stava per stritolarlo quando K'os ci si lanciò contro e i due rotolarono nell'erba un attimo prima di venire entrambi schiacciati. Ancora scossi e provati terrestre e proximiano guardarono il cielo rosa del pianeta tirando un profondo sospiro. Michael si voltò alla sua destra e vide K'os, anch'esso a pancia all'aria, tremare per l'adrenalina. Il terrestre si alzò, tese la mano verso l'uomo che gli aveva appena salvato la vita e gli fece un cenno come per ringraziarlo. K'os capì che il soldato ne era riconoscente e afferrando la sua mano si sollevò.

I ruggiti della bestia, intanto, si facevano ancora più intensi. Anche il lupo dei proximiani aveva attaccato il grosso animale ma venne scaraventato a metri di distanza da una sua zampata. Sembrava inarrestabile. L'unico che pareva non curarsene più di tanto era Stone. Approfittando di un attimo di distrazione di Matthew colpì l'avversario facendolo cadere.

«Sei un debole, Ross... L'ho sempre pensato... Fin dal primo giorno che ti conobbi... Non hai mai avuto la stoffa per il comando... Né sulla Terra né qui...» disse camminando lentamente verso Matthew che, accusando il colpo inaspettato, si trascinò tra l'erba con le braccia.

«Ce la faranno?» chiese Nadia ad Amelia sempre con un filo di voce.

«Sì, ce la faremo... Tutti insieme... Però adesso dobbiamo allontanarci da qui! Ti porto io!» le disse il medico.

La donna si caricò la proximiana sulle spalle e iniziò a correre con la paura di essere intercettata dalla bestia o dagli uomini di Stone.

Percorsi circa una ventina di metri uno dei soldati la notò con Nadia caricata sulle spalle e cercò di non farsi sfuggire l'occasione di prendere due piccioni con una fava. Sfilò il fucile e mirò verso di loro. Amelia continuava a correre tra spari e frecce che riempivano l'aria circostante cercando di sfuggirne. L'uomo era pronto. Il mirino del fucile era proprio centrato su di lei. Il suo dito scese lungo il grilletto quando sentì una fitta alla schiena, ma il colpo partì lo stesso. Dopo qualche istante si accasciò a terra privo di vita. Uno dei proximiani aveva scagliato una freccia colpendolo. Purtroppo anche il colpo sparato dal soldato era andato a segno centrando Amelia alla spalla destra. Le due donne rotolarono per terra con Nadia che si accorse di tutto nonostante fosse completamente priva di forze.

«No!» esclamò la proximiana vedendo l'amica giacere al suolo.

Ma Amelia aveva la pelle dura e cercò subito di rialzarsi.

«Sta' tranquilla! Quello stronzo mi ha colpito solo di striscio...» disse a fatica alzandosi e camminando verso di lei tenendosi la spalla ferita. Raccolse le ultime forze e riuscì a portare Nadia in salvo.

«Ci mancava solo il bestione!» disse Emily togliendo il caricatore a batteria scarico dal fucile recuperato da uno dei terrestri morti nella radura. Prese la mira e iniziò a sparare al grosso animale che ruggiva e scagliava colpi alla cieca colpendo a destra e a manca.

«Non gli farai un graffio in quel modo! Risparmia i colpi!» esclamò una voce familiare alle spalle di Emily.

Era Michael che insieme a K'os si avvicinava verso di lei correndo.

«Tu! Schifoso doppiogiochista!» urlò piena di rabbia la ragazza puntando il fucile verso l'uomo ma prima di tirare il grilletto venne bloccata da Michael in persona che afferrò l'arma.

«D'accordo, Parker... Affronteremo questo discorso in un secondo momento... Adesso dobbiamo fermare il bestione!» disse Stateman con voce decisa.

Emily rimase interdette per qualche secondo.

«Ma... non vedi? La pelle è troppo spessa e non sembra accusare minimamente i nostri colpi! Sembra una furia omicida!» fece notare urlando e guardando fisso negli occhi Michael.

«Ascoltami bene! Di' agli altri di prendere tutti i caricatori dei loro fucili e di metterli qui!»

Michael pronunciò quelle parole sfilandosi la giacca e legandola per formare un fagotto.

«E come credi di fermarlo? A parole e buone speranze?» esclamò ancora con sarcasmo Emily sempre intenta a guardarsi le spalle dalla bestia che scagliava sassi e zolle di terra dappertutto scontrandosi con i proximiani e i soldati terrestri.

«Fidati e fa' come ti dico!» urlò di nuovo Michael sicuro di sé e della sua idea.

Così, lasciando a Emily e a Nicole il compito di recuperare i caricatori a batterie allo stato solido, Michael e K'os cercarono di attirare l'attenzione dell'animale al centro della radura.

Intanto, vicino alle rocce Wood, terrorizzato, capì che ormai lo scontro tra Stone e i proximiani non aveva più senso e che l'unica cosa da fare era quella di mettersi in salvo. Fece cadere la pistola e rilasciò Zack che corse tra le braccia di Jerry.

«Tranquillo, Zack. Adesso ti porto a casa» disse il ragazzo accarezzando la testa del piccolo proximiano che teneva in braccio.

Attese il momento giusto per muoversi e non cadere vittima della furia dell'animale, cosa che l'incauto e anche vigliacco Woods non fece. Infatti, facendosi prendere dal panico, l'uomo iniziò a correre per la distesa d'erba attirando la vista della bestia che con pochi passi lo raggiunse e non badando ai colpi sparati dai terrestri né alle frecce scoccate dai proximiani lo tranciò in due grazie ai suoi forti arti anteriori, spargendo sull'erba le sue membra e colorando l'aria con una piccola nuvola di sangue. Tutti misero da parte il loro astio e odio verso gli altri comprendendo che l'unico modo per uscire vivi da quella situazione era quello di collaborare.

Jerry riportò Zack da Nadia che si trovava ancora distesa assistita da Amelia. Alla vista del fratellino la ragazza proximiana liberò il suo splendido sorriso e i due si abbracciarono esprimendosi in lingua proximiana, sotto lo sguardo soddisfatto e felice di Jerry e Amelia. Ma quella scena fu subito interrotta dalle urla che provenivano poco lontano da lì. I due terrestri voltarono gli sguardi e videro Korin e Liam Jones - un altro dei soldati terrestri schieratosi con Stone - ancora in piena lotta, con l'asiatico che sembrava trovarsi in difficoltà. Jerry non perse tempo e si lanciò subito in soccorso dell'amico.

«Korin! Arrivo!»

Fu un attimo. Korin ormai era quasi allo stremo delle forze e il suo avversario ne approfittò per infilzarlo con la lama del suo coltello. Da lontano Jerry capì subito che il suo amico era stato colpito. Questi cadde a terra agonizzante tenendosi il fianco sinistro che si era già macchiato di rosso.

«NOOOOOOOOOOO!» urlò Jerry alla vista di Korin al suolo mentre Jones rimase come di pietra, come pentito del gesto appena compiuto.

«Korin... Ehi, Korin! Ehi, amico! Non fare cazzate...» esclamò Jerry chinandosi sul corpo dell'amico asiatico tenendogli la testa.

«Jerry...» riuscì a dire a fatica Korin cercando di tenere gli occhi aperti.

«Non parlare... non parlare...» lo bloccò l'amico.

«Fermate Stone... Fermate questo massacro...» sussurrò Korin con un filo di voce.

Le ultime parole del giovane biologo asiatico corrisposero con le lacrime di Jerry che caddero proprio sulla sua divisa mentre Jones continuava a guardare la scena pietrificato. Gli occhi di Jerry scoppiavano di rabbia. Pura e sola rabbia. Si alzò di scatto e si avvicinò verso il soldato. «BASTARDO!»

Iniziò a prenderlo a pugni in faccia e i due caddero al suolo con Jerry sopra Jones. Il ragazzo continuò per alcuni secondi a scagliare cazzotti in pieno viso all'uomo che nonostante fosse più esperto e più robusto di lui sembrava sopperire data la rabbia del giovane biologo. Jerry arrivò quasi sul punto di finirlo ma di colpo si bloccò, come se qualcuno gli avesse ordinato di farlo. Ripensò alle ultime parole che aveva pronunciato Korin e decise di non uccidere il suo assassino. I due terrestri si guardarono negli occhi con Jones che aveva tutto il viso ricoperto di sangue e aspettava che Jerry gli infliggesse il colpo di grazia, ma con sua sorpresa il biologo gli disse: «Vattene...»

Il soldato non si mosse dalla sua posizione e Jerry urlò questa volta più forte. «VA' VIAAAAA!»

L'uomo non se lo fece ripetere due volte e strisciando riuscì ad allontanarsi. Jerry continuò a guardarlo per altri secondi per poi far cadere il suo sguardo nelle mani sporche di sangue.

Nel frattempo la bestia continuava a mietere vittime. I corpi venivano disseminati da una parte all'altra della radura.

Michael osservò la scena per qualche secondo con occhi spalancati. Quindi prese un grosso pezzo di legno dal suolo e impugnandolo a due mani lo scagliò contro la testa dell'animale facendolo inferocire sempre più.

«Avanti, micetto! Da questa parte!» esclamò, ma vedendo che la bestia aveva concentrato su di lui tutta la sua attenzione iniziò a pensare che quella forse non era stata una buona idea. Il feroce animale si rivolse verso di lui e ruggendo dalla rabbia iniziò a camminare con passo possente.

«Oh cazzo! E adesso? Fatti venire in mente un'idea migliore Michael, o qui ci lasciamo tutti le penne...» disse tra sé il terrestre indietreggiando lentamente.

Passo dopo passo capì che la bestia avrebbe colpito di lì a poco; era solo questione di attimi. Il suo sguardo si spostò dagli occhi penetranti dell'animale a Emily e Nicole che silenziosamente si muovevano alle sue spalle, mentre tutti gli altri approfittavano della distrazione della bestia per fuggire tra gli alberi.

Le due ragazze portavano il fagotto fatto con la giacca di Michael pieno di caricatori. La bestia era sul punto di balzare addosso all'uomo che ormai non poteva più indietreggiare quando un grosso sasso dalle dimensioni di un'arancia colpì la testa dell'animale facendolo voltare alla sua sinistra. A scagliare la pietra era stato K'os con l'intento di distrarlo, dando modo a Michael di uscire da quella situazione spinosa. E così avvenne. Sfruttando quell'occasione, Michael sgattaiolò tra le zampe possenti come tronchi dell'animale e giunto alle sue spalle arrivò vicino a Emily e a Nicole.

«Su, presto! Lanciatelo sotto di lui!» ordinò urlando alle due ragazze che non tardarono ad eseguire il comando.

Dondolarono il pesante fagotto prima di lanciarlo e questo cadde proprio sotto le zampe posteriori della bestia.

«Questo credo che lo sentirai...» disse ancora tra sé Michael caricando una pistola che aveva tenuto pronta proprio per quello scopo e iniziò a sparare una serie di colpi ai piedi dell'animale col fine di centrare il fagotto pieno zeppo di caricatori a batterie.

Una serie di colpi andò a vuoto e nulla accadde, ma Michael non perse le speranze. Prendendo meglio la mira sparò un'ultima raffica prima che il suo caricatore si scaricasse del tutto. Dei colpi invece andarono a segno forando l'involucro delle batterie esplodendo in un'enorme fiaccolata rossa e gialla inghiottendo la bestia che emise un enorme ruggito di dolore. Erba, sassi e legni volarono da ogni parte come proiettili.

Quando il fumo si dissolse la bestia ferita e zoppicante si ritirò nella foresta con ancora la pelliccia in fiamme lasciando un cratere profondo dove la bomba improvvisata era esplosa.

«Ha funzionato, Stateman!» disse Nicole tossendo per il fumo quando si accorse che Emily, a terra accanto a lei, era ferita ad un braccio. «Ehi, Emily! Sei ferita!»

Il marine francese si chinò subito verso l'amica.

«Non preoccuparti... È solo un graffio...» rispose Emily chiudendosi con una mano la ferita provocata da una scheggia di legno scagliata dall'enorme esplosione. Si sedette e si rivolse a Michael che stava ancora in piedi come una statua davanti a lei. «È stata una buona idea, Stateman...»

Ma Michael sembrava attonito.

«Ehi, Stateman! Michael!» lo chiamò ancora più forte Emily ma l'uomo continuò a non rispondere per poi accasciarsi al suolo. K'os, con le orecchie che ancora fischiavano per l'esplosione, si avvicinò a Michael e lo voltò notando che un grosso taglio si estendeva sul suo petto.

«*Kinh'oo*[39]...» disse.

«Già... una dannata scheggia...» imprecò Michael e respirando profondamente si mise a sedere. «Adesso però dobbiamo risolvere un'altra questione...» proseguì, e voltandosi verso nord vide che Matthew e Stone stavano ancora lottando.

«Strisci come un verme...» disse Stone.

Matthew faticava a rimettersi in piedi per via di un duro colpo subito. Stone raccolse da terra un ramo e lo mise intorno al collo di Matthew e iniziò a strangolarlo da dietro.

«Sai una cosa, Ross? È un bene che tuo figlio non ci sia più, se no sarebbe venuto su come te... Un autentico perdente!» sussurrò all'orecchio del suo rivale.

Sentendo queste parole Matthew sgranò gli occhi e in preda alla furia più cieca colpì coi gomiti lo stomaco dell'avversario che stava alle sue spalle facendogli mollare subito la presa e facendolo accasciare al suolo singhiozzante per i colpi subiti.

«Sei un mostro, Stone! Fai solo pena! Non sai cosa voglia dire la parola "pietà"! Adesso vai! Sarai da solo! Sarà

---

[39] ferito

questo pianeta a darti la fine che meriti!» concluse Matthew toccandosi il collo indolenzito. Si voltò lasciando il vecchio generale sconfitto ansimare tra l'erba.

«No... non può essere...» farfugliò tra sé Stone non accettando di essere stato sconfitto e in piena collera prese di nuovo il legno e con le ultime forze cercò di colpire Matthew alle spalle. Ma qualcosa gli fece perdere l'equilibrio. Così, anziché sferrare il colpo, finì proprio addosso al generale Ross che a stento era riuscito a voltarsi.

«Allora non hai...» esclamò Matthew, ma si interruppe quando si accorse che Stone era senza vita sopra di lui.

I suoi occhi erano più aperti di quanto non lo fossero prima, ma non si chiudevano più. Era morto stecchito a causa di una lancia proximiana che gli aveva trafitto la schiena e si era piantata proprio all'altezza del cuore. Un colpo netto.

Matthew spostò il corpo di Stone ormai senza vita e con un po' di fatica si alzò e notò Michael barcollante in piedi rivolto verso di lui. L'ex pilota era piegato su di un fianco, il destro per la precisione. Dalla sua mano destra che dondolava a penzoloni gocciolavano intensamente grosse gocce di sangue che andavano a finire sui fili d'erba della radura.

«Michael!» esclamò Matthew sorpreso nel vedere l'uomo a pochi metri da lui.

Michael cercò invano di rimanere in piedi ma alla fine crollò stremato al suolo. Matthew, K'os ed Emily corsero subito in suo aiuto. Il generale mise il braccio dietro la sua testa e lo sollevò leggermente permettendogli di respirare.

«Sta' tranquillo... Ora ti rimettiamo in sesto...» disse Matthew con la voce quasi tremante all'uomo che a mala pena riusciva a tenere gli occhi aperti.

Emily e Nicole andarono subito a chiamare Amelia.

«Signore... signore io... vi chiedo perdono... perdonatemi...» sibilò Michael sputando sangue e stendendo la mano tremante prese quella del capo del villaggio proximiano che stava al fianco di Matthew.

«Non pensarci adesso... Respira! Resta con noi...» gli disse Matthew che passò una mano sulla fronte del pilota sul cui volto iniziarono a scendere delle lacrime.

«Sono stato proprio uno stronzo... Spero che riuscirete a perdonarmi...» riuscì a dire col sorriso beffardo che lo aveva sempre contraddistinto. La sua testa cadde di lato e la vita lo abbandonò con gli occhi semi chiusi.

«No, Michael! Michael! No! No! Respira! Respiraaa!» Matthew urlava cercando di rianimarlo ma dopo qualche secondo venne bloccato da K'os il quale aveva capito che non c'era più nulla da fare.

Il generale era affranto così come lo era K'os. Gli uomini di Stone rimasti ancora vivi, osservando la scena del loro capo rimasto ucciso, decisero di arrendersi gettando le armi per poi raggiungere la zona dove si trovavano tutti gli altri.

Amelia, con Emily e Nicole che portavano a spalla Nadia, arrivò a fatica essendo ferita, cercando comunque di nasconderlo agli altri, ma ormai era troppo tardi e nulla più poteva. Così, sotto lo sguardo di tutti, Matthew passò la mano sugli occhi dell'uomo chiudendoglieli per sempre. Si voltò e alle sue spalle vide i sopravvissuti che osservavano la scena riuniti tutti lì attorno.

«Ha chiesto il nostro perdono...» disse a voce bassa. K'os si avvicinò al corpo di Stateman e gli passò la mano sul cuore come segno di riconoscenza del popolo proximiano quando Amelia tra il gruppo dei sopravvissuti cadde al suolo.

«Amelia!» esclamò Jerry.

K'os si alzò subito e accorse la donna.

«*Kinh'aa*[40]!» esclamò notando la ferita alla spalla destra di Amelia ormai svenuta.

«Sì, padre... È ferita... Mi ha salvato la vita...» intervenne Nadia.

Dopo qualche secondo K'os ordinò: «Villaggio! Tutti al villaggio!»

---

[40] ferita

Capitolo 17 - Futuro

Tirava una brutta aria.

«Su, Jerry, dammi una mano a metterlo sul carro...» disse Matthew poggiando una mano sulla spalla del giovane biologo che chinato sulle ginocchia osservava il corpo senza vita di Korin steso su un letto.

Erano trascorse diverse ore dallo scontro. Molti dei terrestri erano fuggiti nella foresta, senza lasciare alcuna traccia. Quei pochi che avevano compreso lo sbaglio si erano impegnato nell'aiutare i proximiani e il gruppo di Matthew a trasportare i caduti. Jerry, con gli occhi pieni di lacrime, non disse una sola parola. Singhiozzante, aiutò Matthew a sollevare il corpo di Korin e ad adagiarlo su un carro imbottito di soffice erba e piccoli fiori variopinti blu e viola che emanavano un dolce profumo di vaniglia. In ogni carro entravano, disposti in modo ordinato, quattro corpi. In uno di loro avrebbe trovato posto anche quello di Michael, ancora deposto tra l'erba.

«K'os! Emily! Aiutatemi... Al mio tre! Tiriamolo su!» esclamò Matthew. Insieme agli altri due tirò su il corpo di Michael per metterlo vicino a quello di uno dei proximiani, anch'esso caduto in battaglia.

Nel giro di pochi minuti tutti i corpi vennero caricati sui carri. Quando anche l'ultimo di questi venne poggiato sul letto d'erba la grande carovana partì inoltrandosi nella foresta. Il villaggio *Kin Tooh* adesso era vuoto. Uomini, donne, anziani e bambini lasciarono le proprie case per unirsi in cordoglio ai propri cari accodandosi alla carovana.

Era tardo pomeriggio. Mancava poco al tramontare del sole. I carri erano trainati da animali simili a dei grossi buoi con quattro corni possenti, molto muscolosi, e con due code lunghe un metro. La lenta carovana si estendeva per un centinaio di metri e i lamenti delle vedove e i pianti dei figli riempivano il silenzio della foresta.

«Non riesco ancora a credere che sia successo...» disse Jerry quasi sussurrando. Emily, con gli occhi rossi e lucidi, stava al suo fianco proprio dietro al carro in cui giaceva il corpo di Korin.

«Non avrei dovuto lasciarlo da solo...» aggiunse il ragazzo straziato portandosi la manica della giacca al viso.

«Jerry, basta... Non fartene una colpa... Korin sapeva che ciò che stava facendo era giusto...» gli rispose Emily mettendo un braccio intorno alla spalla dell'amico con l'intento di consolarlo.

Passo dopo passo il gruppo continuò in direzione della vallata del *Cameter'ii*, il sacro cimitero proximiano.

Giunsero quindi ai piedi del promontorio. Alla loro destra si estendeva una distesa di fiori rossi e gialli che brillavano alla luce del sole. K'os fece un cenno con la mano alzando il braccio. Le donne e i bambini si riunirono e intonando un tipico canto proximiano andarono a raccogliere i fiori sotto lo sguardo commosso dei terrestri. Sembravano quasi sorridere, cantando e raccogliendoli. Le donne riempivano le grosse ceste fatte con rami intrecciati mentre i bambini li portavano su uno dei due carri lasciati liberi proprio per le composizioni floreali.

«Che pensi?» domandò Nicole a Emily che, insieme agli altri terrestri, osservava la scena.

«Credo che dovremmo unirci a loro» rispose Emily.

A passo lento lasciò il sentiero di pietre che tagliava la radura ed entrò nel campo fiorito seguita dalle altre donne terresti. Insieme alle altre proximiane raccolsero i fiori staccandoli delicatamente dai loro steli.

Quando ebbero finito e il carro fu riempito di fiori, la carovana si rimise in marcia per raggiungere il luogo di riposo. Le donne continuavano a cantare seguite dai bambini. Non era un canto triste. Le sue tonalità alleggerivano il cuore di chi lo ascoltava e invogliava anche le donne terrestri a cantare.

«Che cos'è?» domandò incuriosita Amelia a Nadia.

«Lo chiamiamo *G'ood Bii'e*, "ultimo canto"» rispose Nadia smettendo di cantare per un attimo.

«È davvero molto bella. Cosa vuole dire?» domandò stavolta Emily che si trovava dietro di loro.

«È una *ha'ii ha'ii*. Come chiamate quelle canzoni che si cantano ai bambini per farli addormentare?» chiese Nadia.

«Ninna nanna» risposero in coro le terrestri, più precisamente Abigail, Nicole ed Emily che ascoltavano in silenzio la conversazione tenuta tra Amelia e Nadia.

«Ninna nanna. Noi non crediamo in una vita dopo la morte. Per noi si smette di essere. Quando si dorme non si è consci di nulla. Per noi si addormentano nella morte, e così cantiamo loro un'ultima volta come quando si canta ai bambini per farli dormire. Ma come avete capito è più utile a noi vivi che a loro. Serve per alleggerire il nostro cuore...» spiegò ancora la proximiana lasciando sorpresi tutti quelli che ascoltavano la spiegazione.

Un centinaio di metri dopo la carovana giunse nei pressi di un ruscello in secca. Questa volta K'os si rivolse agli uomini facendogli segno di seguirlo. Si diressero verso il torrente ridotto ormai ad un rivolo d'acqua. Come le donne terrestri prima di loro, anche gli uomini di Matthew inizialmente rimasero a guardare. Uno alla volta i proximiani selezionavano dei massi grandi circa mezzo metro dalla forma appiattita che evidentemente si erano staccati dalla parete di roccia quanto il torrente era in piena e successivamente portate a valle dalla corrente. Stranamente non erano molto pesanti. Sembravano levigate a mano tanto erano lisce. Con molta calma ogni uomo mise sul secondo carro vuoto la propria pietra.

«Su, andiamo a dargli una mano» ordinò Matthew ai terrestri. E anche loro si unirono alla raccolta.

«Questa dovrebbe andare bene» pensò tra sé Jerry prendendo una bellissima lastra di pietra e rifinendola con dei piccoli colpi la posò sul carro.

«Credo che queste dovrebbe bastare…» riferì Matthew caricando l'ultima pietra sul carro. Si rivolse a K'os facendogli segno con la mano che tutto era a posto.

La carovana ripartì ancora una volta per non fermarsi fino alla vallata in cui i proximiani avevano costituito il loro cimitero.

Qualche minuto più tardi giunsero al sacro campo. Gli uomini iniziarono a turno a scavare e ad incidere le pietre raccolte prima sul letto del torrente. Le buche non erano molto profonde, circa un metro e mezzo, e occorrevano due uomini per scavarne una. Per le rocce ne bastava uno solo.

Pur mancando un paio di ore al tramonto del sole il tutto si svolse con calma. Anche se i cuori di tutti i presenti erano straziati dal dolore si riuscì a completare in tempo.

Le buche vennero completate e ogni lastra di pietra fu incisa. Adesso si poteva iniziare con le sepolture.

Uno dopo l'altro i corpi vennero presi dai carri e delicatamente ripuliti e calati sul letto di fiori allestito dalle donne in precedenza. Col passare dei minuti i carri si svuotarono, e quando tutti i caduti ebbero occupato il loro posto K'os richiamò l'attenzione dei presenti. Le buche erano disposte in modo ordinato, come era nella tradizione e nelle abitudini proximiane, quasi a formare una griglia. Ogni uomo aveva una pala in mano e stava accanto ad ogni buca in attesa di poterla ricoprire. Le donne assistevano raggruppate dietro di loro.

«Oggi è stato un giorno triste. Questo mondo ha perso parte della sua luce. Abbiamo perso dei fratelli, mariti, figli. Facciamo in modo che giorni come questo non possano più accadere. Loro saranno nei nostri ricordi per sempre. Saranno il nostro monito. Mai più un uomo ucciderà un altro uomo su questo pianeta. Adesso cantiamo e salutiamo i nostri fratelli.»

K'os pronunciò queste parole, così semplici ma profonde, in proximiano, e grazie alla traduzione di Nadia tutti ne compresero il significato.

Molte donne iniziarono a piangere e a cantare, cosa che fecero anche le terrestri. Mentre gli uomini, pala dopo pala, ricoprivano i loro cari.

«Non doveva finire così... Dovevi darmi ascolto... Eri un brav'uomo, Michael... Ci mancherai...»

Matthew sussurrò quelle parole tra sé mentre col badile in mano ricopriva il corpo senza vita di Michael che spariva sotto la terra.

A qualche metro di distanza Jerry, prima di gettare le prime palate di terra sul corpo di Korin, lo prese per mano e gli sussurrò le ultime parole di addio.

«Sarai sempre nel mio cuore, fratello mio…»

Jerry aveva il volto ricoperto di lacrime. Strinse la mano dell'amico un'ultima volta e iniziò a ricoprirlo di terra.

Quando ogni buca fu ricoperta tutti iniziarono il ritorno. Con le torce di fuoco accese si incamminarono verso il villaggio.

«Ne manca uno...» disse Matthew rivolgendosi a K'os voltandosi verso l'ultimo carro rimasto lì.

Erano rimasti solo loro due. Con quattro torce a fare luce e col lupo a da guardia Matthew e il capo villaggio scesero dal carro il corpo di Stone.

Era da poco calato il sole e la luce non era molta, ma grazie alle torce riuscirono a scavare la buca.

«Non lo meriteresti...» disse Matthew stanco e ansimante per aver scavato.

«Ma sai com'è, non siamo selvaggi...» aggiunse con un sarcasmo amaro. Poi, con l'aiuto di K'os calò anche il corpo di Stone nella fossa.

«Non credo verrà qualcuno a piangerti, Arthur...» concluse Matthew buttando giù l'ultima palata di terra.

K'os stava portando una grossa pietra, pronta per essere incisa, ma Matthew lo fermò.

«No. Abbiamo fatto già abbastanza per lui. Non abbiamo motivo di ricordare il suo nome...»

I due si voltarono e salendo sul carro raggiunsero gli altri guidati dalle luci.

Al villaggio tutti andarono a dormire nei rispettivi alloggi. La pace sembrava poter fare ritorno.

Matthew era seduto sui gradini esterni del suo alloggio e pensieroso osservava il cielo stellato.

«Ehi...» disse una voce femminile. Matthew si voltò e riconobbe Emily venire verso di lui. «Non riesci a dormire?» continuò prendendo posto vicino a Matthew.

«Già... Sono esausto, eppure non riesco a prendere sonno...» rispose l'uomo.

Quindi tornò con lo sguardo verso il cielo. «Guarda. Da qualche parte lassù i nostri compagni ci stanno aspettando...»

«Hai paura che non possano capire tutto questo?» gli chiese Emily.

«Beh, la paura fa commettere molti errori...» replicò Matthew. Fece una piccola pausa.

«Se ho paura che quello che è successo oggi possa ripetersi? Sì, ce l'ho. Ma non possiamo lasciarli soli. Non adesso che abbiamo scoperto tutto questo...» disse guardando negli occhi Emily.

«Non temere. Ti ascolteranno. Sei tu il nostro capo. Lo sei sempre stato...» gli confidò lei con un dolce sorriso.

«È davvero strano...» disse Matthew. In mano teneva un piccolo sasso.

«Cosa?»

«Ci siamo spinti così avanti per poi tornare indietro...» continuò l'uomo.

Seguì una breve pausa.

«Guardali. Sorridono sempre. Sono felici di ciò che hanno. Siamo sicuri che siano poi così indietro?» osservò Emily con voce serena. Quindi si alzò e si avvicinò a Matthew.

«Sta' tranquillo... Andrà tutto bene...» gli sussurrò baciandolo dolcemente sulla guancia per poi ritirarsi nel suo alloggio.

Matthew rimase di sasso, con mezzo sorriso stampato in volto e il cuore leggero.

Il gruppo partì l'indomani mattina alla volta del campo base dei terrestri rimasti i quali erano ignari del triste epilogo che aveva avuto lo scontro.

A guida del gruppo, come ormai d'abitudine, c'erano Matthew e K'os. Tutti gli altri, proximiani compresi, stavano dietro di loro.

Giunti in prossimità del campo base i trenta colonizzatori rimasti all'interno sentirono dei passi provenire dalla foresta. Quindi si avvicinarono alla recinzione elettromagnetica.

«Chi va là?» domandò un uomo di guardia.

«Abbassa l'arma, soldato! Sono io, il generale Ross!» si annunciò Matthew uscendo dalla foresta seguito da K'os e dal resto.

«Disattiva la recinsione!» esclamò prontamente il soldato lasciando passare Matthew e i suoi.

I terrestri rimasti al campo si avvicinarono al gruppo, compreso Finn.

«Il generale Stone, signore?» domandò l'addetto alle comunicazioni.

«È stato destituito» rispose con fermezza Matthew. Quindi poggiò la mano sulla spalla del giovane. «Mettimi in contatto col mio secondo in comando sul MATER 3.»

Tutti coloro che erano rimasti al campo erano curiosi e spaventati nel vedere i proximiani a causa di ciò che avevano sentito da Stone.

«*Qui MATER 3! Vi riceviamo!*» disse Roger dell'altoparlante del sistema di comunicazione di bordo.

«Roger, sono il generale Ross! Mi ricevi?» domandò Matthew prendendo in mano il dispositivo per comunicare.

«*Dio Santo! Sì, signore! La ricevo forte e chiaro! Ma dove diavolo eravate finiti? Non abbiamo vostre notizie da giorni! Avevamo pensato al peggio!*» esclamò Roger felice nel sentire la voce del suo generale.

«È una lunga storia, vecchio mio... Adesso devi fare ciò che ti dico. Ti darò delle coordinate dove poter atterrare. Comunicale anche al MATER 2» ordinò Matthew al suo secondo che affermando di aver capito eseguì gli ordini.

Chiuse le comunicazioni Matthew suggerì di smantellare il campo e di seguirlo al villaggio dei proximiani.

I terrestri obbedirono e, anche se impauriti, giunsero al villaggio *Kin Tooh* dove fecero la conoscenza dei nativi del luogo.

Quando il sole raggiunse il suo massimo splendore Matthew e i suoi, accompagnati sempre da K'os, raggiunsero un altopiano vastissimo ricoperto da un'infinita distesa di erba alta fino al ginocchio.

Attesero qualche minuto prima che un rombo di tuono squarciasse il cielo e due palle di fuoco iniziarono a scendere giù. Erano i due MATER.

«Eccoli! Sono loro!» esclamò Jerry indicandole col dito puntato in alto.

«Già… E che oggi segni un nuovo inizio, dove il vecchio e il nuovo si uniscono per andare avanti. Insieme. E per il bene di tutti ci impegneremo a farlo!» proferì Matthew rivolgendosi agli uomini e alle donne che stavano dietro di lui in attesa di conoscere gli altri membri della spedizione che stavano per atterrare.

Le due astronavi madri si posarono delicatamente sull'altopiano con i loro enormi carrelli. Dopo qualche minuto i boccaporti si aprirono. Roger e i terrestri raggiunsero Matthew e gli altri in compagnia dei proximiani.

Anche i membri del MATER 3 scesero le passerelle e giunsero sulla superficie del terreno.

«Ben arrivati!» li salutò Matthew dando la mano a Roger che appariva alquanto perplesso.

«Generale! È un vero piacere rivederla!» rispose il ragazzo sorridendo. Il suo sguardo si rivolse ai proximiani. «E... e loro chi sono, signore?»

Ance gli altri membri erano sopresi ed estasiati dalla vista dei nativi.

«Il futuro. Loro sono il nostro futuro.»

REPORT by Jerry Vandcamp

Nome: Diapsida Gekkonidae
Lunghezza: 5 mt
Altezza: 1,5 mt
Peso: 400 kg

Caratteristiche:
Ama vivere in luoghi freschi e odia la
luce diretta del sole. Ha la capacità
di camminare su qualsiasi superficie.
Si nutre di qualsiasi cosa entri nella
sua bocca. Non è pericoloso per l'uomo
se non viene attaccato.

Nome: Hexapoda Pterygota
Lunghezza: 1 mt
Apertura alare: 1,10 mt
Peso: 1 kg

Caratteristiche:
Abile predatore, vola molto velocemente in cerca di altri insetti anche se non disdegna il nettare di alcuni fiori presenti sul pianeta. È munito di un pungiglione molto velenoso.

Nome: Lupus Aves Neornithes
Lunghezza: 4 mt
Altezza: 1,80 mt al garrese
Peso: 320 kg

Caratteristiche:
Animale sociale e territoriale. Famoso per la sua fedeltà al branco. Caccia con delle tattiche ben congeniate insieme agli altri membri del branco e riesce ad uccidere animali molto più grandi di lui. Può essere addomesticato.

Nome: Elephas Tapirus
Lunghezza: 5,5 mt
Altezza: 3 mt al garrese
Peso: 3000 kg circa

Caratteristiche:
Animale schivo e per nulla avvezzo al contatto con l'uomo. Vive vicino ai corsi d'acqua. Si nutre di piante acquatiche e dei teneri germogli degli alberi. Vive in famiglie numerose composte da femmine. I maschi sono solitari e nomadi.

Nome: Alces Giraffidae
Lunghezza: 4 mt
Altezza: 8 mt
Peso: 2000 kg circa

Caratteristiche:
Animale solitario che tollera però la presenza di altri erbivori nelle vicinanze. Ha un ampio palco di corna che può raggiungere i due metri di larghezza. I suoi zoccoli molto robusti vengono utilizzati per difendersi dai predatori sferrando potenti calci.

Nome: Linx Hylobatidae
Lunghezza: 9 mt
Altezza: 8 mt
Peso: 3000 kg circa

Caratteristiche:
Considerato dai nativi come lo spirito della foresta, questo animale è estremamente territoriale. Odia i rumori forti ed è temuto per la sua irascibilità. È onnivoro, mangia frutta e tuberi ma non disdegna la carne, infatti è un formidabile cacciatore. Vive in solitudine. Per nulla addomesticabile quindi non ama la vicinanza con l'uomo.

Nome: Equus Insecta
Lunghezza: 3 mt
Altezza: 1,80 mt al garrese
Peso: 340 kg

Caratteristiche:
Pur essendo un mammifero, questo animale ha sei robuste zampe che gli permettono di galoppare molto velocemente per sfuggire ai predatori. Vive in grandi mandrie nelle praterie dove adora nutrirsi di erba fresca. Venne addomesticato dai nativi del luogo.

1957. Justin è un giovane adolescente che vive a Montauban, un piccolo paesino immerso tra le campagne del sud della Francia, assieme ai suoi genitori adottivi. La guerra è finita da diversi anni ma ha lasciato ferite profonde sul corpo e nella mente di Benjamin, il padre adottivo del ragazzo, essendo un sopravvissuto del campo di sterminio di Auschwitz. Justin è deciso a conoscere la verità sul suo vero padre e la sua vera madre. Chiede quindi a Benjamin di raccontargli la storia delle proprie origini, che coincide con gli orrori che il padre ha vissuto all'interno del campo di sterminio. Quella che il ragazzo avrà modo di ascoltare sarà una storia forte, cruda, una vicenda che metterà in risalto la tenacia e la caparbietà di un gruppo di ebrei nel trovare un modo per sopravvivere ad una delle pagine più tristi e cruente della storia dell'umanità. Quando tutto sembrerà spacciato, un violino cambierà le loro sorti.

https://www.amazon.it/mattino-dopo-Giorgio-Pulvirenti-ebook/dp/B08232M5L2/ref=tmm_kin_swatch_0?_encoding=UTF8&qid=1613157792&sr=8-2